KB140591

1950년대 한국소설의 남성 젠더 수행성 연구

허 윤

이화여자대학교 국문과 및 동 대학원 졸업. 「1950년대 한국소설의 남성 젠더 수행성」으로 박사학위를 받았으며, 「1950년대 전후 남성성의 탈구축과 젠더의 비수행」, 「냉전아시아적 질서와 1950년대 한국의 여성혐오」, 「1950년대 퀴어 장과 법의 접속」 등의 논문과 『젠더와 번역』, 『#혐오_주의』, 『성스러운 국민』, 『그런 남자는 없다』 등의 공저, 『일탈』 등의 역서가 있다. 현재 연세대학교 젠더연구소 연구원으로 박사후연수를 진행하고 있으며, 이화여자대학교, 서울과학기술대학교 등에서 강의하고 있다.

1950년대 한국소설의 남성 젠더 수행성 연구

초 판 1쇄 인쇄 2018년 2월 25일
초 판 1쇄 발행 2018년 2월 28일
저 자 허 윤
펴낸이 이대현
편 집 박윤정
디자인 안혜진
펴낸곳 도서출판 역락 | 등록 제303-2002-000014호(등록일 1999년 4월 19일)
주 소 서울시 서초구 반포4동 577-25 문창빌딩 2층
전 화 02-3409-2058(영업부), 2060(편집부) | 팩시밀리 02-3409-2059
전자우편 youkrack@hanmail.net
ISBN 979-11-6244-110-7 93810

* 이 도서의 국립중앙도서관 출판예정도서목록(CIP)은 서지정보유통지원시스템 홈페이지(http://seoji.nl.go.kr)와 국가자료공동목록시스템(http://www.nl.go.kr/kolisnet)에서 이용하실 수 있습니다.(CIP제어번호: CIP2017033837)

이화연구총서 25

1950년대 한국소설의 남성 젠더 수행성 연구

허 윤 지음

역락

이화연구총서 발간사

이화여자대학교 총장 김 혜 숙

　이화는 1886년 여성교육을 위한 첫 발걸음을 내딛었습니다. 소외되고 가난하고 교육의 기회를 갖지 못한 여성을 위한 겨자씨 한 알의 믿음이 사라나 이제 132년의 역사를 갖게 되었습니다. 배움을 향한 여성의 간절함에 응답하겠다는 이화의 노력을 통해 근현대 한국사회의 변화 · 발전이 이룩되었습니다.

　이화여자대학교는 한국 근현대사의 중심에 서있었고, 이화가 길러낸 이화인들은 한국사회에서 최초와 최고의 여성인재로 한국사회, 나아가 세계를 선도하는 역할을 수행해 왔습니다. 오랜 역사 동안 이화는 전통과 명성에 안주하지 않고 항상 새로운 길을 개척하며 연구와 교육의 수월성 확보를 통해 세계적 경쟁력을 갖춘 대학으로 거듭나고자 매진해왔습니다.

　이화여자대학교의 성취는 한 명의 개인이나 한 학교 차원에서 그치는 것이 아니라 사회적 책무를 다하려는 소명 의식 속에서 더 큰 빛을 발해왔다고 자부합니다. 섬김과 나눔, 희생과 봉사의 이화정신은 이화의 역사에서 일관되게 나타났습니다. 시대정신에 부응하려 노력하고, 스스로를 성찰하고, 민주적 절차를 통해 미래를 선택하려한 것은 이러한 이화정신의 연장선에 놓여 있는 것입니다.

섬김과 나눔의 이화 정신은 이화의 학문에도 반영되어 있습니다. 이화의 교육목표는 한 개인의 역량과 수월성을 강화하는 것에서 머무르지 않고, 사회적 약자와 소수자를 외면하지 않고 타인과의 소통과 공감능력을 갖춘 인재를 배출하는 것입니다. 이화는 급변하는 시대의 변화 속에서 뚜렷한 가치관과 방향성을 갖고 융합적 지식을 갖춘 인재를 양성하려고 노력해 왔습니다. 또한 학문의 지속성을 확보하기 위해 차세대 연구자에게 연구기반을 마련해줌으로써 학문공동체를 건설하려고 애써왔습니다. 한국문화의 자기정체성에 대한 투철한 문제의식 하에 이화는 끊임없는 학문적 성찰을 해왔다고 자부합니다.

한국문화의 우수성을 국내외에 알리고자 만들어진 한국문화연구원은 세계와 호흡하지만 자신이 서있는 토대를 굳건히 하려는 이화의 정신이 반영된 기관입니다.

한국문화연구원에서는 최초와 최고를 향한 도전과 혁신을 주도할 이화의 학문후속세대를 지원하기 위해 매년 이화연구총서를 간행해오고 있습니다. 이 총서는 최근 박사학위를 취득한 신진 학자들의 연구논문 가운데 우수논문을 선정하여 발간하는 것입니다. 이를 통해 신진 학자들의 연구를 널리 소개하고, 그 성과를 공유하여 이들이 학문세계를 이끌 주역으로 성장할 수 있도록 도움을 주고자 합니다. 신진 연구자들의 활발한 연구야말로 이화는 물론 한국의 학문적 토대이자 미래가 되기 때문입니다.

앞으로도 이화연구총서가 신진학자들의 도전에 든든한 발판이 되고, 학계에 탄탄한 주춧돌이 되기를 기원합니다. 이화연구총서의 발간을 위해 애써주신 연구진과 필진, 그리고 한국문화연구원의 원장을 비롯한 연구원들의 노고에 진심으로 감사드립니다.

머리말

이 책은 여성문학 연구의 젠더적 전회를 표방하며, 1950년대 한국소설의 남성 젠더 수행성을 연구한 결과물이다. 2013~2014년에 논문을 본격적으로 집필할 당시의 고민은 '여성적인 것'과 여성문학의 장이 변화 국면에 와 있다는 것이었다. 성별이 사회적, 역사적으로 구성된다는 젠더 개념이 문학연구에 도입되었지만 여전히 '여성적인 것'은 고정된 것으로 남아있다는 답답함이 박사논문의 아이디어로 이어졌다. 여성문학의 문제의식이 젠더화된 문학, 젠더화된 주체 전반으로 확장되어 나갈 필요가 있다는 관점에서 한국문학의 남성성을 다시 살펴본 것이다. 이는 남성 역시 보편이 아니라 여러 특수한 남성성/들로 구성되어 있다는 데 기대고 있다. 여성문학이 '부분'만을 연구 대상으로 삼는다는 편견에 대항하겠다는 '야심'도 있었다.

그런데 박사 졸업 후 지난 3년간 한국사회와 한국문학은 패러다임의 전환을 목도했다. 강남역의 화장실에서 20대 초반의 여성이 죽었고, 문학과 예술 장의 성폭력을 폭로하는 목소리들이 터져나왔다. '페미니즘 소설'이 베스트셀러가 되었으며, 공론장에 성 평등과 페미니즘의 언어가 활발하게 거론되었다. 이 과정에서 나 자신도 몇 가지 시도를 할 수 있었다. 계간지 <말과활>의 편집위원으로 잡지도 만들어보고, 시론도 발표했다. 그러면서 동시에 문학연구 방법론에 대한 고민이 깊어졌다. 문학연구자로서 나의 정체성이 분과학문의 경계를 가로지를 때, 어디에 서서 어떻게 이야기할 것인가를 생각하는 시기였다. 그런 와중에 박사논문의 단행본 작업은 하나의 돌파구가 되었다. 내가 문학연구를 통해 말하고 싶었던 것들이 분명 있었다는 생각에 힘을 얻을 수 있었다.

이 책의 토대가 되는 박사학위 논문의 심사과정에서 도와주신 분들이 많다. 꼼꼼히 적은 메모를 건네주신 연남경 선생님, 학부 때부터 문학공부의 재미를 알려주신 정우숙 선생님, 논문의 의의를 꼽아주신 신수정 선생님, 심사위원으로 인연을 맺고 그 이후로도 여러 모로 살펴주시는 이혜령 선생님께 감사드린다. 무사히 논문을 마칠 수 있었던 것은 심사위원 선생님들 덕택이다. 그리고 항상 새로운 것을 배우고, 연구하는 자세를 보여주시는 지도교수 김미현 선생님께 큰 감사의 인사를 전한다. 이제 햇병아리 선생님으로 학생들을 만나다 보니, 선생님께서 지도해주신 과정이 늘 생각난다. "연구자는 공부로 말하는 법"이라며 때로는 엄하게, 때로는 다정하게 이끌어주신 선생님, 평론가이자 연구자로서 여성문학 연구를 해오신 선생님이 계셔서 지금의 연구자로서 허윤의 정체성을 만들 수 있었다. 여성문학 연구자로서 김미현 선생님 이상의 지도교수를 만날 수 없었을 것이다. 앞으로 더 나은 연구자가 되는 것으로, 선생님의 은혜에 보답하려고 한다.

신진연구자였던 나를 젠더연구소로 불러주시고 박사후연수과정의 지도교수까지 맡아주신 백문임 선생님께도 많은 도움을 받았다. 선생님께서 살펴주신 덕분에 남성성 콜로키움이나 『그런 남자는 없다』와 같은 결과물을 만들 수 있었다. 여성문학학회 선생님들은 박사수료생으로 세미나에 참석했던 학생이 신진연구자로 성장하는 과정을 지켜봐주셨다. 선생님들을 곁에서 지켜보면서 여성 연구자의 삶을 배울 수 있었다. 다시 한 번 선생님들께 깊은 감사의 말씀을 드린다.

이화에서 만난 친구들과 동료들에게 빚진 것이 많다. 한국사회가 '이대 나온 여자'를 여성혐오의 대명사로 사용해왔지만, 그런 사회이기에 이화라는 공간은 여성들에게 특별하다. 이화였기에 '여'학생이 아닌 '학생'으로, '여성' 연구자가 아닌 '연구자'로 호명될 수 있었다. 지금의 나는 이화와 이화에서 만난 사람들 덕분에 이만큼 자랄 수 있었다고, 단연코 말할 수 있다. 2000년 2월의 추운 겨울날 신입생 오리엔테이션에서 만나 지금까지 곁을 든든하게 지켜주는 친구 주은영과 학부, 대학원 생활을 함께 한 김지은, 안상원, 전지니의 변함없는 우정이 있어 외롭지 않았다. 이화여자대학교 대학원 현대소설 파트 선후배 동학들에게도 그 성실함과 끈기를 배웠다.
같지만 다른 눈으로 세계를 관찰하는 친구들 박소영, 류진희, 손희정, 오혜진은 나의 좁은 시야를 넓혀주었다. 동료라기보다는 친구인 이들에게 앞으로도 신세를 지면서 살아갈 것이다.

박사를 졸업하고도 자기 한 몸 제대로 건사하지 못하는 나를 지켜주는 가족들에게 고마움을 전한다. '엄마'의 헌신이 나를 사람값 하게 만들었다. 내가 연구자로서 유의미한 일을 할 수 있다면, 그것은 뒤에서 지지해주는 '엄마' 덕분이다.

처음 이화연구총서로 선정되었을 때는 수정한 책을 통해서 1950년대 젠더문화사를 써보겠다는 거창한 목표를 세웠다. 지금은 그 과제가 평생 품고 나가야 할 주제라는 것을 새삼 절감하는 중이다. 부족한 논문을 이화연구총서로 선정해주신 한국문화연구원과 도서출판 역락에 감사드린다.

2018년 2월
저자 허 윤

차 례

제1장

서 론

서 론

1. 연구목적 및 연구사 검토

이 책은 남성 젠더 수행성을 통해 1950년대 소설을 읽음으로써 보편적이고 객관적인 민족문학사를 대리보충하는 젠더적 독법을 제안하고자 한다. 이를 통해 정전화된 한국소설사를 재구하고 분과화된 여성문학을 확장하는 것을 그 목적으로 한다.

한국 근대문학의 기점에는 청년 최남선이 창간한 종합월간지 『소년』(1908)과 『청춘』(1914)이 있다. 이들 잡지의 표지에는 국가를 상징하는 한반도 지도와 태극기, '해상소년'과 '호랑이청년'이 등장하였다.[1] 뒤를 이어 카프 계열 작가들의 잡지 『신청년』이 창간되었다.[2] 민족주의

---

[1] 서유리, 「한국 근대의 잡지 표지 이미지 연구」, 서울대 고고미술사학과 박사학위논문, 2013.

자와 사회주의자 모두 청년을 이상적인 독자로 호명하고 잡지의 표상으로 내걸었던 것이다. 이처럼 근대문학은 소년과 청년을 상상하는 것에서 출발한다. 그러나 소년이 상상하는 한반도는 일본 제국주의에 의해 식민지가 되었다. 이로 인해 식민지 조선의 근대는 청년으로 바로 설 기회를 박탈당하고 거세된 남성성을 기원으로 갖게 되었다.『무정』의 이형식이나『만세전』의 이인화는 식민지 남성주체의 내면을 재현하는 인물들이었다. 김동인, 염상섭 등의 인텔리 남성 작가와 댄디한 모던 보이 역시 식민지가 만들어낸 남성성/들이었다. 신사가 엘리트 식민지인의 전형이었다면, 문학청년들의 불온성은 민족적 저항성을 표상했던 것이다.3)

이에 해방된 조선은 강한 남성성을 표상으로 재건을 상상한다. 이승만의 반공남한국가는 반공주의로 결합된 우파 중심의 단독정부를 수립하였다. 민족국가의 수립 과정에서 통치성은 탈식민적 민족주의를 토대로 호전적 남성성을 호출하였다. 군사력 중심의 반공국가는 좌파에 대한 사실상의 불법화 조치와 좌익 세력의 숙청, 군경을 중심으로 한 억압적 국가기구의 확대로 이어진다.4) 일제의 치안유지법

2) 한기형,「최남선의 잡지 발간과 초기 근대문학의 재편-『소년』・『청춘』의 문학사적 역할과 위상」,『대동문화연구』45, 성균관대학교 대동문화연구원, 2004, 221~260쪽;「근대잡지『신청년』과 경성청년구락부」,『서지학보』26, 한국서지학회, 2002, 165~206쪽.
3) 권보드래,「문학의 산포 혹은 문학의 고독」,『문학사 이후의 문학사』, 푸른역사, 2013, 39~52쪽.
4) 국가보안법은 미군정의 1947년 9월 시국대책을 토대로 한다. "정치적 숙청을 통한 정치운동의 정상상태로의 복구"를 핵심으로 하는 시국대책은 사실상 국가보안법의 '시행령'으로 기능한다. 또한 1947년 7월 2만 8천 명 수준이던 경찰을 1949년 3월에는 4만 5천 명 수준까지 증강함으로써 국가 물리력을 대대적으로 확충하였다. 이러한 노력은 사실상 미군의 철수로 인한 물리력의 철수를 메우기 위해 급속히 진행된 것이었고, 이것이 오히려 국가 형성 과정이 미국에 의한 외부적 힘에 의해 추동되었음을 보여주

(1925), 사상범보호관찰법(1936)을 토대로 한 국가보안법(1948)은 사상을 검열하는 토대로서 활용되었다.5) '빨갱이'를 잡기 위해 일제 말의 인력, 체제를 동원한 것이다. 이 과정에서 보도연맹, 4.3 사태 등 민간인에 대한 폭력이 계속된다. 재건 대한민국은 급격한 사회 변동을 통합하는 기제로 군사화된 치안권력을 호명한다. 1950년대 남한사회는 반공을 중심으로 자유민주주의를 주조하였으며, 제국주의적 욕망을 배태한 민족주의를 탄생시켰다. 즉 반공의 테마가 민족-표상-국가의 모든 정치를 포섭하며, 이 과정에서 적과 동지, 주체와 타자, 국민과 비국민을 구분하는 중심에 호전적 남성성이 놓이는 것이다. 이는 해방 이후 한국사회를 설명하는 축으로 작용한다. "안이한 허무주의"로 피신하는 시대, 자유와 민주를 언급할 수 없는 시민사회 이전의 세계6)라는 1950년대 소설사에 대한 인식은 문학을 민족국가와 일치시킨 결과로 나타난 것이다. 따라서 1950년대를 탈구축하여 집단으로서의 '민족'이 아니라 '개인', 다중에 기초해서 정치화된 '자유'가 탄생하는 공간으로 전환함으로써 소설사를 재구할 수 필요가 있다.

이러한 문제의식을 바탕으로, 본 연구의 목적을 정리하면 다음과 같다.

첫째, 1950년대 한국소설의 젠더 연구를 확장한다. 이는 여성문학

는 것이기도 했다. 박찬표, 『한국의 국가형성과 민주주의』, 후마니타스, 2007, 309쪽.
5) 조국, 「한국근현대사에서의 사상통제법」, 『역사비평』1, 역사비평사, 1988, 319~348쪽.
6) "6.25세대는 당대의 사건을 경악과 비명으로 받아들이며 현실에 대한 저주와 비탄의 신음을 내며 패배주의와 운명의 굴욕감에 젖어 관념으로 피신하거나 안이한 허무주의로 발산한다. 그러나 4.19세대는 의지와 절규로 자신이 만들고 있는 역사의 순간을 고양시키며 현실의 가능성과 미래에 대한 소망의 함성을 울리며 주체적으로 창조할 수 있다는 신념 위에서 사회와 시대의 기초단위가 되고 있는 인간의 탐구에 용기를 갖는다." 김병익, 「60년대 문학의 가능성」, 『현대한국문학의 이론』, 문학과지성사, 1972, 260~261쪽.

연구에 남성성의 벡터를 추가하는 작업이기도 하다. 그동안 여성문학 연구는 여성문학사 세우기에서부터 여성작가 앤솔로지 작업에 이르기까지 여성문학의 문학사적 위상을 증진시키기 위해 노력해왔으며, 문학연구의 궤도를 수정하는 유의미한 결과를 낳았다. 그 결과 1950년대 여성문학연구는 손소희, 한무숙, 한말숙 등을 중심으로 한 작가론에서 더 나아가 문화연구로 영역을 확장하고 있다. 여성독자나 여성관객 등 여성행위자를 재구하거나 대중문화 속 여성재현을 논의하는 등 활발한 연구가 이루어지고 있다.7) 여성독자를 위한 교양지 『여원』을 중심으로 여성매체의 특성을 밝히기도 하였다.8)

그런데 이처럼 여성문학연구가 대상으로 삼는 텍스트들은 작가나 독자(관객)의 생물학적 성별이 여성이라는 공통점을 갖는다. 성별화된 경험의 사회적 구성이라는 젠더를 연구방법으로 삼아도 여전히 생물학적 성별 구분이 중요한 기준으로 작동하게 되는 것이다. 그 결과 젠더화는 곧 여성화와 같은 의미가 되고, 남성성은 성적 억압의 중추이자 여성문학의 적대가 된다. 본 연구는 이러한 이항대립에서 더 나아가 남성성 역시 역사적 담론 구성체라는 점을 밝히는 '젠더적 전환'을

---

7) 김윤경, 「1950년대 여성독자의 형성과 문학규범의 변화」, 동국대 박사논문, 2012; 노지승, 「1950년대 후반 여성 독자와 문학 장의 재편」, 『한국현대문학연구』 30, 한국현대문학회, 2010, 345~375쪽 등.

8) 이선미, 「1950년대 젠더 인식의 보수화 과정과 '왈순아지매'」, 『여성문학연구』 21, 한국여성문학학회, 2009, 161~201쪽; 「여원의 비균질성과 '독신여성' 담론 연구」, 『한국문학연구』 34, 동국대 한국문학연구소, 2008, 51~81쪽; 김양선, 「전후 여성문학 장의 형성과 여원」, 『여성문학연구』 18, 한국여성문학학회, 2007, 61~91쪽; 장미영, 「대중성의 확대와 변형」, 『국어문학』 53, 국어문학회, 2012, 263~285쪽 등. 이러한 연구성과들은 단행본으로 정리되어, 여성교양 연구에 한 획을 그었다. 한국여성문학연구회 『여원』 연구팀, 『『여원』 연구: 여성 교양 매체』, 국학자료원, 2008.

그 목적으로 한다. 이는 여성과 남성으로 이분화된 성별화 담론의 토대를 탈구축하는 작업이 될 것이다.

둘째, 1950년대 한국소설의 남성성을 젠더 수행성을 통해 유표화한다. 근대문학사의 주체는 청년의 남성성으로 표상되어왔다. 이는 식민 지배와 한국전쟁, 산업화를 거친 한국사회가 역사의 주인공을 보편주체인 남성으로 상정하는 것과도 연결된다. 일본의 황민으로서 오이디푸스 콤플렉스를 겪는 것도 남성들이고 전선에서 피를 흘린 1등 국민도 남성들이다. 고향을 잃고 도시에서 방황하는 것도 노동자 남성이다. 이때 여성은 박탈된 조국, 지켜야 할 민족, 소외된/타락한 고향을 표상한다. 이러한 분석은 남성성을 문학사의 무의식적 중심으로 삼는다. 본 연구는 이러한 남성성의 소설사를 젠더 수행성을 통해 검토함으로써, 현대소설의 남성성을 한국사회에서 도출된 통치 이데올로기로 읽고자 한다. 미군정을 거친 국가만들기 과정에서 상상한 남성성과 소설이 재현하는 남성성의 길항관계를 통해 과연 문학사의 주체인 남성성이란 무엇인가를 재질문하는 것이다. 이는 소설사의 보편적 주체를 비(非)-헤게모니적 주체로 만드는 작업이기도 하다.

셋째, 한국소설사는 곧 민족문학사라는 준거를 재질문함으로써 1950년대 소설사를 확장한다. 민족문학사는 분단과 독재의 한국 현대사를 통해 도출된 하나의 입장이다. 문학이 역사적 책임감과 윤리적 선도성을 담지해야 하는 매개체라는 인식이 민족문학사 안에 포함되어 있는 것이다. 이 기준에 의해 근현대소설의 범주에서 민족문학이 아닌 것은 제외된다. 1950년대 소설도 마찬가지이다. 객관적이고 보편적인 한국문학사 서술에서 1950년대 소설은 1960, 70년대의 리얼리즘적 성숙을 예비하는 전사(前史)에 지나지 않기 때문이다. 김윤식과 김현의『한국문학사』는 해방부터 1960년대에 이르는 한국문학사를 "민족의 재편성과 국가의 발견"으로 명명한다.9) 김윤식과 정호웅의『한국소설사』역시 "한국전쟁의 충격과 새로운 출발의 모색"로 고찰하고 있다.10) 이재선은 문학론의 대립현상, 고향회귀나 식민지 결산 문제, 남북의 분단과 사상적 이념적 갈등 등을 1950년대 한국문학의 특징으로 꼽는다.11) 권영민은 이 시기 문학사를 "전후의 현실과 문학의 분열"로 명명한다.12) 이와 같이 주요 문학사에서 1950년대는 한국전쟁과 분단으로 인한 문단의 이산과 재건을 설명하는 데 초점을 맞추고 있다. 이에 따라 김동리나 김성한, 장용학, 황순원 등 실존주의와 휴머니즘의 범주 내에서 설명될 수 있는 작가와 텍스트들이 주로 문학사에 등장하고 있다.

그러나 1950년대 문학에서 양적 다수를 차지하고 있던 것은 이른바 "당대의 사회적 환경이 진정한 문학적 성취에 얼마나 저해적인 작용을 가했는지에 대한 생생한 실례"라고 불린 텍스트들이기도 하다.13) 전쟁을 위한 선전문학이나 재미를 위한 신문연재소설과 같은 대중문학 등은 민족문학사적 접근에서 2등으로 분류될 수밖에 없었으며,

---

9) 김윤식·김현,『한국문학사』, 민음사, 1996, 373~462쪽.
10) 김윤식·정호웅,『한국소설사』, 문학동네, 2000, 289~382쪽.
11) 이재선,『한국현대소설사』, 민음사, 1991.
12) 권영민,『한국현대문학사』, 민음사, 2002, 27쪽~244쪽.
13) 염무웅은 1950년대 민족문학은 문예이론적 차원에서 볼 때는 서구문학에 대한 종속성의 강화와 반역사적 복고주의의 팽창이며, 실제 텍스트의 차원에서는 50년대의 많은 작품들이 당대의 사회적 환경이 진정한 문학적 성취에 얼마나 저해적인 작용을 가했는지에 대해 생생한 실례를 제공한다고 혹평한다. 염무웅,「5,60년대 남한문학의 민족문학적 위치」,『창작과 비평』20(4), 창작과 비평사, 1992, 50~64쪽.

1950년대 문학 장에 대한 진지한 접근 자체를 제한하는 결과를 낳았다. 이로 인해 한국소설사의 다양성이 위축되고, 가치가 획일화된다. 최근 문학적 다양성에 대한 주목이 이어지면서, 1950년대 소설에 대한 재조명이 요청되고 있는 것은 이 때문이다.

이러한 연구목적을 바탕으로 본 연구는 1950년대 한국소설의 남성성을 분석함으로써 한국문학을 젠더화할 것이다. 아래에서는 이러한 목적을 위해 남성성 연구의 계보를 살펴볼 것이다.

한국의 근현대 남성성 연구는 크게 세 가지 관점으로 정리할 수 있다. 우선 '청년'을 키워드로 하여 근대적 주체의 탄생을 밝히는 연구들이다. 역사와 문학, 문화연구를 아우르는 이러한 논의들은 청년이 근대의 보편적 주체이자 다른 한편으로는 남성주체의 다른 이름이기도 하다는 점을 밝힌다. 박노자는 구한말 조선으로 거슬러 올라가 남자다운 남자의 이미지가 구성되는 과정을 추적한다. 서양식 근대가 조선에 들어오기 시작하면서 체육, 군사훈련 등으로 몸을 단련하고 '씩씩한 남자'의 남성성을 구축하기 시작했다는 것이다.[14] 소영현은 1900년대부터 1920년대까지 구한말 조선과 식민지 청년들의 형성과 분화에 대해 연구한다. 근대 초기 청년은 미래를 담지하는 상징적 주체의 이름이었으며, 이들은 서로 다른 신분, 공동체, 계급, 성별을 넘어 하나의 추상적이고 균질한 '청년'으로 호명되어, '신대한' 수립의 견인차로 여겨졌다는 것이다. 소영현은 『백조』와 같은 동인지에 등장하는 예술가에도 주목한다. 이들 미적 청년은 복잡다기한 모더니티를

14) 박노자, 『씩씩한 남자 만들기』, 푸른역사, 2009.

체현할 수 있는 근대 주체의 표상이며, 과거와 작별하고 미래를 선취하는 이상적 주체 모델이다. 이처럼 소영현은 근대 청년의 양가적 속성을 확인하고, 미적 청년이나 부랑 청년이 등장하는 과정을 통해 '부정과 창조'라는 역사의 계보를 밝혀나간다.15) 이경훈은 '오빠의 탄생'을 통해 일제하 청년들의 의식구조를 밝힌다.16) 이처럼 근대 청년에 대한 연구들은 근대성과 식민성의 굴절로 인해 생겨난 남성성 탄생에 주목한다. 이때 청년은 근대성을 담지하는 젠더로서 보편적 주체의 표상이 된다.

해방기는 식민지의 거세된 남성성을 극복하고 국가만들기의 주체로 청년을 호명한다. 김현주는 정비석의 해방기 소설이 식민주의 하에서 거세되었던 남성성이 귀환하는 과정을 통해 당대의 사회적 의식과 작가의 현실인식을 첨예하게 투영하고 있다고 주장한다.17) 이는 염상섭 소설과도 통하는 부분이다. 류진희는 염상섭의 단편 「해방의 아들」이 탈식민과 여성의 자연적 출산을 연결시키며 근대 민족국가 체제의 부계 혈통 강조 속에서 여성주체를 봉인했다고 지적한다.18) 이처럼 해방기 소설은 민족국가를 건설하는 주체로 호명된 청년에 대한 기대와 불안이 공존하는 상태였다고 볼 수 있다.

식민지 근대와 해방기를 거쳐 박정희 체제에 오면 제국주의적 남성성을 모방한 초남성성이 등장한다. 이는 원조경제를 통해 무력한 상

---

15) 소영현, 『문학청년의 탄생』, 푸른역사, 2008;『부랑청년 전성시대』, 푸른역사, 2008.
16) 이경훈, 『오빠의 탄생』, 문학과지성사, 2004.
17) 김현주, 「남성성의 귀환과 가족의 재건」, 『근대서지』 8, 근대서지학회, 2013, 336-349쪽.
18) 류진희, 「염상섭의 「해방의 아들」과 해방기 민족서사의 젠더」, 『상허학보』 27, 상허학회, 2009, 161~190쪽.

태에 놓여 있던 남성주체들을 진취적인 행위 주체이자 민족의 영웅으로 소환하는 것으로, 유교적 전통에서 남성다움으로 간주되는 도덕성, 체면, 엄격함, 책임감과 같은 관념들이 근대화 프로젝트와 결합하여 한국의 권위주의적 국가체계를 성공시키는 데 기여했다고 평가한다.[19] 이처럼 박정희 체제에 대한 남성성 연구는 파시즘적 국가동원 체계에 응답하는 남성성을 중심으로 구성된다.

이 연구들은 청년을 통해 보편적 주체이자 근대적 주체로서의 남성이 역사적으로 어떻게 형성되고 있는가를 포착한다. 그러나 보편적 남성주체로 수렴되지 않는 다양한 남성'들'의 스펙트럼을 포착하지 못한다는 점에서 아쉬움이 남는다. 특히 남성 청년이 식민화하고 있는 비-청년의 남성성들, 그리고 여성성과 맺는 관계에 대해서는 밝히지 못함으로써 젠더를 사회역사적 구성물로서 바라보는 데 한계를 드러낸다.

다음으로 남성성을 여성성의 대척점으로 구성한 논의들을 꼽을 수 있다. 이 연구들은 페미니즘 관점에서 여성의 경험을 분석적으로 읽어가며 지배적 주류로서 남성성을 재구한다. 1980년대부터 본격적으로 시작된 한국 여성문학연구는 1990년대에 문학연구와 비평 양쪽에서 성과를 거두었다. 여성운동이 활발해지고 페미니즘 이론이 유입되었으며 여성문학사 다시 쓰기, 거슬러 읽기, 여성적 글쓰기 등이 문학연구의 화두로 떠오른 것이다. 이러한 연구는 크게 세 가지로 분류될 수 있다.[20] 첫 번째로는 여성의 시각으로 한국문학 전통을 재구성하

---

19) Jongwo Han · L.H.M Ling, "Authoritarianism in the hypermasculinized state: Hybridity, patriarchy, and capitalism in Korea", *International Studies Quarterly* 42(1), 1998, pp.53~78.

는 방식이다. 남성 중심의 문학사에 대한 문제제기와 다시 쓰기, 텍스트의 남성중심성 비판, 문학사에서 배제되어 온 여성작가와 작품 발굴, 여성문학사를 서술하는 작업이다. 이는 여성문학 연구의 중심이자, 앞으로도 계속 진행되어야 하는 과제이다.[21] 두 번째로는 여성이 식민화-탈식민화-재식민화 과정을 거치면서 민족-남성성의 형성에 전유되었음을 밝힌다. 이를 통해 포스트-식민지의 무의식을 해석하는 단서를 제공한다. 이혜령은 근대남성작가의 자기 정체성 확인 및 현실 탐구가 여성을 선택적으로 배제하거나 연루시키는 방식을 통해 이루어졌음을 밝힌다.[22] 이러한 전유는 이제 이주여성에게서도 나타난다. 연남경은 젠더-민족-자본의 삼중 억압에 처한 이주여성 서사를 통해 자본이 가능하게 한 국제결혼시스템이 발신자에 위치한 이상 그에 가담한 신랑, 신부 누구든 희생자로 전락할 수 있다는 결과를 보여준다.[23] 세 번째로는 남성 지배 담론에 의해 체계적으로 배제되어 온 여

---

20) 김양선은 여성문학사 연구를 정리하는 시론에서 여성문학연구를 크게 세 가지 경향성을 바탕으로 정리한다. 본 연구도 이러한 분류에 따라 정리하였다. 김양선, 「전후 여성 교양과 문학사 연구의 실천성 확보를 위한 시론」, 『비교한국학』 22(2), 국제비교한국학회, 2014, 91~115쪽.

21) 김미현, 『한국여성소설과 페미니즘』, 신구문화사, 1996; 『여성문학을 넘어서』, 민음사, 2002; 김복순, 『페미니즘 미학과 보편성의 문제』, 소명출판, 2005; 『방법으로서의 젠더』, 소명출판, 2012; 김양선, 『허스토리의 문학』, 새미, 2003; 『근대문학의 탈식민성과 젠더정치학』, 역락, 2009; 서정자, 『한국근대여성소설연구』, 국학자료원, 1999; 이상경, 『한국근대여성문학사론』, 소명출판, 2002; 『임순득, 대안적 여성주체를 향하여』, 소명출판, 2009; 심진경, 『한국문학과 섹슈얼리티』, 소명출판, 2006; 노지승, 『유혹자와 희생양』, 예옥, 2009 등.

22) 이혜령, 『한국 근대소설과 섹슈얼리티의 서사학』, 소명출판, 2007.

23) 연남경, 「다문화 소설과 여성의 몸 구현 양상」, 『한국문학이론과 비평』 48, 한국문학이론과비평학회, 2010, 155~173쪽; 「여성 이주 소설의 기호학적 분석」, 『기호학연구』 40, 한국기호학회, 2014, 165~188쪽.

성의 집단적 정체성이 구성되는 과정을 의미화하여 여성-지성·지식의 위치를 확인하는 작업이다. 이러한 작업들은 여성매체에 대한 분석을 중심으로 전문화된 여성교양의 가능성을 논구하고, 지식과 젠더의 상관관계를 통해서 지식의 수용과정을 진단하였다.[24]

여성문학적 접근에서 남성권력과 남성성은 등가로 여겨지기 쉽다. 한국 근대성의 젠더가 남성임을 비판하고 여성이 타자로서 구성되는 방식을 고찰, 비판한 것이다. 이는 여성문학의 존재 의의이자 범주 확정 차원에서 유의미한 연구 성과를 내었다고 평가할 수 있다. 그러나 페미니즘 문학연구의 장 역시 확장될 필요가 있다. 여성적 글쓰기에 관한 연구를 진행해온 김미현은 한국 페미니즘 문학 연구가 이론을 수입하여 적용하는 데 급급하거나 풍속사에 함몰되어 문학의 본령인 텍스트를 제대로 보지 못하고 있다고 지적한다. 이제는 포스트페미니즘에 대한 검토와 더불어 보다 엄격한 젠더 연구를 실시해야 한다는 입장이다.[25] 이는 페미니즘 문학연구가 오히려 남성/여성의 젠더적 이분법을 강화하는 결과를 낳았다는 비판과도 통한다.[26] 심진경은 표시하는 자와 표시당하는 자 모두 남성적인 의미화 양식 내에서 유지되기 때문에 여성은 타자성의 양식을 과시하는 또 하나의 남성적인 성에 불과하다고 비판한다. 여성성을 중심으로 한 여성문학 연구는 여성문학을 게토화하는 한계가 있다는 지적이다.[27]

---

24) 김양선, 『한국 근현대 여성문학 장의 형성』, 소명출판, 2012; 한국여성문학학회 편, 『번역과 젠더』, 소명출판, 2013 등

25) 김미현, 「'상상의' 페미니즘 문학」, 『젠더 프리즘』, 민음사, 2012, 13~28쪽.

26) 심진경·신수정·이혜령, 「젠더의 시각으로 읽는 한국문학사5」, 『파라21』 2004 봄, 386쪽.

27) 심진경, 「여성문학은 어떻게 만들어졌는가」, 『한국근대문학연구』 19, 한국근대문학회,

이는 여성문학 연구가 문학사적 지위 확보와 억압된 것들의 복원에 머물러서는 안 된다는 것을 의미한다. 이러한 문제의식은 여성문학 연구의 토대를 닦는 작업이며 한국문학에 대한 젠더적 전환 출발점이다. 이제 여기서 더 나아가 보다 엄밀한 의미의 젠더 연구도 함께 진행될 필요가 있다.

마지막으로 탈식민주의적 관점에서 헤게모니적 남성성에 내재한 식민주의를 비판한 논의들을 들 수 있다. 스피박은 서구 지식인과 식민남성주체의 공모과정을 분석하며, 이 둘이 보편주체로서의 서구 백인 남성을 보편화하려는 욕망으로 연대하고 있으며, 이 은폐된 보편주체는 자신이 '지정학적 결정소들'을 가지고 있지 않는 척한다고 비판한다. 주권적 주체에 대해 지나치게 공론화하는 것 자체가 실제로는 단 하나의 주체만을 허용하는 이데올로기적 효과를 생산한다는 것이다.[28] 즉 피식민 국가의 남성 주체는 식민 이후 자국의 국민국가를 재건하는 과정에서 식민지 경험을 여성화시키고, 당시 나라를 빼앗긴 전근대 남성들의 무능력으로부터의 분리를 선언함으로써 구성되는데, 식민 이후 한국의 식민 남성 주체들은 여성뿐만 아니라 남성들 사이에 존재하는 다른 목소리들 역시 삭제시킨다는 것이다.[29]

한국문학연구 장에서 이러한 연구를 이끌고 있는 논자로는 권명아와 공임순을 들 수 있다. 공임순은 희생자의 파토스에서 생겨나는 국민됨의 위계화와 도덕적으로 순결한 희생자인 남성 영웅의 자기 연민

2009, 181~201쪽.

28) 가야트리 스피박, 『다른 세상에서』, 태혜숙 옮김, 여이연, 2003.

29) 권김현영, 「민족주의 이념논쟁과 후기 식민 남성성」, 『문화과학』 49, 문화과학사, 2007, 39~54쪽.

은 남성적 파워 엘리트주의의 중핵을 이룬다며 해방 이전과 이후를 관통하는 식민주의의 유사성을 지적한다.30) 권명아는 『역사적 파시즘』에서 일제 말기 파시즘 윤리에 의해 형성된 천황-청년-총후 부인-소국민의 내부적 위계화를 밝힌다. 일제 말기 남성들에게 청년이 된다는 것은 지식엘리트에게는 파시즘적 엘리트로 거듭나는 것이며, 비엘리트층 남성에게는 사회적으로 소외된 자신의 처지를 혁신할 수 있는 입신출세의 기회로 간주되기도 했다는 것을 지적한 것이다.31) 이는 젠더와 식민의 문제를 교차시키면서 남성성을 역사화, 차이화하는 연구이다. 식민주의와 파시즘 이데올로기에 내재한 헤게모니를 중심으로 저항과 포섭을 논의함으로써 민족과 국가의 젠더를 밝히는 작업을 수행하고 있는 것이다. 이러한 젠더의 역사화는 보편주체로서의 젠더가 아닌 역사적, 정치적 구조물이며, "즉시/언제나/이미 그 자체로 해석이거나 해석을 요구하는 경험"으로서 해석하려는 시도이다.32) "자명하지도 않고, 순수하지도 않으며 언제나 논쟁적이며 정치적"33)인 젠더를 분석하는 것이다.

---

30) 공임순, 『식민지의 적자들』, 푸른역사, 2005.

31) 권명아, 「모던보이 비판과 애국 청년의 구상」, 『역사적 파시즘』, 책세상, 2005, 275～343쪽.

32) 조안 스콧은 남성과 여성이라는 범주가 특정한 역사적 국면 속에서 정치적으로 구성된 것임을 주장하며, 서구 민주주의의 기반을 이루는 추상적 개인, 혹은 보편적 인권이라는 개념이 여성에 대한 배제를 은폐하는 방식으로 성립되었음을 지적한다. 스콧의 이러한 주장은 젠더를 역사적 경험과 사회적 구조가 만들어낸, 해석이 필요한 담론 구성체임을 의미한다. 그리고 이 역사적 구성체에 관한 논의들이 확장되기 시작한다. Joan Scott, "Gender: A Useful Category of Historical Analysis", *American Historical Review* 91(5) (December 1986), pp.1053～75.

33) Joan Scott, "Experience", *Feminist Theorize the Political*, edt. Joan Scott · Judith Butler, *Feminists theorize the political*, New York: Routledge, 1992, pp.22～40.

마지막으로 탈남성성에 관련된 연구들이다. 정우숙은 천승세와 조광화를 통해서 한국 현대희곡의 남성성이 가족 부양의 책임과 과도한 힘의 추종을 바탕으로 가부장이라는 헤게모니적 남성성을 추종하고 있으나 결과적으로 가족을 파괴하는 아이러니를 드러낸다고 지적한 바 있다.[34] 이는 남성성에 대한 과도한 수행이 도리어 파국을 불러온 다는 점에서 탈남성성의 단초를 찾아볼 수 있게 한다. 신수정 역시 이광수의 초기소설을 바탕으로 탈남성성의 징후를 읽어낸다. 근대적 남성성은 감상성과 낭만적 사랑에 대한 동경을 내면화한 존재들로, 남성적 영웅을 전복시키고 삶을 감정적으로 이해하는 수행적 여성성을 획득함으로써 제도와 충돌하고 있다는 것이다.[35] 이와 반대로 여성작가로부터 남성성의 흔적을 발견하기도 한다. 김미현은 박화성 소설의 '섀도 페미니즘'을 통해 생물학적 섹스와 젠더의 구분을 선언한다.[36] 이러한 연구들은 수행성을 통한 젠더의 탈구축의 양상을 살펴봄으로써 소설의 젠더를 재질문해야 하는 필요성을 보여주고 있다.

최근에는 여성국극을 둘러싼 여자/트랜스 남성 연구나 남성 신파 등 탈남성적 남성성에 관한 연구의 폭이 확장되고 있다. 김지혜는 1950년대 여성국극이나 드라마 텍스트에 대한 비평을 중심으로 동성 친밀성과 여자/트랜스 남성성에 대해 논구한다. 이는 수행-연기로서의 남성성을 바탕으로 수행성으로서의 젠더와 여성동성사회에 관한 단서

---

34) 정우숙, 「한국현대희곡에 나타난 남성성의 두 양상」, 『이화어문논집』 17, 이화어문학회, 1999, 201~220쪽.
35) 신수정, 「감정교육과 근대남성의 탄생」, 『여성문학연구』 15, 한국여성문학학회, 2006, 229~260쪽.
36) 김미현, 「박화성 소설의 '섀도 페미니즘'」, 『젠더 프리즘』, 민음사, 2012, 263~280쪽.

를 제공한다.37) 이호걸은 신파성과 민족주의, 파시즘과의 연관성을 토
대로 1960~70년대 한국영화들이 보여주었던 남성들의 눈물이 언제
라도 파시즘적 동원에 응답할 준비가 되어 있는 신파적 주체성을 형
성하였음을 징후적으로 보여준다고 지적한다. 박정희의 개발독재에
배태되어 있는 '동의'의 차원을 '눈물'이 형성하고 있다는 분석이
다.38) 이러한 연구들은 남성성/들의 차이를 조망하려는 시도이다.

　최근에는 남성성 연구의 폭도 확장되고 있다. 학술논문을 중심으로
논의되던 것에서 벗어나 남성성에 대한 고민이 필요하다는 공감대가
형성되고 있는 것이다. 정희진과 권김현영 등 여성학 연구자들 중심
으로 구성된 연구팀 도란스는 『남성성과 젠더』와 그 개정판 『한국남
자를 분석한다』를 통해 한국 남성성에 다각적으로 접근한다. 또한 연
세대학교 젠더연구소에서 기획한 『그런 남자는 없다』역시 서북청년
회에서 일베에 이르기까지 한국 남성성을 역사적으로 접근하려고 시
도하고 있다. 최현숙의 『할배의 탄생』은 흔히 '가스통 할배'로 불리는
우익 남성 노인의 구술사를 통해 평범한 남성 노인의 망탈리테에 접
근하고 있다. 이러한 연구들은 헤게모니적 남성성의 배면을 분석하고
남성성을 탈정립하려는 시도를 포함하고 있다.39)

---

37) 김지혜, 「1950년대 여성국극공동체의 동성친밀성에 관한 연구」, 『한국여성학』 26(1),
　　한국여성학회, 2010, 97~126쪽; 「드라마 <성균관 스캔들>의 젠더와 섹슈얼리티 분석」,
　　『문학과영상』 12(3), 문학과영상학회, 2011, 687~718쪽; 「페미니스트 젠더 이론과 정
　　치학에 대한 재고: 여자/트랜스(female/trans) 남성성 논쟁을 중심으로」, 『영미문학페미
　　니즘』 20(2), 한국영미문학페미니즘학회, 2012, 63~92쪽.
38) 이호걸, 「신파양식 연구」, 중앙대 첨단영상대학원 박사학위논문, 2007; 「파시즘과 눈
　　물」, 『영화연구』 45, 한국영화학회, 2010, 343~384쪽.
39) 권김현영 외, 『남성성과 젠더』, 자음과모음, 2013; 『한국 남자를 분석한다』, 교양인,
　　2017; 연세대학교젠더연구소 편, 『그런 남자는 없다』, 오월의봄, 2017; 최현숙, 『할배

본 연구는 이러한 문제제기를 바탕으로 남성성의 지정학적 결정소들을 밝히고, 남성 젠더가 수행되는 방식을 분석함으로써, 1950년대 한국소설의 젠더에 대해서 질문하고자 한다. 이는 남성성 역시 역사적 계보를 가진 담론 구성체라는 문제의식을 바탕으로 한다. 이는 남성성이 어떻게 보편 주체로 구성되었으며, 이에 대한 협상이나 수용, 일탈과 저항은 누가 어떻게 해왔는지를 분석해야 한다는 의미이기도 하다. 남성성/들 사이의 차이를 밝히고 젠더 수행성이 갖는 미학적 효과를 분석함으로써 헤게모니적 남성성을 탈구축하는 것이다.

2. 연구방법 및 연구대상

1970년대 중반 미국에서 출발한 초기의 남성성 연구는 남성 역시 가부장제의 희생양이라는 점을 밝히는 데 초점을 두었다. 가부장제는 여성뿐만 아니라 남성도 경제적, 정치적으로 억압하고 있다는 비판이다. 이러한 관점은 남성을 분석의 대상으로 삼았다는 점에서 유의미하지만, 남녀의 성차 본질주의를 뛰어넘지 못했다는 한계가 있다. 이처럼 성별화된 연구로서의 남성성 연구는 섹스에서 젠더로의 전환과 더불어 연구의 폭을 확장한다. 버틀러를 위시한 젠더 연구자들은 남성성 역시 사회문화적 구성물이라는 점을 지적한다. 이는 헤게모니적

의 탄생』, 이매진, 2016. 이밖에도 사회학자 오찬호의 『그 남자는 왜 이상해졌을까』(동양북스, 2016), 토니 포터, 『맨박스』, 김영진 옮김, 한빛비즈, 2016 등 남성성에 대한 인문교양서가 출간되어 인기를 끌기도 하였다.

남성성 역시 시대에 따라 변모하는 것이며, 복수의 남성성들이 있다는 인식론적 전환을 가져온다. 남성성 연구는 남성의 특성을 밝히는 것에서부터 출발하여 남성성/들에 이르기까지 연구의 폭을 확장해야 하는 것이다.[40)]

남성성 연구는 남성중심적 지배체제의 원인을 규명하는 데에서부터 출발한다. 정신분석학적 성차론은 대문자 남성의 본성이 가부장제의 바탕을 이룬다고 지적한다. 프로이트는 이러한 해부학적 성차론을 바탕으로 가부장제를 설명한다. 「토템과 터부」에서 프로이트는 막강한 권력을 휘두르는 아버지가 있던 원시시대가 아들들의 조직적 아버지 살해로 인해 해체되는 데 주목한다. 시원적 아버지를 죽인 아들들은 죄책감을 해소하기 위해 사회계약을 탄생시키고, 이 계약을 유지하기 위해 충동의 단념, 상호 의무의 인식, 신성하다고 선언된 특정 제도를 제정하고 근친상간 금기와 족외혼이라는 규범을 만들어낸다.[41)] 이 형제 동맹은 남성적 사회구조를 분석하는 데 유효한 틀을 제공하였다.

린 헌트는 프로이트와 페이트만[42)]을 바탕으로 국가의 성립에 있어

---

40) *The Masculinity Studies Reader*, edit. Rachel Adams, David Savran, Blackwell Publishing, 2002, pp.1~8.
41) 프로이트, 「토템과 터부」, 『종교의 기원』, 이윤기 옮김, 열린책들, 2003, 23~240쪽.
42) 페이트만은 프로이트의 형제애 개념을 받아들여서 "남성"으로서의 인간, 형제로서의 인간에 여성이 복종하게 된 것이 근대 시민사회의 결정적인 특징이라고 지적한다. 가부장제는 남성들이 정치적으로 행동하는 새로운 종류의 권력이며 이 정치적 권리는 가족이나 사적인 것이 비정치적 영역으로 전이됨으로써 은폐되었다는 것이다. 페이트만에 따르면 결국 가부장제는 과거로 떠밀려난 것이 아니라 여성의 지속적인 복종을 위한 최신의 장치로 변형되었다는 것을 알 수 있다. 캐롤 페이트만, 『남과 여, 은폐된 성적 계약』, 이충훈 외 옮김, 이후, 2001.

형제애의 역할에 대해 분석한다. 헌트는 프랑스혁명의 구호인 자유, 평등, 박애가 주목하는 것은 시원적 아버지의 죽음과 형제애의 탄생이라고 지적한다. 공화국의 설립 과정에서 국왕이라는 정치적 아버지는 살해되었고, 평범한 아버지들은 법률의 제약에 굴복하거나 국가의 권위에 의해 대체되었다는 것이다. 아버지는 무대 중앙에서 사라졌고, 이후 이들은 공화주의적 덕성이라는 남자들 간의 형제애에 기반하여 시민이 된다. 입법의회는 가부장의 특권을 분해하는 작업을 계속하여, 그것을 개인들 사이, 그리고 개인과 국가 사이에 계약관계를 확립시키려는 노력의 일부로 만들었다. 따라서 프랑스혁명에서 박애란 사실상 남성들 사이의 우애에 지나지 않는다는 것이 린 헌트의 주장이다.[43]

이처럼 형제애는 남성들 사이의 연대를 바탕으로 근대 국가를 출현시킨다. 이브 코소프스키 세즈윅은 이 형제애를 남성 '동성사회적 욕망(homosocial desire)'의 연속체로 명명한다. 남성이 다른 남성과 맺는 관계들의 구조에 관한 일반화를 가능케 하는 전략을 남성 동성사회성이라고 정의하는 것이다. 이는 남성의 우정, 멘토쉽, 자격, 라이벌 구도, 그리고 이성애와 동성애섹슈얼리티가 서로 친밀하고 유동적인 관계에 있다는 것을 암시한다. 그런데 이 "남성 동성사회적 욕망"은 차별과 모순을 동시에 드러낸다. 우선 "동성사회적 욕망"은 "동성애적"이라는 말로부터 분명한 분리를 의미한다. "동성사회적"이라는 말은 사실상 "남성연대(male bonding)"와 같은 행위에 적용된다. 그리고 이러한 유대는 강한 호모포비아를 그 특징으로 한다.

예를 들어, 어머니와 딸, 언니와 여동생, 여자들 사이의 우정과 같

---

43) 린 헌트, 『프랑스 혁명의 가족 로망스』, 조한욱 옮김, 새물결, 1999.

은 유대는 페미니즘의 투쟁 결과 의미부여된 네트워크로 설명된다. 이 연속체는 과거 역사적으로 단절을 경험했지만, 지금은 누구에게나 받아들여질 수 있는 상식적인 의제가 되었다. "여성을 사랑하는 여성"과 "여성의 이익을 위해 싸우는 여성"은 성애적, 사회적, 가족적, 경제적, 그리고 정치적 영역을 넘어 확장되고 있다. 그러나 사회는 "남자를 사랑하는 남자"와 "남성의 이익을 위해 싸우는 남자"는 같은 동기를 가져서는 안 된다고 규정한다. 세즈윅은 이것이 남성동성사회와 남성 동성애가 분리되는 이유라고 분석한다. 남성들 사이의 관계가 성애화된 관계가 아니라는 것을 보여주어야 하기 때문이다. 세즈윅은 이러한 남성들 사이의 사회적이고 정치적인 관계를 성화(sexualized)하고, 성과 권력의 관계에 새로운 탈주선을 그리는 작업을 진행한다.

세즈윅은 이러한 문제의식을 바탕으로 18세기 중반에서 19세기에 걸친 영문학 텍스트들을 소환한다. 여기서 분석하는 것은 여성의 교환에 기초한 "동성사회적 연속체"에서 여성에 의해 매개되는 남성들 사이의 관계가 사실상 남성들 사이의 성애적(erotic) 거래를 가리는 스크린일 뿐이라는 점이다. 이는 두 라이벌을 연결시키는 유대감은 사랑하는 사람에 대한 유대만큼이나 강렬하고 강력하다는 점을 바탕으로 한다.[44] 따라서 이 삼각형 구조에서 가장 중요한 것은 여성과 남성

---

44) 르네 지라르, 『낭만적 거짓과 소설적 진실』, 김치수 외 옮김, 한길사, 2001. 지라르의 이 구도는 프로이트의 동성애 인과관계학에 기대고 있다. 남자아이는 강력한 아버지와 사랑하는 어머니 사이의 역학에서 거세 공포로 인해 아버지와 동일시하는 것을 택한다는 것이다. 아이에게 욕망과 동일시는 아버지의 역할에 도달하기 위한 것이다. 이처럼 라이벌 관계와 사랑은 많은 면에서 등가를 이룬다. 일단 사랑 대상의 선택에 있어서, 라이벌이 이미 선택한 대상을 선택하는 경향이 있다. 또한 라이벌 사이의 유대는 행동이나 선택에 있어서 더 결정적인 역할을 한다.

사이의 관계가 아니라 서로에게 친밀감을 표현할 수 있는 방법이 이
것밖에 없는 두 남성 사이의 교환거래이다. 남성지배적 사회에서는
동성친화적 욕망과 가부장적 권력의 유지 및 이양을 위한 구조가 연
관되어 있지만, 이를 드러내지 않기 위해 여성의 거래를 남성들 간의
동성애적 관계를 금지하기 위한 도구로 사용한다는 것이다. 이에 따
라 이성애는 동성사회적 관계를 탈성화하기 위해 강제적으로 동원되
는 제도가 되고, 호모포비아는 가부장제 사회를 형성하는 필수요소가
된다. 이는 가부장제가 여성에 대한 남성의 승리일 뿐 아니라 남성 섹
슈얼리티에 대한 승리이기도 하다는 점을 보여준다. 남성들 사이의
사회적 관계를 중심으로 하는 동성사회적 남성연대는 남성들 사이의
동성애적 욕망에 대한 공포와 금기를 통해 이성애적 욕망을 제도화하
고 동성애를 억압하는 것이다.[45]

세즈윅의 이러한 입장은 *Between Men*의 후속작인 *Epistemology of Closet*
에서 보편화된다. 세즈윅은 동성애적 욕망을 '보편화 관점'으로 바라
본다. 이는 이성애자이든 동성애자이든, 이성애 수행이든 동성애 수행
이든 상관없이, 동성애가 어떤 특정한 섹슈얼리티에만 한정된 것이
아니라 섹슈얼리티들을 가로지르며 사람들의 삶에서 지속적으로 그리
고 결정적으로 영향을 미친다는 입장이다.[46] 즉 공동체의 구성원들이

---

45) Eve Kosofsky Sedgwick, *Between Men*, Columbia University Press, 1985.
46) 세즈윅은 *Epistemology of the Closet*에서 호모포비아를 남성성 및 남성적 권력의 작동
    방식의 일부로 읽는 논법을 구사한다. 동성애를 바라보는 사회의 시선은 크게 둘로
    나눌 수 있다. 하나는 소수화 관점으로, 동성애자를 이성애자와는 두드러지게 다른
    사람들로, 어떤 특수하고 고정된 특성을 지닌 소수의 사람들로 보는 관점이다. 이와
    동시에 보편화 관점도 존재한다. 보편화 관점은 성적 지향이 동성애자인가 여부와는
    관계없이 동성애가 섹슈얼리티 전반에 영향을 미친다는 입장이다. Eve kosofsky

특정한 행위를 할 때, 그 행위가 동성애적인지 아닌지의 여부가 무의식적 차원에서부터 작용한다는 것이다. 이는 폭력적 혐오발화나 괴롭힘의 문제가 아니라 주체 모두의 정신구조에 동성애적 욕망이 영향을 미치고 있다는 점에서 퀴어 연구의 폭을 확장하였다.

본 연구는 세즈윅이 말하는 남성 동성사회성을 중심으로 한국소설의 남성성을 역사적이고, 사회문화적이며, 젠더 수행적인 차원에서 접근하려고 한다. 버틀러는 성차의 본질화를 경계하며 젠더의 사회문화적 수행성을 강조한다. 섹스, 젠더, 섹슈얼리티는 모두 자유롭게 떠다니는 인공물이자 언제나 생성되는 과정 중의 구성물이며, 그 결과 남자와 남성적인 것은 남자의 몸을 의미하는 것만큼이나 쉽게 여자의 몸을 의미할 수 있고, 여자와 여성적인 것은 여자의 몸을 의미하는 만큼이나 쉽게 남자의 몸을 의미할 수도 있다는 것이다. 이러한 몸과 젠더의 분리는 섹스 역시 젠더만큼이나 사회적으로 구성된 것이라는 결론으로 이어진다. 젠더는 문화에 앞서서 그 위에서 문화가 행해지는 정치적으로 중립적인 표면으로 생산되고 설정되게 하는 담론적, 문화적 수단이기도 한 것이다.47)

Sedgwick, *Epistemology of the Closet*, University of California Press, 1990.

47) 주디스 버틀러(1990), 『젠더 트러블』, 조현준 옮김, 문학동네, 2008, 95~96쪽. 버틀러의 이러한 입장은 성차에 대한 페미니즘의 접근이 여성성을 배제를 통한 의미화 경제에 기반하고 있는 (남성적) 부인 때문에 발생한, 재현 불가능한 부재로 이론화하는 것이라고 비판에서부터 출발한다. 버틀러는 보봐르나 이리가레이의 여성성 논의가 오히려 성차를 본질화하고 있다는 문제를 지적한다. 과정 중의 주체로서 여성/남성의 행위주체성(agency)을 간과하고 있다는 것이다. 체제 안에서 거부/배제된 것으로서의 여성성은 헤게모니 개념 체계를 비판하거나 붕괴할 가능성을 형성한다. 이러한 입장은 젠더를 하나의 결과물로서 해석한다. 반면, 젠더가 구성된다는 것은 젠더의 허구성이나 인위성을 주장하기 위해서가 아니라 이분법적 관계가 담론적으로 생산되었다는 사실을 비판하고, 젠더의 특정한 문화적 배치가 '실재인 것' 대신에 자리잡

주체에 정체성을 부여하기 위한 호명은 법의 무의식이 반복적으로 호명하는 과정에서 그 정체성의 침해를 통해서만 구성된다. 반복된 법의 호명과 그에 대한 주체의 응대는 재의미화나 재발화의 가능성을 열 수 있다. 즉 수행성은 주체를 형성하는 동시에 재형성하고 주체의 복종에 대한 집착을 새롭게 수정하는 동시에 불안정하게 만들 수 있다.[48] 이를 보여주는 것이 트랜스젠더론이나 트랜스섹슈얼리티, 부치/팸 정체성 문제이다. 트랜스섹슈얼은 여자나 남자라는 명사로 기술될 수 없으며 정체성의 지속적인 변형, 젠더화된 정체성을 의문시하게 만드는 사이공간을 입증한다. 공적이며 산업적인 남성성과 사적이며 양육하는 여성성의 공사 영역의 분리를 해체하는 드랙(drag)을 통해 젠더가 수행이자 연기임을 입증한 것이다.[49] 젠더가 끊임없이 수행되는 행위(doing)라면, 젠더는 수행과 비수행의 다양한 가능성을 갖는다. 정상적 규범이 비이행되는 경험은 선험적 인식을 무화시키고, 규범을 탈구축할 수 있다. 이는 젠더 규범이 언제나 구성되는 과정 중에 있음을 의미한다. 즉, 젠더는 남성성과 여성성의 정상화와 생산이라는 장

고, 적절한 자기-당연시를 통해 자신의 헤게모니를 강화하고 확대한다는 점을 비판하는 것이다. 버틀러는 『젠더 트러블』의 목적을 "젠더의 위치를 근본적인 정체성의 환영으로 정해두어서 젠더가 자기 위치를 지키게 만들고자 하는 바로 그 구성적 범주들의 동원과 전복적 혼란과 증식을 통해서 젠더에 트러블을 만들려는 노력"(149쪽)이라고 정의한다.

48) 버틀러는 이분법이나 대립 구도를 해체하기 위해 수행성을 강조한다. 모든 단일한 정체성을 부정하고, 통일된 동일자의 내적 안정성을 의심하는 것이다. 이를 통해 버틀러가 강조하는 것은 '주체' 개념에 저항하는 '수행성'이다. 조현준, 『젠더는 패러디다』, 현암사, 2014.

49) 버틀러는 자신의 젠더관을 정립하는 데 게일 루빈의 영향을 받았다. 버틀러는 루빈과의 인터뷰에서 루빈이 젠더를 덜 고정적이고 유동적인 것으로 상상한다는 점을 자신의 젠더 트러블에 원용했다고 밝힌 바 있다. 주디스 버틀러 · 게일 루빈(1994), 「성적 거래」, 『일탈』, 신혜수 외 옮김, 현실문화, 2015.

치(apparatus)이지만, 동시에 해체하고 탈자연화하는 장치이기도 한 것이다.

이에 따라 규범과 규제화 과정에서 발생하는 '박탈(dispossession)'은 젠더 구성의 토대가 된다. 통상적으로 젠더 규범과 젠더 구성은 서로 상반된 행위라고 여겨진다. 성별에 따라 지켜야 할 규범이 있다는 것과 젠더는 구성물이라는 주장은 본질주의와 구성주의의 대립으로 읽히기 때문이다. 하지만 버틀러는 젠더와 섹슈얼리티가 규범화된다는 것은 동시에 젠더와 섹슈얼리티가 출현하는 조건이기도 하다는 점을 강조한다. 규범적 이상은 젠더와 섹슈얼리티가 나타나는 데 형태와 과정을 제공하기 때문이다. 즉 규범이 없이는 구성도 없다는 것이다. 이에 따라 버틀러는 섹슈얼리티를 통제한다거나 섹슈얼리티를 규제하는 것이 젠더 규범의 일차적 목적이라고 말하지 않는다. 박탈의 매트릭스 안에서 주체는 자신이 젠더를 소유하고 있다는 역사적이고 문화적인 주장을 재고하고 스스로를 전치하면서 규범 장치를 재형상화하고 젠더 허물기를 수행하기 때문이다.[50]

이러한 버틀러의 '젠더적 전환'은 '남자 없는 남성성'으로 이어진다. 핼버스탬은 남성의 생물학적 성과 남성성 사이의 자연화된 연계를 균열시키고 여성 육체에 체현되는 다양한 남성성을 분석하기 위해 여자의 남성성을 살펴본다. 핼버스탬에 따르면, 여성성은 인위적인 것으로 사고되는 반면 남성성은 생물학적 남성만이 발현할 수 있는 '진짜(real)의, 자연스러운' 속성으로 가정된다. 그러나 여자의 남성성은 여성 육체와 남성성 사이의 탈구를 통해 남성성의 구성적인 성격을

50) 주디스 버틀러 아테나 아타나시오우, 『박탈』, 김응산 옮김, 자음과모음, 2016.

효과적으로 노출시킴으로써 남성성에 대한 본질주의적인 관념을 해체한다. 남성성의 젠더 정체성을 섹스와 이성애로부터 분리시키고 행위성을 분석하는 것이다.[51]

이처럼 복수적 남성성에 대한 연구는 상징계를 구성하는 헤게모니적 남성성이 더 이상 유효하지 않다는 진단에서 비롯된다. 카자 실버만은 헤게모니적 남성성이 우리의 '현실'을 유지하는 데 있어 필수적인 요소라고 지적한다. 이러한 남성성은 일종의 '지배적 허구(dominant fiction)'로 작동하며, 남성주체가 믿고 따라야 할 판타지가 된다.[52] 그러나 R.W.코넬은 이 헤게모니적 남성성이 포함과 배제의 실천을 통해 구성되는 젠더 정치라는 점을 강조한다. 이러한 관점에서 헤게모니적 남성성은 언제나 경합의 여지가 있고, 가부장제의 정당성 문제에서 '현재 수용되는' 답변을 체현하는 젠더 실천의 배치 형태로 정의할 수 있다.[53] 따라서 남성성은 계속해서 다시 규정되고 다시 논의되어야 한다. 젠더 수행 역시 계속해서 재상연되어 왔기 때문이다. 이러한 관점에서 한국소설의 남성성에 대한 연구 역시 재검토되어야 할 필요가 있다.

---

51) J. 핼버스탬, 『여성의 남성성』, 유강은 옮김, 이매진, 2015 ; 김지혜, 「페미니즘 젠더 이론과 정치학에 대한 재고: 여자/트랜스 남성성 논쟁을 중심으로」, 『영미문학페미니즘』 20(2), 2012, 63~92쪽. 여자 남성성을 출간한 당시 핼버스탬은 Judith라는 이름을 사용하였으나, 이후 잭 핼버스탬으로 자신의 정체성을 바꾼다. 잭 핼버스탬, 『가가 페미니즘』, 이화여대 LGBT번역팀 옮김, 이매진, 2014.

52) Kaja Silverman, *Male Subjectivity at the Margins*, Routledge, 1992, pp.15~51. 카자 실버만은 가부장적 남성성의 '지배적 허구'가 거세, 타자성, 부분성을 인정할 뿐 아니라 받아들이는(embrace) 남성성들을 포함해야 한다고 지적한다. 이는 코넬의 남성성/들과도 통하는 지적이라 할 수 있다.

53) R.W.코넬, 『남성성/들』, 안상욱 외 옮김, 이매진, 2013, 111~136쪽.

한국소설은 젠더적 전환을 통해서 남성 젠더 수행성이라고 하는 새로운 정치의 영역을 개척할 수 있다. 랑시에르는 근대적 예술은 미학적-감성적이라는 '감각적인 것'의 재배치를 중심으로 정치를 논해야 한다고 제안한다. 예술의 정치성은 윤리적 체제나 시학적-재현적 체제가 아니라 미학적-감성적이라는 '감각적인 것'의 재배치와 재분할을 바탕으로 세계의 낡은 감각적 분배를 파괴하고 다른 종류의 분배로 변환시킴으로써 삶의 새로운 형태들을 발명하는 것이라는 의미이다. 이러한 랑시에르의 감성적 혁명에 따르면, 새로운 감성적 분배에 참여함으로써 낡은 분배형태와 불일치하고 그와 맞서 싸우는 한에서, 예술은 정치적인 것이 된다.54) 본 연구는 이러한 관점에서 남성성이라는 낡은 분배형태를 새롭게 분할하려고 시도한다. 남성성은 헤게모니적이고 억압적이라는 기존의 분배형태를 대리보충할 수 있는 젠더적 전회를 통해 문학연구의 정치성을 확보하는 것이다.

문학의 정치는 문학이 이항대립적으로 나뉘어진 규범 체계에 개입하는 것을 의미한다. 시간들과 공간들, 말과 소음, 가시적인 것과 비가시적인 것 등의 구획 안에 고정된 의미축을 전치하여 보이지 않던 것을 보이게 함으로써 여러 실천들, 형태들 사이의 관계에 개입하여, 탈구축하는 것이다.55) 본 연구에서 남성 젠더 수행성을 바탕으로 획득하고자 하는 것도 이러한 미학적 정치성이다. 여성 중심의 젠더 수행성 연구를 재분할하여 남성 젠더 수행성이라는 감각을 배치함으로

---

54) 자크 랑시에르, 『감성의 분할』, 오은성 옮김, b, 2008; 진은영, 「감각적인 것의 분배」, 『창작과비평』 142호, 2008년 겨울, 창작과비평사, 67~84쪽.
55) 자크 랑시에르, 『문학의 정치』, 유재홍 옮김, 인간사랑, 2009, 9~57쪽.

써 새로운 미학적 인식론과 더불어 정치성을 획득하는 것이다. 이는 그동안 풍속의 함몰로 설명되어 온 1950년대 소설을 재인식하는 토대가 된다. 1950년대 소설에서 읽어낸 남성 젠더 수행성은 헤게모니적 질서를 해체하고 소설을 새로운 정치의 장으로 발굴해낼 수 있게 할 것이다.

본 연구는 1950년대 한국소설을 통해 다기한 남성성/들 사이의 관계를 밝히고, 담론구성체로서의 남성성이 한국소설과 맺는 수행성을 보여줄 것이다. 또한 이를 통해 한국소설을 분석하는 틀로서 젠더 미학을 확장하고, 생물학적 성별을 중심으로 진행되어 온 여성문학 연구에 새로운 방향을 제시할 수 있을 것이다.

이를 위해 염상섭, 정비석, 손창섭 세 명을 연구대상으로 선택하였다. 남성작가가 그리는 남성주체들을 통해서 한국소설의 남성성에 대해 재구해보는 것이다. 이들 세 작가는 한국문학사를 대표하는 남성작가들로서 1950년대 활발한 활동을 보였다. 염상섭은 이광수와 더불어 한국 근대소설의 아버지 격인 인물이며 그의 소설은 시대에 대한 불화와 비타협의 정신을 통해 문학의 역할에 대해 사유하고 있다.[56] 정비석은 1950년대 『자유부인』을 비롯하여 다수의 장편소설을 남겨 한국 대중소설을 대표하는 작가로 자리잡았다. 손창섭은 해방 이후 등장한 신세대 작가의 기수로서, 인간성의 조건에 대해 재질문하는 텍스트를 발표함으로써 한국의 전후 문학 장을 대표한다. 이들은

---

56) 이혜령·한기형, 『염상섭 문장전집』, 소명출판, 2014, 3~6쪽.

1950년대 한국소설의 지형도를 보여주는 작가들로서, 순수와 통속, 사실주의와 모더니즘적 실존주의 등 분할선을 넘나들며 스스로 위치를 바꾼다. 이들 세 작가를 통해 1950년대 한국소설을 입체적으로 조망할 수 있을 것이다.

또한 이들은 식민지 근대와 해방, 한국전쟁을 통해 민족의 다공성을 체현한 존재들로서 남성성의 계보를 살펴보기에 적합한 작가들이다.57) 염상섭은 일제 말을 만주에서 보내고 귀환하여 한국전쟁기 해군에서 복무하였으며, 정비석은 일제 말의 친일 협력과 한국전쟁 육군종군작가단 활동으로 프로파간다에 협력했다는 혐의에서 자유롭지 못하다. 손창섭은 평양과 만주, 일본을 떠돌며 유년시절을 보냈으며 1970년대에 일본으로 이주한 디아스포라다. 이러한 궤적은 세 작가의 남성성에 결절점을 만든다. 이들은 주체로 호명된 '국민'인 동시에 주변부화된 '난민'과 같은 존재들이었다.58) 이는 제대로 분석되지 않은 채 음화로 남아 있는 1950년대 대한민국 남성성의 증후이다. 본 연구는 이들의 소설을 통해 1950년대 한국사회의 남성성/들의 세대별, 경

---

57) 수잔 벅 모스는 민족적 정체성이 "문화가 본질상 동질적인 민족국가의 경계와 일치하는 어떤 양식들로 언제나 환원된다는 경솔한 가정"에 기대고 있다는 점을 지적하면서, 구체적이고 특정한 인간들의 집단적 경험은 민족·인종·문명 등 정체성을 부여하는 범주를 벗어나는데, 이 범주는 그들이 문화적 이항들을 가로질러 이동하고 개념적 틀을 들락날락하며 그 과정에서 새로운 틀을 창출할 때 그들 존재의 어느 부분적 측면만을 포착하기 때문에 다공성이 생길 수밖에 없다고 지적한다. 이를 식민지배에 대입할 경우, 식민 기획을 살아낸 사람들로 하여금 자신의 세계를 필연적으로 다시 상상하게 만들었다는 것이다. 수잔 벅 모스, 『헤겔, 아이티, 보편사』, 김성호 옮김, 문학동네, 2012, 155~156쪽.

58) 이들은 해방을 전후하여 월남한 작가들로, 보도연맹에 가입하거나 부역자 심사에 오르는 등 국민성을 의심받아야 했다. 이에 '월남작가클럽'을 결성하여 '비민주주의적 문학행동과의 대결'과 '새로운 민족문학창조'를 자신들의 목표로 삼기도 한다. 「월남작가클럽결성」, 『경향신문』 1949.11.24.

험별 계보를 살펴볼 수 있을 것이다.

특히 이들이 변화하는 친밀성의 코드들을 서사화하였다는 점에 주목해야 한다. 세 작가는 당대성을 반영한 소설을 통해 연애, 가족, 국가상의 변화를 포착한다. 염상섭의 1950년대 소설들은 혼사 장애와 가족 문제를 다루고 있어, 통속성에 함몰되었다는 비판을 받았다. 대중소설로 설명되는 정비석의 텍스트는 말할 것도 없다. 흥미로운 것은 주체의 문제에 집중한 것으로 보이는 손창섭의 소설 역시 가족과 결혼 문제에 주목하고 있다는 점이다. 이들의 신문이나 잡지 연재소설은 독자들의 관심과 흥미를 끌기 위해 제공된 텍스트로서, 1950년대의 척도를 그려볼 수 있도록 해준다.

이처럼 세 작가는 1950년대 소설의 특수성을 남성 젠더 수행성을 토대로 풀어내고 있기 때문에 본 연구의 대상으로 선정되었다. 세 작가의 개별 연구사를 정리하면 다음과 같다.

염상섭은 1920년대부터 1960년대까지 28편의 장편소설과 150여 편의 단편소설을 발표했다. 염상섭 문학을 직, 간접적으로 다룬 연구가 대략 700여 편을 상회하고 있는, 그야말로 한국문학의 문제적 작가라 할 수 있다.59) 우선 염상섭 문학에 대한 총체적 접근으로는 대표적으로 김종균, 김윤식, 이보영의 연구가 있다. 이들은 염상섭의 1950년대 이후 소설이 식민지 시기 염상섭의 성취에 미치지 못한다고 지적한다. 염상섭의 전기적 사실, 작품의 연보, 개별 작품의 분류 등 염상섭 연구의 토대를 닦은 김종균은 "상섭 문학은 만세전에서 출발하여 진

---

59) 진정석, 「염상섭 문학에 나타난 서사적 정체성 연구」, 서울대 박사논문, 2006.

정한 의미에서 1936년 불연속선으로 끝막음 한 것"이라며, 1950년대 이후 염상섭 소설을 논외로 삼는다.[60] 염상섭의 문학을 '난세의 문학'으로 명명하는 이보영 역시 일제 시기를 중심에 두고 연구를 진행한다.[61] 염상섭 문학을 근대적 제도 장치로서의 글쓰기와 '중산층 보수주의', 가치중립성으로 설명하는 김윤식은 염상섭의 1950년대 소설은 바둑의 '끝내기'에 해당하는 것이라며, 독자적인 의미를 부여하지 않는다. 김윤식이나 권영민은 염상섭 문학의 리얼리즘적 수법이 연애소설이나 혼사장애와 같은 통속적 서사에 매몰되었다고 평가한다.[62] 이는 리얼리즘적 가치가 염상섭 소설의 전체를 판가름하는 기준으로 작동하기 때문이다. 이혜령은 염상섭 문학에 대한 리얼리즘 비평이 반공 체제하에서 사회주의에 대해 발언할 수 있는 기회를 제공했다고 분석한다. 1960년대 비평 장에서 『삼대』가 좌파 문학이론가들의 리얼리즘을 반공국가인 남한에 토착화시키는 데 기여했다는 것이다. 이혜령에 따르면, 염상섭의 소설은 이념과 생존 사이에서 레드 콤플렉스를 내면화하는 과정에서 벌어진 한국 리얼리즘의 '사상지리'다.[63] 이는 민족문학사에서 '리얼리즘적인 것'만이 살아남을 수 있다는 것을 방증한 것이기도 하다. 이처럼 리얼리즘의 눈에 '후퇴'와 '함몰'로 설

---

60) 김종균, 『염상섭 연구』, 고려대출판부, 1974.

61) 이보영, 『난세의 문학』, 예림기획, 2001.

62) 이 시기 염상섭의 소설에 대해서는 '통속적이다', '리얼리즘 수법으로부터 후퇴했다'는 등의 부정적 평가가 대부분이다. "『취우』는 일상적 삶의 연속성에 지나치게 집착하여, 전쟁이 야기한 거대한 지각변동과의 관련 양상을 보지 못하였으니, 이는 시야의 문제이자 동시에 창작방법의 문제이다." 김윤식·정호웅, 앞의 책, 355쪽; 김윤식, 『염상섭 연구』, 서울대 출판부, 1987.

63) 이혜령, 「소시민, 레드콤플렉스의 양각」, 『대동문화연구』 82, 성균관대학교 대동문화연구원, 2013, 37~73쪽.

명되었던 해방 이후 염상섭 소설에 대한 연구는 이제 시작단계에 서 있다.[64]

1950년대 염상섭 소설 연구는 『취우』를 중심으로 진행되어 왔다. 역사성과 일상성의 교차를 통해 "가치중립성의 세계"[65]를 보여주었다는 해석은 염상섭 후기 소설을 '일상성'으로 특징지었다.[66] 반면 김경수는 보다 적극적인 해석을 시도한다. 김경수는 이 시기 장편소설을 크게 '정략결혼의 논리와 여성의 자각(『난류』), 한국전쟁과 취우, 전후 사회와 미망인의 발견(『미망인』과 『화관』 연작), 새로운 세대의 삶(『젊은 세대』와 『대를 물려서』)'이라는 주제로 나누어서 설명하면서 염상섭 소설이 연애서사를 기반에 두고 움직이고 있음을 지적한다. 이는 통속성에의 함몰로 지적되던 1950년대 이후 염상섭 소설을 재조명하는 계기가 되었다.[67] 또한 최근에는 염상섭 소설에 대한 연구를 다각화해야 한다

---

64) 해방기 염상섭 소설에 대한 연구는 중간파적 정치 이데올로기에 초점이 맞춰져 있는 경우와 귀환서사 등을 통해 국가건설에 관한 내용에 초점을 맞추는 경우가 많다. 권영민은 염상섭의 중간파 이념이 정치적 파당성에 대한 비판적 태도를 견지한 것이었으며, 좌우 세력의 중간에 위치한 것 이상의 이념적 태도로 형성될 수 있었다고 주장한다. 조남현 역시 염상섭의 중립주의가 제3의 이념을 도출할 수 있는 가능성을 갖고 있다고 보았다. 반면 신형기는 해방기 염상섭을 '국외자적 중간파의 문학론'으로 규정한다. 이 시기 염상섭 소설은 중간파적 입장을 구체화시키지 못하고 소박한 윤리론에 머무른 소극적 대응방식이라는 분석이다(권영민, 『해방직후의 민족문학운동연구』, 서울대출판부, 1986; 조남현, 「해방직후 소설에 나타난 선택적 행위」, 『해방공간의 문학운동과 문학의 현실인식』, 한울, 1989; 신형기, 『해방직후문학운동연구』, 연대 박사학위논문, 1987 등).

65) 김윤식, 『염상섭 연구』, 서울대 출판부, 1987, 842쪽.

66) 김종욱, 「염상섭 취우에 나타난 일상성에 대한 연구」, 『관악어문연구』 17, 서울대학교, 1992; 한수영, 「소설과 일상성-염상섭 후기 단편소설의 성격에 관하여」, 『소설과 일상성』, 소명출판, 2000.

67) 김경수, 「전후 염상섭 장편소설의 전개」, 『서강어문』 13, 1997, 113~153쪽; 『염상섭 장편소설 연구』, 일조각, 1999; 『염상섭과 현대소설의 형성』, 일조각, 2008 참조.

는 목소리가 높아지고 있다. 이러한 경향을 보여주는 것이 염상섭 소설의 연애서사에 대한 연구[68]와 젠더 연구[69]이다. 이 두 경향은 그동안 연구되지 않았던 염상섭 장편연애소설에 대한 관심을 높인다. 이러한 다각도의 접근을 집결산한 것이 이혜령과 한기형이 편집한 『저수하의 시간, 염상섭을 읽다』이다. 이처럼 염상섭 연구는 다양한 가능성을 확인하면서 여전히 활발히 진행 중이다.[70]

1932년 「朝鮮の子供から日本の子供たち」가 NAPF계 대학신문 공모에 당선된 정비석은 향토적 서정성을 바탕으로 한 단편소설로 1930년

---

68) 윤영옥, 「염상섭 소설에서의 자유연애와 자본으로서의 젠더 인식」, 『현대문학이론연구』 58, 2014, 255~281쪽; 김주현, 「자유연애의 이상과 파국」, 『우리문학연구』 26, 2009, 189~217쪽; 최애순, 「1950년대 서울 종로 중산층 풍경 속 염상섭의 위치」, 『현대소설연구』 52, 현대소설학회, 2013, 143~185쪽; 정종현, 「1950년대 염상섭 소설에 나타난 정치와 윤리」, 『저수하의 시간, 염상섭을 읽다』, 소명출판, 2014, 638~664쪽; 허병식, 「사랑의 정치학과 죄의 윤리학」, 『한국문학연구』 31, 동국대학교 한국문학연구소, 2006, 225~258쪽; 김성연, 「가족 개념의 해체와 재형성」, 『인문과학』 44, 성균관대학교 부설 인문과학연구소, 2009, 29~47쪽.

69) 김영민, 「염상섭 초기 문학의 재인식」, 『사이』 16, 국제한국문학문화학회, 2014, 155~188쪽; 심진경, 「세태로서의 여성-염상섭의 신여성 모델소설을 중심으로」, 『대동문화연구』 82, 성균관대학교 대동문화연구원, 2013, 77~100쪽; 이용희, 「염상섭의 장편소설과 식민지 모던 걸의 서사학」, 『한국어문학연구』 62, 한국어문학연구학회, 2014, 49~81쪽; 최인숙, 「염상섭 문학에 나타난 '노라'와 그 의미」, 『한국학연구』 25, 한국학연구소, 2011, 195~229쪽; 김종욱, 「한국전쟁과 여성의 존재 양상」, 『한국근대문학연구』 5(1), 2004, 229~252쪽; 이혜령, 「인종과 젠더, 그리고 민족 동일성의 역학」, 『현대소설연구』 18, 한국현대소설학회, 2003, 197~218쪽; 이경훈, 「문자의 전성시대」, 『사이』 14, 국제한국문학문화학회, 2013, 453~481쪽; 이철호, 「반복과 예외, 혹은 불가능한 공동체」, 『대동문화연구』 82, 성균관대학교 대동문화연구원, 2013, 101~129쪽; 김태진, 「전후의 풍속과 전쟁 미망인의 서사 재현 양상」, 『현대소설연구』 27, 한국현대소설학회, 2005; 정보람, 「전쟁의 시대, 생존의지의 문학적 체현」, 『현대소설연구』 49, 한국현대소설학회, 2012, 327~356쪽; 전혜정, 「여성주체의 시선에 포착된 근대적 양상」, 『여성문학연구』 19, 한국여성문학학회, 2008, 177~204쪽.

70) 이혜령·한기형 편, 『저수하의 시간, 염상섭을 읽다』, 소명출판, 2014.

대 문단의 신세대 작가로 주목받는다. 그러나 1954년 『자유부인』의 성공 이후 신문 및 잡지연재소설을 통해 대중소설가로서 자리매김하게 되었다. 이러한 대중적 성공과 그에 뒤따른 논란은 정비석을 전집에 반드시 포함시켜야 하지만, 본격문학사에서는 주변인으로 밀어내는 결과를 낳았다.[71] 김현주는 해방 이전의 정비석 단편들과 일본어 소설들까지 망라한 소설집인 『정비석 단편선집』을 발표하고, 후속 작업을 계속하고 있다.[72] 또한 대중서사학회는 정비석 문학을 종합적으로 연구한 성과물인 『정비석 연구』를 발표하기도 했다.[73] 이는 정비석 소설에 대한 재평가가 본격적으로 시도되고 있음을 알리는 증거이기도 하다. 그러나 아직까지 정비석의 문학세계 전반을 통괄하는 학위논문은 제출되지 않은 상태이다.[74]

---

71) 최애순은 정비석 소설을 둘러싼 전집 구성 과정을 분석하면서 다음과 같이 지적한다. "순수문학 위주로 전집을 구성하려는 의도에서 보면, 정비석의 장편은 배제되어야 마땅하고 정비석 역시 배제되어야 할 작가로 분류되지만, 전집의 또 다른 구성요소인 대중적 인지도나 출판사의 판매욕구 등의 관점에서 보자면 정비석은 반드시 들어가야 할 작가로 분류된다. (중략) 대중문학을 배제하고 순수문학을 지향하려는 정전화 논리 때문에 『자유부인』을 넣을 수는 없지만, 단편으로서의 완성미, 김동리와 같은 토속적 소재를 다룬 순수문학이자 1930년대 후반의 신세대 문학의 선두로 평가받을 만한 「성황당」은 2005년의 창비 전집에까지 포함되어 있다는 것이다. 최애순, 「정비석과 전집의 정전화 논리」, 『대중서사연구』 26, 대중서사학회, 2011, 45~74쪽.

72) 김현주 편, 『정비석 단편선집』 1~3, 소명출판, 2013.

73) 대중서사학회 편, 『정비석연구』, 소명출판, 2013.

74) 정비석을 다룬 학위논문으로 총 7편의 석사논문이 있다. 그중 5편이 성황당과 관련된 것이다. 김홍주, 「정비석의 성황당 연구」, 충남대교육대학원 석사논문, 1993; 이미숙, 「정비석 초기 소설 연구」, 영남대 교육대학원 석사논문, 1996; 안영숙, 「정비석 문학의 에로티시즘 연구」, 충남대교육대학원 석사논문, 2000; 김지영, 「정비석 초기 연애소설 연구」, 부산대 석사논문, 2000 이상의 다섯 편이다. 박사논문에서 정비석을 분석 대상으로 삼은 경우는 정하늬, 「일제 말기 소설에 나타난 청년 표상 연구」, 서울대학교 박사논문, 2014; 허윤, 「1950년대 한국소설의 남성 젠더 수행성 연구」, 이화여자대학교 박사논문, 2015; 임미진, 「1945~1953년 한국 소설의 젠더적 현실 인식 연구」, 서울대학교 박사논문, 2017 등이 있다.

정비석에 대한 연구는 「성황당」을 중심으로 하여 정비석의 전통 지
향적 순수문학의 세계를 분석하거나75) 『자유부인』을 중심으로 세태
소설, 섹슈얼리티의 문제를 연구하는 것으로 양분된다.76) 『자유부인』

75) 정비석의 「성황당」연구는 다음과 같다. 김병욱, 「정비석의문학-「성황당」을 중심으로」,
   『월간문학』, 1971.8; 백철, 「한국단편문학의 40년(三)」, 『한국단편문학전집』Ⅲ, 백수
   사, 1958, 465~478쪽; 이어령, 「성황당고」, 『한국단편문학100선』, 경미출판사, 1984;
   김재남, 「「성황당」에 나타난 작가의식」, 『세종어문연구』3·4 합병호, 세종어문학회,
   1987; 정한숙, 『현대한국문학사』, 고려대 출판부, 1991; 김홍영, 「정비석의 「성황당」
   연구」, 1993; 노상래, 「정비석 소설 연구-「성황당」의 욕망구조를 중심으로」, 『현대소설
   연구』8호, 한국현대소설학회, 1998; 차봉준, 「정비석의 「성황당」에 나타난 생태학적 인
   식 연구」, 『인문학연구』, 숭실대, 2000; 김미영, 「1930년대 후반기 소설에 나타난 생태
   학적 상상력」, 『비교문학』35권, 2005; 오양진, 「정비석의 「성황당」과 김동리의 「산화」
   에 나타난 자연의 의미」, 『한국근대문학연구』 22, 한국근대문학회, 2010 등이 있다.
76) 『자유부인』을 중심으로 연구한 학위논문으로는, 김지연, 「정비석 소설 자유부인의
   인물연구」, 동아대 교육대학원 석사논문, 2001; 정은영, 「1950년대 신문소설의 서사
   방식 연구: 정비석의 자유부인을 중심으로」, 중앙대 석사논문, 2006의 두 편과 창작
   론을 연구한 한혜원, 「정비석 소설의 창작방법연구」, 이화여대 석사논문, 2002이 있
   다. 이밖에 『자유부인』을 다룬 논문은 다음과 같다. 강진호, 「전후 세태와 소설의 존
   재방식-정비석의 『자유부인』을 중심으로」, 『현대문학이론연구』13호, 현대문학이론학
   회, 2000, 5~23쪽; 김일영, 「정비석의 신문소설 『자유부인』에 나타난 풍속의 양상」,
   『인문과학연구』4호, 대구카톨릭대학교 연구소, 2003, 35~50쪽; 최미진, 「부인명 대
   중소설에 나타난 여성의식 연구-정비석의 『자유부인』과 전병순의 『현부인』을 중심
   으로」, 『현대소설연구』 21, 한국현대소설학회, 2004, 185~210쪽; 이시은, 「전후 국가
   재건 윤리와 자유의 문제-정비석의 『자유부인』을 중심으로」, 『현대문학의 연구』26
   호, 한국문학연구회, 2005; 정은영, 「1950년대 신문소설의 서사방식 연구-정비석의 『자
   유부인』을 중심으로」, 중앙대 석사논문, 2006; 강찬모, 「정비석 소설 연구-부인명 소
   설에 나타난 여주인공의 성의 자각 과정 연구」, 『한국문학이론과 비평』 35, 한국문
   학이론과비평학회, 2007, 263~279쪽; 이선미, 「연애소설과 젠더 질서 재구축의 논리」,
   『대중서사연구』 22, 대중서사학회, 2009, 175~210쪽; 김은하, 「전후 국가근대화와
   위험한 미망인의 문화정치학」, 『한국문학이론과 비평』, 14(4), 한국문학이론과비평학
   회, 2010, 211~229쪽; 강상희, 「계몽과 해방의 미시사」, 『한국근대문학연구』 24, 한
   국근대문학회, 2011, 177~196쪽; 이선미, 「공론장과 '마이너리티 리포트'」, 『대중서
   사연구』 26, 대중서사학회, 2011, 111~150쪽; 이길성, 「정비석 소설의 영화화와 그
   시대성」, 『대중서사연구』 26, 대중서사학회, 2011, 173~201쪽; 이영미, 「정비석 장편
   연애 세태소설의 세계인식과 그 시대적 의미」, 『대중서사연구』 26, 대중서사학회,
   2011, 7~44쪽; 이선미, 「명랑소설의 장르인식, '오락'과 '(미국)문명'의 접점」, 『한국

에 대한 연구는 이를 대중적 계몽소설로 읽는 입장[77]과 전후 담론과
의 관련성에 따라 읽는 입장[78]으로 나뉜다. 이러한 연구는 많은 수의
텍스트들을 배제하는 결과를 낳을 뿐 아니라, 텍스트 분석 틀을 제한
하여 작품에 대한 일면적 독해만을 낳는다는 한계가 있다.

정비석 문학을 「성황당」과 『자유부인』 외의 텍스트를 통해 새롭게
바라보려는 연구는 이제 시작단계라고 할 수 있다.[79] 최근에는 일제
말기와 해방기, 전쟁기 소설에 대한 분석을 통해 정비석 소설의 정치
성에 대한 조망도 이루어지고 있다.[80] 정비석 문학에 대해 통시적 접

어문학연구』 59, 한국어문학연구회, 2012, 55~93쪽; 강옥희, 「대중문화 콘텐츠로서
정비석의 『자유부인』 연구」, 『반교어문연구』 34권, 반교어문학회, 2013, 319~ 347
쪽.

77) 강진호, 「전후 세대와 소설의 존재방식」, 『현대문학이론연구』 13호, 2000, 5~23쪽; 박
유희, 「자유부인에 나타난 1950년대 멜로드라마의 변화」, 『문학과영상』 2005 가을 ·
겨울, 문학과영상학회, 135~158쪽 등.

78) 권보드래, 「실존, 자유주의, 프래그머티즘」, 『한국문학연구』 35, 동국대학교 한국문학
연구소, 101~147쪽; 임종명, 「제1공화국 초기 대한민국의 가족국가화와 내파」, 『한
국사연구』 130, 동국대학교한국문학연구소, 2005, 289~329쪽; 이시은, 「전후 국가재
건 윤리와 자유의 문제」, 『현대문학의 연구』 26집, 한국문학연구학회, 2005, 139~
165쪽.

79) 정종현, 「미국 헤게모니하 한국문화 재편의 젠더 정치학」, 『한국문학연구』 35, 동국
대 한국문학연구소, 2008, 149~195쪽; 허윤, 「한국 전쟁과 히스테리의 전유」, 『여성
문학연구』 21, 여성문학학회, 2009, 93~124쪽; 김현주, 「정비석 단편소설에 나타난
애정의 윤리와 주체의 문제」, 『대중서사연구』 26, 대중서사학회, 2011, 75~110쪽;
김병길, 「정비석 대중문학의 또 다른 지평으로서 역사문학」, 『대중서사연구』 26, 대
중서사학회, 2011, 151~171쪽. 이외에 비교연구(이문규, 「허균, 박태원, 정비석의 『홍
길동전』 비교연구」, 『국어교육』 128, 한국어교육학회, 2009, 631~659쪽; 오승만, 「정
비석의 『자유부인』과 다니자키 준이치로의 『열쇠』」, 『일본문화학보』 51, 한국일본문
화학회, 2011, 243~262쪽), 소설작법에 대한 연구(박영준, 「정비석의 소설작법에 대
한 연구」, 『한국근대문학연구』 24, 한국근대문학회, 2011, 39~63쪽) 등이 제출되어
있다.

80) 최미진, 「한국전쟁기 정비석의 여성전선 연구-소설 창작방법론을 중심으로」, 『현대문
학이론연구』 32권, 현대문학이론학회, 2007, 305~330쪽; 이혜령, 「'해방기' 식민기억
의 한 양상과 젠더」, 여성문학연구 19, 한국여성문학학회, 2008, 233~266쪽; 이원경,

근을 시도한 정종현은 정비석의 대중문학이 『사상계』의 지식인 담론에 소설적 육체를 부여함으로써 지배계급과 지식인 엘리트 집단 사이의 정치적 분열을 구조화하고, 왜곡된 근대화를 '자유부인'을 통해 표상하면서 일제 말 파시즘 윤리를 구성한 '부덕'을 재구조화했다고 평가한다. 이러한 정종현의 논의는 정비석을 본격적인 문학/문화연구의 대상으로 포함시키고, 정비석 소설의 정치적 가능성을 탐색했다는 데 의의가 있다. 이제는 여기서 더 나아가 1950년대 정비석 문학에 대한 종합적 접근과 문학 장에서의 의미에 대해 분석할 차례이다.

1949년 등단한 손창섭은 1950년대 각종 문예지에 단편소설을 발표하며 순문학의 기수로 떠오른다. 이로 인해 그의 소설에 대한 연구는 1950년대 단편을 분석하고, 의미를 부여하는 것에 집중되어 있다. 조연현은 「병자의 노래-손창섭의 작품세계」에서 그의 소설이 절망과 비정상성, 궁극적 목표 상실을 바탕으로 한 '병자의 노래'임을 언명한다.[81] 조연현의 이러한 명명은 소외, 아웃사이더, 병적인 인간의 구현, 자기모멸의 신화 등 손창섭 소설을 설명하는 키워드로 떠오른다. 이를 바탕으로 손창섭 소설에 대한 연구는 작가의식, 실존주의, 정신분석학 등을 중심으로 연구되어 왔다.

「일제말기 '동양론'의 수용과 소설적 형상화-정비석의 단편소설을 중심으로」, 『현대소설연구』 42권, 한국현대소설학회, 2009, 307~337쪽; 이상화, 「전쟁기의 여성 젠더 의식」, 『대중서사연구』 26, 대중서사학회, 2011, 205~227쪽; 김옥선, 「『전선문학』에 나타난 감정정치」, 『인문학논총』 25, 경성대학교 인문과학연구소, 2011, 103~129쪽; 김현주, 「해방기 환멸의 정조와 상상적 탈주」, 『비평문학』 44, 한국비평문학회, 2012, 95~124쪽.

81) 조연현, 「병자의 노래-손창섭의 작품세계」, 『현대문학』 1955년 4월.

초기 논자들은 손창섭이 전후의 허무를 병자나 잉여인간의 형상을 통해 발견하고 있다고 지적한다. 이는 손창섭의 독특한 세계관과 인간관은 그의 작가적 존재에서 기인한다는 입장과 병행한다. 손창섭의 개인사와 더불어 손창섭 소설에 대한 정신분석학적 연구를 진행하는 것이다.[82] 홍주영은 작가 손창섭이 아버지 부재라는 이력으로 인해 작품에서 아버지를 부정하는 모습을 보이다가 아버지가 되고자 하고, 신문연재소설에서부터는 아버지가 등장하여 가족, 사회, 국가를 관장한다고 지적한다. 남성인물의 반가부장성은 젠더 규범 외부의 친밀성을 지향하는 것이며, 이를 근친상간, 매춘으로 규정하는 것은 지배이데올로기를 공고히 하는 것이라는 해석이다. 이에 따르면 손창섭 소설이 궁극적으로 지향하는 것은 "무성생식의 구강적 어머니"이다.[83] 이러한 입장들은 손창섭 소설이 부재하는 아버지로 인해 '정상적' 발달과정을 결여하고 오이디푸스 콤플렉스를 바탕으로 한 근친상간의 패러다임에서 벗어나지 못하고 있다고 분석한다. 김형중은 전후 소설의 정신분석학을 시도하며 손창섭이 분리 불안, 마조히즘, 시신애호증, 페티시즘 등 각종 강박 신경증을 가지고 있음을 지적하고, 이것이 1950년대 '신세대' 소설의 특징임을 지적한다.[84]

---

82) 방민호, 『한국 전후문학과 세대』, 향연, 2003; 홍주영, 「손창섭 장편소설에 나타난 부성 비판의 양상 연구」, 서울대학교 석사논문, 2007. 홍주영의 논문은 손창섭의 미발굴 소설을 통해 연보를 확충하였다는 서지학적인 측면에서도 의의가 있다.

83) 홍주영, 「손창섭 장편소설에 나타난 부성 비판의 양상 연구」, 서울대학교 석사논문, 2007; 「손창섭의 『부부』와 『봉술랑』에 나타난 매저키즘 연구」, 『현대소설연구』 39, 한국현대소설학회, 2008, 355~378쪽.

84) 김형중, 「정신분석학적 서사론 연구: 한국 전후 소설을 중심으로」, 전남대학교 박사학위논문, 2003. 이와 유사한 연구 경향으로는 강경하, 「손창섭 소설의 주체연구」, 이화여대 석사논문, 2009; 박선희, 「손창섭 소설의 '소수성' 연구」, 경북대 석사논문,

또한 1950년대 신세대 문학의 일부로서 손창섭 문학을 논의하기도 한다. 이들 연구는 실존주의나 휴머니즘의 입장에서 손창섭 소설의 특징에 주목한다.[85] 정신분석학적 연구나 실존주의 연구 등은 손창섭 소설의 본령을 1950년대로 제한하는 결과를 낳기도 한다. 이는 순문학에 열중했던 1950년대와 달리 신문연재소설과 역사소설 등을 집필하는 대중소설 작가로서의 손창섭의 면모를 분리하기 때문에 생겨난다. 이를 지양하고 최근에는 손창섭의 1960년대 소설에 대한 연구도 시작되고 있다. 『부부』를 중심으로 페미니즘적 접근을 시도하는 이정옥은 1960년대 개발 근대화 프로젝트 논리가 성별 차이를 강화하고, 개인의 섹슈얼리티를 이분법적으로 고정시킨다고 지적하면서, 손창섭의 『부부』가 국가주도, 남성본위, 민족주의의 고양을 담지한 1960년대 초남성적 국가의 개발 이데올로기의 허위를 비판하는 매개로서 섹슈얼리티를 초점화한다고 분석한다.[86] 김남희는 친밀성의 증여와 교환을 바탕으로 손창섭의 1960년대 소설에 대한 접근을 시도하기도 한다.[87]

이처럼 손창섭 소설에 대한 연구는 전기와 후기로 뚜렷하게 나뉘어져 있다. 이는 오히려 상반된 것으로 보이는 손창섭 소설이 어떤 지점에서 서로 연결되어 있는가에 주목할 필요가 있다는 점을 보여준다. 최근 발굴된 손창섭의 중간소설들은 순수와 통속의 이분법을 뛰어 넘는 연구 방법론이 필요하다는 것을 보여주고 있다.[88] 이는 본 연구의

2007 등도 있다.

85) 김양호, 「전후실존주의소설연구」, 단국대학교 박사논문, 1992; 김효진, 「손창섭 소설에 나타난 실존주의 경향」, 강원대학교 석사논문, 1998.

86) 이정옥, 「경제개발총력전시대 장편소설의 섹슈얼리티 구성 방식」, 『아시아여성연구』 42, 숙명여자대학교아시아여성연구소, 2003, 229~264쪽.

87) 김남희, 「1960년대 손창섭 장편소설의 친밀성 연구」, 성균관대 석사논문, 2012.

문제의식과도 닿아 있다.

이 책은 이러한 연구방법론을 바탕으로 다음과 같이 진행된다.

Ⅱ장에서는 1950년대 공론장의 언설을 통해 매개된 남성성[89]을 바탕으로, 남성성의 사회문화적 수행 양상과 젠더 규범의 탈/구축에 대해 분석할 것이다. 남성성과 여성성은 젠더 실천의 배치 형태에 이름을 붙이는 것으로, 사회적 실천을 구조화하는 방식이기 때문에 인종, 계급, 국가와 상호작용한다. 근대적 남성 주체가 될 기회를 박탈당한 식민지 조선의 남성성은 해방과 더불어 국가만들기 과정에서 자신의 젠더를 수행할 수 있는 기회를 갖는다. 동시에 이들의 남성성은 미군정과 유엔군 등의 백인 남성성과의 관계에서도 드러나게 된다. 해방과 전쟁, 냉전이 상호교차하는 것이다. 이승만의 백발과 백마를 탄 이범석 장군, 상이군인의 훼손된 육체와 양공주의 드레스, 군복을 입은 남성-여성들과 남장을 한 여성국극 배우들 등 다양한 젠더 수행성에 관한 담론은 탈구축되는 젠더 규범을 분석하는 출발점이 되어 줄 것이다.

Ⅲ~Ⅴ장은 젠더 규범이 남성 젠더 수행성과 만나 빚어내는 효과를

---

88) 신은경은 1950년대의 단편소설과 1960년대의 장편연재소설 사이의 단절을 접속시킬 수 있는 단서를 손창섭의 중간소설에서 찾고 있다. 신은경, 「1950년대 "중간소설 전문지" 『소설계』의 지형-1950년대 후반에서 1960년까지 초기 잡지를 중심으로」, 『어문논집』 71, 민족어문학회, 2014, 207~236쪽.
89) 존 베이넌은 남성성이 텔레비전이나 영화, 광고, 문학, 잡지, 타블로이드판 신문과 일반 신문, 대중음악, 심지어 인터넷 등 대중매체를 통해 다양한 양태로 구성되고 재현되고 있다고 지적한다. 대중매체에서의 재현이 소년과 젊은 남성들에게 유혹적이고 가용한 역할모델을 제공하는 방식을 '매개된 남성성'이란 용어를 사용하여 설명하는 것이다. 존 베이넌, 『남성성과 문화』, 임인숙 외 옮김, 고려대출판부, 2011, 112쪽.

확인하고, 그로 인해 나타난 남성성에 대해 분석할 것이다. 각 장은 염상섭, 정비석, 손창섭 순으로 구성되어 있으며, 이는 젠더 규범의 미수행, 수행, 비수행으로 이어진다. 각 절은 몸에서 가족, 국가로 확장된다.

1절은 섹슈얼리티를 체현하는 몸과 그 몸의 실천인 연애에 대해 분석할 것이다. 몸은 수행을 통해 의미를 드러내는 가장 직접적인 공간으로서 행위 주체(agent)이다. 특히 육체적 수행은 남성성 구축에 있어 핵심적 역할을 담당한다.90) 또한 섹슈얼리티는 규율 권력의 작동효과로 소급되지 않고 규범을 초과하며, 전치(displacement)한다. 이를 통해 남성 젠더 수행성의 성격을 규명할 수 있을 것이다.

2절은 몸의 수행성이 가족구도에 미치는 영향을 분석하고, 이를 바탕으로 가족의 해체와 재건 등 변화양상을 고찰할 것이다. 가족은 남성주체가 남성성을 학습, 수행하는 기초단위이자 부자 관계, 형제 관계 등 동성사회적 유대를 체험하는 공간이다. 또한 부권을 해체하고 가부장권으로 이어가는 과정에서 일어나는 세대 갈등이나 결혼을 둘러싼 장애 등 남성주체를 구성하는 젠더 수행의 공간이기도 하다. 여기서 더 나아가 가족건설과 해체는 개인에서 출발하여 국가로 이어지

---

90) R.W.코넬, 위의 책, 80~110쪽. 스포츠, 노동, 섹스 등 육체적 과정은 사회적 과정의 일부로서 역사의 일부이자 가능한 정치의 대상이 된다. 코넬은 신체 장애가 육체적 수행을 불가능하게 하고, 이것이 젠더에 미치는 영향을 사고로 인해 장애가 된 남성들에 대한 연구를 통해 설명한다. 이때 남성들은 신체적 곤란을 극복하면서 헤게모니적 기준을 충족시키려고 배로 노력하거나, 실현 가능한 정도로 조정하여 새롭게 남성성을 정의하거나 헤게모니적 남성성을 통째로 거부하는 세 가지 방향으로 나아간다는 것이다. 몸과 젠더 수행의 관계는 특히 젠더 전환의 경우에 두드러진다. 여기서 몸들은 근대적 젠더 질서가 설정한 근본적인 경계들을 통과한다.

는 서사 속에서 남성 젠더의 수행성이 국가와 맺는 관계를 살펴볼 수 있는 단서가 되기도 한다.[91] 따라서 가족을 살펴보는 것은 국가를 고찰하는 것과 자연스럽게 연결된다.

3절은 국민으로서의 남성 젠더 수행성을 분석함으로써 1950년대 민족국가의 젠더를 분석할 것이다. 소설은 민족국가를 벗어날 수 없다. 작가와 독자는 언제나 이미 항상 민족국가에 묶여 있다. 우리가 국가의 정치적 공간(종적, 언어적, 경험적)에서 살고 있기 때문이다. 국가가 법으로서 존재하는 것이 아니라 추상적 개인들로 존재할 때, 몸, 가족, 민족국가는 종합적 상상이자 기호적 실천의 효과가 된다. 3절에서는 민족국가와 연애, 가족관계 등을 통해 학습한 교환 관계들이 어떠한 양상으로 조우하는지 살펴보고, 남성주체가 국가의 호명이라는 통치 이데올로기에 어떻게 대응하고 있는지를 확인할 것이다.

---

91) 조지 모스는 가족이 국가를 대신해서 원천적으로 정념을 통제하는 값싸고 효과적인 수단이었으며, 치안대, 교육자, 그리고 민족 자체에 의한 성적 통제의 필수 불가결한 대리자였다고 지적한다. 조지 모스, 『내셔널리즘과 섹슈얼리티』, 서강여성문학연구회 옮김, 소명출판, 2004, 39~40쪽.

1950년대 한국소설과
남성성의 지형학

1950년대 한국소설과 남성성의 지형학

1. 민족국가의 건설과 군사화된 청년의 헤게모니

1950년대 발간된 모든 출판물에 게재된 "우리의 맹세"는 청년을 민족의 담지자로 호명한다. '대한민국'은 외부의 적인 공산침략자와 제국주의의 야망을 포기하지 못한 일본 등으로 인해 상시적 위험에 노출되어 있기 때문에, 이를 선취하여 "죽음으로써 나라를 지키고, '강철같이' 단결하며 백두산을 정복"해야 한다는 주장이다.[92] 이 "우리

---

[92] 1949년 7월 문교부가 제정한 <우리의 맹세>는 여순사건 진압 후 국방부 장관 이범석이 만든 「국군 3대 강령」을 수정한 것이다. 국군 3대 강령은 "1. 우리는 선열의 혈적을 따라 죽음으로써 민족국가를 지키자 2. 우리의 상관, 우리의 전우를 공산당이 죽인 것을 명기하자, 3. 우리 군인은 강철같이 단결하여 군기를 엄수하며 국군의 사명을 다하자" 등이었다. 이를 일반 국민이 지켜야 할 규범으로 제시하면서 다음과 같은 수정을 거친다. "1. 우리는 대한민국의 아들딸 죽음으로써 나라를 지키자. 2. 우리는 강철같이 단결하여 공산침략자를 처 부수자. 3. 우리는 백두산 영봉에 태극

의 맹세"가 일제 말의 "황국신민의 서"를 변형시킨 것이라는 사실은 1950년대의 반공민족주의가 파시즘적 제국주의의 영향권하에 있음을 보여주는 것이기도 하다. "우리 국민들은 북벌을 갈망하고 있습니다"[93]라는 이승만의 언설은 해방기부터 1950년대를 관통하는 통치이데올로기의 토대였다. 식민지 주체로 거세된 남성들은 해방을 맞아 국가를 재건하기 위해 자신들이 배운 호전적 남성성을 바탕으로 탈식민을 시도한다. 진정한 독립국가가 되기 위해 청년들은 남성성을 획득해야 하는 것이다. 이를 위해 국가는 청년-남성의 민족주의를 소환한다.

1950년 발발한 한국전쟁은 호전적 남성성을 헤게모니적 남성성으로 구성하는 데 주요한 역할을 한다. 군대는 단련된 남성의 육체를 이상향으로 채택했다. 용기와 희생, 우정이라는 이상은 실제로 군인의 이미지 자체였고, 늘 진정한 남자다움의 신체적·정신적 자질로 제시되었다. 군인이 된다는 것은 진정한 남자다움을 획득하는 것이고, 호전성을 방출할 수 있는 기회를 얻는 것이었다. 정신력과 강인함, 인내력 같은 자질들은 남성성의 특징으로 두드러지게 되었으며, 비전시(非戰時)에도 높은 가치를 인정받았다.[94] 이는 한국의 경우에도 마찬가지

기 날리고 남북통일을 완수하자."의 3개 항으로 수정되어 1950년대 출판된 모든 출판물의 판권 상단에 찍힌다. 김득중, 『빨갱이의 탄생』, 선인, 2009, 457쪽.

93) 「이승만이 로버트 티 올리버에게 보낸 편지」(1949.9.30.), 김인걸 외 편저, 『한국현대사 강의』, 돌베개, 1998, 123쪽 재인용.

94) 근대 민족의 탄생과 남성성이 연관되는 양식을 연구한 조지 모스는 이상적인 남성의 이미지가 국민이나 숭고함, 전쟁 등 민족주의 안에서 중요하게 다루어지고 있음을 밝힌다. 역사적 개념으로서의 남성성은 현대 사회의 규범으로서 스테레오타입화되었다는 것이다. 모스는 민족주의자들이 공격적인 남성성을 지지하고 나섰으며, 조국을 위한 죽음과 희생이라는 전사 이미지를 통해 민족주의가 완성되고 있다고 지적한다.

였다. 해방과 전쟁을 거쳐 군사주의적 남성성은 현대 사회의 규범으로 전형화된다.

해방기부터 등장한 다수의 청년단체는 탈식민 민족주의의 토대에 내재한 호전적 남성성을 보여준다. 이범석은 광복군 대원 500여 명을 기초로 1946년 10월 9일 조선민족청년단(이하 '족청')을 건설한다. 족청은 군중주의에 바탕을 둔 느슨한 정치적 연합체로서, 안호상, 양우정 등 1공화국의 핵심인사들이 소속되어 있던 단체였다.95) 창단 2년째에 가입자 수가 100만 명에 이를 정도였고, 제헌국회에 진출한 족청단원이 14명이나 되기도 했다. 이를 통해서 족청계의 영향력을 확인할 수 있다.96) 이들은 '민족지상 국가지상'이라는 목표하에 전국 각지에서

전사는 남성성의 고양된 이미지를 투영하고, 남성과 여성의 구분이 절대적인 기준이 되었다. 이때 고귀한 인간성의 표현인 아름다움은 건강한 남성의 육체로 표상된다. 용기와 냉철함, 자부심과 정의감 등은 남성의 자질로서 도덕적 육체적 원칙과 결부되어 남성의 이미지를 형성하게 되는 것이다. 조지 모스, 『남자의 이미지』, 이광조 옮김, 문예출판사, 2004, 184~228쪽.

95) 족청의 탄생에 대해서는 미군정 지원설이 존재한다. 미군정은 족청을 재정적으로 지원했고, 맥아더는 필리핀에서 보이스카우트를 조직하고 훈련한 경험을 가진 미육군 중령을 보내주기도 하였다. 그러나 족청에 대한 본격적인 연구를 시도한 후지이 다케시는 족청과 이승만 체제가 파시즘과 제3세계주의의 착종을 보여주고 있다고 지적한다. 특히 중국국민당 중앙훈련단 생활에서 얻어진 1930년대 중국의 민족주의적 파시즘이 이범석에 미친 영향을 설명한다. 그에 따르면 민족주의적 파시스트 저우위잉은 "식민지국가에서는 파시스트가 하나의 활로가 될 수 있다"는 관점에서 강력한 국가권력을 통해 사회주의를 실현하여 일제를 타도하려고 했다. 그는 "파시즘이란 원래 고정적인 내용이 있는 것이 아니라 사회적인 내용을 그 내용으로 하는 것으로 사회가 국가주의를 필요로 하면 파시스트는 가장 앞선 사회주의자가 된다"고 보았기 때문에, 중국에서는 그 사상적인 내용이 무조건 삼민주의여야 하며, 삼민주의와 파시즘이 만나 혁명을 이루어야 한다고 주장하였다. 이는 장제스에 의해 수용된 방식이기도 하며, 1960년대 제3세계 국가들에서 나타난 "민족주의적 사회주의"의 뿌리가 된다. 한국에서도 널리 퍼졌던 '국가지상, 민족지상'의 표어가 제3세계 국가들에서 널리 발견되는 것은 이 때문이다. 후지이 다케시, 『파시즘과 제3세계주의 사이에서』, 역사비평사, 2012, 147쪽.

활동하고 있는 청년단체의 지도자들을 훈련시켰다. 경기도 수원의 족청 중앙훈련소에서는 한 달에 1기, 200명씩 훈련을 받았다. 이러한 기본과정을 통해 1기에서 10기까지 총 1,921명의 청년지도자를 양성하였다.

족청의 훈련과정은 시간표에 따라 정신훈련 71시간, 지능훈련 75시간, 체력훈련 49시간, 생활훈련 87시간, 실천훈련 22시간으로 구성, 철저하게 관리된다. 청년들은 체조로 아침을 시작하고, 오후에는 국가에 대한 책임감을 가르치는 수업을 수강했다.[97] 훈련 받은 건강한 육체는 지성과 균형을 이루는 것을 상징했고, 이러한 훈련은 "정신적으로 서로 생각하고 서로 애끼는 마음 없이는 존경심도 단결심도 나아가서는 전투심도 생기지 않는다"[98]는 형제애를 바탕으로 한 남성연대의 토대가 되었다. 특히 강조된 것이 민족애와 반공정신이다. 민족을 선도하는 청년의 고결함은 남성들 사이의 우정과 젊음에 대한 숭배로 이어지는 것이다.[99] 이처럼 청년단은 민족과 국가의 주체로 '청년'을 호명한다.

해방기의 청년단체들은 이후 이승만이 총재를 맡았던 대한청년단

---

96) 한시준, 「이범석, 대한민국 국군의 초석을 마련하다」, 『한국사시민강좌』 43, 2008, 122~134쪽.
97) 후지이 타케시, 앞의 책, 133~142쪽.
98) 박영노, 「민소장과 장병의 체력」, 『전선문학』 6집, 1953, 62~66쪽.
99) 이탈리아와 독일에서 확산된 파시즘의 민족사회주의는 민족주의와 고결함에 남성성의 표상을 덧붙인다. 1차 세계대전 이후 무너진 민족국가를 재건하는 것은 도덕적 쇄신과 동일시되며, 그 주체로서 청년들이 소환되는 것이다. 이는 프랑스와 영국 등 유럽의 다른 지역에서도 공통적으로 나타나는 현상이다. 남성들의 우정과 젊음에 대한 숭배가 파시즘에 공통적으로 배태되어 있는 것이다. 조지 모스, 『내셔널리즘과 섹슈얼리티』, 서강여성문학연구회 옮김, 소명출판, 2004, 263~306쪽.

으로 통합된다. 1948년 12월 이승만은 대동청년단[100]을 모태로 하여 총재에 대통령, 부총재에 국무총리, 단장 신성모로 하여 대한청년단을 출범시켰다.[101] 이후 여러 차례의 담화문을 통해 청년단체들이 자발적으로 해체하고, 대한청년단에 합류할 것을 촉구한다. 청년단의 형태로 존재하던 비밀결사와 정치조직 등을 국가가 해체·흡수하는 것이다.

청년단의 통합은 청년의 힘을 국가가 독점하는 과정으로 볼 수 있다. 1940년대 후반 이승만은 북진 통일의 메시지를 뒷받침하듯 경찰력과 군사력을 강화한다. 여순사건과 제주 4.3사건 등 두 차례의 계엄령, 국회의 스파이 파동 등 좌익 세력을 진압하면서 정치·군사력을 키워 나간 것이다. 국방경비법 제32조를 바탕으로 이적행위와 간첩행위를 한 자는 신분을 불문하고 군법회의에서 심리, 처단하겠다고 발표하기도 한다. 이는 정당한 재판을 받을 국민의 권리를 침해하고 군사법을 확장하는 것으로, 군인에 의한 권력의 독점을 의미한다. 이를 뒷받침하듯 경찰과 군인의 수도 증가했다. 즉 해방정국에서 국가수립으로 가는 과정은 전국민에게 확산되어 있는 과잉 남성성이 이승만의

---

100) 대동청년단은 광복군 장군 출신 지청천이 총재 이승만, 부총재 김구로 1947년 9월 결성한 단체로, 제헌의회선거에서 12명의 국회의원을 당선시켰다.

101) 강령 "1. 우리는 청년이다, 심신을 연마하여 국가의 간성 되자. 1. 우리는 청년이다, 이북동포와 합심하여 통일을 완성하자. 1. 우리는 청년이다, 파괴분자를 숙청하고 세계평화를 보장하자."
선언문 "1. 우리는 총재 이승만 대통령의 명령을 절대 복종한다. 1. 우리는 피와 열과 힘을 뭉치어 남북통일을 시급히 완수하여 국위를 천하에 선양하기로 맹세한다. 1. 민족과 국가를 파괴하려는 공산주의 적구도배를 남김없이 말살하여 버리기를 맹세한다. 1. 우방열강의 세계 청년들과 제휴하여 세계평화 수립에 공헌코자 맹세한다." 이러한 강령과 선언문은 청년이기 때문에 아버지 이승만의 말에 절대 복종해야 하며, 세계 청년들과의 유대를 통해 공산주의를 말살하고 세계평화를 이루어야 한다는 것으로 이어진다.

국가로 회수되는 과정으로 이해할 수 있다. 국가와 제도가 안정되는 과정에서 남한은 치안 국가로 거듭나는 것이다.

"사회를 보호해야 한다"는 원칙하에 인종주의가 작동하듯이, 남한 사회에서는 안전의 테마가 부상하였다. 안전을 위해서 주체는 자기 몸의 통제권을 행정과 규칙에 자진해서 내어준다. 배급과 선거를 위해 필요했던 신분증은 결국 국민 통제의 중요한 수단으로 변했다. 공민증, 양민증, 군 발행 특별 통행증, 도민증, 학생증 등을 소지해야 외출이 가능했다. 경찰은 '비상사태'에 대비하여 치안을 확보한다는 목적으로 불심검문을 수행할 수 있었고, 통행금지를 통해 개인의 생활 반경을 통제했다. 이 생명권력은 국가가 생살여탈권을 독점하는 사법, 경찰체제의 등장과 더불어 진행된다. 1950년대 남한은 북한이라는 '정치적 경관'에 대항하기 위해 자신들의 개인성을 양도한다. "삶에 내재하는 위험을 배제하면 배제할수록 우리의 삶은 점차 고양될 것"이라는 논리는 "열등한 인종이 사라지고, 비정상의 개인이 제거된다면 종의 퇴화를 막을 수 있고, 그렇게 되면 개인이 아니라 종으로서의 나는 좀 더 강하고 활기차게 살아남아 많은 후손을 번식시킬 수 있을 것"이라는 형태로 바뀐다.102) 즉 반공의 테마가 모든 정치를 포섭하며, 이 과정에서 인민-민족과 민족-국가 사이에 존재하는 다양한 정치적 가능성은 모두 민족주의 사상이라는 말로 포섭되는 것이다. 랑시에르는 이를 치안과 정치의 구별을 통해 설명한다.

랑시에르는 사회 안에 자리와 위계를 분배하고 그에 따라 자격과 권리를 할당하여 주어진 권리에 행사하게 하는 것을, 즉 어떤 몫을 받

---

102) 사카이 다카시, 『통치성과 자유』, 오하나 옮김, 그린비, 2011, 171~173쪽.

을 자격이 있는 자와 없는 자를 분할하고 그 분할을 유지하는 것을 '치안'(police)이라고 정의한다. 치안은 주어진 사회의 고유성을 유지하기 위한 '통치' 활동일 뿐이며, 그것을 위해 이미 특정한 양상으로 분배된 권력을 행사하는 것이다. 반면 정치는 몫이 없는 자가 자기 자신의 몫을 요구하는 것이고, 권리 없는 자가 권리를 요구하는 것이다. 이러한 구분에 따르면 1950년대 남한 사회는 남한과 북한, 공산주의와 자유민주주의, 반공과 빨갱이의 분할을 유지하기 위한 치안 국가였다고 말할 수 있다. 분할선 바깥의 비국민, 비시민들은 몫 없는 자들로서 통치 테크놀로지에 의해 치안의 대상이 되는 것이다. 이는 뒤집어보면 이들 비국민, 비시민들을 근거로 하여 남한이 성립한다는 것을 의미한다.103) 발리바르는 국민적 정체성은 항상 투사의 메커니즘에 의해 작동된다는 점을 지적한다. '진짜 자국민'의 인종적, 문화적 정체성을 가시적으로 확인할 수 없기 때문에, 유대인이나 '검둥이' 같은 '가짜 자국민'에 관한 가시적 이미지나 착각에 의한 표상을 통해 자신들의 정체성을 만들어낸다는 것이다.104) 눈에 보이는 '가짜 자국민'으로부터 강박적으로 '진짜 자국민'을 상상하는 메커니즘은 민족주의의 병리성을 보여준다. 즉 진짜 자국민은 가짜 없이는 단독으로 존재할 수 없는 것이다.

'가짜 자국민'을 정의하는 것은 '우리' 집단을 정의하는 것이자 적을 출현시키는 행위이기도 하다. 한국전쟁을 경유하여 적은 공산주의, 괴뢰정권의 수하에 놓인 북한군이 된다. 이승만 정권이 생산하는 스

---

103) 자크 랑시에르, 『정치적인 것의 가장자리에서』, 양창렬 옮김, 길, 2008, 133~138쪽.
104) Balibar, "Is there a Neo-Racism?", *Race, Nation, Class*, verso, 1991, pp.17~28.

펙터클 속에서 국민들은 '빨갱이'라는 정치적 경관을 목격하게 된다. 반공은 논리가 아니라 정치적 상상이며, 정치적 행위자들이 위치해 있는 구체적이고 시각적인 분야이다.[105] 역설적으로 적이 소멸한다는 것은 통치기관의 정당성을 위협하고, 집단 자체를 해체시킬 수 있는 위험이 있다. 이를 위해 이승만 정권은 적을 계속 생산한다.

1950년대 한국문단은 이 정치적 경관을 생산하는 프로파간다 역할을 수행했다. 여순사건 때 조직된 문인조사반은 "픽션으로서의 반공민족 형성"에 기여하였으며,[106] 사상검사 오제도가 편집한 『적화삼삭구인집』은 잔류파 문인들에게 자아비판을 요구한다.[107] 공산치하에 생존했다는 것만으로 적으로 의심당한 문인들은 이후 배타주의와 국수주의적 애국주의에 기반한 민족주의의 언어를 갖게 된다. 9.28 서울 수복 후, 공보처는 기자, 문인, 예술인으로 '종군문화반'을 구성하여 전선을 시찰하도록 하였다. 이후 전선이 다시 밀려 1951년 1.4 후퇴가

---

105) 수잔 벅 모스는 정치적 상상의 세 가지 아이콘을 공공의 적, 정치 집단, 독자적으로 전쟁을 수행하는 주권기관이라고 설명한다. 실제의 적은 오히려 상상체계의 일관성을 위협한다. 수잔 벅 모스, 『꿈의 세계와 파국』, 윤일성 외 옮김, 경성대출판부, 2008, 24~25쪽.

106) 김득중, 「여순사건에 대한 언론보도와 반공담론의 창출」, 『죽엄으로써 나라를 지키자: 1950년대 반공·동원·감시의 시대』, 선인, 2007, 115쪽.

107) 9.28 서울 수복 직후 편찬된 이 책은 잔류파 문인인 양주동, 백철, 최정희, 송지영, 장덕조, 박계주, 손소희, 김용호의 '적치 90일'에 대한 수기들과 더불어 "18세기적인 공포와 폭력의 적치 3개월간"의 "쓰라린 체험과 흥국훈興國訓을 살려가면서 확고부동한 타공打共 신념과 필승의 애국투지로써 일로 승리와 통일의 조국전선에 헌신매진할 것"을 강조하는 오제도의 서언을 싣는다. 작가들은 「공란의 교훈」(양주동), 「사슬로 묶여서 3개월」(백철), 「적류3월」(송지영), 「붉은 천국 견문기」(박계주), 「결심」(손소희), 「자유와 평화를 위하여」(김용호), 「민족양심의 반영」(오제도) 등 '적치 3개월' 하에서 겪은 공포를 고백하면서 자유, 평화의 소중함을 강조한다. 오제도 편, 『적화삼삭구인집』, 국제보도연맹, 1951.

시작되자 문인들은 앞장서서 피난행렬에 참여하였다. 이들은 피난지 대구와 부산 등지에서 종군작가 활동에 참여한다.[108] 종군작가단은 전선을 시찰하거나 방송용 원고를 쓰고 일선 장병을 위문하는 문화공연을 하였다. 정훈업무를 맡아서 삐라와 격문을 제작하거나 군가의 가사를 붙이거나 대민 선무공작을 맡기도 했다.[109] 이러한 문인들의 활동을 잘 보여주는 것이 잡지 『전선문학』이다.

　『전선문학』은 육군종군작가단에 의해 만들어진 기관지로, 1952년 4월 창간호를 시작으로 1년 반 동안 약 3,000부씩 총7권을 발행하였다. 최독견은 창간사에서 전쟁 시국에서 문인의 역할에 대해 "이제 우리들이 가지고 싸우려는 '펜'은 그야말로 수류탄이며 야포며 화염방사기며 원자수소의 신 무기가 되어야 할 것"[110]이라고 당부한다. 이는 후방 문화전선에 대한 강조로 이어진다. 이헌구는 "나라를 위하여 목숨을 바치겠다는 행동을 통한 신념으로서의 실천"을 강조하면서 "국토방위의 全戰線에 못지않는 정신적 전선을 공고히 구축하는 일"을 수행해야 한다며 '문화전선'을 강조한다. "현대전은 총력전이고, 그 중에서도 가장 중요한 것은 무력전과 사상전이라는 것이다."[111] 이무

---

108) 당시 해군에는 윤백남, 염상섭, 이무영이 정훈장교로 근무중이었으나, 이들은 '군인' 신분이기에 종군작가단에 참여하지 않았다. 이들 세 작가는 1950년 11월 초에 현역 종군작가로 입대하여 해군사관학교에서 특별훈련을 받은 뒤, 특별임관되어 부산의 해군정훈감실과 진해 해군통제사령부에서 근무하였다. 정영진, 「종군작가, 그 자기 투척의 궤적」, 『문학사의 길찾기』, 국학자료원, 1993, 265쪽.

109) 육군종군작가단은 일선 종군회수 220회, 보고 강연회 8회, 문학·음악의 밤 14회, 문인극 공연 8회 등 가장 활발한 활동을 펼쳤다. 또한 공군, 해군종군작가들과의 협업을 통해 순회강연에 나서기도 했다. 종군작가단은 직접 전선을 방문하고 그 경험을 기록으로 남기며 전쟁의 당위성을 선전했다. 후방의 국민들에게 전장의 '현실'을 알리고 전쟁의 기억을 보존, 이데올로기를 전달하는 역할을 담당한 것이다.

110) 최독견, 「창간사」, 『전선문학』 1집, 1952, 9쪽.

영은「전쟁과 문학」에서 지금의 '멸공성전'이 "전인류의 평화와 행복과 복지를 위해서 희생적인 전쟁"이라고 강조한다.[112] 이처럼 선전으로서의 문학은 싸움의 주체를 청년으로 명명하고, 민족국가의 미래, 전인류의 행복을 위해 싸워야 한다고 강조한다. 청년은 "총후국민생활의 의표"[113]이며, "생명이 있는 육신은 호국의 꽃으로 산화할지라도 우리의 호국대의의 정신은 삼천리권역을 수호한다"는 것이다.[114]

이처럼『전선문학』은 젊은 남성들은 군인이 되고, 후방에 남은 자들은 군인을 지원해야 한다는 메시지를 선전한다. 후방에서 여성들의 역할은 군인을 생산하는 어머니이자 상이군인의 아내가 되는 것이다. 전쟁으로 다리를 잃은 남편을 데리고 시내에 나온 여성[115]과 전사한 아들의 영결식 앞에서 눈물 한 방울 흘리지 않고 굳세게 서 있는 시골 어머니[116] 등을 통해서 전시를 살아가는 여성들의 자세에 대해서

---

111) 이헌구, 「문화전선은 형성되었는가」, 『전선문학』 2집, 1952, 4~7쪽. 이헌구는 1차대전 독일이 무력전에서는 잘 싸웠으나 후방의 정치적 사상적 붕괴로 인하여 참패하였다고 지적한다. 따라서 사상전·선전전이 전선의 전투만큼 중요하다는 것이다. 이는 현재 '붉은 소련'이 선전활동에서 이기고 있고, 국군도 이에 맞서 공산도배들의 정치적 음모와 도전에 대처할 정치지식이 긴요하다는 주장으로 이어진다.

112) 이무영, 「전쟁과 문학」, 『전선문학』 5집, 1953, 4~8쪽.

113) 「전쟁과 교양」, 『전선문학』 2집, 1952, 14쪽.

114) 김팔봉, 「군인과 종교」, 『전선문학』 2집, 1952, 14~17쪽.

115) "이때였다. 내 눈은 문득 어떤 사람에게 끌리었다. 한편다리를 절단한 젊은 장교가 조고만 교자차에 앉아 거리를 지나가고 있던 것이었다. 은엽아! 너는 상상할 수 있느냐. 그것은 요즘 흔히 길에서 볼 수 있는 광경이다. 그러나 내 주의를 끈 것은 그 교자위에 앉아있는 젊은 중사가 아니었다. 그 교자차를 밀고 가는 여인의 표정이었다. 내 관심은 오로지 그 여인 한사람에게만 집중되었다. (중략) 여인은 연해 병자가 두르고 있는 담요깃을 여며주었다. 웃는 얼굴로 설명을 해준다. 그 황홀하도록 인자해 보이는 표정. 명랑한 동작." 장덕조, 「후방에서 전선으로」, 『전선문학』 1집, 1952, 40~41쪽.

116) "우리 한국식으로 목청을 높여 슬피 울고가는 젊은 여인들 틈에 섞이어 조곰도 울지않고 걸어가는 노부인이 꼭 한사람 있었다. 옷도 무명배가 수수하고 얼굴도 볕에

강조하는 것이다. 전쟁기 발간된 잡지 『희망』에서도 상이용사들이 사회에 복귀할 수 있도록 여성들이 도와줘야 한다고 제안하기도 한다.[117] 군대가 힘을 얻기 위해서는 전사로서의 남자다움을 보조하고 보완하는 여자다움이 사회적으로 형성되어야 하고 그런 집단의 유지하기 위한 훈련과 단일한 위계질서, 성별 분업을 자연스럽게 보이도록 하는 여러 제도적·신념적 장치가 필요하기 때문이다.[118]

김진기는 『전선문학』과 같은 종군문학이 문학을 통해 가족과 국가를 연결시키면서 남성성의 회복을 꾀하고 있다고 지적한다. 이승만 정부가 민족국가로 거듭나는 과정에서 헤게모니적 남성성을 바로세우는 작업에 들어갔다는 것이다.[119] 이러한 남성성의 회복은 전선과 후방의 구분을 통해 보호받는 자와 보호하는 자를 필요로 하는 군대의 존재 자체가 지키는 자로서 남성 신체의 우월성을 증명하고 있다는 것을 보여준다. 군대는 군사동원을 효율적으로 관리하기 위해 징집대상자에 해당하는 모든 남성들의 신체를 규격화하여 군인에 걸맞은 신

걸어 싫거멓게 주름이 잡히고한것이 분명 시골 마누라였다. 그러나 고개를 똑 바로 하고 타올로 된 세수수건을 접어 머리에 얹은채 묵묵히 걸어가는 그의 모양에는 확실히 어떤 거룩한 체념(諦念)의 빛이 보였다." 장덕조, 「군인과 여성」, 『전선문학』 2집, 1952년, 26쪽.

117) 모윤숙이 단장으로 있던 '대한여자청년단'은 <용사의 집>을 통해 상이군인들을 위한 시설을 마련하고, 운영해나가는 것이 가장 큰 자랑이라고 말한다. "삼천만의 반수 여성들을 위해 도움이 될 수 있는 사업을 하리라고 뭉친 것이 우리 대한여자청년단"인데, 상이군인들의 취업과 결혼, 간호 등 삶 전반의 영역을 돌보는 "상이군인의 어머니 역할"을 하는 것이다. B기자, 「대한여청을 찾아서」, 『희망』 1952년 12월, 42~43쪽.

118) 신시아 인로, 『군사주의는 어떻게 패션이 되었는가』, 김엘리 외 옮김, 바다출판사, 2015.

119) 김진기, 「종군문학이 문학장에 미친 이념적 영향」, 『한국문학의 이념적 역동성 연구』, 박이정, 2008, 19~44쪽.

체적 조건을 만들어낸다. 남성성은 군사적인 지식을 많이 알거나(페니스를 대용할 수 있는 기술이 있거나), 운동을 잘하거나(강한 신체적 우월성을 확보했거나), 여자를 잘 아는 것(튼튼한 페니스를 증명하는 것)을 통해 증명된다. 병역의무는 피선거권자로서의 자격을 구성하는 데 핵심적인 경력으로 사용되고, 시민사회의 정치적 영역에서도 영향을 미친다.120) 이를 바탕으로 민족국가는 실재적 불평등과 착취를 고려하지 않은 채 국가를 수평적 동포애로 규정하고, 용감한 전사의 모습을 민족주체로 상정한다. 단일성과 동질성을 강조한 남성중심의 상상의 공동체는 차이성을 억압했고 그 결과 헤게모니적 남성성을 벗어나는 젠더 수행성과 국가는 모순적 관계를 가져야만 했다.

그러나 이 군사화된 헤게모니적 남성성은 '트러블'을 일으키기도 한다. 이승만 정권의 남성성 훈련은 국민들의 반발을 샀다. 일제의 강제징용과 학도병 모집 등에 시달렸던 사람들은 다시금 군인으로 동원되는 데에 저항감을 가질 수밖에 없었다. 더구나 한국전쟁이 발발하고 성인 남성들의 징집이 시작되자, 목숨을 부지하기 위해서라도 징집을 피하려고 했다. 1차 세계대전 당시 널리 퍼진 전쟁신경증 환자들은 신체기관적으로는 설명이 불가능한 이유로 인해 걷잡을 수 없는 경련을 일으키며 전투임무를 거부했다. 이는 정신적 외상에 의한 히스테리로, 크리스티나 폰 브라운은 이 남성 히스테리가 자신들이 전쟁에 나가 수호해야 했던 것은 인공적 산물, 즉 전쟁 직전에야 생겨났던 민족이라

---

120) 권인숙, 「헤게모니적 남성성과 병역의무」, 『한국여성학』 21(2), 한국여성학회, 2005, 223~253쪽; 김현영, 「병역의무와 근대적 국민정체성의 성별정치학」, 이화여대 여성학과 석사논문, 2001.

는 것을 무의식적으로 깨달았기 때문이라고 지적한다. 이들은 점령국의 적을 자신의 적으로 생각할 수 없었고, 그 결과 육체가 거부를 표시했다는 것이다.[121] 이는 한국전쟁에도 적용될 수 있다. 민족국가 남한은 북한을 적으로 명명하지만, 실제로 전투에 나가서 싸워야 하는 적은 나의 고향 친구들이자 이웃이었다. 전쟁에서의 승리가 결국은 자기 자신의 몰락을 의미할 뿐이라는 공허함을 불러일으키는 것이다. 이러한 지점이 군인을 둘러싼 대중가요에서 잘 나타난다. 군인의 죽음을 한 인간으로 생생하게 묘사하는 노래들이 인기를 끌었다는 것은 군인에게 죽음의 공포와 비극성이 계속 상기되었음을 보여준다.[122]

이러한 공허함을 가리기 위해 이승만 체제는 군인의 죽음을 가장 영광스러운 죽음으로 명명하며, 삶과 죽음을 위계화한다.[123]

제일 영광스러운 죽음은 나라에 일이 있을 때에 군인이 되어 전쟁에 나아가 순국하는 죽음일 것이다. (중략) 다음으로 가장 영광스러운 사람은 비록 그 몸이 죽기까지는 이르지 못했으나 (중략) 겨우 생명을 보존한 상이군인들이니 그들은 우리나라 사람들 중에서 제일 영광스러운 생명을 가진 사람들이다.[124]

---

121) 크리스티나 폰 브라운, 『히스테리』, 엄양선 외 옮김, 여이연, 2003, 328~360쪽.

122) 이영미는 대중가요 속 군인의 표상에 관한 연구에서 1950년대를 '죽음을 무릅쓰는 군인'으로 명명한다. 1950년대 군인 소재 대중가요로 인기를 누린 작품들은 대개 사적 삶을 가진 인간으로서의 면모를 드러내면서 전쟁의 소모품으로서도 충실해야 한다는 지배이데올로기의 요구 사이의 절충점을 보여준다는 것이다. 고향에서 자신이 살아 돌아오기를 기다리는 가족의 모습과 '장부의 길'을 동시에 제시함으로써 대중의 공감을 샀다는 분석이다. 이영미, 「낙동강에서 입영열차까지-노래 속의 군인 표상과 그 의미」, 『한국문학연구』 46, 동국대 한국문학연구소, 2014, 39~85쪽.

123) 후지이 다케시, 「돌아온 '국민': 제대군인들의 전후」, 『역사연구』 14, 역사학연구소, 2004, 255~295쪽.

124) 이승만, 「상이군인 제대식에 보내는 치사」, 『대통령 이승만 박사 담화집』, 공보처,

그러나 이 위계화에 따르면 죽거나 다칠 경우에만 영예를 얻을 수 있다. 전쟁으로 인한 신체의 훼손은 남성성의 탈구로 이어진다. 1957년의 경향신문 보도에 따르면, 70만 명의 제대 장병 중 직업보도를 알선 받은 사람은 5,800명, 약 0.83%로 나타난다.[125] 이는 대다수의 제대군인이 무직자이며, 경제적 곤란에 처해있음을 의미한다. 국회사회보건위원장 김철안은 "반공애국청년들이 그러한 참상에 빠진 줄은 몰랐다. 그들은 누구보다도 공산주의와 과감하게 싸운 사람들이며 남북통일의 성업을 앞둔 이때에 국책상으로 그들에게 적절한 대우를 해주어야 할 것이다"라며 제대군인에 대한 지원을 약속한다. 하지만 장애를 가진 상이군인들은 생산의 주체가 될 수 없었다. 상이용사들과 전사군경유가족에게 기술을 가르쳐주는 군경원호고등기술학교에서도 미망인들에게는 다양한 기술을 가르치지만, 상이군인을 위한 프로그램은 개발하지 못했다.[126] 이는 상이용사를 생산주체로 변모시키는 일이 생각보다 쉽지 않았음을 의미하는 것이기도 하다. 이것이 1950년대 한국사회에서 빈번하게 발생했던 제대군인·상이군인 범죄의 원인이다.

1953, 169쪽.

125) 『경향신문』 1957.4.25.

126) 이옥순(희망사 여기자), 「대한 군경원호고등기술학교 방문기」, 『희망』 1952.9.27~29쪽. "상처 지닌 젊은 호국의 용사들의 '배움'과 이상을 지향하는 희망의 단란"(27)으로 소개되는 고등기술학교에서는 "전쟁 상이용사들과 전사군경유가족에게 소질과 신체에 적응한 취업적 기술을 습득케 하여 자기의 생계를 자주적으로 도모함과 동시에 국가부흥건설사업에 재건봉공케함으로써 조국군경원호사업에 혁신발전을 기약코자"(27)한다. 그러나 미망인들이 농축과, 공예과, 속기과, 타자과, 가정과, 이용과 등으로 나누어 기술을 배우고, 실제로 주문·판매를 진행하며 경제활동에 참여하는 것과 달리, 상이용사를 위한 코스는 아직 개발되지 않았다는 것을 확인할 수 있다.

"가장 영광스러운 생명을 가진"상이군인들은 생활난과 경제적 곤란으로 인해 자살하거나 각종 강력 범죄를 일으켜 신문의 사회면에 오르내린다. 1958년 국회기자실에서 자살을 시도한 육군 중위는 손가락을 잘라 혈서로 제대군인은 거지인 양 거리를 방황하고 돈 없는 상이군인은 '뻐스'도 태우지 않는 박대를 받고, 자기의 상사도 극도의 생활난으로 가족들과 별거하거니와 자기의 어머니도 식모살이를 하지 않을 수 없는 정경을 고발한다.[127] 이는 당시 제대군인과 상이군인의 위치를 잘 보여준다. 이처럼 1950년대 중반을 넘어서면서 생활고, 취업, 병 등으로 인한 제대군인의 자살이 사회적인 현상으로 떠오른다.[128] 뿐만 아니라 제대군인이 가담한 강도, 살인 등의 강력범죄가 증가하고[129] 존속 범죄를 저지르는 경우도 적지 않다.[130] 1958년 상

[127] 「자살미수한 청년장교의 남긴 수기가 의미하는 것」, 『경향신문』 1958.2.2.
[128] 「생활고, 취직난, 병 고민」, 『동아일보』 1955.6.6.; 「직장 없어 비관 제대군인이 자살」, 『경향신문』 1956.6.4.; 「취직난과 폐결핵으로 인한 자살」, 『경향신문』 1956.9.21.; 「취직 안됨을 비관 수면제 자살」, 『경향신문』 1956.4.17.; 「키니네 자살」, 『경향신문』 1956.8.21.; 「열차에 투신자살」, 『동아일보』 1956.11.20.; 「식도로 자살미수」, 『동아일보』 1956.11.8.; 「취직안돼 비관 제대군인음독」, 『동아일보』 1957.7.17.; 「제대 못함을 비관 군인자살 하루에 삼 건」, 『경향신문』 1957.7.17.; 「제대군인 염세자살」, 『동아일보』 1957.1.29.; 「제대군인 일가족 자살」, 『동아일보』 1958.5.15.; 「취직 못함을 비관」, 『동아일보』 1959.6.30.; 「제대군인음독자살 취직 못함을 비관코」, 『동아일보』 1959.8.20.; 「제대군인이 자살」, 『동아일보』 1959.1.8.; 「몸의 부자유비관 제대군인자살」, 『동아일보』 1959.1.20.; 「군인이 자살을 기도 두 곳서 유서 남기고」, 『동아일보』 1959.11.3. 등 1955년 이후 경향신문과 동아일보 기사만도 16건이 넘는다.
[129] 절도(「수삼절도범체포」, 『동아일보』 1956.10.17.; 「황소 8두 훔쳐 도살」, 『동아일보』 1959.1.22. 등), 강도(「군복강도피체」, 『동아일보』 1954.8.8.; 「동자동강도단 체포」, 『동아일보』 1956.4.8.; 「현역 제대군인 공모하고 강도」, 『동아일보』 1957.5.31.; 「길가는 두 소녀 턴 제대군인」, 『동아일보』 1957.3.24.; 「전국지명수배 살인강도범은 모군제대헌병」, 『동아일보』 1957.9.11.; 「제대병 오인조강도단」, 『동아일보』 1957.12. 30.; 「전후 7차강도 삼인조를 검거」, 『동아일보』 1957.6.4.; 「무장강도 2명 체포」, 『경향신문』 1957.8.9.; 「권총강도」, 『동아일보』 1957.9.21.; 「복면식도강도」, 『동아일보』 1957.5.16.; 「조흥은행강도사건」, 『동아일보』 1957.1.9. 「칼 들고 강도질 용돈 궁한

반기 서울지검에서만 551명을 입건하는 등 제대군인 문제가 치안의 핵심으로 떠오르게 된 것이다.[131] 이로 인해 상이군인들은 치안을 위협하는 잠재적 범죄자들로 여겨진다.[132] 전쟁이 육체적 불구자보다 더 많은 정신적 불구자, 즉 정신적 상이군인을 초래하였다는 진단도 등장한다.[133]

이러한 정신적 불구성은 군사화된 남성성이 오히려 민족국가의 남성성을 훼손하고 있다는 것을 보여준다. 전쟁에서 돌아온 남성들은

제대군인」,『동아일보』1958.9.30.;「해군병원 강도체포」,『경향신문』1958.4.26.;「권총강도를 체포」,『동아일보』1959.5.29. 등), 살인(「말다툼 끝 단도로 살해」,『경향신문』1956.8.13.;「도끼살인」,『동아일보』1956.2.28.;「납치살인 권총괴한」,『동아일보』1956.8.28.;「두 달이나 전에 싸운 감정풀이 살인」,『동아일보』1956.10.14.;「선거자금 위해 살인」,『경향신문』1956.8.22.;「빚갚는다고 유인살해」,『동아일보』1956.10.4.;「누이동생 유린한 남자를 혼식장에서 권총사살」,『동아일보』1956.2.4.;「현역군인이 제대군인 살해」,『경향신문』1957.5.25.), 강간(「기도하는 소녀를 능욕」,『동아일보』1957.6.24.;「유부녀에 난행」,『경향신문』1958.10.5.) 등 다양한 강력범죄에 등장하였다.

130) 존속살해의 대부분은 경제적 어려움으로 인한 가정불화에서 생겨난다.「가정불화로 인한 아내살해」,『동아일보』1955.11.04.;「돌로 처와 장인 타살, 톱으로 양부를 살해한 정신이상자」,『동아일보』1955.11.24.;「친모를 구타치사」,『경향신문』1956.7.15.;「가족 팔 명 살해미수」,『동아일보』1957.8.5.;「사촌형을 칼로 살해」,『경향신문』1958.8.31.;「빚돈 달라고 칼로 살해」,『경향신문』1958.8.21.;「의처증남편이 칼부림」,『동아일보』1959.3.28.;「유괴살인」,『동아일보』1959.4.21. 등.

131) 「늘어가는 제대군인범죄 반 년간 551명을 입건 서울지검 관내」,『경향신문』1958.7.18. 앞서 1956년에는 상이군인의 행패가 내무당국이 내사발표한 민폐의 근원 17개 항목에 포함되기도 하였다.『경향신문』1956.11.29.

132) 서울지검은 군경합동수사반을 편성하고 귀향장병 불명예제대군인 상이군인 등의 동태를 감찰하고 누범 및 위험지구를 순찰하여 범죄예방과 검거에 주력할 것을 밝힌다.『동아일보』1959.4.27.

133) 전쟁에 참가한 청소년은 물론 후방의 사람들에게도 전쟁에 의한 정신적 유기상태로 인한 정신적 영양실조 또는 정신적 불구가 등장한다. "현금의 범죄면에 나타난 많은 현역 또는 제대군인들의 상식을 벗어난 잔인한 범죄행위들은 역시 이러한 실증의 하나가 아닐까?" 김기두(서울대교수),「정신적인 불구자의 공포 하」,『동아일보』1957.2.19.

재건의 주체가 되지 못하고 자살하거나 범죄를 저지른다. 이들에게는 군사화된 남성성의 바탕을 이루어야 한 형제애나 우애는 없다. 헤게모니적 남성성은 남성들이 지키기를 열망하는 것이지만, 남성들이 그것에 맞추어 살아가기란 불가능하고, 그 결과 자주 끔찍한 패배감을 느낀다. 전통적 남성성의 완벽한 외양으로 그려졌던 것들은 깊은 불안감을 숨기는 '인조 피부'였던 셈이다.[134]

2. 세계체제의 공모성과 성별이분법의 탈구축

1945년 8월 6일 일본군 제2사령부이면서 통신센터이자 병참기지였던 히로시마에 원자폭탄 리틀 보이(Little Boy)가 투하된다. 이어 8월 9일에는 군수도시 나가사키에 팻맨(Fat Man)이 떨어졌다. 원자폭탄만이 아니다. 태평양전쟁 말기 제국의 수도인 도쿄에 가해진 공중폭격은 일본인들에게 무력감(feeling of impotence)을 주기 위한 것이었다.[135] 일본은 '남성성의 폭격'에 항복한 끝에 군대를 빼앗긴 채 무장해제 되었다. 제국은 거세당했고, 식민지는 해방되었다. 그러나 식민지는 미국

---

134) 존 베이넌, 『남성성과 문화』, 임인숙 외 옮김, 고려대출판부, 2011, 112~114쪽.
135) 세계 1차 대전 당시 영국에서 벌어진 공중폭격은 모럴 효과, 테러 효과라 불렸다. 그 "충격과 경외"의 효과는 "무력감, 자신의 약함과 우리는 지지 않을 것이라는 것에 대한 공포, 좌절, 저항할 의지를 잃어버림" 등의 정동적 충격과 피해를 주기 위해 생겨났다. 이는 전쟁 스펙타클이 정동적 효과를 노리고 있음을 보여준다. Ben Anderson, "Modulating the Excess of Affect: Morale in a State of "Total War"", *Affect Theory Reader*, Duke University Press, 2010, pp.161~185. 그런데 이때 무력감은 impotence 즉, 성교불능의 상태와도 연결된다. 연합군의 원자탄과 공중폭격은 제국 일본을 거세하려는 시도이기도 한 것이다.

과 냉전 체제라는 또 다른 아버지를 맞이해야 했다. 패전 이후 일본은 연합국총사령부(GHQ)의 지휘 아래 있었고, 동아시아는 미군의 주둔에 따라 재배치되었다. 각 지역에 배치된 미군은 식민지에서 해방된 국가들에게 미국의 힘에 대한 동경을 불러일으켰다. 이는 리틀 보이와 팻맨이 상징하는 미국의 군사력과 이데올로기로서의 자유민주주의에 대한 동경이기도 했다. 개전권을 빼앗긴 일본은 점령군을 위한 위안부 여성을 모집하고, "1억 엔으로 일본 여성의 순결을 지킬 수 있다면 싼 편이다"라는 말을 서슴지 않았다.136) 전후의 일본 남성 지식인은 "미국에서 '아버지의 문화'를 발견하고, 자신들이 패배한 것은 이 '아버지'가 부재한 탓이라고 간단히 연결시키고 싶어하는" 경향이 나타났다.137) 해방된 조선 역시 한국전쟁을 거치면서 미국과 관계맺기에 골몰했다.

한국전쟁을 냉전의 국제사적 차원에서 분석한 브루스 커밍스는 한국전쟁이 미국의 지원을 받는 대한민국과 소련의 지원을 받는 조선민주주의인민공화국이 수립됨으로써 시작되었다고 지적한다. 한국전쟁을 냉전의 대리전으로 보는 것이다.138) 이 과정에서 남한은 동아시아 냉전 우산으로 편입되어, 미국의 원조를 받았다. 그렉 브라진스키는 대한민국의 국가 만들기 과정이 미국의 지원과 원조에 의해 이루어지는 바람에 국민과 국가의 계약이 제대로 성립할 수 없었다고 지적한

---

136) 마고사키 우케루, 『미국은 동아시아를 어떻게 지배하였나』, 양기호 옮김, 메디치북스, 2013, 64쪽.
137) 上野千鶴子, 解說 成熟と喪失から三十年, 講談社, 1993, p.276, 강상중, 『내셔널리즘』, 이성모 옮김, 이산, 2004, 157쪽 재인용.
138) 브루스 커밍스, 『한국전쟁의 기원』, 김주환 옮김, 청사, 1986.

다. 민족국가의 형성 과정에서 국민은 "필요한 물자와 비용, 암묵적 허락을 받아내"는 대가로 국가의 권력을 제한할 수 있었지만, 한국에서는 미국이 전쟁과 경제 재건 비용을 제공했기 때문에 정부와 국민의 협상은 필요하지 않았다는 것이다.[139] 이는 1950년대 남한이 사회계약을 통한 민족국가 건설과 시민의 출현에 실패했음을 암시한다.

국가와 시민의 사회계약은 민주주의적 민족국가가 성립하는 데 필수요건이라 할 수 있다. 캐롤 페이트만은 절대적 아버지가 독점하던 정치력을 동등하게 분배하는 과정에서 정치가 복수의 남성들, 즉 시민들에 속하게 되었다고 지적한다. 이 계약 과정에서 여성이 '남성'으로서의 인간, 형제로서의 인간에 복종하게 된 것이 근대 시민사회의 결정적인 특징이라는 것이다.[140] 그러나 남한은 절대적 아버지의 권위를 빼앗아 올 근대적 사회계약의 기회를 갖지 못했다. 시민의 권력이 아닌 또 다른 아버지가 금세 등장했기 때문이다. 그리고 이 아버지는 냉전의 시원적 아버지 미국과 형제가 되기 위해 공모한다.

1950년대 공론장에는 양공주, UN마담 등 아프레걸이 등장한다. 양공주는 전쟁의 파생물이자 지원자, 희생양이자 전염체로 존재했다. 정부는 한미 양국의 우호적인 관계를 진전시키고 '남한 사람들의 자유를 위해 열심히 싸우는' 미군들을 즐겁게 해주기 위한 수단으로 양공

---

139) 그렉 브라진스키, 『대한민국 만들기, 1945~1987』, 나종남 옮김, 책과함께, 2011, 36~37쪽.
140) 캐롤 페이트만, 『남과 여 은폐된 성적 계약』, 이충훈 외 옮김, 이후, 2001. 페이트먼은 이 정치적 권리가 가족이나 사적인 것이 비정치적 영역으로 전이됨으로써 은폐되었다고 본다. 결국 가부장제는 여성의 지속적인 복종을 위한 최신 장치로 변형된 것이다. 이 사회계약으로 맺어진 가부장제를 지탱하는 것이 여성을 교환 가능한 상징적 재산으로 이용하는 것이다.

주를 제공하였다.[141] 한국과 미국의 형제애는 여성의 교환을 바탕으로 한다. 주둔군으로서 미군은 보호자의 역할을 자임하며 안전을 제공한다. 1953년 체결된 한미상호방위조약은 "무기한으로 유효한" 우호를 약속한다. 이에 대해 한국사회는 미군의 비-법적 행위를 묵인한다.[142] 한국이 형제의 나라 미국에 제공하는 선물인 것이다.

레비스트로스는 친족체계를 지탱하는 남성연대가 여성의 선물과 근친상간 금지라는 원칙하에 이루어진다고 설명한다. 이때 교환은 성적인 접근권, 가계에서의 위치, 권리와 조상, 사람(남자, 여자, 아이들)과 같이 구체적인 사회관계 속에서 일어난다.[143] 게일 루빈은 레비스트로스의 객관적이고 중립적인 친족구조에 성과 자본의 관점을 추가한다. 여성을 원자재로 간주하고 가내노예화 시키는 체계적인 사회 장치가 작동하고 있다는 것이다. 여성을 선물하는 교환은 두 집단의 남성들 사이를 성립시키고, 우애와 상호성은 남성들 사이에서만 가능한 것이 된다. 이때 여성은 파트너가 아니라 교환 대상일 뿐이다. 그리고 이 형제애적

---

141) 캐서린 H.S. 문, 『동맹 속의 섹스』, 이정주 옮김, 삼인, 2002, 21쪽.
142) 한국전쟁을 거치면서 증가한 기지촌의 숫자는 1960년대에 그 전성기를 맞는다. 3만 명 이상의 여성들이 6만 2천 명의 미군 병사들에게 여흥을 제공했고, '리틀 텍사스'라 불린 동두천에만 7천 명 이상이 성매매에 종사했다. 이 가운데 기지촌 여성들을 관리, 규제하는 것이 남한 정부가 미국정부와 원만한 관계를 유지하는 데 관건이 되었다. 이는 1971년 닉슨 독트린 이후로 더 확실해진다. 미군 감축에 대한 우려로 인해 기지촌에 대한 자정의 목소리가 사라지고, 국가가 적극적으로 기지촌을 관리, 통제하기 시작했다는 것이다. 한미주둔군지위협정 합동위원회가 실시한 정화 캠페인은 성병을 통제하고 감시하는 것을 목적으로 했다. 기지촌 여성들을 한 달에 한 번씩 강당에 모아 놓고 애국심을 강조하는 교양 강연을 실시하기도 했다. 기지촌 여성들이 국가방위에 일조하며 국가 경제 발전을 위해 외화를 벌어들이는 '애국자'라고 강조한 것이다. 여지연, 『기지촌의 그늘을 넘어』, 임옥희 옮김, 삼인, 2007, 29~75쪽.
143) 레비 스트로스, 『구조인류학』, 김진욱 옮김, 종로서적, 1983; 에드먼드 리치, 『레비 스트로스』, 이종인 옮김, 시공사, 1998.

계약은 정치의 바탕을 이룬다.144) 그러나 남한의 민족국가는 그 건설과 정에서 형제애적 계약을 맺지 못했다. 이는 형제들 사이의 수평적 관계를 위해 남성성을 회복하는 것이 1950년대의 과제임을 의미한다. 훼손된 남성성을 다시 세우기 위해 선택한 것은 부정항이다. 남성들은 여성과의 차이를 강조함으로써 남성성을 정립하려고 시도한다. 남성과 여성이 공유하고 있던 미덕들은 나약함의 상징으로 배척하고, 자살, 범죄, 신경증 대신 강한 오빠와 아버지의 가면을 쓰는 것이다.145)

민주주의 세상이요 남녀동등이요 아내요 남편이라 하더라도 여성은 수동적인데 반하여 남성을 에렉숀이라는 조건이 필요하기 때문에 불평등이 따르는 것이다. 남성은 낭비에서 오는 이유도 있겠지만 여성이 왕성한데 반하여 일찍 쇠퇴하는 경향은 세계적인 모양이다. 거기에 한국의 남성은 동란을 겪음으로 해서 훨씬 더 쇠퇴되어 있다는 사실은 비극이라 아니할 수 없을 것이다.

왕성한 아내와 위축된 남편의 성생활이 균형이 잡힐 리 없게 되었으며 그런 상태는 "아내에 대한 정감의 감퇴 또는 인포텐스에까지 이른 남자가 많"게 되는 결과를 낳았고, 이것이 현재 한국 여성이 처한 비극 중의 하나이다. "거리를 혼란하게 하고 다니는 많은 사치한 의복, 짙은 화장의 여인"은 부부생활의 불만을 메워 보려는 일종의 성행위이다.146)

---

144) 게일 루빈, 「여성 거래」, 『일탈』, 신혜수 외 옮김, 현실문화, 2015, 89~147쪽.
145) 샤이어스는 영국 빅토리아 시대의 가부장적 남성성이 유약한 당시 남성들의 이미지와 여성의 왕위 등극, 그리고 여성의 공적 영역 참여 확대와 참정권 확대에 따른 사회적 불안 정서를 해소하기 위한 치유책으로 등장했다고 지적한다. 여권 신장의 사회적 흐름을 거스르는 가부장적 남성성은 어린 여왕을 대신해서 국가를 통치할 강력한 남성성을 희구한 결과 등장했다는 것이다. Linda Shires, "Patriarchy, Dead Men, and Tennyson's ldylls of the king", *Victorian Poetry* 30:3-4, 1992, p.403, 박형지·설혜심, 『제국주의와 남성성』, 아카넷, 2004, 28~30쪽 재인용.
146) 마해송, 「한국여성의 비극」, 『여원』 1956년 7월호, 152~159쪽.

마해송은 1950년대 자유부인들의 과잉된 섹슈얼리티가 "임포텐스", 즉 남성성의 약화와 연결되어 있음을 지적한다. 남성은 전쟁으로 인해 쇠퇴하고, 여성은 여기서 생기는 불만족으로 '산책자'가 되어 일종의 '성행위'를 전시한다는 것이다. 쇠퇴한 남성성과 과잉성애화된 여성성이라는 마해송의 언설은 1950년대 한국사회의 젠더 규범이 균열을 마주하고 있음을 보여준다.

식민지배로 인해 거세된 남성성은 해방과 건국을 계기로 주체의 재구축을 구상한다. 가부장은 곳곳에 흩어진 가족을 다시 모아서 현실에서 실현되지 못한 강한 주체, 또는 훼손된 주체를 회복할 수 있는 강력한 구심점을 상상한다. 1950년대 한국사회에서는 이것이 '가족'이었다. 이승만 체제의 기틀을 잡았던 일민주의는 가정이 국가의 모델이자 축소판이고, 국가가 가정의 확대라고 보았다.[147] 국가와 민족, 가족을 통합하는 것이다. 특히 완전한 가족에 대한 열망은 지금과는 다른 현실을 구축하고자 하는 강한 의지의 표명이기도 하다. 권명아는 이러한 가족상상이 희생적 어머니의 모성을 바탕으로 하고 있다고 지적한다.[148] 김진기 역시 반공소설에서 등장하는 여성들이 유교적 가족주의를 재건함으로써 가족 통합 이데올로기의 바탕을 구축하고

147) "이 민족의 기원을 소급하면 한 가족인 것이다. 국가는 가정의 확대이며 민족은 가족의 연장이다. 더욱이 순수한 한민족에 있어서는 그러하다. 이곳에서 이대통령의 일민주의가 피를 소급하여 출발하는 것이다. 하나이요 둘이 아니라고 하였다. 둘이 아님으로써 일민인 것이다. 이 일민이 가정과 국가, 가족과 민족의 관계에 있어서 전구성원의 도의적 결속과 동시에 전구성원의 행복한 생활을 달성시키자는 것이 일민주의인 것이다." 양우정, 『이대통령건국정치이념-일민주의의 이론적 전개』, 연합신문사, 1949, 46쪽; 53~54쪽.
148) 권명아, 『가족이야기는 어떻게 만들어지는가』, 책세상, 2000, 33~34쪽.

있다고 분석한다.[149] 일선에서 전쟁을 수행하는 남성주체를 재건하고, 후방에서 가족을 담당하는 여성의 자기희생 양상을 보여줌으로써 한국전쟁의 이데올로기적 기틀을 마련했다는 것이다. 이처럼 1950년대 가족 재건의 책임은 여성의 희생을 바탕으로 하고 있었다. 희생은 전쟁 이데올로기는 일선에 나설 수 없었던 여성들이 비국민이 되지 않는 유일한 길이기도 했다. 훼손된 육체를 가지고 돌아온 남성들을 희생과 사랑으로 감싸 안는 부덕의 여성상은 자신의 '몫'을 할당받기 위한 노력이자 호명에 대한 복무이기도 했다.

그렇다면 1950년대의 가족 상상에서 남성들은 어디에 위치하는가를 질문해볼 필요가 있다. 김기석은 "조선여성의 고난사 속에서 민족의 고난사 그리고 나아가 인류의 고난사를 읽어야 할 것"[150]이라며 조선여성을 국가의 표상으로 설명한다.

> 그러나 여러분이 아무리 높고 빼어났다고 해도 역시 못난 우리들의 누이인 모양으로 우리들이 아무리 어둡고 가난하다고 해도 여전히 잘난 여러분들의 오빠인 것을 잊어서는 안 됩니다.[151]

김기석은 여성과 남성을 '여러분'과 '우리'로 구분한다. 현재 여러분은 "높고 빼어나지만", '우리'는 "어둡고 가난하다." 이는 앞서 마해송이 지적한 것처럼 쇠퇴한 남성성의 현주소를 보여준다. 그러나 김기석은 "아무리 어둡고 가난하다고 해도 여전히 잘난" 오빠들이라는 것

---

149) 김진기, 「반공호국문학의 구조」, 『상허학보』 20, 상허학회, 2007, 347~379쪽.
150) 김기석, 「사랑의 현상학」, 『사상계』 8호, 1953년 12월, 55쪽.
151) 위의 책, 57쪽.

을 잊어서는 안 된다고 지적한다. 이는 젠더 규범의 균열을 부인하려는 자세이며, 이 부인이 1950년대 젠더의 탈구축을 가져온다.

서울 수복과 함께 서울로 돌아온 문인들은 공산 치하에서 문학가동맹에 가입했던 잔류파 문인들을 향해 "너희들은 갈보냐. 그렇지 않으면 들병장사냐. 공산당이 오면 공산당에게 정조를 팔고, 오랑캐가 오면 오랑캐에게 꼬아 올리고, 코큰 사람 오면 코큰 사람에게 또 요사를 떨고"152)라며 원색적인 비난을 퍼붓는다. 생존을 위한 '부역' 행위를 '갈보'나 '들병이', '양공주'에 비교하여 젠더화하고, 여성의 섹슈얼리티를 국가와 민족에 대한 반역과 연결시키는 것이다. 이러한 젠더 상상은 반공주의 선전물에서도 자주 등장한다. 공산주의는 여성성으로 결합하여 남성성으로 무장한 반공주의의 적대가 된다. 영화 <운명의 손>이나 오제도의 『공산주의 ABC』 등은 남한이라는 남성을 유혹하는 공산주의 여성 인물을 통해 공산주의를 여성화한다. 마루카와는 포스트 워, 혹은 포스트 콜로니얼한 자장에서 '타락한 여인'이라는 테마가, 전쟁에 패배하고 식민지를 상실한 남성의 '거세'를 부인하고 그것을 대리보충하는 역할을 했다고 지적한다.153) 공산주의의 여성화는 반공 남한의 '거세'를 부인하는 기능을 수행하였다.

두 번의 전쟁에서 승리한 적이 없는 남한의 남성성은 여성적인 것에 대한 두려움과 혐오를 드러낸다. 자유부인 담론이 전통적 부덕을 강조하는 계몽의 목소리를 내는 것은 불온한 여성성을 단속하려는 시

---

152) 조영암, 「잔류한 부역문학인에게: 보도연맹의 재판을 경고한다」, 『문예』 1950년 12월호, 74쪽.
153) 마루카와 데쓰시, 『냉전문화론』, 장세진 옮김, 너머북스, 2010, 130쪽.

도이다. 그러나 이러한 부덕(婦德)을 강조하기 위해서는 불온성을 재현
해야만 한다. 1950년대 범람한『희망』,『아리랑』,『청춘』등의 대중잡
지들은 섹슈얼리티에 관한 다양한 담론들을 펼쳐놓는다. 킨제이의 성
과학154)에서부터 간통쌍벌제를 둘러싼 스캔들155), 실화를 빙자한 폭
로기사 등 대중잡지의 오락면은 섹슈얼리티에 관한 담론들로 채워졌
다. 남성성에 대한 근심이 사회를 오히려 성애화하는 것이다.

　정희진은 친미 반공 군부독재 세력이 주도하는 호전적 남성성이 전
후 한국사회를 지배하고 있었다고 말한다. 그런데 아이러니한 점은
군인다움과 용맹성을 주장했음에도 불구하고 미국에 대한 철저한 의
존을 요청하기 위해 여성을 제공하였다는 것이다.156) 이는 한국사회
가 표방하는 남성성이 얕은 토대를 갖고 있기에 무언가를 방패로 삼

154) 1950년대 미국 사회의 공론장의 중심에 놓였던 킨제이 보고서는 킨제이가 속한 인
　　디애나 대학 섹스 리서치 팀의 연구 결과를 출간한 남성의 성행위 *Sexual Behavior in*
　　Human Male, 여성의 성행위 *Sexual Behavior in Human Female* 두 권을 통칭하는 것이
　　다. 남성편이 820쪽, 여성편이 872쪽으로, 표와 차트가 300쪽에 달하며 "교사들, 사
　　회복지사들, 공무원들, 법 집행 관련자들, 그리고 인간 행동의 지도에 관심이 있는
　　사람들"을 대상으로 하였다. 김미영, 「킨제이를 통해 본 자유주의 성해방론과 그에
　　대한 비판」,『사회와 이론』7, 한국이론사회학회, 2005, 215~259쪽.
　　『야담과 실화』는 1959년 신년호의 광고에서 "서울처녀 60%는 이미 상실? 경이! 한
　　국판킨제이여성보고서가 말하는 것은 무엇인가"라는 문구를 사용, 공보실로부터 폐
　　간처분을 받기도 한다. 「야담과 실화 폐간」,『동아일보』, 1958.12.02. 이는 킨제이가
　　성과학이 아닌 호기심과 스캔들의 주인공이었음을 보여준다.
155) 간통 쌍벌제 실시 이후 1호 고소 사건의 주인공인 최은희와 신상옥의 스캔들은 대
　　중잡지의 주요 화제 중 하나였다. 대중잡지뿐 아니라『문화세계』와 같은 교양지에
　　도 수록되었다. 변호사인 민병훈은 "쌍벌제 실시 후 제1호 부군 김학성씨 어제 배
　　우 최은희 여사와 영화감독 신상옥 씨 대상 간통죄로 지검에 제소"라는 기사를 통
　　해 최은희와 잉그리드 버그만의 스캔들을 비교하면서, 법률적 각도에서 결혼, 간통,
　　이혼의 문제를 다룬다. 민병훈, 「백만인의 법률학-정조」,『문화세계』1954년 2월,
　　103~107쪽.
156) 정희진, 「편재(遍在)하는 남성성, 편재(偏在)하는 남성성」,『남성성과 젠더』, 자음과
　　모음, 2011, 15~33쪽.

아야 했다는 것을 보여준다. 미국에 의한 신식민과 이승만이라는 노쇄한 가부장에 의해 훼손당한 남성성은 '대한민국'의 주체를 아프레걸, 자유부인 등의 여성성을 부정함으로써 구성해나간다. 이는 근대적 현모양처에 전통적 부덕을 더해 이데올로기적으로 규율하는 양상으로 이어진다.157) 따라서 1950년대를 이해하기 위해서는 반정립으로서의 여성 섹슈얼리티가 아니라 정립으로서의 남성성에 대한 규정 역시 시도해야 한다. 남성성은 재현 가능 여부, 재현의 가시화 수준 등에 머무르지 않고 문학예술의 제도적 규범화, 즉 선택/배제의 원리로 작용하면서 당대 문학예술의 지형을 특정하게 조형해내기까지 했기 때문이다. '냉전시대 남한의 문화는 보이거나 말해지는 것 못지않게 보여지지 않거나 말해지지 않는 것을 통해 더 잘 접근할 수 있다'는 지적처럼158) 여성의 섹슈얼리티를 전시하는 대신에 말하지 않는 것이 무엇인지를 확인해야 한다. 반공 남한 사회에서 열등과 우등, 국민과 비국민을 나누는 기준이 되는 것은 젠더로서의 남성성이기 때문이다. 이는 성별 이분법의 탈구축과 관련하여 흥미로운 사례를 제공한다.

한국전쟁은 징병제를 통해 군인이 될 수 있는 자만이 국민으로 인정받을 수 있다는 공식을 설정하였다. 훈련된 몸은 문명을 상징하는 하나의 징표였으며 근대화와 구국, 생산성의 상징이었다. 양민증이나 도민

---

157) 전후 남성 부재의 현실은 가부장제를 위협하였고, 개별 가부장이 가족질서 내에서 여성을 통제할 수 없던 조건이 계속되었다. 여기에 미국문화의 유입이 가속화되자 가부장적 남성사회는 내적 규율로서 유교 윤리와 정신을 강조하며 전통적 부덕을 찬양했다. 즉 국민통합과 민족정체성의 수립, 그리고 '아버지의 질서'의 수립을 위해 '전통'을 이용한 것이다. 김은경, 「한국전쟁 후 재건윤리로서의 '전통론'과 여성」, 『아시아여성연구』 45(2), 숙명여자대학교아시아여성연구소, 2006, 7~48쪽.

158) 테드 휴즈, 『냉전시대 한국의 문학과 영화』, 나병철 옮김, 소명출판, 2013, 제2장 참조

증, 군인증과 같은 생명관리제도는 군대에 갈 수 있는 남성성을 관리하는 동시에 특권을 의미하는 것이기도 했다. 군복을 입는 것을 통해 월급을 받고 도강을 할 수 있던 시절, 군복은 국민임을 증명하는 수단이기도 했다. 6.25 전쟁이 발발하자 여자배속장교들이 등장하였으며, 여자의용군교육대를 통해 1,000여 명의 여군이 전방 및 정훈대대 · 예술대 등에서 행정, 대민선무공작, 정훈교육, 대적방송, 첩보수집, 위문공연, 경리, 통신, 보급 등의 업무를 수행하였다.159)

여성작가들은 종군작가단의 일원으로 참여하였다.

> 서울에 왔다 가야할 일이 있었는데 군복을 입지 않고선 기차를 탈 수도 없었으며, 도강은 더욱이 어려웠던 때다. 군복 덕에 도강은 무사히 하게 되었다. 피난지 대구나 부산에서 그 어려운 고비를 겪으며 영등포까지 왔다가 한강을 넘지 못해서 영등포에 하차하는 사람들을 목격하곤 군복의 힘이 대단하다는 것을 깨달았다.160)

공군종군작가였던 최정희는 대구에서 종군작가단 생활을 하던 중 서울을 다녀가기 위해 군복을 입고 기차를 탄다. 군복을 입어야만 서울 출입이 가능했기 때문이다. 군복을 입은 종군여성작가들은 남성들과 마찬가지로 패싱(passing)161)하는 것이 가능했고, 빨갱이, 부역자의

---

159) 국방부 군사편찬연구소, 『6.25 전쟁 여군 참전사』, 국방부 군사편찬연구소, 2012, 66~193쪽.
160) 최정희, 「피난대구문단」, 『해방문학 20년』, 정음사, 1966, 103~104쪽.
161) 넬라 라슨의 소설 『패싱』에서 유래한 말로, 본래 흑인과 백인의 혼혈이 백인으로 통용되는 것을 지칭했다. 이후 특정한 성별이나 성적 지향으로 '통과되는' 것을 말한다. 동성애자인 사실이 가려진 채 사람들에게 이성애자로 인지되는 경우, 트랜스젠더가 남성 또는 여성으로 인지되는 경우 등에 쓰인다. 잭 핼버스탬, 『가가 페미

혐의로부터도 자유로울 수 있었다.162) 이는 군복의 남성성이 수행을 통해 획득될 수 있음을 보여준다.

사실 1950년대는 여성이 본격적으로 공적 영역에 등장한 시기이기도 했다. 해방 이후 여성들의 정치참여와 남녀동권이 법적 토대를 갖게 되었고, 여성정치인들이 등장했다. 이승만 체제는 정권 초기 공직에 다수의 여성들을 임명하였다. 임영신은 직접 대한여자국민당을 결성하여 부통령 후보로 나설 만큼, 정치에 적극적으로 참여하였고, 모윤숙은 외교사절로 일했다. 한국 최초의 여자 법관인 이태영은 남자들에게만 허락되었던 '영감'의 칭호를 획득하기도 하였다.163) 여성들은 결혼, 가족, 섹슈얼리티와 관련된 의제를 통해서 남성의 사적 영역에 직접 도전하였고 여성적 공적 영역의 공론화 혹은 공적 영역화는 기존 젠더 체계의 구조를 변화시키고자 시도했다.164) 전쟁미망인을 필두로 한 많은 수의 여성들이 생활전선에 뛰어들어 품팔이 농업노동자

니즘』, 이화여대여성학과퀴어·LGBT번역모임 옮김, 이매진, 2014, 130쪽. 통(과)하기는 사회적으로 구조화된 조건 속에서 발각되고 파괴될 가능성이 지속적으로 제공되는 상황에서 정상적, 자연적인 여성 혹은 남성으로 살아가기 위한 권리를 확고하게 만들고 성취하는 작업이다. 하나의 젠더로 통하는 것은 사회문화적인 맥락 안에서 한 사람이 선호하는 성역할과 일치한다고 다른 사람에게 간주되도록 하는 것이다. 나영정, 「성전환남성(MTF)의 주체화와 남성되기에 관한 연구」, 이화여대 석사논문, 2007, 24쪽.

162) 최정희는 일제 말의 친일협력, '적치 90일'과 같은 이유로 사상적으로 의심받을 수밖에 없는 위치였다. 종군작가단은 생계를 위한 것일 뿐 아니라 정치적 생존을 위한 것이기도 했다. 이러한 내용은 졸고, 「'비국민'에서 '국민'으로 거듭나기」, 『근대서지』 7, 근대서지학회, 2013, 565~585쪽 참조

163) 이태영, 「(기획: 남자틈에 낀 여성의 변) 나도 어엿한 영감」, 『희망』 1954년 3월호, 112~113쪽. 이태영은 가정주부가 어린 남자들이 가득한 법대에 다녔던 일, 여자법관의 칭호를 둘러싼 해프닝 등을 통해 '영감'의 지위를 획득한다.

164) 김은실·김현영, 「1950년대 1공화국 국가 건설기 공적영역의 형성과 젠더 정치」, 『여성학논집』 29(1), 이화여자대학교한국여성연구원, 2012, 113~155쪽.

가 되거나 시장에서 음식장사를 했다. 여성들은 동대문시장과 남대문 시장에서 콩나물, 양담배, 달러, 옷감, 옷 등을 판매하였다.[165] 1958년 2월 공표된 신민법은 결혼과 이혼을 종전보다 자유롭게 만들었으며, 여성이 자기 재산을 가질 수 있게 하였다. 이처럼 1950년대는 엄격한 성별 이분법의 틈새로 다양한 가능성이 존재하는 공간이기도 했다.

전쟁기의 혼란 속에서 남장여자와 여장남자의 존재가 공론장에 등장하기도 한다. 상당수는 생존을 위해서 남성, 혹은 여성을 선택한 사람들이다.[166] 여자들은 남장을 하고 강도나 금품 갈취 등의 범죄를 저지른다.[167] 가난으로 인해 여성으로 가장하여 레지나 여급을 하다 적발되는 소년가장들의 사례도 심심치 않게 보도된다. 이들은 자신의 의지대로 젠더를 선택하여 수행한다. 이는 자연적인 것으로 연결되어 있는 몸과 젠더 사이의 고리를 언제든지 탈구축할 수 있다는 것을 보여준다. 남자와 여자를 오가며 직업을 구하는 소년은 젠더를 바꾸는 행위(트랜스젠더)가 몸과 정신의 불일치에서 생겨나는 고통이나 정신적 질환이 아니라 개인의 선택과 수행에 따른 것임을 보여준다.[168] 이

---

165) 이임하, 『전쟁미망인, 한국현대사의 침묵을 깨다』, 책과함께, 2010.

166) 여장남자를 중심으로 한 1950년대 퀴어 인구에 대한 자세한 분석은 허윤, 「1950년대 퀴어 장과 병역법 경범법을 통한 '성 통제'」, 『'성'스러운 국민』, 서해문집, 2017 참조

167) 「남장한 여자강도 출현」, 『경향신문』 1956.3.30.; 「남장한 두 여인 도로취체령에 걸려」, 『동아일보』 1960.2.25.; 「10대의 소녀 깡패, 밤엔 남장」, 『경향신문』 1960.11. 11. 등.

168) "18세의 김상용 군은 13세 때 김천의 악단에서 여자역할을 한 것을 계기로 여장을 시작, 대구 사랑 다방을 비롯한 여러 다방에서 레지 노릇을 하다 모 잡지에 폭로되어서 서울에 피신, 다시 남자로 되돌아갈 것을 결심하고 취직을 부탁한다며 경찰서에 찾아왔다." 「여장으로 오년간 레지 노릇한 소년 취직시켜달라고 경찰에」, 『동아일보』 1957.12.22.; 이후 다방협회에 취직되었다는 뒷소식도 보도된다. 『동아일보』 1957.12.25.

로써 젠더 규범의 토대에 자리 잡고 있는 몸과 정신, 여성과 남성의 이분법은 해체된다. 그러나 국가는 이들을 남성성/들을 병역법 위반으로 검거하거나 간첩으로 의심한다.[169] 젠더의 경계를 위반하는 것만으로 사회의 안전을 위협하고 있다고 규정하는 것이다.

또한 자신을 '중성' 혹은 '여성'으로 정의하는 여장남자도 있다. 4년간 '매소부'로 일해온 조영희는 제대군인과 동거생활도 하고, 발각된 이후에도 여장을 하고 싶다고 고백한다. "나는 유치장 안에서도 여장을 해왔으며 매일 화장도 하고 더욱 여자감방에 유치되었는걸요"[170]라는 그의 웃음은 MTF(Male To Female, 트랜스젠더 여성)의 트랜스여성성을 보여주는 것이다. 이들은 이성애자 트랜스젠더의 표지를 수행한다. 남성과의 사랑을 통해서 자신의 여성성을 강조하는 것이다. 이는 젠

---

169) 장남인 조영희 군은 아버지와 어머니가 앓는 바람에 신문배달, 참기름 장사 등을 했지만, 생계를 감당할 수 없어 여장을 하고 접대부를 하였다. 그는 경찰서에 검거되어 삭발을 하고 쫓겨났지만 "삭발은 했을 망정 그의 교태에는 기자의 마음도 의심할 정도의 음성이며 태도이며 표정 등이었다." 「여장남자 조군의 전일담 1~2」, 『경향신문』 1950.2.7.~8.; 키가 오척 가량되는 큰 여자를 불심검문한 결과 남자로 판명, 병역법 위반 및 경비법 위반 등의 혐의로 구속하였다. 그는 식모살이를 하던 중이었으며 이웃집의 노파는 그를 수양딸로 삼고 있었다. 「20세 때부터 여장한 남자 '파마'에 연지칠」, 『동아일보』 1957.10.9.; 성동서에서는 김선희라는 여자를 사칭하는 23세의 청년이 병역법 위반으로 구속. 「여장남자가 접대부 노릇, 기피자로 구속」, 『동아일보』 1959.8.13.

170) 『동아일보』 1956.11.10. 매소부로 4년간 여장을 하다 25일 구류 처분을 받은 문군은 "수년동안 이 술집 저 술집에서 가진 교태를 부리며 뭇남자를 희롱하여 오던 파마 머리에 짙은 화장을 하고 양단저고리에 비로도 치마를 감은 미모의 매소부"로 "단정한 여장을 하고 여경들의 입회하에 취조를 받았으며 수집은 듯 웅크리고 앉아 가느다란 여자의 음성을 내며 어디까지나 세련된 여자의 태도를 간직"한 것으로 그려진다. 그는 "가끔 여장을 하여 보면 여자로서의 실감이 울어나는 것 같고 잘난 남자를 보면 이상하게 그리운 생각이 들어요"라며 스스로를 '중성'으로 정의하는 등 앞으로도 여장을 계속할 것이라고 말한다. 「병신년 뉴스 기후소식 여장의 남자 문금성군」, 『동아일보』 1956.12.13.

더의 수행은 이성애규범과 조화를 이룰 때 '정상화'된다는 것을 통해 설명될 수 있다. 성전환여성은 이성애 관계를 맺음으로써 관계 안에서 자신을 여성으로 배치하고자 하는 것이다. 이들의 과장된 여성성과 철저한 이성애 각본은 젠더 교란에 대한 가면이라고도 볼 수 있다.

여기서 흥미로운 것은 젠더 교란의 영역에서 이성애 각본이 강화된다는 점이다. 동성애는 형제애의 국가를 성애화하기 때문에 '정신병'의 형태로 등장하지만, 성 전환이나 양성성과 같은 트랜스/섹슈얼리티는 실화, 야담과 같은 오락물이나 '스캔들'로서 유통된다. 양성이었던 제대군인이 제대 후 여성으로 고정171)되거나 군대 복무 중 월경이 생겨 여자로 판정, 제대한 경우,172) 수술 없이 여성에서 남성으로 전환된 남고생173)이나 성확정술과 미용, 헤어 등을 통해 여성이 되는 경우들이 심심치 않게 보도되는 것이다.174) 이들의 젠더 수행은 남성과 여성 사이의 생물학적 연결고리를 변용하여 헤게모니적 남성성을 교란

171) 남녀의 성기를 갖고 여장을 한 최길모는 군 복무를 상사로 마치고 제대한 뒤 약 5년 전부터 남자의 성기 기능이 약해지고 여자의 성기는 제대로 활동하게 되므로 남장을 하고 무당 노릇을 하며 생활해왔다. 가을에 동리남자와 결혼할 준비를 하고 있었으며 현재도 남자와 동거생활을 하고 있는 것으로 알려지고 있다. 「양성 갖추어 화제」, 『동아일보』 1960.10.22.
172) 1년 전부터 유방이 생기고 엉덩이도 커지고 성격도 여자같이 변하여 놀림감이 되다시피 하다 월경도 있게 되어 여자로 판정, 제대하였다. 「군인이 여자로 변화」, 『동아일보』 1959.8.3.
173) 본사독점탐방, 「경이 한국판 성의 전환, 박정숙양이 박원길 군으로」, 『희망』 1954년 3월호, 126~129쪽. '한국 최초의 성 전환자'인 박원길 군은 5년 전인 초등학교 6학년 때 42도가 넘는 고열에 시달리다 깨어나 남성이 되었다. 그는 호적을 정정하고, 남학교에 진학하여 고등학생이 된 것으로 보도된다.
174) "조기철 양은 동화백화점 내 미용실에서 '하이칼러' 머리를 '파마넌트'하여 지금까지 어딘지 모르게 남자 같은 인상을 주던 얼굴을 완전히 여성화시켰다." 「미용원에 나타난 조양」, 『조선일보』 1955.8.29.

하고, 남성성/들의 차이를 전시한다. 이러한 젠더의 탈구축 양상을 가장 잘 보여주는 것이 여성국극이다.

1950년대 전성기를 맞았던 여성국극단은 여성배우들만으로 이루어진 창극단으로 대중문화 장에 자리 잡았다. 1948년 결성된 여성국극단은 한국의 전통예술로서 유엔 사절단에게 소개되었으며, 동양적 아름다움을 보여준다는 찬사를 받았다. 1955년에는 50여 편의 작품이 공연될 만큼 많은 관객을 동원하기도 하였다. 특히 남자 역할을 하는 배우들의 인기가 매우 높았으며 이들이 여성국극의 팬덤을 형성하는데 큰 역할을 하였다.[175) 김지혜는 여성국극의 성별 정치학을 분석하면서 1950년대를 전통과 서구적 근대화의 욕망이 혼종, 경합하던 시기로 정의하며 가부장적 규범이 해체되면서 성별 지형이 재구성되는 시기로 접근한다. 여성국극의 남장 연기가 여성의 사회적 지위 향상을 배경으로 등장하였으며 성별 교란에 대한 불안과 유희가 공존할 수 있는 분위기 속에서 대중적으로 수용될 수 있었다는 것이다. 여기서 주목하는 것은 성별 경계 넘기와 동성애적 매혹을 통한 저항적 가능성이다.[176) 여성국극의 남역 배우들은 과장된 남성성과 여성성을 연기함으로써 젠더의 수행성을 노출한다. "남자는 실제 남자보다 더

---

175) 이화진, 「여성국극의 오리엔탈 로맨스와 (비)역사적 상상력」, 『한국극예술연구』 43, 한국극예술학회, 2014, 167~200쪽. 이화진은 여성국극의 인기 비결 중 한 가지로 여성 소리꾼이 남성을 연기하는 여창남역에 대한 주목을 든다. 여창남역은 식민지 시기부터 있어 왔지만, 1940년대 후반의 문화적 상황에서 남역이 해방과 건국에 부응하는 '새로운 풍조'로 읽혀졌다는 것이다.
176) 김지혜, 「1950년대 여성국극의 공연과 수용의 성별 정치학」, 『한국극예술연구』 30, 한국극예술학회, 2009, 247~280쪽; 「1950년대 여성국극공동체의 동성친밀성에 관한 연구」, 『한국여성학』 26(1), 한국여성학회, 2010, 97~126쪽.

남자 같아야 되고, 여자는 실제 여자보다 더 여자 같아야 한다"는 여성국극의 훈련과정은 젠더 규범을 과잉 수행함으로써 '연기'로 만든다. 남역 배우들의 인기가 올라갈수록 남성 주인공을 영웅화하는 플롯과 어트랙션(칼싸움이나 춤 장면)이 강화되고, 남역 배우 중심의 커플링이 이루어짐으로써 과감한 애정 연기를 상연하기도 했다.177) 즉 동성 배우들과 관객이 철저한 이성애 각본을 연기하고 즐기는 것이다. 여성국극은 춘향전, 왕자호동, 로미오와 줄리엣과 같은 사랑이야기를 중심으로 레파토리를 구성했으며 한국 고전소설에서부터 셰익스피어 번안극, 창작극까지 넓은 범위를 넘나들었다.178)

잭 할버스탬은 남성의 생물학성과 남성성 사이의 자연화된 연계를 균열시키고 여성 육체에 체현되는 남성성/들을 분석하기 위해 '여자 남성성'을 제안한다. 이는 여성성은 인위적으로 생각되는 반면, 남성성은 생물학적 남성만이 발현할 수 있는 '진짜 자연스러운 속성'으로 이해되는 젠더 규범을 해체하는 것이며, 여성 육체와 남성성을 연결시킴으로써 남성성의 구성적인 성격을 노출하는 시도이다.179) 여성국극에서 배우들이 수행하고 있는 남성성이 바로 이러한 '여자 남성성'에 해당한다. 이를 통해 여성국극의 관객은 누가 남자인가를 질문할 수 있게 되었다. 남자와 남성성은 무엇인가라는 근본적 질문을 던져볼 수 있게 된 것이다.

---

177) 이화진, 앞의 글, 190쪽.
178) 1954년 『로미오와 줄리엣』을 번안한 <청실홍실>, 오페라 <투란도트>를 번안한 <햇님왕자와 달님공주>, 1960년 『몬테크리스토 백작』을 번안한 <초야에 잃은 님>, 1961년 『오셀로』를 번안한 <흑진주> 등 서양고전의 번안도 이루어졌다.
179) J. 핼버스탬, 『여성의 남성성』, 유강은 옮김, 이매진, 2015.

백현미는 여성국극이 정치 사회적 변화와 유리된 세계에 존재하는 대중물로서, 당시 사회에 대한 부정 혹은 회피가 대중의 망탈리테를 직조하고 있었다는 것을 보여주는 사례라고 지적하였다.[180] 그러나 이는 여성국극이 보여주는 남성성의 탈구축이 가진 저항성을 간과한 것이라 할 수 있다. 1950년대 여성국극의 대중적 성공은 성별 이분법의 탈구축에 대한 대중의 지지와 매혹을 보여주기 때문이다. 1950년대 여성들에게 여성국극 배우들은 상상계적 남성성을 제공하였다. 낭만적 사랑에 충실하고, 기사도적으로 용감하며, 남자보다 더 남자다운 남성성을 재현한 것이다. 이는 현실의 남성성/들이 가질 수 없는 이데아의 영역이기도 하다. 이들이 수행으로서 획득한 남성성은 헤게모니적 남성성이 부재한 시대의 반면교사였다.

1950년대 공론장에는 성별을 넘나드는 젠더들이 공존했다. 공적 영역에 진출한 여성들은 여성성을 강조하여 연기한다. 이러한 젠더의 수행성은 남장여자, 여장남자를 통해서도 확인할 수 있다. 생계를 위해 여장을 하는 남자들과 연기를 위해 남장을 하는 여자들의 트랜스-남성성은 젠더가 수행을 통해 이루어지는 것임을 보여준다. 이는 성별 이분법을 탈구축하며 헤게모니적 남성성으로부터 남성성/들로의 전환을 가능하게 한다.

---

180) 백현미, 「1950년대 여성국극의 성정치성」, 『한국극예술연구』 12, 한국극예술학회, 2000, 175~176쪽.

남성성의 미未수행과
의사疑似 장남 — 염상섭

남성성의 미未수행과 의사疑似 장남 – 염상섭

한국소설사에서 염상섭은 이광수와 더불어 시원적 아버지의 자리에 놓인다. 『만세전』의 이인화와 『삼대』의 조덕기는 식민지 근대를 표상하는 남성주체였다. 이인화는 아내가 위독하다는 전보에도 집으로 귀환하는 것을 망설이지만, 그렇다고 해서 무덤 같은 조선을 버릴 수도 없는 남성주체의 아포리아를 보여준다. 변혁운동의 주체가 되지도 못하고, 심퍼사이저로 남은 덕기 역시 식민의 망탈리테를 보여준다. 이는 「횡보문단회상기」와 겹쳐 읽을 때 더욱 흥미롭다. 염상섭은 해방을 "바람이 났던지 호된 시집살이를 하였던지 한 끝에, 본가로 쫓겨왔다거나, 남편의 품에 되돌아와서 안겼다거나 하여 여하간 오랜만에 기죽을 펴고 제살이를 하게 된 셈이요, 물에 퉁겨 났던 우물 안 고기가 다시 물을 찾아 든 셈으로 창작에 붓을 들었던 것이었다"[181]라

---

181) 염상섭, 「횡보문단회상기」, 『사상계』 1962년 11월호, 209쪽.

고 기록한다. 염상섭에게 식민지 작가는 곧 남편이 없는 여인이고, 해방은 남편을 다시 찾은 기쁨인 것이다. 이는 민족국가는 남성이고 민족은 여성이라는 의미이자, 작가 염상섭이 자신의 페르소나를 광명을 찾은 남성의 목소리가 아닌 여성으로 표현한 징후적 장면이다. 이후 그가 창작을 재개하는 첫 걸음이 아들에서 아버지로 이어지는 부계 혈통의 서사라는 점은 의미심장하다.

만주에서 해방을 맞은 염상섭은 중앙에 가서 "소설다운 소설"을 써보겠다며 "새 세상이 되었으니 문학이나 제대로 해보겠다는 큰 희망을 가"진다.182) 이를 증명하듯 1950년대 염상섭은 11편의 장편과 77편에 이르는 단편소설을 발표했다.183) 「만세전」과 『삼대』를 통해 식민지 조선을 진단했던 젊은 작가는 이제 문단의 가부장이 되어 민족과 문화의 재건을 책임지는 어른이 되었다. 그는 문학은 자연적 조건으로 민족성을 바탕으로 하고 있기 때문에 민족적 표현이라 할 수 있으며, 민족문학은 국민정신의 진작과 선양이라는 의무를 가지고 있다고 주장한다.

---

182) 염상섭, 「해방 10년의 걸음」, 『동아일보』 1955.8.15.
183) 『난류』(『조선일보』 1950.2.10.~6.25, 6.25로 중단, 『취우』 연작 첫 번째), 「입하의 절」(『신천지』, 1950.5~6, 6.25로 중단), 「홍염」(『자유세계』 1952.1~1953.1, 11월호), 「취우」(『조선일보』 1952.7.18.~1953.2.20), 「새울림」(『국제신보』 1953.12.15.~2.25, 『취우』 연작 세 번째), 「미망인」(『한국일보』1954.6.15.~12.6), 「지평선」(『현대문학』1955.1~6, 「새울림」 후편), 「젊은 세대」(『서울신문』 1955.7.1.~11.21), 「사선」(『자유세계』1956.10~12, 1957.3~4, 「홍염」의 후편), 「화관」(『삼천리』 1956.9~1957.9), 「대를 물려서」(『자유공론』 1958.12~1959.12), 단편집으로 『일대의 유업』(을유문화사, 1960) 등이 있다. 이상의 연보는 염상섭문학제운영위원회, 『염상섭, 경성을 횡보하다』, 경향신문 · 염상섭문학제운영위원회, 2012 참조.

'자연적 조건'이란 것은 인간으로서는 면치 못할 공유의 조건이지마는 제일차적으로서는 곧 민족성-민족적 개성을 가리킴이요, 또 이것은 자랑할 수 있거나 없거나 어찌할 수 없는 숙명적인 것인 것이기도 한 것이다.

그러므로 모든 예술(문학도 예술의 일부분이니)은 개인적 표현에 시종하면서 동시에 민족적 표현인 것이다.[184]

민족문학의 갈 길은 순정한 국문학을 통하여 '신 민족문화의 수립'이라는 중대한 사명을 띠었음은 물론이나, 일편에 있어서는 민족의 독자성과 민족혼의 파악·표현으로써 국민정신의 진작·선양을 도하여, 안으로 통일과, 밖으로 민족투쟁의 완수에 공헌하여야 한단 점을 잊어서는 아니 될 것이다.[185]

이처럼 염상섭은 민주국가의 완성과 국토의 통일, 민족문화의 터를 닦는 민족문학을 강조한다. 그런 점에서 1950년대 소설을 통해 민족문학과 청년의 형상을 읽어내는 것은 중요한 작업이 된다. 그러나 이 시기 염상섭의 소설은 일상에의 함몰이나 통속적 연애·결혼 서사로 본격적인 연구의 대상이 되지 못했다.[186] 정종현은 이러한 염상섭의 리얼리즘론에 대한 논의가 기존의 1950년대 염상섭 연구에서 제대로 다루어지지 않았다고 지적하면서, 염상섭의 1950년대 장편소설이 염

---

184) 염상섭, 「나와 민족문학」, 『국도신문』 1950.1.1.(이혜령 외 편, 『염상섭 문장전집』 3, 소명출판, 2014, 167~169쪽).
185) 염상섭, 「민족문학 수립의 이념」, 『조선일보』 1950.1.5.
186) 염상섭 소설의 연애서사에 대한 연구는 2000년대 초반부터 진행되어 왔다. 그러나 대부분 식민지 시기의 소설들을 중심으로 한 것으로, 해방 이후의 텍스트는 포함되지 않았다. 김미지, 「1920-30년대 염상섭 소설에 나타난 '연애'의 의미 연구」, 서울대 석사논문, 2001; 서영채, 「한국 근대소설에 나타난 사랑의 양상과 의미에 관한 연구」, 서울대 박사논문, 2002 등 참조

상섭 문학 연구뿐 아니라 1950년대 문학 장에서 홀대받아 온 경향이 있다고 비판한다. 이 시기 청년들의 연애 서사가 보여주는 정치적, 시대적 의미를 파악하는 것이 필요하다는 것이다.[187] 앞서 살펴본 것처럼 염상섭의 소설은 '실업자'를 선언하는 그 순간까지 민족국가와 서사에 대한 탐구로 계속된다. 따라서 민족국가와 서사의 미학을 이야기할 때, 염상섭의 후기 소설을 다시 읽어야 한다.

1. 거래되는 몸과 사랑의 경제

A. 여성 청년과 소비자본주의식 연애

1950년대 염상섭 소설은 청년들의 연애와 결혼을 중심으로 서사를 진행시킨다. 11편에 달하는 장편들은 서로 연작 형태로 연결되어 있으며, 연작을 이끌어 나가는 것은 결혼을 둘러싼 갈등이다. 논자들은 이 시기 장편소설에 대해 "역사감각의 상실과 풍속으로의 함몰"을 지적한다. 새로운 세대에 대한 희망이 구세대에 대한 자괴감에서 출발하고 있으며, 사회 전체상과 유의미한 관계를 맺지 못한 채 풍속에 머물고 있다고 비판하는 것이다.[188] 그러나 염상섭은 식민지 시대부터 연애와 결혼 등 가족사를 중심으로 서사를 전개해온 작가이다. 그의

---

187) 정종현, 「1950년대 염상섭 소설에 나타난 정치와 윤리」, 『저수하의 시간, 염상섭을 읽다』, 소명출판, 2014, 638~664쪽.
188) 류보선, 「역사 감각의 상실과 풍속으로의 함몰」, 『염상섭 전집』 8권, 민음사, 1987.

소설은 "연애를 통해 삶 속에 스며있는 정치와 윤리를 말하는 것이 소설의 본령임을 상기시켜주는 좋은 예"이기도 하다.[189] 이는 염상섭의 1950년대 소설을 풀어나가는 단서가 된다.

『젊은 세대』는 부모와 아들, 딸 세대로 이어지는 2대에 걸친 교우관계와 사랑, 결혼의 문제를 다룬다. 염상섭은 「작자의 말」을 통해 과도기의 세대 상을 그려보는 것이 이 소설의 목적이라고 밝힌다.[190] 이처럼 소설은 규범이 변화하는 시대 상황을 연애와 결혼을 통해 재현하려고 한다. 그런데 소설은 제목과는 달리 서두부터 중반까지는 '젊은 세대'가 아닌 아버지 세대의 재혼문제를 중심으로 다룬다. 상처한 은행원인 김택규의 재혼이 서사의 중심이 되고 김택규의 아들 정진과 이동재의 딸 영애, 상근과 인숙 등 젊은 세대의 연애가 풀려나갈 시점에서 연재가 중단된다.[191] 소설에서 연애와 결혼의 주도권은 아버지

---

189) 서영채, 「둘째 아들의 서사와 동아시아의 근대성」, 『저수하의 시간, 염상섭을 읽다』, 소명출판, 2014, 500쪽.

190) "시대의 격동에 따라 한 세대에서 한 세대로 옮아가는 과도기는 어떠한 것인가를 바라보고도 싶다. 무어, 이렇게 말하면 일반 독자는 듣기에 어려운 것 같을지 모르나, 결국은 늙은 세대와 젊은 세대가 사는 어디서나 보는 가정생활을 그려보는 것이다." 염상섭, 「작자의 말」, 『서울신문』 1955.6.11.

191) 이 갑작스런 연재 종료에 대해 염상섭은 다음과 같이 기록한다. "그 부서의 일선책임자가 고의, 혹은 자의로 천행하였던 것인지? 소위 어용지의 성격을 남용한다기보다도 그 나래 밑에 숨어서 한 일이었던 듯이도 볼 수 있었다. 또 혹은 십상팔구, 작품이 꼴 같지 않아서 그러하였던지? 여하간 꼴사납게 되었었다. 나중에 알고 보니 전에도 몇 작가에게 그러한 창피를 주었다는데 그것도 나중에 무슨 '토리크'였던지 객기인지 상습화하였던 모양이었다. 여하간 난생 처음으로 큰 봉변을 당하였었다." 염상섭, 「횡보문단회상기1」, 『사상계』 1962년 11월호, 209쪽.
『젊은 세대』는 본격적으로 젊은 세대의 이야기가 펼쳐지려는 참에 연재가 종료된다. 이후 『대를 물려서』가 『젊은 세대』의 완결편에 해당한다는 주장은 여기에서 기인한다. 자신이 결혼할 뻔했던 상대의 자식과 자신의 딸을 결혼시키려는 시도를 통해서 청년 세대와 기성세대의 갈등을 보여준다는 의도가 『대를 물려서』에서는 본격적으로 전개되고 있다는 것이다. 최애순과 정종현은 이러한 관점에서 두 텍스트

가 아니라 '어머니'에게 있다. 아버지의 재혼을 추진하는 것도, 자식들의 연애를 관리하는 것도 어머니의 몫이다. 이는 청년 세대에서도 마찬가지이다. 니힐과 냉소의 청년들을 재건의 서사로 이끄는 것은 여학생들이다. 남성으로 명명되었던 청년의 명랑함이 여성-청년으로 변화하는 것이다.

소설은 화순과 택규의 가족을 중심으로 전개된다. H은행의 인사과장인 남편과 스위트홈을 이룬 화순은 여학교 출신의 신여성이다. 남편의 친구인 택규와는 아버지대부터 교류가 있던 사이로, 택규가 일찍 결혼하지 않았더라면 자신이 그와 결혼했을 것이라고 생각할 정도다. 그런 이유로 화순은 택규와 명희의 재혼을 적극적으로 주선하고, 택규의 아들인 정진과 자신이 낳은 딸 순애를 결혼시키려 한다.

명희는 화순의 여학교 2년 후배로, 아이를 낳지 못한다는 이유로 첩을 얻은 남편과 헤어져서 혼자 동대문시장에서 장사를 하며 생활하는 여성이다. 소설은 화순이 남편의 친구인 택규에게 명희를 소개해주는 장면에서 시작한다. 명희는 "남편 해가면 돈 생기나요. 밥이나 얻어먹자구 들어가는 식모살이밖에 더 돼요!"[192]라며 재혼을 내켜하

를 연속선상에 놓고 비교하고 있다. 그러나 두 소설은 결혼을 둘러싼 세대 갈등이라는 측면에서 큰 틀의 주제를 같이 하지만 『젊은 세대』가 청년 그룹을 제시함으로써 청년 세대의 문화와 전망, 시대인식을 살펴볼 수 있는 근거를 제공하는 것과 달리, 『대를 물려서』는 안익수와 그를 둘러싼 두 여성의 관계에 초점을 맞춤으로써, '청년사회'의 전망을 살펴보는 데에는 한계가 있다. 따라서 본고에서는 이 두 텍스트를 분리하여 살펴보기로 한다. 최애순, 「1950년대 서울 종로 중산층 풍경 속 염상섭의 위치」, 『현대소설연구』52, 한국현대소설학회, 2013, 143~185쪽; 정종현, 「1950년대 염상섭 소설에 나타난 정치와 윤리」, 『저수하의 시간, 염상섭을 읽다』, 소명출판, 2014, 638~664쪽.
192) 염상섭, 『젊은 세대/대를 물려서』(염상섭전집 8권), 민음사, 1987, 34쪽.

지 않는다. 택규와 재혼해서 삼남매의 어머니가 되고, 시어머니를 모셔야 하는 생활보다는 지금처럼 어머니와 둘이 살아가는 편이 낫다는 것이다. 독립적인 삶을 계획하는 그녀는 어머니와 곧 제대할 오빠를 위해 자신이 집이라도 마련해 놓아야 한다는 것이나 택규와 결혼해봤자 자신의 삶이 구속될 뿐이라고 판단하는 등 주도적으로 자신의 삶을 개척해나간다.

> 아이 못 난다고 첩을 얻기에 그 꼴이 보기 싫어서 헤어지고 나니 난리가 났다. 어쨌든 남편이 싫어서 헤어진 것이 아니니 분이 식으니까 가다가다 문득문득 지낸 일이 머리에 떠오르는 것이었다. 또 다시 코빼기도 못 보던 남자를 남편이라 해서 몸을 맡기고 시중을 들고 하기는 싫었다. 헤어질 때 조금 얻은 돈으로 부산에 내려가면서부터 장사에 차차 눈이 티고 재미를 붙여서, 그럭저럭 살만도 하고 적어도 모시고 있는 친정어머니가 돌아갈 때까지는 누가 무어래도 듣지 않겠다는 생각이다.[193)]

명희가 재혼을 거부할 수 있는 것은 자신이 직접 돈을 벌어서 가족을 부양하는 경제력을 갖추고 있기 때문이다. 소설은 명희가 일하는 동대문 시장을 세밀하게 묘사한다. 시장은 장사하는 여자들로 가득하다. 염상섭은 이를 통해 전후 시대의 변화를 자본의 이동과 교환을 기록한다. 이는 염상섭이 줄곧 놓치지 않았던 질문이기도 하다. 김윤식은 염상섭이 보수적 가족주의를 바탕으로 "핏줄에 대한 '돈'의 우월성"을 승인함으로써 근대적 합리주의를 보여주었다고 평가한다.[194)]

---

193) 염상섭, 위의 책, 34쪽.

이는 염상섭을 '중간층 보수주의'로 명명하는 근거로 작용하였다. 그러나 동시에 염상섭에게 있어서 돈이 "자본주의적 경제질서와는 무관한 세계, 곧 가정 내 차원에 국한되어 있"다는 한계가 있다고 지적하면서, 이것이 "염상섭 문학의 리얼리즘의 성취"와 관련된 것이라고 평가한다.195) 그러나 자본의 교환이 가정의 안팎으로 분리될 수 없다는 것이 염상섭 소설의 특이점이기도 하다.

1950년대 염상섭 소설의 본령은 결혼을 통해 살펴본 경제적 교환의 문제라고 볼 수 있다. 김경수는 『난류』가 『효풍』이 보여준 변화지점을 예각화한 것이라고 지적한다. 정치적 혼돈으로 인한 긴장 대신 경제적 현실을 택했다는 것이다.196) 이는 1950년대 남한 사회가 좌익과 우익의 이데올로기적 갈등을 봉합하고, 경제적 자유민주주의에 집중하였음을 의미한다. 3년에 걸친 전쟁으로 공동화된 산업시설 대신 번성했던 것은 소규모 상공인들이었다. 전쟁에서 나간 남자들을 대신해서 어머니, 아내들이 생활전선에 나섰고, 『젊은 세대』 역시 이러한 분위기와 맞물려 자본주의 시장의 한 가운데로 진출하게 된다.

　　따는 두 여자가 형제라고 볼 만치 어슷비슷한 데가 있으면서도 명희는 새침한 편이요 얌전한 살림꾼 같아 보이는 것이었다. 거기다 대면 홍선도 여사는 툭 틔고 남성적인 데가 있었다. 오랜 독신 생활에 중성이 된 것인지도 모르지마는, 그러기에 이러한 여자들은 팔자가 세다는 것인가 보다고 택규는 속으로 생각하였다.197)

---

194) 김윤식, 『염상섭연구』, 서울대출판부, 1987, 8장 참조
195) 김윤식·정호웅, 앞의 책, 177쪽.
196) 김경수, 『염상섭 장편소설 연구』, 일조각, 1999, 118~119쪽.
197) 염상섭, 『젊은 세대/대를 물려서』(염상섭전집 8권), 민음사, 1987, 145쪽.

명희의 동료이자 술도 잘 마시고, 남자들과의 사교도 즐기는 '남성적인' 홍선도는 두 번 결혼했으나 첫 번째 남편 이동재와는 시어머니와의 갈등으로 이혼하고, "전기왕이 될 만한 기술가요 학자"였던 두 번째 남편과는 사별하였다. 부산 피난시절에는 전쟁미망인들을 데리고 양장점을 하는 등 사업이 번창했지만 서울로 돌아와서는 그마저도 영세해진 상황이다. 그러나 홍선도는 은행원인 김택규를 통해 융자를 얻어 요릿집을 개업할 만큼 수완가이기도 하다. 이러한 홍선도의 사교성은 딸의 연애와 결혼문제로까지 연결된다.

홍선도는 자신의 딸 영애와 김택규의 아들 김정진의 사이를 연결해주며 청년 세대의 연애를 관장한다. 아버지인 김택규와 이동재는 별다른 역할을 하지 않는다. 이동재는 친구의 결혼 문제를 부인에게 맡겨놓고, 이혼한 부인의 가게를 출입한다. 김택규 역시 자신의 결혼이 우선이기에 아들의 연애와 결혼에 대해서는 관심을 쏟지 않는다. 반면 홍선도는 영애와 정진이 교제 중이라는 사실을 알고, 김택규에게 호의를 베풀며 호혜 관계를 쌓는다. 홍선도의 적극적인 지원 아래 이영애와 김정진은 부모의 눈을 피해 다방골에서 만남을 갖는다.

> 영애 어머니는 정진이집 형편과 학교며 병역에 대해서 넌짓넌짓이 자세히 묻는 것이었다. 처음 만나는 사람에 대한 호기심으로가 아니라, 딸이 이 청년과 잘못 사귀지는 않았다 하더라도 믿을 만한 사위감이 될까 염려가 되어서 그러는 것은 물론이었다.[198]
> "우리 일요일이면 이렇게 모여 놀자꾸나. 학생두 찬성이겠지?" (중략)

---

198) 염상섭, 위의 책, 111쪽.

둘이 만나야 갈 데가 있는 것도 아니요, 내버려 두어서 비밀히 만나게 한다든지 하는 것보다는 차라리 자기의 감독 밑에 교제를 하게 하는 것이 좋겠다고 생각하는 것이었다.[199]

홍선도는 영애의 연애 상대자인 정진의 가정사나 경제력, 병역 문제 등을 물어 확인하며, 자신의 사위로 적합한지를 타진한다. 그러면서 딸의 연애를 감독하기 위해 자신의 집을 제공하기도 한다. 이들의 모임은 홍선도가 요릿집을 개업하면서 젊은 세대로 전체로 확대된다. 홍선도의 주선 아래 광산회사 공무과장 이석현의 아들딸인 이상근, 이상옥과 선도의 친정조카인 홍원룡, 홍인숙, 홍원룡의 친구 수득 등이 모이게 된 것이다. 젊은 세대들은 '아주머니데이'를 만들어서 정기적으로 다방골에 모여 교제를 갖는다. 부모가 허락하는 자유연애라는 과도기적 형태의 자유연애다. 이처럼 그녀의 집은 공/사, 전근대/근대의 임계점에 있다.

국문학자이자 중학교 교장의 딸 홍인숙은 "집안의 빈틈없는 생활의 선두에 나서서 모친과 함께 바즈런히 부엌일까지 거드는 가정적인 일면"과 "국문학을 연구하며 유행가를 함부로 부른다든지 하는 취미 따위는 없는" 청년이다. 부잣집 아들인 이상근과 홍인숙은 집안 환경, 외모, 학력 등을 맞추어 볼 때 서로에게 적합한 상대이다. 인숙을 좋아하는 수득이가 인숙에게 접근할 수 없는 것은 상근과의 경제적 계급 차이 때문이다. 이는 연애라는 낭만적 사랑의 규범이 자본주의적 교환·거래의 원칙에 의해 작동하고 있다는 것을 보여준다. 정진-영

199) 염상섭, 위의 책, 125쪽.

애, 상근-인숙이 커플이 될 수 있는 것은 양쪽의 부모들이 모두 상대를 공식적 상대로서 인정했기 때문이다.

> 둘은 걸으면서 영화 이야기, 음악 이야기에 있는 지식을 기울여가며 열심히 주거니받거니 소근거렸다. 지나치는 학생이나 젊은 여자의 시선이 이리 오면, 영애는 좀 찔끔하면서도 이 젊은 학생신사와 나란히 걷는 데 자랑을 느끼기도 하는 것이었다. 종로에를 오자, 정진이는 "잠간……"하고 백화점으로 들어섰다.[200]

정진과 영애는 종로 곳곳을 데이트 장소로 삼는다. 이들 젊은 세대는 다방골을 아지트로 삼아 음악회, 가요, 영화 등의 여가를 즐긴다. 각자의 집에 방문할 때는 양과자와 과일바구니를 지참하며, 날씨가 좋은 날은 창경원과 정릉을 찾는다. 백화점에서 선물을 사고, 시공관에서 음악을 듣는 대학생들의 모습은 이들의 연애가 자본을 바탕으로 이루어진 것임을 보여준다. 이러한 데이트는 자본주의의 발달과 실질소득의 증가와 함께 출현하였으며 상품시장의 경계 내에서 규정되었다. 댄스홀, 레스토랑, 드라이브, 교외의 피크닉, 여행 등의 낭만적 상품들은 현실과 영화 사이의 경계를 사라지게 만들고, 이에 친밀성과 섹슈얼리티는 새로운 여가 산업과 기술에 의해 규정된다.[201]

이는 택규와 명희의 만남이 이동재의 집이나 명희의 가게 등과 같은 사적 공간에서 이루어지는 것과 대조를 이룬다. 집에서 만난 택규와 명희는 별다른 데이트의 과정 없이 결혼에 이르는 것이 당연한 것

---

200) 염상섭, 위의 책, 108쪽.
201) 에바 일루즈, 『낭만적 유토피아 소비하기』, 박형신 외 옮김, 이학사, 2014, 70~78쪽.

처럼 여겨진다. 이는 집으로 초대한다는 것 자체가 이미 선택의 과정을 거친 것이기 때문이다. 그러나 이러한 공동체적 방식은 자동차 운전, 새로운 영화, 댄스파티 등의 상업적 오락이 공동체에 등장함으로써 변화한다. 데이트는 당시 출현한 상업적 형태의 오락물, 청년문화의 요소들, 그리고 새로운 형태의 성적 자유를 결합함으로써 낭만적 만남을 산발적이고 우연적으로 만들었다. 즉 데이트는 청혼을 공적 세계로 이동시키고, 청혼의 과정을 가족 응접실에서 레스토랑, 극장, 댄스홀로 옮겨놓았다. 공/사의 경계선을 재구성한 것이다.[202] 염상섭은 홍선도의 집을 통해 이 공/사의 임계지점을 보여준다. 청년들은 다른 곳으로 데이트를 가더라도 홍선도의 집에서 출발하거나 들리는 등 그 집을 거점으로 삼는다. 홍선도는 청년들과 부모들이 자연스럽게 만날 수 있도록 창경원 소풍을 제안하기도 한다. 이들의 데이트는 전근대와 근대의 혼성 양상을 보여준다.

게다가 소비행위와 더불어 등장한 로맨스의 정치경제학은 돈이 로맨스를 시장에 묶어 놓게 만들었다. 비공식적·공동체적 형태의 낭만적 만남이 돈에 기초한 개인주의적 형태의 쾌락 추구에 의해 대체되는 것이다. 이로 인해 데이트에 드는 비용을 감당할 수 있는 남자가 우수한 상대로 떠오르게 된다. 다양한 형태의 오락을 성적 호의와 교환하는 구조가 형성되기 시작한 것이다. 데이트는 잉여 시간과 돈을 전제로 할 뿐만 아니라 중상계급의 '고상한' 태도를 요구한다. 그래서 수득은 이러한 지점에서 상근에게 당할 수 없다. 젊은 세대는 누구와 데이트를 할 것인지를 놓고 치열한 싸움을 벌이지만, 그 바탕에는 극

202) 에바 일루즈, 위의 책, 104~123쪽.

복할 수 없는 경제적 격차가 있다. 이는 김택규가 자신의 재혼상대를 찾는 행동과 구분된다. 김택규는 자신에게 관심이 없는 명희를 설득하기 위해서 명희의 집에 가서 옷감을 사거나 명희의 어머니에게 식사를 대접하는 등 증여를 계속한다. 이런 식의 일방적 증여는 명희를 교환 구조 안으로 편입시키기 위한 행동이다. 그러나 명희는 증여관계를 거부함으로써 택규를 거절한다. 이 연애의 문화적 차이는 세대의 전환을 가시화하고 있다.

이런 젊은 세대에 오면 자본주의적 연애 게임에서 가장 많은 자본을 가지고 있는 상근이 최고의 상대자가 된다. 남학생들은 "아니, 아즈머니 시절에는, 총각 색씨가 모여 놀아보시기나 하셨게 말씀얘요? 지금 세대에는 싸우다가 이기는 놈이 제 차지가 된답니다. 허허허"[203] 라며 자유 경쟁을 강조하기 위해 술과 힘을 겨룬다. 상근과 수득의 씨름시합은 자본 대 힘의 구도이다. 그러나 씨름에서는 수득이 이겼지만 인숙을 둘러싼 이들의 경쟁은 결국은 상근의 승리로 끝난다. 남성성에 대한 자본의 승리인 셈이다.

이러한 자본의 승리는 세대적 전망의 부재에서 기인한다. "대학졸업장이 술 먹는 면허장밖에 못될지 모른다"[204]는 젊은 세대의 자조는 1950년대를 사로잡고 있는 불안과 퇴폐에서 기인한다. 이들에게 연애보다 중요한 것은 군대 문제이다. 국민개병제는 다양한 남성성/들을 동질적 집단으로 환원시키며 병역을 '남성 국민의 의무'로 구성해 놓았다. 거대한 육군은 주로 남성 신병들로 채워졌으며, 징집을 위한 남

---

203) 염상섭, 『젊은 세대/대를 물려서』(염상섭전집 8권), 민음사, 1987, 228쪽.
204) 염상섭, 『젊은 세대/대를 물려서』(염상섭전집 8권), 민음사, 1987, 74쪽.

성 대중 동원은 새로운 국가에게도 어려운 과제였다.[205] 특히 한국전쟁 직후인 1950년대는 북진통일에의 호전성을 드러내고 있는 시기였고, 군인이 된다는 것은 곧 전선에 나가 죽을 수도 있다는 것을 의미했다. 이로 인해 남성 청년들은 미국 유학이나 이중호적, 가호적 등으로 병역을 기피할 방법을 모색한다.

『젊은 세대』에서도 청년들이 만나자마자 화제에 오른 것은 병역 문제이다.

> "아니 실례지만 이형은 이중호적은 아니시겠지?"
> 하고 정진이가 허허거리니까
> "그 어떻게 길이 있으면 나두 한다리 꼈으면 하지만 그나마 길이 있어야죠"
> 하며 상근이도 껄껄 웃는다. 상근이는 내년 봄에 학교를 나오면 자기 아버지 회사에 취직하기로 결정되어 있었다.
> "가호적 신청은 여기서 언제든지 받아들이니 염려마세요"
> 원룡이가 옆의 수득이를 돌아다보며 불쑥 이런 소리를 하고 웃는다.[206]

가난한 집의 장남인 수득은 30살이 넘은 것으로 나이를 속인 가호적을 가진 상태이다. 병역을 피하기 위해서이다. 때문에 친구인 원룡은 수득이 나이가 많다느니, 가호적 신청은 여기서 하라느니 하며 농담을 한다. 이 농담은 실상 청년들을 우울하게 하는 것이기도 하다. "누리한 나이값을 하느라 상당한 주량"이나 신유행인 <방랑시인 김

---

205) 문승숙, 『군사주의에 갇힌 근대』, 이현정 옮김, 또하나의문화, 2007, 71~102쪽.
206) 염상섭, 『젊은 세대/대를 물려서』(염상섭전집 8권), 민음사, 1987, 218쪽.

삿갓>207)을 부르는 수득의 모습은 1950년대 청년의 니힐이 무엇인지를 보여준다. 반면 상황을 웃어넘기는 상근의 여유는 대학을 졸업하고 아버지의 회사에 취직하기로 이미 결정되어 있는 데서 나온다. 이중호적이 없어도 병역을 피할 수 있는 상황인 것이다. 병역은 청년들로 하여금 술을 마시게 하고, 연애를 망설이게 한다.

그러나 여학생들은 이런 남자들을 비판한다. 이중호적은 남학생들에게는 "든든한 문서를 가진 남자"의 상징이지만, 여학생들에게는 "꽁무니나 슬슬 빼는 위조문서"이자 "위조남자"로 해석된다.208)

　"우리두 삼팔선이나 터져야, 공부도 제대로 하구 연애두 연애답게 하게 되려는지?" 정진이가 멍하니 무슨 생각에 팔렸다가 이런 탄식을 한다. 상근이는 그 말이 얼뜨고 어리석기도 하다는 생각이 들었으나, 또 한편으로는 다시 말할 것 있느냐는 듯이 "아무렴! 우리 세대가 걸머진 짐인데 아무리 바둥겨 보았자, 불행의 연장 아닌가요! 다음 세대나 기죽을 펴고 큰소리 치며 살게 해 주어야지"하고 심각한 표정으로 말을 받는다.

　"옳은 말씀얘요. 우리 여자들두 가만있진 않습니다. 한몫 거들죠"하고 인숙이가 열렬한 애국심을 어떻게 표현할지 몰라서 하는 듯이 흥분하여졌다.209)

---

207) <방랑시인 김삿갓>은 김문응 작사, 전오승 작곡, 명국환 노래로, 영화 <김삿갓>의 주제가였다. 1958년에 발매되어 45만 장이라는 판매고를 올린 바 있다(『서울신문』 1958.10.25.). 정비석의 소설 『낭만열차』에서도 주인공 원낙영의 아들인 중학생 동근이가 유행가 <방랑 김삿갓>을 부르는 장면이 등장한다.
208) 염상섭, 위의 책, 218쪽.
209) 염상섭, 위의 책, 237쪽.

건강한 여성 청년인 인숙은 병역을 기피하는 남학생들을 향해 가짜 남성들이라고 말한다. "해방 뒤 버릇이 나빠져서 그런 게죠. 민주주의를 반추하여야 할 텐데, 그 반추작용을 하게 되기까지만두 꽤 시일이 걸릴 껄요!"(248)라는 그녀의 비판은 병역기피에 열을 올리는 남성들을 향한다. 정진, 상근, 수득이라는 장남들은 젠더 규범에 따르면 가족을 책임지고 건강해져야 한다. 그러나 이들은 아버지의 자본 아래에서 연애를 즐기는 데만 진취성을 발휘한다. 이들은 연애라는 소비 자본주의 안에서만 근대적이고, 결벽할 수 있는 것이다.210) 반면 사회적 의무감과 진보성은 여성-청년들에게 주어진다. 니힐과 타락을 숙고하는 청년의 지혜를 보여줌으로써 청년 공동체가 나아갈 방향에 기대를 품게 하는 것은 새로운 여성들인 것이다. 이는 전쟁과 병역, 자본으로 조숙해진 청년들에게 가능한 것은 자본과 연애의 자유일 뿐이라는 점과도 이어진다.

이때 작가 염상섭은 청년들의 현실 인식에 주목한다. 청년들의 눈을 통해서 직접 자신의 현실을 한탄하게 함으로써, 퇴폐와 니힐의 근원에 교착된 현실에 대한 냉소가 있음을 파악하는 것이다. 여성 청년들의 패기는 남성들에게는 허락되지 않는다. 이들은 자본주의와 국가의 호명 앞에서 애국자가 될 것인가, 전선에 나갈 것인가의 강요된 선택 앞에 놓이는 것이다. 이러한 강요된 선택이 가져오는 교착이 1950년대 청년들에게 주어진 유일한 선택이고, 이에 청년들은 '방랑하는

---

210) 자신의 아버지가 영애의 어머니인 홍선도와 친하게 지낸다는 사실을 알게 된 정진은 다시는 다방골에 찾아가지 않겠다고 결심한다. 이는 '청년의 결백'이자 자신들의 '깨끗한 사랑'에 대한 항변이다. 이는 돌려 말하면 아버지 세대의 교류는 깨끗하지 않다는 관점을 노출한 것이다.

김삿갓'처럼 연애에만 몰두하는 것이다.

B. 대상화된 남성과 교환관계의 가시화

1950년대 염상섭의 연애 서사는 연애에 내포된 교환 관계를 가시화한다. 게일 루빈은 「여성 거래: 섹스의 정치경제학에 관한 노트」에서여성을 원자재로 간주하고 가내노예화된 여성으로 가공하는 체계적인사회적 장치를 파악한다. 이는 결혼과 가족을 정치경제학의 대상으로포섭하는 시각이다. 통상적으로 경제는 자연세계의 요소들의 체계를인간소비의 대상으로 변형시키는 것을 의미한다. 이때 소비의 대상을만들어내는 사회체계를 자본주의라고 한다. 마르크스는 잉여가치를독점하는 자본주의 체제가 사회의 억압을 만들어냈다고 말한다. 하지만 잉여가치가 발생하는 것은 노동자가 계속해서 살아가면서 한 세대에서 다음 세대의 전체 노동력을 재생산하는 가치에 의해서 결정된다. 이렇게 본다면 잉여가치는 노동계급이 전체적으로 생산하는 것과노동계급을 유지하기 위해 재순환으로 들어가는 총량 사이의 차이가된다. 잉여가치가 발생하기 위해서는 재생산노동이 필수적인 셈이다.하지만 마르크스와 엥겔스는 생산노동과 재생산노동을 구분하여 섹스/젠더 체계를 생산 영역 밖으로 몰아낸다. 루빈은 이 섹스/젠더 체계를 교환의 메커니즘 안으로 끌고 들어온다. 여기서 중요한 것은 여자가 거래된다는 인류학적 현상이다.

국가가 형성되기 이전의 사회에서 친족은 사회적 상호작용을 의미하는 어휘였다. 그것은 성적인 행위뿐만 아니라 경제적, 정치적, 축제를 조직하는 것을 의미했다. 물품과 서비스, 생산과 분배, 적대감과 단결, 제의와 경축의 교환이 전부 친족의 구조 안에서 발생했다. 레비스트로스는 이와 같이 생물학적인 생식에다 문화적 조직을 강제함으로써 출현하는 것이 친족이라고 본다. 그는 친족체계의 본질이 남자들 사이의 여성교환을 중심으로 이뤄지는 것으로 이해한다. 그러나 여성을 선물로 주는 것은 다른 상품교환과는 다른 결과를 갖는다. 그렇게 성립된 관계는 자연세계의 일부에다 사회적 목적을 강제하여 변형시키는 '친족'을 건설한다. 친족체계는 그저 여성을 교환하는 것이 아니다. 그것은 성적인 접근권, 가계에서의 위치, 권리와 조상, 사람(남자, 여자, 아이들)과 같이 젠더의 권력관계를 부착시킨 것이다. 루빈에 따르면 남성들이 여성의 재생산권을 가져가기 위한 장치인 이성애야말로 여성 억압의 물질적 토대이다. 이런 입장에서 볼 때, 이성애 결혼 제도는 자연스러운 것이 아니라 남성중심의 친족이 가능하도록 여성들에게 강제된 것이다.[211] 교환은 남성들 사이에서만 일어나며, 이러한 사회문화적 질서의 가능성 자체가 동성애를 조직원리로 요구한다.[212] 즉 남성들 사이의 연대가 가부장제 자본주의를 수립시키는 원리인 것이다.

염상섭은 이 교환 관계의 역전을 가시화한다. 1950년대 한국사회의 교환 구조에서 남성이 점차 후퇴하고 있는 것이다. 남성들은 아름다

---

211) 게일 루빈, 앞의 글.
212) 뤼스 이리가레이(1977), 「여자들 사이의 상품들」, 『하나이지 않은 성』, 이은민 옮김, 동문선, 2000, 249~258쪽. 세즈윅은 여성의 교환에 기초한 남성동성애를 가부장제의 근본 구조 원리로 보는 이리가레이의 시각은 "동성사회적 연속체"에서 섹스가 '역사적으로' 담당해온 역할, 즉 서구 근대 사회에서 나타나고 있는 동성애에 대한 공포를 제대로 살피지 못했다고 비판한다.

운 여성의 유혹 앞에서도 경제적 이해타산을 따진다. 「그 그룹과 기녀」213)에서는 젊은 기생 명선을 두고 신문기자인 윤수와 친구인 피아니스트 한상이, 시인인 박정구의 라이벌 관계가 형성된다. 윤수는 "의외로 좋은 애를 발견했으니 감추어두고 혼자만 재미를 볼게 아니라 동지들에게 공개를 해서 여인동락을 해야지"214)하는 생각에서 명선을 친구들에게 소개하여 공동체의 일원으로 만든다. 이들은 매일 같이 다방에서 만나 환담을 나눈다. 시간이 곧 돈인 기생 명선이 이 모임에 참여하는 것은 술자리에서 처음 만난 윤수에게 반했기 때문이다. 하지만 명선의 기대와 달리 윤수는 자신은 기생과 살림을 차릴 능력이 되지 않는다면서 발을 뺀다. "이것두 사내야?"라는 명선의 원망은 윤수의 남성성을 질문하는 것이다. "사내노릇을 할래야 그럴 재주가 있어야 말이지. 그런 처지두 못되구"라는 "얼치기" 윤수의 선언은 풋내기 신문기자의 박봉으로는 기생과 살림을 차리는 것은 불가능하다는 경제적 계산에서 비롯한다. 그 결과 윤수보다는 별거 상태인 아내가 있는 정구가 '안전한' 거래상대자가 된다. 이 구도는 「감사전」에서도 동일하게 반복된다. 차이가 있다면, 「감사전」은 박정구와 명선의 그 이후 삶까지 기록하고 있다는 점이다.

「감사전」215)의 성칠과 원석은 같은 회사의 동료로 함께 어울려 술자리를 갖는 사이이다. 성칠은 윤수와 마찬가지로 자신을 좋아하는 기생 봉선을 동료인 원석에게 양보한다. 자신은 기생과 살림을 차릴

---

213) 염상섭, 「그 그룹과 기녀」, 『일대의 유업』, 을유문화사, 1960, 112~138쪽.
214) 염상섭, 위의 책, 119쪽.
215) 염상섭, 「감사전」, 『얼룩진 시대풍경』, 정음사, 1973, 6~27쪽.

정도의 여유가 없다는 이유에서이다. 성칠의 양보와 봉선의 실연, 원석의 적극적인 구애로 인해 봉선과 원석의 연애가 시작된다. 여기까지는 「그 그룹과 기녀」와 일치한다. 「그 그룹과 기녀」와 「감사전」은 남성동성사회에 한 명의 여성이 개입, 거래되는 현장을 중개한다. 주인공 남성은 자신의 친구-동료에게 기생인 여성을 양보한다. 기생과는 결혼할 수 없다는 "결벽"과 기생 놀이에 들어갈 자본이 없다는 계산 때문이다. 이러한 교환은 남성들의 동성사회를 강화한다. 친구들의 우정은 굳건하고, 회사의 동료 의식도 건재하다. 염상섭은 이 거래의 현장을 그대로 중개함으로써 동성사회에서 벌어지는 여성거래를 폭로한다. 이로써 동성사회의 "결벽"은 무너진다. 이들의 우정과 우호는 거래되는 기생이 있을 때만 가능한 것이다.

그렇게 시작된 봉선과 원석의 관계는 공금유용과 장부조작으로 이어진다. 회사의 용도계장이자 구매계를 맡아보고 있는 원석은 요리집에서 봉선을 부르고, 봉선과 부산으로 여행을 가는 데 회사돈을 유용한다. 상사인 최과장에게도 기생을 불러주고 술을 대접한다. 최과장은 자신에게 돌아오는 혜택이 있기 때문에 원석의 행동을 묵인한다. 이는 남성동성사회가 결국 경제적 교환과 이해관계가 없이는 유지되지 않는다는 것을 보여주는 것이기도 하다. 국정감사가 다가오자 원석은 결근을 시작하고, 자살하겠다고 위협하기도 한다. 소설은 아프다고 누워 있는 원석을 방문하는 성칠을 마지막 장면에 배치한다. 어떻게든 방도가 생기지 않겠냐는 성칠의 격려와 함께 두 사람은 출근할 준비를 하면서 끝난다. 결국 소설의 시작과 끝은 남성들 사이의 연대감인 것이다.

남성주체들이 자신의 이익을 철저히 계산하며 교환 거래로부터 한 발물러서는 반면, 여성주체들은 교환 시장에 전면적으로 나선다. 「해지는 보금자리 풍경」은 피난 생활로 인해 달라진 여성주체를 통해 교환의 주체가 된 여성을 제시한다. 여학교 시절 연애가 들켜 갑작스레 결혼을 하게 된 정원은 그로 인해 결혼 후 남편의 의심을 받게 된다. 태어난 딸이 누구를 닮았느냐로 공론이 되자 시어머니 등쌀에 1년 반만에 집을 나오게 된 것이다. 언니 순원과 함께 피난지 부산에서 살아가는 정원은 낮에는 미군부대, 저녁에는 댄스홀에서 댄서로 일한다. 그러면서 경제적 안정을 위해 애인의 도움을 받기도 한다. 소설은 전남편으로부터 겨울 코트를 받아내기 위해 고민하는 정원의 모습을 통해 감정, 섹슈얼리티 등이 재화와 거래되는 양상을 보여준다. "부부간에도 그렇기야 하지마는 역시 거래였다."216)라는 정원의 깨달음은 전쟁이 가시화한 사회의 교환 질서이다.

이처럼 염상섭의 소설은 사랑과 연애, 교우관계에 놓인 교환 관계를 가시화한다. 모든 것은 자본으로 수치화될 수 있으며, 사랑 역시 그러하다. 이는 전쟁으로 인해 심화된 현상이기도 하다. 그런데 염상섭은 이 여성 거래를 남성주체의 대상화로까지 확장시킨다. 여성은 점차 거래의 대상에서 거래의 주체로 거듭나고, 남성은 거래의 대상이 되는 것이다. 이 시기 염상섭의 단편소설은 자신의 섹슈얼리티를 자본과 거래하는 남성인물을 재현한다. 이는 남성의 사회적·경제적 지위하락을 단적으로 보여준다. 연애를 판매하는 남성들은 부인이 있으면서도 연상의 애인에게 경제적으로 의존한다. 「위협」의 장형권은 허울뿐인 무역회사의 부사장으로, 아내와 아이의 쌀 걱정을 해야 하

216) 염상섭, 「해지는 보금자리 풍경」, 『일대의 유업』, 을유문화사, 1960, 322쪽.

는 처지이다. 연상의 애인인 순실은 그에게 선물과 용돈을 주고, 밥을 사준다. 순실은 반도 호텔 여사무원의 우두머리로 "지체로나 보수로나 어디를 가기로 굽힐 것이 없는" 여성으로, 연하의 애인을 가지고 있다는 데서 "십 년이나 젊어진 듯이 새 기운이 나서 팔팔 뛰고 남은 반생의 행복은 이제부터라는 듯이 화려한 꿈에 잠"겨 있다. 순실의 꿈은 함께 살고 있는 조카 철수의 집에서 나와 형권과 살림을 차리는 것이다. 그러나 장형권에게는 살림을 낼 경제적 능력도, 마음도 없다. 재력을 가진 여성과 돈이 없는 남성이라는 이들의 연애는 젠더 규범이 역전되어 있다. 남성 형권은 생활비와 자신의 젊은 육체를 교환한다. 여성 은 자본을 제공하고 남성의 마음을 산다. 이 전도는 남성성의 젠더 규범을 탈구시킨다.

「늙은 것도 설은데」의 장희는 댄스홀에서 만난 연상의 애인 명련에게 기대 살아가면서, 그녀의 임신 소식에 "나 아니라두 걱정해 줄 사람이 없겠느냐"며 책임을 피한다. 명련은 연하의 애인을 붙잡기 위해 돈을 쓰고는 있지만, 셈은 분명한 여성이다.

> 일주일에 한 번씩만 다녀가도 으레 삼천 환은 달아난다. 청요리요 고기요 생선요 기껏 먹여 보내고 담배값이라도 쥐어 주어 보내야 하는 것이 버릇이 되어 버렸다. 게다가 부대의 장교를 끼고 미국서 주문해다가 준 것만 쳐도 와이셔츠, 넥타이, 양말짝, 심지어 손수건까지 대다시피 하였고, 값이 싸게 먹히기는 했지마는 감을 주문을 해다가 지어 입힌 양복만도 두 벌이나 된다. 일 년내 들인 돈으로 따진다면 이십만 환은 실히 된 것이다. 그래도 삼십만 환을 긁어 가려하니 그만하면 인제는 정신을 차리련마는 그래도 떨어지기가 싫은 것이다.[217]

명련은 장희의 옷과 데이트비용을 대느라 20만 환을 탕진한다. 그리고는 여학교 안에 있는 매점을 얻어 함께 사업을 하자는 말에 30만 환을 건넨다. 그러나 장희는 돈만 받고 발을 끊는다. 「위협」의 장형권이 순실의 협박에 주춤한 반면, 「늙은 것도 설은데」의 장희는 명련을 대상으로 사기와 협잡을 펼친다. 자본주의 시대의 연애 규범을 바탕으로 한 악한들의 행렬이다.

김경수는 『해바라기』의 여주인공인 신여성 최영희가 여성 악한 피카라의 유형을 제시했다고 지적한다. 피카레스크 소설은 인간의 저열함을 강조하는 문학형식으로서 인간의 진정한 조건을 왜곡하는 문학에 대한 하나의 비판이자 대안이다. 최영희는 전통적인 규범과 질서에 대한 부정의식을 갖고 있으며, 가부장제하에서 여성의 종속적 위치를 의식적으로 거부하고 있는 동시에 이로 인해 스스로 우스꽝스러운 처지에 빠지게 될 위험성을 인지하지도 못한 채 낭만적인 충동에 이끌려 신혼여행에 나선다. 이런 그녀의 행위 전반이 그녀를 피카라로 만든다는 것이다.218) 이는 「위협」, 「늙은 것도 설은데」에도 적용될 수 있다. 순실과 명련은 남성을 중심으로 여성이 거래된다는 교환 규범을 역전시켜, 여성이 남성을 자본으로 구매하는 시대가 왔다는 것을 보여준다. 남성 청년 역시 자신의 섹슈얼리티를 자본과 거래하여 한 몫 뜯어낼 궁리만 하고 있다. 이러한 규범의 역전은 희극적 결말을 맞는다. 여성주체들은 자신의 욕망을 추구하기 위해 남성을 구매하지

---

217) 염상섭, 「늙은 것도 설은데」, 『일대의 유업』, 을유문화사, 1960, 133쪽.
218) 김경수, 「현대소설과 여성-악한의 탄생」, 『염상섭과 현대소설의 형성』, 일조각, 2008, 53~69쪽.

만, 돈을 쓰고도 무시를 당하거나 욕을 먹는다. "늙은년이 남의 집 귀한 젊은애를 꾀어 내"었다는 장희 어머니의 비난에 혼절하듯 쫓겨나는 명련의 희극적 상황은 젠더 규범의 역전이 희극화되는 장면이다. 명련이라는 여성 악한은 그보다 더한 악한인 장희 어머니에게 쫓겨나는 것이다. 이 과정에서 성인인 장희가 '젊은애'가 되는 아이러니는 남성 주체의 미성숙함만을 강조한다. 결국 장희는 결정적인 순간에 자신의 어머니나 아내, 명련 등 여성인물들 사이에서 행위성을 발휘하지 못하고 교환되는 대상으로 남는 것이다. 이러한 피카레스크 유형의 완성태가 「얼럭진 시대풍경」이다.

「얼럭진 시대풍경」의 춘식은 어머니 때문에 사이가 좋던 아내와 갈라선 후 단골 다방의 레지 필례와 연애를 하고 있는 중이다. 그런데 그의 연애는 필례로부터 돈을 빌려 쓰면서 점점 결혼 사기로 발전해나간다. 시작은 그가 자신을 S신문사 기자라고 거짓말한 데서 출발한다. 그는 필례의 마음을 사기 위해 남매를 5살짜리 아들 하나라고 속이기까지 한다. 그러나 가장 중요한 문제는 그가 필례에게서 돈을 빌려 쓰고 있다는 점이다. 도박에 빠진 춘식은 어머니가 관리하는 월급에 손을 대지 못하고 필례에게서 돈을 빌린다.

무어, 생각다 못해서가 아니라, 의당히 할 일인 것처럼 필례의 신세를 지기로 하였던 것이다. 얌전히 들여앉혀서 살림을 하여 달라는 생각인지라, 찌르렁이를 대어 한때 빨아 먹자는 검은 배짱은 물론 아니었지마는 아쉰 대로 이용하자는 것이요, 평계가 부장을 대접한다느니, 편집국장에게 긴히 보여야 승급이 된다느니, 재주껏 꾸며 대서, 처음 몇 번은 2, 3만씩 두어 번 얻어 쓴 것이, 나중에는 담이 커져서 한번에 5만

환씩 걸어 내어 썼다. 그래야 필례는 싫은 내색 하나 안보이고, 입에서 떨어지기가 무섭게 선선히 수응하여 주었다. 그러던 것이 지금 와서는 20만환이 훨씬 넘었다.[219]

처음에는 필례에게 돈을 빌려 쓰는 것을 고개를 못 들게 부끄러워 했던 춘식도 이제는 결혼하면 "한주머니속 세음"인데 무슨 상관이냐 는 마음으로 당당해진다. 필례 역시 자신의 결혼자금으로 모았던 돈 이기에 남편을 위하여 쓰는 것을 기뻐하기까지 한다. 결국 춘식과 필 례의 금전 거래는 결혼을 바탕으로 순환되고 있는 것이다. 춘식은 필 례와 어머니, 그리고 전부인 경순까지 강한 여성주체들에 둘러싸인 채 스스로는 어느 것도 책임지지 않은 상태로 살아간다. 여성주체들 은 춘식을 심정적, 경제적으로 지원한다.

어리고 예쁜 레지들 틈에 낀 '노처녀' 필례는 단골손님 중 얌전해보 이는 춘식이 '생호래비 노릇'을 하고 있다는 친구들의 말에 먼저 관심 을 보여 사귀기 시작한다. 그녀는 이미 결혼자금으로 모아둔 30만 환 을 춘식에게 건넨 상태이다. 전부인인 경순 역시 간호원으로 일하며 영어학원에 다니고 있다. 혼혈아를 모아서 미국으로 데려가는 일을 하기 위해서다. 경순은 춘식과 '무허가 하숙집'을 들러 자고 나오면서 "결혼 전에 못해 본 연애를 새판으로 하는가도 싶어서 야릇한 기쁨을 맛보기"도 한다. 이처럼 춘식이 만나는 두 여성은 모두 춘식보다 생활 력이 있다. 여기에 거세하는 어머니가 등장한다. 춘식의 어머니는 아 들이 선택하는 여자들마다 퇴짜를 놓으면서, 결혼을 반대한다. 경순과

219) 염상섭, 「얼럭진 시대풍경」, 『일대의 유업』, 을유문화사, 1960, 275쪽.

도 부부의 사이는 좋았지만, 아내와 어머니 사이의 갈등으로 인해 헤어지고 만다. 어머니와 여동생이 부인을 괴롭히는 것을 중재하지 못할 뿐 아니라 부인이 쫓겨나는 것을 막지도 못한 것이다. 이는 가족 내 권력관계가 여성을 중심으로 형성되어 있음을 보여준다. 행위자는 모두 여성들인 것이다.

> 필례가, 기자인줄만 알았더니 고작 직공야? 하고 입을 비죽할 것쯤은 약과다. 그렇게 되면 이편에서 파혼을 한다기 전에 속은 것이 분하다고, 돈이나 내놓으라고 먹살을 붙들고 나설테니 말이다. 다달이 부어가기에도 쩔쩔매는 그놈의 계라야 고작 십만 환짜리가 셋인데, 올 안으로 다 타지도 못하지마는, 다 타기로 그 무서운 어머니 몰래 빚을 갚는 달 수도 없다.[220]

춘식은 필례에게 빌린 돈을 갚는 것조차 불가능하다. 어머니가 춘식의 경제력을 통제하고 있기 때문이다. 심지어 춘식의 어머니는 춘식의 새로운 애인인 필례 역시 나이 차이가 좋지 않다며 반대한다. "무엇보다도 자기의 마음에 드는, 쉽게 말하면 서방만 바치지 말고 시에미 공궤도 잘해 주는 그런 고분고분하고 만만한 며느리"[221]를 희망하는데, 다방 레지 출신인 필례가 그렇게 해줄 리 없다는 판단에서이다. 어머니는 아들이 결혼사기로 경찰서에 끌려갈 상황이라는 말에도 흔들리지 않는다. 도리어 남녀동권시대에 여자가 좋아하는 남자에게 돈을 쓴 것이 왜 사기냐며 호통을 친다.

---

220) 염상섭, 위의 책, 276쪽.
221) 염상섭, 위의 책, 271쪽.

"글쎄, 그런 어림없는 소리 말라니까. 그년두 저 좋아 놀았으면 그만 돈 써두 좋지 않느냔 말야. 남정네 오입쟁이면 그 열갑절은 썼을 거라, 뭐 억울한 거 있다던? 남녀동등, 동권시대라면서, 여기는 좀 다르다는 거냐? 저를 바라구 오는 놈헌테 몇 갑절이구 뜯어내서, 이번에는 제가 좋아하는 놈헌테 조금쯤 바쳤다기루, 그것이 빚이 될 게 뭐냐? 넌 어수룩두하다."[222]

「얼럭진 시대풍경」에서 진정한 악한은 춘식의 어머니이다. 이 여성 악한은 자신의 편의를 위해 규범을 전유한다. 아들이 "남창"[223] 노릇을 하는 것도 남녀동권시대에는 있을 수 있는 일이지만, 며느리는 자신을 잘 봉양해야 하는 것이다. 이러한 여성 악한은 결국 희극적 상황을 연출한다. 돈을 받아주는 깡패들을 앞세우고 찾아온 필례는 아들을 '남창'으로 만들었다며 어머니를 비난한다. 이에 아이들을 돌보러 와 있던 경순이 나서 필례의 돈을 대신 갚아주는 것으로 싸움은 일단락이 된다. 이때도 전면에 나서는 것은 어머니와 경순, 필례이고 문제의 당사자인 춘식은 빠져 있다. 춘식은 자신과 자본을 교환하는 방식으로 살아남는다. 경순과 필례의 애정과 호의를 이용하는 것이다. 그 결과 춘식의 소유자는 어머니에서 경순으로 옮겨간다.

춘식은 경순이 미국으로 간다는 이야기를 들을 때부터 막연한 기대를 한다. 경순과의 사이가 돈독해지고, 경순의 여권 수속을 대신 밟아주는 것도 그 때문이다. 춘식의 어머니마저 경순이 자신들을 초청해

---

222) 염상섭, 위의 책, 281쪽.
223) "여러분 들어보세요 자식을 나서 삼십이 되두룩 그래 남창으로 내 놓아서 벌어 들이게 했단 말이지, 아무리 세상이 이꼴이기루 창피스러워서두 그런 말은 안나올거요……" 염상섭, 위의 책, 291쪽.

줄 수는 없냐며 아들에게 묻는다. 이에 춘식은 "어쩌면 저의 식구는 불러 갈 듯한데, 그렇게 되면 어머니 생활비는 저의가 버는 대루 보내 드리죠"224)라며 어머니와의 분리를 선언한다. 경순을 빌어 자신을 거세하고 있던 가부장적 어머니로부터 독립하는 것이다. 이런 결핍된 남성주체의 모습은 「어설픈 사람들」에서도 나타난다.

「어설픈 사람들」의 결혼사기극은 여성들이 주도한다. 식모인 귀순과 경의는 주인집이 주선하는 결혼은 하지 않고 혼수만 챙기려고 한다. 귀순은 애인인 봉은이 있으면서도 주인집의 소개로 30살이 넘은 노총각 천길과 결혼한다. 천길 같은 "어설픈 놈팽이"라면 결혼하기에 만만하다고 생각했기 때문이다. 그녀는 뒷집의 라디오나 시계 등을 훔쳐갔다 되돌려 놓은 전적이 있을 만큼 당돌한 악녀이다. 처음 결혼했던 남자도 경제적으로 시원치 않다는 이유로 도망쳐 나온 적이 있을 정도이다. 그런 귀순의 목적은 결혼을 통해 금반지라도 하나 받아서 우유배달을 하며 고학 중인 애인 봉은의 학비로 주는 것이다.

반면 그녀가 결혼한 천길은 술 담배도 하지 않는 근면 성실한 생산주체다. 우직한 만큼 단순한 그는 귀순과 먹살잡이까지 하지만 종국에는 귀순의 머리채도 잡지 못하는 '어설픈' 남자이다. 봉은 역시 어설픈 남자이기는 마찬가지이다. 봉은은 귀순을 사랑하지만 고모의 눈치가 보여 공개적으로 사귀지는 못하고 있다. 전문학교를 졸업하고 중학교 선생님이 될 조카가 식모살이에 결혼까지 했던 귀순과 어울리는 것을 못마땅해 하기 때문이다. 고모가 볼 때 봉은 역시 귀순과 같은 여자에게 홀린 "못생긴 것"이다. 이런 남자들과 대조적으로 여자

224) 염상섭, 위의 책, 293쪽.

들은 계산이 빠르고 영리하다.

귀순은 자신과 친구 경의의 경험을 바탕으로 결혼이 돈이 되는 거래임을 깨닫는다. 경의는 운전수 조수와 결혼하여 가난뱅이 셋방살림을 하기 싫어 결혼을 깼으며, 귀순은 열흘간 신부 노릇을 해주고 자주고 한 것만 해도 십만 환은 될 것이라며 분해한다. 이들에게 결혼은 합당한 가격을 받고 자신을 판매하는 행위이다. 따라서 가격이 적합하지 않을 경우, 거래는 결렬된다.

> 어쨌든 파혼을 하고도 알토란 같은 혼인살림을 뒤로 빼어돌리게 된 경의를 생각하면 금반지 하나 얻어 끼지 못하고, 모두 몰아 팔아야 이삼만 환어치밖에 안 되는 허드레 옷가지쯤에 열흘 동안 신부 노릇을 해주고 그 후에도 몇 차례나 옷을 가지러 오는 길에 자 주고 한 것이 분하다. 그 값으로만 따져도 십만 환은 될 것이 아니냐는 말이다.[225]

이처럼 염상섭 소설은 사랑과 연애에 있어 자본의 승리를 재현한다. 어설픈 남성주체들은 손익계산을 하며 여러 여자들을 두고 계산을 하고, 여자들 역시 결혼이나 연애가 거래라는 것을 잘 알고 있다. 심지어 남성을 대상화하며 소유하기도 한다. 바야흐로 남성들이 교환, 거래되는 시대가 온 것이다. 이는 젠더 규범의 변화를 보여준다. 사회는 여성 거래를 통해 남성들은 남성동성사회를 건설하고, 여성들은 가부장제 안에서 자신의 자리를 확보했다. 그러나 이제 이 여성 거래의 규칙이 전복된다. 그렇다면 이성애정상성(heteronormativity)을 바탕으로 한 친족구조 역시 흔들릴 수밖에 없다.

225) 염상섭, 「어설픈 사람들」, 『일대의 유업』, 을유문화사, 1960, 304쪽.

1950년대 한국사회는 귀환자와 전재민, 피난민의 이주와 정착 등 인구이동으로 설명된다. 해방이 되자 중국, 일본 등지에 있던 조선인들이 귀환하고, 좌우익의 이데올로기 갈등으로 월남민이 늘어난다. 게다가 한국전쟁은 많은 수의 사람들에게 피난을 경험하게 했다. 정태용은 이러한 전쟁과 이산의 체험이 한국사회의 남성성에 영향을 미쳤다고 지적한다. 한국전쟁이 대부분의 사람들을 피난민으로 만들었으며, 생활의 곤란으로 말미암아 많은 여성들이 "직장이나 장사나 그리고 양부인으로 진출"하여 여성의 가정과 사회에서의 경제적 지위를 향상시켰다는 것이다. 그리고 이것은 상대적으로는 남자의 지위가 약해졌다는 것을 의미한다. 그로 인해 대가족제도와 봉건적인 성도덕이 무너져버렸다는 것이 그의 진단이다.[226] 당대 사회에 대한 이러한 비판은 젠더 규범과 가족 이미지의 변화를 예고한다. 염상섭 소설의 여성들은 여성 거래의 원칙을 전유해서 자신의 이익을 취한다. 그녀는 여성을 소유하는 남성은 그에 합당한 대가를 지불해야 한다는 가부장제의 규칙을 전유한다. 그녀에게는 남편에 의한 전적인 소유는 존재하지 않는다. 필요에 따라 여러 남자와 거래할 수 있는 것이다. 이러한 경향은 남성주체들에게서도 나타난다. 연상의 연인들에게서 돈을 빌려 쓴 남성주체들 역시 결혼이라는 절대적 소유관계를 매개로 자본을 획득한다. 이는 가부장제의 젠더 규범이 탈구축되고 있음을 보여준다.

---

226) 정태용, 「신문소설의 새로운 영역」, 『사상계』1960년 4월호, 266~275쪽.

2. 가족의 유지와 약화된 부계 공동체

A. 의처증 남편과 구가족의 균열

염상섭은 대표작 『삼대』에서 볼 수 있듯이 가정을 동시대의 한 축
도로 설정하여 가족의 풍경을 통해 시대적 정황을 이야기하는 데 능
한 작가이다. 특히 그의 1950년대 소설은 결혼과 연애의 문제를 통해
살펴 본 가족 내 권력관계의 변동을 그려낸다. 여기서 두드러지는 것
은 남성성의 변동이다.

해방 직후를 배경으로 한 「해방의 아들」은 아들의 탄생을 통한 민
족의 재건을 서사화한다. 만주에서 신의주로 돌아온 홍규는 아내의
출산을 기다리며 태어날 아이가 딸이면 '해방', 아들이면 '건국'으로
이름 지으려 구상한다. 이는 해방과 건국을 젠더화하여 건국의 능동
성을 남성에게 부여한 것이다. 소설은 홍규 아내의 출산과 마쓰노-조
준식과의 만남을 병치하여 부계 혈통을 민족국가의 재건으로 빗대어
설명한다. 마쓰노-조준식은 일본인 어머니와 조선인 아버지 사이에서
태어났지만 아버지가 일찍 죽은 탓에 그동안 일본인 행세를 하고 있
다가 해방과 더불어 "아버지 성을 찾겠다는 일념"으로 조준식이라는
이름을 회복한다. 부계 혈통의 뿌리를 찾는 것이 해방과 더불어 일어
난 가장 큰 변화인 것이다. 이때 홍규는 준식에게 '성을 찾는다'는 것
이 무엇인지를 가르치는 역할을 맡는다. 육체노동을 해서 가족을 먹
여 살리고, 태극기를 통해 민족의식을 전하는 등 가장이 되는 법을 알
려주는 것이다. 아버지가 일찍 돌아가신 탓에 일본인으로 살아야 했

던 준식을 조선인으로, 가장으로 각성시키는 홍규는 준식의 '돌아가신 아버지'를 대신한다.227) 이처럼 소설은 홍규와 홍규의 아들인 '건국', 조준식과 그의 아버지처럼 부계혈통을 세움으로써 민족국가를 설립해야 한다는 의지를 보인다.228) 이는 가능한 정치적 행위는 아들을 낳고, 부계혈통을 고수하는 것뿐이라는 사실을 암시하는 것이기도 하다. 그러나 한국전쟁과 국가재건 과정에서 염상섭 소설의 가족상이 변모한다.

1953년 발표된 단편 「감격의 개가」는 남편-아버지의 형상이 변모하는 과도기적 양상을 보여준다.229) 이제 가부장의 혈통을 바로 세우는 것은 아버지가 아닌 어머니이다. 전쟁터에 나갔던 아버지는 한 쪽 다리를 잃고 돌아오는 바람에 헤게모니적 남성성의 외부로 밀려난다. 소설은 광복동이나 중앙동과 같은 화려한 후방 부산이 아니라 쓸쓸한 영주동 거리와 군인병원, 정양원을 배경으로 한다. 육군 중위 출신의

---

227) "북에 있으나 남으로 내려가나 현해탄을 건너서 나가사키로 가시거나, 이 깃발 밑이 제일 안온하고 평화로울 것을 깨달을 날이 있을 것입니다." (중략) "고맙다. (중략) 이 기를 받고 나니 인제는 제가 정말 다시 조선에 돌아온 것 같고 조선 사람이 분명히 된 것 같습니다…… 돌아가신, 돌아가신 아버지가, 어려서 어렴풋이 뵙던 아버지가 불현 듯이 다시 한 번 뵙고도 싶습니다!" 염상섭, 「해방의 아들」, 『두 파산-염상섭 단편선』, 문학과지성사, 2006, 332쪽.

228) 마쓰노의 탈식민 문제로 분석되어온 해방의 아들을 여성의 자연적 출산과의 오버랩과 페이드아웃으로 설명한 류진희는 젠더를 분석범주로 하여 근대 민족-국가 체제 속 여성의 존재 의미를 묻는다. 부계적 혈통에 대한 강조 속에서 여성 주체는 봉인되었다는 것이다. 류진희, 「염상섭의 「해방의 아들」과 해방기 민족서사의 젠더」, 『상허학보』 27, 상허학회, 2009, 161~190쪽.

229) 염상섭, 「감격의 凱歌」, 『희망』 1953년 5월호, 60~65쪽. 『염상섭, 경성을 횡보하다』 중 발표지와 연도가 미상으로 나왔던 단편 「감격의 개가」는 『희망』 1953년 5월호에 발표된 것을 확인하고, 텍스트를 발굴하였다. 발굴된 소설 텍스트는 차후 발간될 『잡지 『희망』 소재 소설집』(가제, 소명출판, 2018)에 수록될 예정이다.

상이용사 준구와 약혼녀 정원은 한국전쟁으로 인해 헤어졌다가 어렵사리 피난지 부산에서 재회한다. 전쟁에서 다리를 잃은 준구는 정원에게 냉랭한 태도를 취한다. 불구자인데다 돈도 없는 자신은 제대로 가족을 건사할 수 없다는 생각 때문이다. 준구는 다리를 잃으면서 남성성을 거세당한 것이다. 그가 타이피스트 학원에 다니는 것은 준구의 여성화를 단적으로 보여준다. 소설은 준구의 이런 태도를 영웅적으로 묘사한다. "좀처럼한 용기와 성실이 없이는 그만한 생각을 가질 수 없는 남자의 깨끗하고 애정에 찬 그 마음"[230]은 전선에서 용사였던 것처럼 생활에서도 용사일 것이라는 믿음으로 이어진다. 이를 통해 여성화된 준구의 육체는 남성성을 획득한다.

거세된 준구를 가부장으로 바로 세우는 것은 사실상 정원이다. 결혼을 거부하는 준구를 설득하는 정원과 그의 아들 봉이는 부계 혈통을 통해 가족을 재건한다. 소설은 정원과 준구의 결합을 통해 전쟁으로 인해 벌어진 비극을 봉합하고 상이용사가 남성성을 회복할 기회를 제공한다. 소설 말미의 성대한 결혼식은 친지, 동료, 그리고 정양원의 상이군인들의 축복 하에 울려 퍼지는 개선가로, 국가와 민족의 나아갈 방향을 제시하는 것이기도 하다.

그런데 「감격의 개가」가 흥미로운 것은 바로 아내를 의심하는 남편이 본격적으로 등장했다는 점이다. 다리를 잃은 준구는 스스로를 부적격자로 판단하기 때문에 아내인 정원을 믿지 못하고 결혼을 거부한다. 염상섭 소설의 청년 남성들이 스스로를 대상화하는 연애를 한다면, 가장인 남편, 아버지들은 약화된 남성성을 아내에 대한 의심으로

---

230) 염상섭, 위의 책, 65쪽.

표현한다. 이는 이후 소설에서 본격적인 의처증 서사로 발전한다. 「인 푸루엔쟈」의 태환은 40살이 넘은 회사원으로, 아내 인숙이 다른 남자를 만난다는 의처증에 시달린다. 아직 젊은 인숙은 8년 전 바람이 나서 친정에 갔다 석 달만에 돌아왔던 전적이 있고, 최근에는 인근의 총각 원식이의 방에서 화투를 치며 짜장면을 시켜먹는 등 젊은 남자와의 교제로 남편의 의심을 산다. 소설의 관찰자는 태환의 의심이 부당한 것이라는 입장에서 서술한다. 인숙과 태환의 갈등이 태환의 의처증 때문이라고 믿게 만드는 것이다. 그러나 소설의 마지막 장면에 반전이 숨겨져 있다. 인숙이 집을 나간 한 달간 원식과 생활했다는 것을 덧붙임으로써 이들의 관계를 사실로 밝히는 것이다.

「의처증」의 기정도 태환과 마찬가지이다. 쌀가게를 하는 기정은 아내 인숙과 점원 사이를 의심한다. 쾌남은 그 이름처럼 16살이나 어린 젊은 남성이다. 소설은 「인푸루엔쟈」와 마찬가지로 기정의 부당한 의심을 중심으로 서술해나간다. 그러나 결말에서 가게를 팔고 이사하는 날 외박을 한 인숙이 쾌남과 함께 있었음이 밝혀짐으로써 반전을 맞는다.

「인푸루엔쟈」, 「의처증」 등에서 남편은 의심하면서도 집으로 돌아온 아내를 포용하지만, 이는 아내들의 교란일 뿐이다. 아내는 남편의 의심대로 청년과 연애를 진행 중이기 때문이다. 소설은 마지막의 반전을 통해 독자들에게 아내의 애인의 존재를 알려준다. 이로써 아내의 귀환으로 형성된 스위트홈은 다시 한 번 균열된다. 김윤식은 이 「의처증」 계열의 작품을 염상섭 문학의 바둑판 끝매김으로, "심리적 균형감각을 찾고자 하는 노력도 모자라고 인간의 영악스런 물욕이나 이해관계의 일방적인 탐구 정신도 엿보이지 않는", "작가 정신의 노쇠 현상이 드러난 징후"로 설명한다. 일본이라는 적대를 잃은 염상섭 문학은 사실상 종언을 고하고 있다는 것이다.[231] 그러나 이는 젠더 규범의 교란과 균열을 간과한 해석이다. 이들은 남편의 경제력을 애인에게 사용하기 위해 가족을 유지한다. 염상섭은 아내의 거짓말을 믿고 만족하는 남편들을 서사화함으로써 가부장 중심의 구가족이 균열되고 있음을 서사화한 것이다.

「일대의 유업」[232]은 가부장이 죽은 후 일어나는 변화를 통해 달라진 가족 규범의 양상을 보여준다. 33살에 과부가 된 기현어머니는 남편이 죽기 직전 동생을 시켜서 집 명의를 아들 기현 앞으로 변경하고, 그 후견인으로 동생을 지정한 사실을 알게 된다. 이는 16살이나 차이 나는 젊은 아내가 자신이 죽은 뒤 변심할지 모른다는 불신 때문이다. 소설은 이 집을 둘러싸고 미망인과 남편의 동생 사이에서 벌어지는 실랑이를 중심으로 가부장의 유업이 퇴색되는 과정을 묘사한다. 기현어머니는 하숙생으로 들어온 김과장에게 유혹을 느끼고 요리집의 밥어머니가 되어 집을 나간다. 그 사이 시동생은 집문서를 가져다 전당 잡힌다. 동생과 아내 모두 가부장의 유언을 지키지 않는 것이다.

이처럼 염상섭의 후기 단편소설들은 약화된 가부장의 자리를 재현한다. 「절곡」과 「임종」의 노인 가부장은 가족 내에서 발언권을 확보하지 못한다. 「절곡」의 노인은 폐결핵에 걸린 딸을 병원에 보내기 위해 단식투쟁을 시작한다. 다른 가족들은 모두 딸을 죽은 사람으로 취

---

231) 김윤식, 「고백체에서 관찰기구에 이른 길」, 『염상섭 후기 단편』, 민음사, 1987, 337쪽.
232) 염상섭, 「일대의 유업」, 『일대의 유업』, 을유문화사, 1960, 184~228쪽.

급하지만, 죽음이 목전인 노인은 그럴 수가 없기 때문이다. 딸의 죽음을 막기 위한 노인의 노력은 실상 자신의 죽음을 막기 위한 노력이기도 하다. 「임종」[233]은 자신의 죽음과 싸우는 노인의 분투를 그린다. 죽어가는 가부장은 정신이 맑을 때는 병원비도 걱정하고, 죽을 곳도 신경 쓰더니 고통이 심해지자 병원에서 주사에 중독된 채 약을 지어 오라며 가족들을 닦아 세운다. 그러나 가족들은 가망이 없으니 어서 퇴원해서 집에서 초상을 치르자는 마음뿐이다.

이러한 부계 혈통의 약화는 아버지가 없는 재생산으로까지 이어진다. 「우주시대의 아들 딸」[234]은 「해방의 아들」과 비교하여 읽을 소설이다. 딸만 다섯인 김교장은 아들만 3형제를 낳은 젊은 옆집을 부러워하며 딸들을 "돈만 잡아먹는 귀신"이라고 부른다. 부인은 남편의 눈치를 보느라 출산이 가까웠는데도, 마음을 놓을 수가 없다. 김교장의 부인이 여섯 번째 딸을 낳은 날, 동리에서는 소란스럽게 '아들딸우열론'의 토론회가 벌어진다. 아들을 낳아봤자 전쟁 때는 인민군에 끌려갈까봐 걱정했고, 그 뒤에는 가르치고, 군대에 보낼 걱정, 취직 걱정으로 쉴 새가 없다는 것이다. 이는 중학교만 나와서 초등학교 선생으로 돈을 벌고 있는 여동생과 비교된다.

> 6.25 땐 인민군인가 난장인가에 끌려갈가 봐 끼구 도느라구 내 수명이 반은 감했을 거요. 그 후에 우리 주제에 개발에 주석편자지 대학이 뭐요. 그래두 저 하겠다는대루 부산으루 서울루 끌구다니며 간신히 간신히 졸업을 시켜노니까, 자 이번엔 병역요 그건 그렇다 하고 군대에

---

233) 염상섭, 「임종」, 『일대의 유업』, 426~446쪽.
234) 염상섭, 「우주시대의 아들 딸」, 『일대의 유업』, 을유문화사, 1960.

갔다 온 뒤에는 제대로 취직이나 되는가 싶었더니 원 요새두 펀둥펀둥 놀면서, 제 누이가 벌어오는 월급에서 담배값·차값을 알겨다 쓰니, 아니 대학 졸업하구 초등학교 선생노릇하는 어린 누이보담 못하단 말요?······235)

제대 뒤에도 취직이 되지 않아 여동생에게 용돈을 타 쓰는 장남의 모습은 부계 혈통을 통해 조국을 재건하려 했던 민족국가의 정치적 상상에서 상당히 멀어져 있다는 것을 보여준다. 소설은 이제 과학기술이 발전해서 정자은행과 인공임신법으로 아이를 낳을 수 있게 될 것이라고 설파한다. 인공적으로 임신을 결정할 수 있는 우주시대에 가부장이나 혈통은 중요하지 않다는 소설 속 여인들의 목소리를 배경으로, 김교장이 등장한다. 아들을 바라며 기다렸던 김교장 역시 자살하겠다는 아내의 위협에 도리어 기가 죽은 상태이다. 이로써 소설 속 남아선호사상은 힘을 잃는다.

실제로 1950년대는 한국에서 본격적으로 출산관리가 공사영역에서 시작된 시기이다.236) 『여성계』와 『여원』에 연재된 결혼상담과 성과학 문답은 여성의 임신과 출산 등에 대한 질문으로 채워진다.237) 성과학

---

235) 염상섭, 위의 책, 100쪽.
236) 한국사회가 국가단위로 산아제한을 실시한 것은 박정희 정권이다. 하지만 1950년대에도 자발적 차원에서 출산통제운동이 시작되었다. 가족계획사업이 실시되기 전에 이미 출산억제에 대한 강한 욕구가 퍼져 있었고, 가족계획사업은 의료적인 출산통제 수단을 보급하고 여성들의 출산통제 실천에 대한 사회 분위기를 우호적인 것으로 바꾸는 방식으로 대중적인 욕구에 응답한 것이었다. 1958년 시작된 대한어머니회의 출산통제 보급활동은, 여성들이 산아제한 문제를 인식하고, 믿을만한 지도를 제공하는 것을 목표로 삼았다. 대한여자의사회와 연합하여 여성들에게 의학정보와 상담을 제공한 것이다. 배은경, 「1950년대 한국 여성의 삶과 출산 조절」, 『한국학보』 30(3), 일지사, 2004, 24~58쪽.

문답 코너에서는 성병, 조루증, 부인의 성욕, 생식기의 정형수술, 임신 중의 매독, 월경 시의 성관계, 자궁소파(임신중절) 수술의 위험성, 임신 중절방법 등에 관한 질문을 받고 해결책을 제시한다.[238] 이는 재생산 을 가족 밖에서 관리하기 시작했음을 보여주는 것이다. 염상섭은 이 러한 흐름을 "인간생산관리"라 이름 붙인다. 우주시대가 실현되면 "민족끼리 국가끼리 우열을 다투던 때와 달라서 우주를 우리가 지배 하자면 다른 별에 사는 인류보다 우리가 우수해야 하겠으니까 전인류 가 내부적 대립을 버리고 전체적으로 대외태세를 갖추자는 첫수단으 로 인류 개량부터 하자는"것이라며 아들딸이 중요한 것이 아니라 '우수한 씨'가 중요하다는 것이다. "그랬다간 혈통이란 것두 없구, 제 애비두 모르구, 제 조상두 모르게 될 테니 인류가 끊어지는 거 아니 냐! 그런건 연구해 무어세 쓴다든?"[239]이라는 어머니의 타박에도 중 학생인 아들은 계속해서 조형적 섹슈얼리티의 가능성에 대해 이야기 한다. 이는 바야흐로 아버지가 없는 가계를 암시한다.

B. 독립한 아들과 신가족의 한계

전후 염상섭의 첫 번째 연재소설인 『미망인』(『한국일보』 1954.6.15.~ 12.6.)은 전쟁미망인의 재혼 문제를 다룬다. 한국일보는 여당지와 야당

---

237) 승정균, 「결혼의 기묘문제」, 『여성계』 1955년 1월, 174~179쪽.
238) 성과학문답은 『여성계』에서 매호 진행하는 상담코너로 섹슈얼리티와 관련된 의학 적 문답을 중심으로 한다. 『희망』이나 『여원』에서도 '성병'에 관한 정보를 다수 제 공하고 있다.
239) 염상섭, 「우주시대의 아들 딸」, 『일대의 유업』, 105쪽.

지로 이분화된 1950년대 신문시장에 '읽는 재미'로 출사표를 던지며
적극적으로 마케팅을 펼친다.[240]

<미망인>이라는 제목으로 보면 과부 서름을 쓰자는 뜻 같지마는
같은 과부 서름에도 이것은 우리가 겪은 이 전란의 부작용으로 생긴
전쟁미망인이 조국부흥의 건설적 정신에 발맞추어 그 쓰라린 생활고와
싸우며 얼마나 씩씩히 살아 나가는가 그 참담하고도 아릿답고 웅건한
모습을 엿보자는 것이다. 폐허의 속에도 봄은 오고 새싹은 돋는다. 깨
어진 벽돌 조각 밑에서 돋아나는 그 새 움이 옆구리로 비틀어져 나오
다가도 그 생태의 정기를 받아 어떻게 꼿꼿이 뻗어나가서 이 나라의
부흥과 이 자손의 번영에 빛이 되는가를 바라보려 한다.[241]

염상섭은 소설 연재를 앞둔 사고에서 "전쟁미망인이 조국부흥의 건
설적 정신에 발맞추어" 나가는 모습을 그리고자 한다고 작품의 의도
를 설명한다. 전쟁미망인의 결혼이라는 주제를 통해 "아름다운 동시
에 도덕적 가치를 지닌 참된 것"을 그리고자 했다는 설명이다.[242] 그

240) 염상섭은 「문단회상기」에서 당시 한국일보 사장 장태주가 자신을 몇 번이나 직접
찾아와 소설의 청탁을 부탁했음을 회고하며, 작가로서 기분 좋은 상황이었다고 술
회한 바 있다. 이를 입증하듯, 한국일보에서는 "<한국일보>의 새 출발을 빛내기
위하여 연재 소설에 횡보 염상섭 씨가 미망인을 집필하기로 되어 오는 십륙일자부
터 게재합니다. 염상섭 씨는 이미 다 아는 우리 문단의 거장, 최근에 해군 현역을
물러나 앞으로는 오직 문학창작에만 정열을 기울이기로 한 후 그 첫번 작품인 만
큼 반드시 천의무봉의 문제작이 나올 것을 기대하여 의심치 않습니다."라는 사고를
내며 적극적으로 홍보한다. 『한국일보』 1954.6.12.
241) 염상섭, 「연재소설 미망인 예고」, 『한국일보』 1954.6.12.
242) "참된 것은 아름다운 동시에 저절로 도덕적 가치를 가진 것이 될 것이다. 이 미망
인은 종래의 미망인형의 심리작용이나 생리현상을 붙들어 쓰자는 흥미에 그 주제
를 둔 것은 아니다. 이번에 겪은 전란은 여러 각도로 보아야 하겠지마는 그 제작용
의 하나로서 나타난 전쟁미망인의 생활과 그 사회적 위치라든지 의미를 시할 수는

러나 이러한 계몽적 의도와 달리 논자들은 이 소설을 "새로운 인물 창조나 심오한 주제의 발굴을 기대할 수 없는 구태의연한 속물들의 전람회장", "안일과 나태에 머물고 있는 범속의 군상들"로 명명하기 도 한다.243) 이는 풍속·연애소설에 대한 가치평가이기도 하다. 그러 나 앞서 살펴본 바와 같이 염상섭의 1950년대 통속화 경향에 대해서 는 다시 재고할 필요가 있다. 그 기점에 『미망인』·『화관』 연작을 살 펴보아야 한다.

『미망인』은 사랑과 가족, 개인적 자유 사이에 이해관계가 충돌하는 것이 근대의 주요한 특징이라는 점을 보여준다. 근대의 도래와 더불 어 결혼은 도덕적·법적 질서에서 개인의 선택이 되었다. 이는 가족 이나 결혼, 부모 되기나 섹슈얼리티가 무엇이어야 하는지를 단정적으 로 규정할 수 없는 시대가 도래했다는 것을 보여준다.244) 염상섭은 이 미 식민지 시기에 연애와 결혼이 신청년의 선결조건임을 주장한 바 있다. 연애를 통해 결혼을 하고, 그러한 결혼생활을 영위하는 것이 신

없다. 전후장병은 대개가 30 전후의 아까운 청년들이니 그 미망인도 젊은 청상들이 다. 그 청춘과 닥쳐오는 생활고를 어떻게 처리하고 취사할 것인가? 거기에 어린 자 녀를 품에 안고 헤매는 경우, 그 가엾고 딱한 사정은 과연 어떠한것인가? (중략) 문 학이 설교가 아니요, 작품이 지침서가 아닌 이상 그네들의 갈 길은 어디며 그네들 의 생활은 반드시 이러저러하여야 할 것이라는 것을 가르치려거나 어떠한 규정을 내리려는 것은 작자의 할 바 임무가 아니로되, 작가가 한 대변자일 수도 있고 또한 그들의 걷는 길과 생각하는바가 자기 자신의 새로운 운명을 개척하고 사회의 질서 와 새 윤리를 세우는 데 도움이 되도록 어떠한 희망을 가지고 암시를 주는 것은 긴 요한 일이요, 작가의 한 임무일 수 있다고 믿는다." 염상섭, 「소설과 현실-미망인을 쓰면서」, 『한국일보』 1954.6.14.

243) 조건상, 「안일한 속물들의 드라마」, 『취우/화관』(염상섭 전집 7권), 민음사, 1987, 405~408쪽.

244) 울리히 벡·엘리자베트 벡-게른샤임, 『사랑은 지독한 혼란』, 강수영 외 옮김, 새물 결, 1999, 21~38쪽.

세대의 표상이라는 것이다.245) 이는 근대적 개인의 탄생을 연애로 읽는 입장이다. 『미망인』역시 신세대의 연애결혼을 통해 가족로망스를 완성하려고 시도한다.

『미망인』의 신흥식은 서울대 공대 출신의 엔지니어로, 대화재의 전재민들로 혼란스러운 부산역에서 죽은 형의 친구 가족과 마주친다. 한국전쟁에서 사망한 김택희 대위의 아내인 명신은 집을 잃고 서울로 돌아가려던 참에 신흥식과 마주친다. 신흥식은 죽은 지인에 대한 책임감으로 그들을 도와준다. 이후 서울에 와서도 명신의 집을 구해주고, 직장을 소개하는 등 이들 가족을 돌보다 그녀와 사랑에 빠진다. 소설의 갈등은 신흥식의 결혼을 둘러싸고 벌어진다. 서울에서 피복공장을 운영하는 자본가인 그의 아버지는 미망인인 며느리와 손자를 거두는 가부장으로, 죽은 장남 대신 집안을 이을 신흥식이 딸까지 있는 전쟁미망인과 결혼하는 것을 반대한다. 소설은 미성숙한 주체인 신흥식이 연애와 결혼을 계기로 아버지로부터 독립하고 오롯한 청년으로 거듭나는 성장 구조로 전개된다. 낭만적 사랑을 통해 새로운 가정을 창조하고, 부모-자식 관계에 변화를 일으키는 것이다.246) 이는 낭만적

---

245) 염상섭, 「기적과 신비와 현실」, 『삼천리』 1932.1. 『염상섭 문장전집』 2, 소명출판, 2013, 331쪽.
"꽃 없이 열매 없음과 같이, 정당한 연애생활에서 결혼생활에 추이하여감이 통칙이어야 할 것이요, 또 우리의 자손은 그러한 결혼생활을 지켜야 할 것이다. 또한 연애는 아름다운 그릇이요, 결혼은 밥이라고도 비길 수 있으니 우리는 오지 뚝배기에 밥을 담아서 충복만 하더라도 후대 자손일랑은 은쟁반에 받든 고량진미를 먹도록 축복함이 옳지 않으랴."
246) 앤소니 기든스는 18세기 후반부터 시작된 낭만적 사랑이라는 복합체가 가정을 창조하고, 부모-자식 관계에 변화를 일으키며, 모성을 발명했다고 지적한다. 부르주아 집단에서 지속되었던 낭만적 사랑의 개념이 사회로 확산되고, 결혼이 친족관계로부터 분리되고 결혼 자체가 특별한 의미를 갖기 시작했다는 것이다. 이로써 남편과 아내

사랑이라는 복합체가 가져온 변화이다.

신흥식은 이명신에게 집을 얻어주기 위해 아버지 회사의 돈을 횡령하고, 아버지 공장에 그녀의 일자리를 알선하는 등 아버지에 기대어 살아간다. 그는 아버지의 경제력이 없이는 사랑의 교환경제에 뛰어들 수조차 없다. 그럼에도 그는 아버지와의 갈등 끝에 독립을 선택한다. 자신의 사랑대상을 직접 선택함으로써 아버지로부터의 독립과 단절을 선언하는 것이다. 소설은 이 과정에서 새로운 젠더 규범을 획득한다. "깨끗한 처녀"인 미망인과 아버지로부터 자유로운 청년은 가부장 질서의 해체를 통해 새로운 가족을 건설할 수 있다는 것이다.

홍식은 결혼을 망설이는 명신에게 스스로를 "처녀"라고 생각하는 "숭고한 정신"을 가지라고 말한다. 그러나 명신은 자신이 중학교도 졸업하지 못한 과부인데다 딸까지 있어 홍식과 같은 총각과는 결혼할 수 없을 것이라고 생각한다.

> 1) 나 보기엔 첫째, 명신씨가 생각고쳐하셔야 하겠에요. 난 깨끗한 처녀거니!하는 숭고한 정신을 가지세요. 남은 어떻게 보든지 나는 그렇게 생각합니다. 이제야 인생의 첫발자국을 다시 떼어놓거니- 이렇게 생각을 해 주세요. 그러면 모든 문제는 해결되는 거예요 (60회).

> 2) "가풍이나 관습을 깨뜨리자는 것이 아니라, 형식주의로 사는 것

는 공동의 정서적 동반자로 인식되었으며, 자녀들에 대한 헌신보다 우선시되었다. 부모-자식 간의 감정교류가 중시되면서 지배자 아버지의 권력이 약화되기도 하였다. 가족구성원의 수가 점점 줄어들고, 어린이가 탄생한 것도 이 시기이다. 앤소니 기든 스, 『현대사회의 성, 사랑, 에로티시즘』, 배은경 외 옮김, 새물결, 2001, 75~88쪽.

이 아니니까 실질적으루 좋은 일이면 좀 가풍에 맞지 않기루 어
떠냐. 상처꾼이 삼취에도 처녀장가를 가는데, 몸을 더럽히지 않은
깨끗한 과부가 총각한테 시집 못간단 법두 없지 않느냐?"
"철저하구려! 우리집에두 민주주의가 확실히 들어왔군"
준식이는 비양대듯이 대꾸를 하면서도 형의 말이 일리가 있는 듯
도 하고 부친이 너무 완고한 데 불만이 있느니만큼 이 민주주의
냄새를 풍기는 것이 일말의 생신한 기분을 주는 것이기도 하다.
"무슨 소린지? 딴소리 말아. 민주주읜가 하는 건 모두 그런 거냐?
정 그렇거들랑, 네 재주껏 첩으로 들여앉혀서 집안에 알리지 말
구 소리 없이 살려므나."
"지금 세상에 첩이란 뭐구, 학교를 나와두 미장가 전에 첩이 있
다는 자국에 시집 올 처녀두 지금 세상엔 없습니다."(75회)

신흥식과 동생, 어머니는 흥식의 결혼 문제를 두고 다툼을 벌인다.
흥식은 시대가 달라졌으니 가풍이나 관습도 바뀌어야 한다고 주장한
다. 이를 소설은 '민주주의'라고 명명한다. 민주주의는 가족 내 젠더
규범의 변화로부터 구체적인 일상에 등장하게 되는 것이다.『미망인』
에서 민주주의는 자유결혼의 쟁취를 통해 드러나고, 이는 아들 세대의
독립과 성장을 의미한다. "나도 총각이 아닙니다. 부산 가서 술김에
친구에게 껄려서 놀러두 다녀 봤습니다. 나두 헌 놈입니다."(70회)라고
말하거나『화관』에서 이진호가 다방 마담 최봉순과의 관계를 약혼녀
인 영숙에게 사과하는 등의 행동은 남성 젠더 규범이 달라지고 있음
을 보여주는 사례이다. 또한 "몸을 더럽히지 않은 깨끗한 과부"라는
표현은 남편을 잃은 뒤 정조를 지켜온 미망인의 경우, 재혼이 허락된
다는 것을 의미한다. 첩으로 삼고 집안에는 들이지 말라는 아버지의

권유를 거절하는 것도 이러한 의지의 표명이다. 신홍식은 자신의 카메라를 팔아서 이명선에게 집을 사주고, 아버지의 반대를 피해 서울을 떠나 부산에 있는 회사에 취직을 하는 등 민주주의적 가정을 만들기 위해 행동하는 남성으로 거듭나는 것이다. 이러한 신홍식의 새 가정은 절대적 가부장으로부터 독립하여, 아들 세대의 가족로망스가 실현하는 것으로서, 시민으로서의 근대적 개인이 탄생하는 지점이라고 할 수 있다.

그 결과 『화관』은 이진호의 아버지가 진호와 영숙의 결혼을 허락하는 장면에서 출발한다.247) 이 결혼을 추진하는 사람은 영숙을 양딸로 삼은 정자경 여사이다. 전쟁미망인들의 구호를 위한 시설을 운영하는 그녀는 "전쟁미망인두 훌륭히 가정을 이루고 모범생활을 하는 표본을 만들어 보자. 이것두 원호사업이다"248)라며 적극적으로 나서서 둘의 결혼을 추진한다. 민주사회의 원칙에 의거하여 미망인도 행복한 결혼생활을 할 수 있다는 권리를 주장하는 것이다.

이는 당시 공론장의 여성인사들이 줄곧 외치던 문구이기도 했다. 한국전쟁 직후 전쟁 사망자뿐 아니라 납북자나 행방불명자, 군인이나 경찰, 미군에 의한 피학살자의 부인까지 전쟁미망인은 50만 명에 육

247) 『화관』은 등장인물의 캐릭터와 갈등구조가 자연스럽게 이어지는 『미망인』의 연작이다. 『미망인』의 신홍식, 명신, 김금선, 창규 등의 등장인물이 『화관』에서는 이진호, 영숙, 최봉선, 박인환 등으로 이름이 바뀌었을 뿐이다. 전편이 전쟁미망인 이명신과 신홍식이 사랑에 빠지고 결혼을 결심, 새 살림을 차리게 되는 과정이라면, 『화관』은 두 사람의 결혼이 결정된 후에 발생하는 갈등을 그린다. 결혼을 허락받은 이진호가 최봉선의 유혹에 빠지고, 이에 영숙은 다방에 다시 나가게 되는 상황이다. 이들을 다시 결합시키는 것은 영숙의 양어머니 역할을 맡은 정자경 여사이다. 염상섭, 『화관』 (염상섭 전집 7권), 민음사, 1987.
248) 염상섭, 위의 책, 266쪽.

박했다.249) 전쟁미망인들은 죽은 남편을 대신하여 행상·노점상·식모·성판매 등을 직업으로 삼아 가계를 책임져야 했다.250) 이들에게는 두 가지 가능성만이 존재했다. 돌아오지 않을 남편을 기다리며 가족을 지키는 어머니가 되거나 '타락한' 자유부인이 되는 것이다. 이때 가족을 지키는 어머니는 사회의 공적 영역으로 진출하는 것을 피해야 한다. 공적 영역으로 진출한 여성들이 경제권을 확보하고 이를 바탕으로 성적 자율권을 주장하는 것은 사회악으로 취급되었기 때문이다.251) 사회는 다시금 현모양처론을 통해 가정을 관리하고 지키라며 점잖게 경고한다. 건강한 사회를 위해서는 근대적 성별분업을 바탕으로 "고유한 미풍양속"을 지키는 어머니가 필요했기 때문이다.252) "이상적인 가정"의 "참다운 가정주부"가 되기 위해, 여성들은 다시 한 번 '성모'가 되어야 했다. 이는 '성모'가 아닌 여성과의 대비를 통해 드러난다. 육체성을 지닌 여성들은 물질주의적인 대중문화의 통속성을 의미하게 되었으며,253) 사회악의 근원으로 일컬어졌다. 그러

249) 이임하, 『여성, 전쟁을 넘어 일어서다』, 서해문집, 2004.

250) 이임하, 「한국전쟁이 여성생활에 미친 영향-1950년대 '전쟁미망인'의 삶을 중심으로」, 『역사연구』 8, 역사학연구소, 2000, 9~55쪽. 이임하는 전쟁미망인들이 생계의 문제와 성적 불만족을 강하게 느꼈으며 이것이 성에 대한 사회의 인식을 바꾸어놓는 결과를 낳았다고 지적한다.

251) 여성들의 경제활동은 간통이 가지고 있는 성별 이중규범을 위협했다. 1950~60년대 간통담론이 활발하게 펼쳐진 것도 여기에 기인한다. 경제적 측면에서 남성과 동등한 성적 주체였다는 사실은 남성 가부장제를 위협하는 전복성을 잠재하고 있는 것이다. 임은희, 「1950~60년대 여성 섹슈얼리티 연구-『여원』에 나타난 간통의 담론화를 중심으로」, 『여성문학연구』 18, 한국여성문학학회, 2007, 131~160쪽.

252) 김은경, 「1950년대 여학교 교육을 통해 본 '현모양처'론의 특징」, 『한국가정과교육학회지』 19(4), 한국가정과교육학회, 2007, 137~151쪽.

253) 권보드래, 「실존, 자유부인, 프래그머티즘」, 『한국문학연구』 35, 동국대 한국문학연구소, 2008, 101~147쪽.

나 염상섭은 이러한 미망인을 미혼 남성과 결혼시킴으로써 미망인 서사의 전환점을 만들어낸다. 전쟁미망인의 재혼 문제는 각종 언론을 통해 공론장에 등장하였다. 가장이 된 전쟁미망인들에게 생활의 안정을 주어 정조를 보호하기 위해서는 재혼이 그 방법이 되어야 한다는 주장이다.

> 1) 우리나라 대부분의 여성(불행하게 된)들은 돌아오기를 기다리는 연애 속에 살고 있을 것입니다. 기다리다 기다리다 못해 참을 수 없으면 재혼이라도 해볼가 생각할 것입니다. 재혼이라는 이것도 어디까지나 남성들의 협력이 없으면 불가능한 것입니다. 남편 없는 여성과 아버지 없는 아이들의 아버지가 되어주겠다는 각오가 선 남성들의 협조가 필요합니다. 무턱대고 이 불행한 여성들을 희롱하는 교유는 삼가주어야 할 것입니다.[254]

> 2) 세상이 어떻게 볼 것이며 도덕상 윤리상 어쩔 수 없이 망서리고 체념하는 사람이 있다면 새로운 생각과 용기를 가질 필요가 있다.[255]

조경희, 정충량 등의 여성지도자들은 전쟁미망인의 연애와 재혼에 타당성을 부여한다. 이때 중요한 것은 "남편 없는 여성과 아버지 없는 아이들의 아버지가 되어 주겠다"는 남성들의 각오이다.[256] 남성주체

---

254) 조경희, 「여성에게 동란이 가져온 것 4」, 『경향신문』 1953.11.02.
255) 정충량, 「전쟁미망인의 행로」, 『동아일보』 1955.6.26.
256) 이는 1공화국의 여성인사들이 내포하고 있던 공모적 남성성을 드러낸다. 이들은 가부장제를 안전하게 하기 위하여 영숙과 같은 '정숙한' 전쟁미망인도 생계를 위해 다방에서 레지로 일하게 되는 상황을 염려해야 한다고 주장한다. 이들이 밖으로 돌

가 변모할 필요가 있는 것이다. 이러한 새로운 시대의 남성상이 이진 호이다.

> "과부의 수절이란 것을 남정네는 예사루 알지만 처녀보다 더한 것입 니다. 결단코 한때 희롱이 아닙니다. 희롱당할 사람두 지금 세상엔 없 습니다. …… 뭐 길게 말씀할 거 없이 저의끼리 살겠다는 걸 무슨 재주 로 뗍니까? 우리 늙은 사람은 묵은 생각 속에 문을 닫고 들어앉아서 고 집을 부리지만 시대가 다릅니다. 젊은 애들은 저 살대루 살길을 뚫어 나가는 걸요."(150회)

정자경 여사는 시대의 변화를 증언하며, 젊은 세대의 사고방식을 인정해야 한다고 주장한다. 이는 염상섭이 소설론을 통해 지속적으로 강조하던 민족문학의 역할이다. "새로운 인간형, 새로운 생활형태의 창조"를 통해 새 시대의 민족이 나아갈 길을 제시하는 것이 소설의 기능이라는 것이다. 이는 1950년대 염상섭이 새로운 시대를 맞아 청 년들의 이야기를 소설화하려고 시도한 것의 단서가 될 수 있다.

> 소설가도 소위 탐미주의나 예술지상주의로 나가지 않는 한 일반에 미치는 교화적 영향이라는 것을 염두에 두지 않고 작품을 다루는 사람 은 없을 것이다. (중략) 또 그리고 그 작품의 문학적 가치가 높을수록 언제나 누구에게나 새롭고 아름다운 것일 것이며 늘 새롭고 아름다움을 지님으로써 '젊음'을 자랑하는 것이니 문학은 사람과 함께 늙는 것이 아니요, 언제나 젊을 수 있고 또 젊어야 한다는 까닭도 여기에 있다.257)

것이 아니라 집안에서 살림을 맡아 보는 것이 '원호사업'의 일종이 되는 것이라는 입장이다.

    그렇다면 염상섭이 제시한 새로운 인간형은 무엇인가? 이는 아이가
있는 전쟁미망인과 결혼하는 미혼남성을 통해 표상되는 새로운 젠더
감수성이다. 소설은 서울을 떠나 부산에서 하숙을 얻어 함께 사는 것
을 통해서 아들 세대의 신가정이 건설됐음을 보여준다. 『미망인』의
신흥식이 명신과 함께 하숙을 얻은 것도, 『화관』의 이진호가 아버지의
그늘을 떠나 직장을 얻고, 집을 구한 것도 부산이다. 이는 부산이 갖는
특수성 때문이다. 임시수도 부산은 후방의 경제·정치 중심지이자 아
버지의 질서로부터 자유로운 공간이었다. 전쟁의 피해를 덜 입은 후방
부산은 물자가 풍부하고, 자유의 감각이 발달한 지역이었다. 그만큼
서울에서 불가능했던 일들이 부산에서는 가능해진다. 부산에서 아들
은 아버지를 벗어나 자신의 가족로망스를 펼칠 수 있는 것이다.
    그러나 이진호의 민주적 가정은 부산에서 위기에 직면하기도 한다.
『화관』은 아버지로부터 독립한 아들인 진호가 자신의 결혼을 위험에
빠뜨리는 이야기이다. 이제 결혼을 두고 갈등구조를 형성하는 것은
당사자인 진호와 영숙이다. 결혼을 허락받고, 이를 준비하기 위해 영
숙이 서울에 돌아온 사이, 진호는 최봉순과 동거한다. 최봉순의 적극
적인 유혹으로 인해 벌어진 일이었지만, 이로 인해 진호와 영숙의 결
혼은 위태로워진다. 소설이 새로운 가치를 전달하는 교화적 목적을
가지고 있다는 염상섭의 지론에 따르면, 『미망인』은 진호와 영숙이

---

257) 염상섭, 「소설과 인생-문학은 언제나 아름답고 젊어야 한다」, 『서울신문』 1958.7.14.
    "(소설가는) 인생탐구·인생관조의 눈을 거쳐서 발견된 새 사실을 중심으로 하여
    작가 자신의 견해와 체험과 경험으로 분석하고 다시 종합한 다음에 문학적 제약과
    표현의 솜씨로서 전개시키는 하나의 새로운 인간형, 새로운 생활형태의 창조, 그것
    이 곧 소설이요, 문학이다. 그것은 유형적이면서도 독창적 개성을 가진 것이다."

결혼을 허락받는 그 순간에 멈췄어도 충분했다. 그러나 『화관』은 결혼을 둘러싼 갈등을 심화시킨다. 이제 이들의 결혼은 구세대 대 신세대의 갈등에서 신세대 간의 갈등으로 확장된다.

소설의 갈등을 초래하는 최봉순은 영숙이 일하던 다방의 마담으로, 진호를 유혹하는 아프레걸이다. 여학교 출신에 영어에도 능통한 최봉순은 미군 장교와 사귄 적도 있지만, 현재는 다방 마담으로 생활 중이다.258) 그녀는 젊고 잘생긴 진호를 영숙으로부터 빼앗아오고 싶다는 심리가 발동하여, 진호에게 밥이나 술을 사면서 관심을 끌기 위해 노력한다. 그러다 회사일로 부산에 다시 내려가는 진호를 따라 기차에 올라 부산에 쫓아간다. 이런 점에서 최봉순은 순수한 욕망을 드러내는 여성인물이라는 새로운 젠더 감수성을 보여준다.259) 그녀는 자발적으로 이진호를 따라 부산으로 내려오고, 이진호와의 사이가 틀어지자 동일방직 사장 서정규, 한일방직 사장 김준식 사이를 오가며 '고등외교'를 펼치는 로비스트가 된다. 진호는 최봉순과의 관계에서 주체적으로 행동하지 못하고 일방적으로 끌려간다. 결국 갈등은 영숙이 결혼하지 않겠다고 선언하는 데까지 이어진다.

---

258) 『미망인』의 김금선은 교토의 영어학숙을 중퇴한 30대 초반의 여성으로, 해방이 되자 미군을 따라 귀국하였으며 미군 대령과 사귀며 미군부대를 드나드는 유엔 마담이 된다. 그 덕에 그의 방에는 특선으로 전기가 들어와서 스토브를 마음껏 사용할 수 있다. "어떤지 빠다 냄새가 짙은 것 같고 분홍빛 침대 휘장"이 드리워진 그녀의 방은 양공주의 몸을 떠올리게 하며, 명신과 대조를 이룬다. 『화관』의 최봉순이 이진호와의 연애에 실패하고, 그 뒤로 여러 남자에게 의지하다 결국 망신을 사고 마는 것은 '유엔 마담'이라는 민족국가의 질서를 어지럽히는 여성의 경우, 가족질서 안으로 편입될 수 없음을 의미하는 것이기도 하다.

259) 자신의 욕망을 바탕으로 한 강한 생활력을 가진 최봉순의 행보는 『취우』의 강순제와 비교할 수 있다. 이들은 서사의 갈등을 만들고, 사건을 진행시켜나간다. 바람직한 청년들의 결혼을 지연시키고, 방해하는 역할을 하고 있다는 점에서도 유사하다.

이러한 상황을 봉합하는 것이 정자경 여사이다. 정자경 여사는 진호와 영숙의 결혼 허락에서부터 식에 이르기까지 결혼의 매 국면에서 가장 주요한 역할을 수행한다. 이진호의 부친은 아들의 결혼을 허락하고, 이진호의 어머니가 부산으로 내려가 이들의 신혼집과 가구, 살림살이를 마련할 자본을 제공한다. 영숙은 현숙한 며느리로 시모를 공양하고, 남편의 수발을 드는 것으로 자신의 가치를 입증한다. 둘의 신접살림을 살피기 위해 함께 부산으로 내려간 진호의 어머니는 영숙의 살뜰한 살림솜씨에 반해 흡족한 며느리를 얻었다고 기뻐한다. 이로써 아버지와 아들 세대 사이의 갈등은 봉합된다. 이 과정에서 적극적인 역할을 한 것은 정자경 여사와 영숙 등의 여성인물이다. 이진호는 오히려 갈등을 심화시키고 신혼집에 최봉순이 찾아오는 것조차도 막지 못하는 우유부단함을 보인다. 이진호의 행동으로 인해 결혼은 오히려 지연되고, 불필요한 갈등이 생겨난다. 이는 염상섭의 1950년대 소설에서 나타나는 남성인물들의 특징이기도 하다.

3. 미완의 민족국가와 멜랑콜리의 미학[260]

A. 역전된 삼각관계와 선택의 유예

1950년대 염상섭의 첫 번째 연재소설인 『난류』는 "새 나라 새 시대

---

260) 이 장은 허윤, 「1950년대 전후 남성성의 탈구축과 젠더의 비수행」, 『여성문학연구』 30, 한국여성문학학회, 2013, 43~71쪽의 2장을 토대로 보완·수정하였다.

에 나와야 할 이상적 새 여성"과 "새 남성"에 대한 소설이다.[261) 덕희 (정명신)와 의순(강순제) 등의 신여성들은 자신의 욕망에 근거하여 사랑하는 여성들이며, 택진(신영식) 역시 경제과를 나와서 사업에 뜻을 두고 있는 생산주체로 그려진다. 이후 한국전쟁의 발발로 인해 중도에 끝난 소설은 『취우』로 이어지면서 사랑, 가족, 개인적 자유 사이의 이해관계의 충돌이라는 '새로운 시대'를 주제로 삼는다. 특히 한국전쟁이라는 역사적 시공간과 일상이 결합하면서 개인이 목격하고 체험하는 전쟁의 양상을 통해 의미화된다.[262)

『난류』의 서사적 중핵은 여성 거래의 중단이다. 소설은 삼한무역과 전일지물의 합병이라는 사업상의 문제와 각 회사 사장 아들딸의 결혼이라는 사적인 문제를 중첩시킨다. 사회적 교환은 친족의 교환과 일치된다. 삼한무역은 마카오에서 수입하는 양복감이 금지품목으로 지정되어 회사 사정이 어려워지자 전일지물과 합병하기로 결정한다. 전일지물 역시 종이가 수입금지 될 경우를 대비하여 삼한무역의 경험이 필요한 상황이다. 이러한 이해관계의 일치로 아버지와 오빠 등 가부장들은 덕희를 교환하기로 결정한다. 덕희의 결혼은 두 회사의 합병을 상징하는 증거가 된다. 이를 중개하는 것은 삼한무역의 엘리트인

---

261) 새 나라, 새 시대에 반드시 나와야 할 이상적 새 여성은 그 어떠한 것일까를 머리에 그려보면서 한편으로는 하필 여성뿐이리요, 남성도 새 조선, 새 시대의 남편이 되고 아버지가 될 이상적 타입은 반드시 있으려니 하고 그 모습을 상상하여 보는 것이다. (중략) 이 시대의 참된 청년남녀들의 혹은 즐겁고 혹은 설은 사정을 호소하여볼까 한다. 염상섭, 「작가의 말·난류」, 『조선일보』 1950.2.2.
염상섭, 「난류」, 『조선일보』, 1950.2.10.~1950.6.28.(총125회) 이후 신영덕이 미발표된 3회분의 원고를 모아 단행본으로 출간하였다. 염상섭, 『난류』, 신영덕 편, 글누림, 2015. 이 책에서는 신문연재본을 저본으로 삼는다.
262) 김양선, 「염상섭의 『취우』론」, 『서강어문』 14, 서강어문학회, 1998, 132~150쪽.

택진과 전일지물의 취체역이자 사장의 애인인 의순이다. 그러나 소설은 아버지 회사의 합병과 자신의 결혼이 교환조건으로 제시된 것을 알게 된 덕희가 평소 호감을 가지고 있던 택진과의 사랑을 성취하려는 행동을 취하면서 갈등 국면에 접어든다.

『난류』에서 두 기업의 가부장들은 자신의 아들과 딸을 결혼시킴으로써 가족이 되고, 이렇게 형성된 가족은 합병을 지탱하는 영속적인 계약이 된다. 이때 덕희에게는 교환될 수 있다는 것 이외의 다른 가치는 없다. 이리가레이는 이러한 교환 관계가 남성 중심의 의미화 경제를 생산하는 시장을 만들었다고 지적한다. 상품은 여자들이고, 욕망의 교환체계는 남자들의 일이다. 교환은 남성주체들 사이에서 일어나고, 교환은 상품 집단에 추가된 덤을, 교환에 가치 있는 형태를 부여하는 잉여가 되는 것이다.263) 하지만 덕희는 이러한 교환 관계를 거부한다.

> 그야 오빠나 선생님이나 나를 위해서, 내가 아무쪼록 잘 되구 잘 살라구 그런 혼담에두 찬성이란 말씀인지 모르지만, 나두 현대에서 호흡하는, 제깐에는 인텔리라고 하는 사람인데, 어쩌자고 한 백년 뒷걸음질을 시켜서 끌어다 놓고 정략결혼의 제물로 바치겠다니, 내가 왜 그런 어리보기요 등신이던가? 가만 있을 것 같은가 생각을 해보셔요 내가 뉘게 의리를 세워야 할 처지란다든지 다른 데 마음이 있고 없고간에 그것은 별문제예요. 단순히 그런 불순한 동기로 한편은 사겠다고 손을 벌리는가 하면, 한편은 그만 값이면 밑지는 장사는 아니려니 싶어 팔겠다구 뎀비구…이거야 현대여성으로서 치욕이요, 신여성에 대한 모욕이지 무업니까! (59회)

---

263) 뤼스 이리가레이, 「여자들의 시장」, 앞의 책, 223~247쪽.

덕희는 부모에 의해 추진되는 결혼을 "백 년 뒷걸음질 시키는 것"이자 "불순한 동기"로서 "현대여성으로서 치욕"이자 "모욕"으로 명명한다. 거래되는 상품이 되지는 않겠다는 단호한 태도이다. 이로써 『난류』의 주인공은 택진이 아니라 덕희가 된다. 덕희는 자신이 상품임을 거부하고 교환 관계 틀 밖으로 벗어난다. 이는 여성 거래를 통해 형성되는 형제애적 유대관계를 깨는 '새 시대의 여성'이다. 염상섭이 『난류』를 통해 보여주고자 했던 '새 시대의 참된 청춘남녀'는 덕희와 같은 인물들인 것이다.

그러나 이런 덕희와 달리 택진은 덕희와 필환의 혼담이 진행되자 회사를 그만두고 나오고, 덕희의 태도를 문학소녀의 열정으로 치부한다. 덕희와의 사랑보다 사업가로서의 판단을 우선시한 것이다. 덕희와 필환의 혼담의 가운데에 낀 택진은 이 거래의 주체로 뛰어들지 못하고, 사회라는 교환구조의 부품이 된다. 이처럼 『난류』는 남성동성사회의 정치경제학이 균열되는 지점을 소설의 배경으로 삼는다. 그러나 소설은 한국전쟁의 발발과 함께 미완인 상태로 중단된다. 염상섭이 택진을 어떻게 그릴지 알 수 없는 상태로, 시대의 전망이 종결된 것이다. 이어 전선이 안정된 1952년 7월 1일 『난류』의 연작인 『취우』의 연재가 시작된다.

『취우』의 신영식은 한미무역에서 과장으로 일하는 샐러리맨이다. 소설은 회사 사장인 김학수가 자신의 애인이자 비서인 강순제와 함께 피난길에 오르는 것으로 시작한다. 김학수가 귀금속, 현금 등을 챙기는 통에 늦어진 이들은 서울을 빠져 나가지 못하고 시가지에 갇힌다. 신영식과 약혼 이야기가 오가는 명신은 이미 가족들과 함께 피난길에 나섰기 때문에 두 사람은 서울이 수복될 때까지 만날 수 없는 상태이다. 갑작스런 전쟁의 발발로 인해 신영식의 결혼이 지연되는 것이다. 여기에 강순제가 개입함으로써 신영식은 강순제와 정명신 사이에서 고민한다.

성적 매력과 경제력, 빠른 판단력까지 갖춘 강순제는 적치 90일의 '예외상태'를 함께 하며 신영식의 연인이 된다. 두 사람은 공고한 사회질서가 무너진 적치하 서울에서 사랑에 빠진다. 적치하이기에 한미무역 직원 대 사장의 애인이라는 교환구조를 벗어날 수 있는 것이다. 적극적 행위자인 강순제는 관계의 변화를 주도한다. 그녀에게 빨갱이 전남편이나 후원자인 김학수 사장은 "필요한 요구의 자연스러운 해결방도"일 뿐이다. 연애나 결혼은 육체자본을 활용한 생활 수단인 것이다.

> 영어를 하는 덕에 서양사람 사회를 뚫고 돌아다니며 회사 일을 돕거나, 가다가다 영감이 오면 저녁이나 함께 먹고 노는 정도이지 세상에 남의 첩처럼 옆에 붙어 있어 잔시중을 들거나 할 순제는 아니었다. 오늘같이 영감의 세숫물을 떠다 바친 것은 평생에 처음일 것이다. 생활의 방편으로-물질적으로나 생리적으로나 필요에 응해서 서로 이용하는 외에는, 각기의 생활에 구속 받을 것은 조금도 없다는 주견이 분명한 순제다.[264]

전쟁이 터지기 전 통역이자 타이피스트, 사장 김상호의 비서로서 풍족한 생활을 할 때의 강순제에게는 남자는 '필요에 의해서 서로 이용하는' 것이었다. 그러나 한국전쟁이 터지자 그녀는 삶의 방식을 바

---

264) 염상섭, 『취우』, 민음사, 1987, 36쪽.

꾼다. 정치, 경제적 질서가 무너지자 젊은 남성 청년의 육체가 의지할 곳이 된다. 고지식한 회사원인 신영식에게 관심이 옮아가는 것도 이 때문이다.

1) 의순이의 기분으로는, 이 청년이 덕희와 어떤 사이인지 몰라서 궁금하니만치 어디로 데리고 가서 속을 떠보고 싶을 것이지마는, 또 한편으로는 걱실걱실하니 씩씩한 청년다운 기상이, 기홍이보다도 더 좋다고 남성에 대한 생신한 기분을 느끼면서 좋게 생각하는 것이었다. 이 여자의 왕성한 생리적 감각으로 보면, 기홍이는 소담스럽게 담아놓은 양요리 같고, 이 남자·택진이는 갓 잡아 온 잉어나 밭에서 지금 뽑아다가 씻어놓은 상추같다고 생각하는 것이다(21회).

2) 순제는 머리와 어깨에 남자의 몸 기운을 느끼자, 그것이 한 방패가 되는 듯이 반갑기도 하고, 오그라붙은 마음이 조금은 간정이 되는 듯싶어 몸을 바스락 돌리면서 영식이의 팔을 꼭 껴안고 힘껏 매달렸다. 전신이 잠간 바르르 떨리면서 이제야 피가 도는 듯싶었다.[265]

『난류』의 의순(강순제)은 택진(신영식)을 "갓 잡아 온 잉어", "지금 뽑아다가 씻어놓은 상추" 같다고 인식한다. 젠더와 음식의 비유는 흔히 남성에 의해 이루어진다. 남성들은 여성을 먹잇감으로, 성관계를 포식 행위로 비유한다. 이러한 알레고리는 육식의 폭력성과 남성성을 설명하는 키워드로 사용되어 왔다. 그런데 『난류』는 이 비유를 역전시킨

---

265) 염상섭, 위의 책, 21쪽.

다. 의순은 기홍과 택진 등 청년 남성들을 음식에 비유함으로써 능동-수동의 관계를 역전시킨다. 이때 택진은 여러 남자들 중 하나로 비교대상일 뿐이다. 그러나 이러한 포식자로서의 면모는 전쟁으로 인해 달라진다. 피난길에 나선 자동차에서 피격을 당하자 신영식은 '남자'이자 '방패'가 된다. 전쟁의 스펙타클이 질서를 재편한 것이다.266) 생사의 갈림길에서 신영식의 존재가 각인되는 순간이다. 그때부터 강순제는 신영식을 자신의 보호자이자 연인으로 만들기 위해 계획을 짠다.

두 사람은 공산당을 피해 적치 서울에 숨어 살면서 급속도로 가까워진다. 신영식과 강순제는 공산당의 징집과 차출을 피하기 위해 부부로 행세를 한다. 영어를 잘해서 외국사람들과 어울려 사교활동을 즐기던 순제는 평상시에도 양장을 즐겨 이웃들로부터 '양갈보'라는 소리를 듣는 인물이다. 이는 공산당이 주둔한 서울에서 생명을 위협하는 표식이 된다. 게다가 강순제에게는 월북한 사회주의자인 전남편이 있다. 그녀는 전남편 덕에 공산주의 사상을 체험하기도 하고, 자신도 감옥에 들락거린 적도 있다. 그러나 이내 그들에게 질려 남편과도 헤어지고 반공주의자가 된다. 이러한 강순제의 이력은 적치하의 생존에 큰 영향을 미친다.

266) 김예림은 중일전쟁기와 태평양전쟁기를 분석하면서, '전쟁 스펙타클'이라는 용어를 사용한다. 이는 기 드보르의 스펙타클 개념을 응용한 것으로, "사회 전체로서, 사회의 부분으로서 그리고 통일의 도구로서 나타나며 특히 사회의 부분으로서 일체의 시선과 의식이 집중되는 영역"인 스펙타클이 "질서를 흡수하여 이 질서에 응집성을 부여"하는 것을 말한다. 스펙타클은 단순히 이미지의 집합이 아니라 일련의 사회관계로 파악하는 드보르의 관점처럼, 전쟁을 통째 재구축되는 이 시기가 조선의 현실을 파악하는 데 유효하다는 것이다. 이는 한반도에서 벌어진 한국전쟁에도 무리 없이 적용되는 개념일 것이다. 김예림, 「전쟁 스펙타클과 전장 실감의 동력학」, 『전쟁이라는 문턱』, 그린비, 2010, 63~95쪽.

이는 신영식도 마찬가지이다. 공산당에 의해 언제 징병되어 출전해야 할지 모르는 상황에 놓인 신영식은 이전까지는 관심을 가진 적이 없던 사장의 애인의 몸에 관심을 보인다. 그의 눈에 비친 강순제의 외설성은 이 두 사람이 전시의 급박한 상황에서 연애를 시작할 수 있는 원동력이 된다. 이들의 연애는 살기 위한 방편에서 출발한다. 언제 누군가에 의해 잡혀갈지 모른다는 공포와 불안 때문에 시작한 거짓말이었지만, 이를 계기로 두 사람의 사이는 실제 연인관계로 발전한다. 공산당을 피해 이웃의 눈을 속이기 위해 가족이 되는 것이다.267)

순제는 이 삶의 불확실성 앞에서 가족을 희구한다. 신영식의 집에 들어가 그의 어머니와 누이동생에게 선물을 주고, 생활비를 마련한다. 가족 구조의 바깥에서 가족을 지탱하던 강순제는 신영식을 만남으로써 가족 안으로 들어갈 것을 꿈꾼다. 가족이 된다는 "화려하고 다채로운" 상상을 실현하기 위해 싫다는 영식을 끌고 가서 김학수 사장 앞에 인사를 하고 친정집에 들러 대접하는 등 둘 사이를 공식화하기 위해 노력한다. 신영식이 징집되어 나간 후에도 신영식의 가족과 함께 집을 지키며 기다린다. 자신이 가진 돈이나 금붙이를 팔아 영식의 집

---

267) 고향이 아닌 만주, 부산 등의 타지에 놓인 주체는 환대가 (불)가능한 이웃들에 둘러싸이게 된다. 만주를 배경으로 한 「해방의 아침」에서 주체는 일본인-조선인-지나인 사이의 권력관계 속에서 이웃들과 마주하게 된다. 내선인인 조선인은 오족협화에 속하지 않고, 사실상 일본인 다음의 지위를 확보하였다. 조선농민과는 민족적으로 닮아 있고, 일본인과는 사상적으로 닮아 있다. 이 사이의 완충지대를 형성하고 있는 주체는 조선인과 지나인 양쪽으로부터 공격당할지 모른다는 불안에 휩싸인다. 이는 『취우』에서도 반복된다. 징병이나 부역행위자 적발, 자본가 색출 등을 피해 숨어 있는 남성주체들에게 이웃은 가장 조심해야 할 상대이다. 이웃은 언제든 나를 죽이거나 고발할 수 있기 때문이다. 이러한 공존은 주체로 하여금 생존에 대한 불안을 느끼게 하고, 이 불안한 감정상태는 외부로 확산되어 정신적 '파산'을 일으킨다.

을 건사하는 강순제를 보며 신영식의 어머니 역시 며느리처럼 의지하
게 된다.

> 1) (마님은) 이렇게 순제를 앞세우고 나서니 며느리나 데리고 다니는
>   것 같아서 든든해 마음이 좋았다. (중략) 영식이가 떠난 뒤로는
>   천연동 집 살림을 순제가 도맡으나 다름없이 되었다. 속 모르는
>   사람은 며느리 행세나 직책을 단단히 하는구나 하고 웃을지 모르
>   지마는, 몸담아 있을 데요 영식이에게 대한 향의로도 정성껏 하고
>   싶었다.268)
> 2) 그 대신 마님은 어머니 소리가 귀에 서투르면서도, 이 색시가 정
>   말 며느리었더면 좋았을걸 하는 생각도 해보는 것이었다. 인물
>   아깝지 않게 똑똑하고, 연삽삽하고 괴임성 있고, 몸 아끼지 않고,
>   재빠르게 일을 하고, 게다가 지식이 있고, 영어를 하고…… 어디
>   에 내놓으나 빠질 데 없는 며느리감이건마는, 다만 한가지 내력
>   이…… 하며 아깝다는 생각이 드는 것이었다.269)

여기서 중요한 것은 강순제가 신영식의 가족에게 계속적인 증여를
하고 있다는 점이다. 그녀는 신영식의 집에 온 첫날부터 금시계와 털
실 등을 내놓아서 신영식 여동생의 마음을 얻는다. 이후 신영식이 징
집되어 전선으로 나간 뒤에는 자기 집의 살림을 팔아서 천연동 신영
식의 집을 지킨다. 이철호는 강순제의 이러한 변모가 자본주의적 질
서가 멈춘 예외상태에서 강순제가 주체로 거듭나는 것이라고 평가한
다. 『난류』에서 택진(영식)과 덕희(명신)를 경제적 교환에 편입270)시키

268) 염상섭, 『취우』, 민음사, 1987, 193쪽.
269) 염상섭, 위의 책, 194쪽.

기에 분주했던 순제가 『취우』에 와서는 이 자본주의의 교환관계를 벗어나서 희생과 증여를 계속한다는 것을 통해서도 확인할 수 있다는 것이다.[271] 그러나 강순제는 자본주의적 교환관계를 벗어나는 것이 아니라 교환관계의 수여자에서 증여자로 거듭난다.

강순제는 남자들 사이에서 상품으로서 교환되는 것이 아니라 신영식의 가족들과 연대를 형성하기 위해 자신의 경제력을 교환하고 있다. 그녀가 물물교환을 통해 만들어오는 식량과 술, 돈은 분명 희생과 증여의 표지이지만, 이 희생과 증여는 교환에 바탕을 둔 가족 관계를 형성하기 위한 것이다. 그리고 이 증여는 성공을 거둔다. 약혼녀였던 명신의 존재가 잊혀질 만큼, 순제는 가족의 일원로 자리매김하기 때문이다. 가족과 같은 공동체에서의 아낌없는 증여는 감정적 부채를 만들어 상대를 지배하는 방법이 된다. 지배-피지배 관계는 폭력에 의해서가 아니라 오히려 아낌없이 주는 행위에서 생기는 것이다.[272] 이를 통해 강순제는 교환관계의 증여자로 거듭나게 된다. 반면 신영식의 가족과 강순제 사이에서 자연스럽게 교환되는 상품에 자리에 있는 것은 신영식이다.

도움을 요청하는 강순제를 부담스러워하던 신영식은 점차 강순제를 의지하고 가족으로 받아들이게 된다. 그러나 국군과 함께 '정당한'

---

270) 김경수, 「혼란된 해방 정국과 정치의식의 소설화」, 『염상섭 장편소설 연구』, 일조각, 1999, 227쪽.

271) 이철호, 「반복과 예외, 혹은 불가능한 공동체」, 『저수하의 시간, 염상섭을 읽다』, 소명출판, 2014, 609~637쪽.

272) 가라타니 고진, 『네이션과 미학』, 조영일 옮김, 도서출판 b, 2009, 13~66쪽. 가라타니는 이와 같은 감정이 네이션적 상상력의 토대가 된다고 지적하면서, 네이션이 근본적으로 호혜적인 교환에서 유래한다는 것을 증명한다.

약혼녀 명신이 돌아오는 순간, 이 교환 관계는 균열된다. 신영식은 '아내' 강순제와 '약혼녀' 정명신 사이에서 고민한다. 당당한 정명신과 노련한 강순제는 어느 한 사람 쉽사리 물러서지 않는 팽팽한 긴장 관계를 형성한다. 이러한 삼각관계 속에서 신영식은 명신과 헤어지겠다는 말을 건네지 못한 채 차일피일 미룬다. 징집된 자신을 대신해 자신의 가족을 지켜 준 강순제를 아내로서 받아들여야 한다고 생각하는 것이다. 그러나 신영식이 망설이는 사이 전선은 다시 후퇴하고, 소설은 두 여자 사이에 낀 신영식이 어떠한 결단도 내리지 않은 상태에서 끝을 맺는다. 이러한 미완의 결말은 『대를 물려서』나 「택일하는 날」(1958), 「싸우면서도 사랑은」(1959)에서도 반복된다.[273]

이처럼 1950년대 염상섭의 소설은 여성 2명에 남성 1명을 기본으로 하는 역전된 삼각관계를 통해 경계에 놓인 남성성을 재현한다. 1

273) 전쟁과 결혼을 둘러싼 『취우』의 갈등상황은 단편 연작인 「택일하는 날」(1958), 「싸우면서도 사랑은」(1959)에서 재현된다. 「택일하는 날」에서 명선은 부산으로 피난을 간 애인 박상기를 기다리고 있으나 그의 소식은 알 길이 없다. 그 사이 가족들은 오빠 친구인 동석과의 결혼을 서두르는 중이다. 적치가 끝나고 사람들이 돌아오기 시작하지만 상기는 소식이 없는 것이다. 상기가 돌아올 날을 점치고 그의 집에 찾아가보는 장면은 『취우』의 강순제와 신영식 어머니를 연상시킨다. 이 소설에서 결혼을 유예하며 망설이는 것은 여성주체인 명신이다. 명신은 동석과의 결혼을 거절하자니 상기가 돌아오지 않았을 때의 결과가 걱정되고, 동석과 결혼을 하자니 상기가 곧 돌아오지는 않을까 걱정이다. 가타부타 말이 없이 결혼이 진행되는 대로 버티고 있는데, 동석과의 택일하는 날 상기가 돌아온다. 그러나 다시금 전선이 무너져 피난을 가야하는 상황이 되고 돈도 있고 군대와 연줄이 있는 상기가 피난트럭을 준비해서 명선의 가족을 대피시킨다. 명선의 결혼은 유예된 상태인 것이다. 「싸우면서도 사랑은」에서는 명선의 가족을 피난시킨 상기가 명선의 가족들로부터 인정받는 과정을 그린다. 명선과의 결혼이 불안정해진 동석이 찾아와 명선을 폭행하는 사건이 벌어지고 명선과 상기의 결혼이 확실해지는 와중에 동석의 입대 소식이 들린다. 이 두 편의 소설은 마찬가지로 전쟁으로 인해 결혼이 지연되고 청년들은 이렇다 할 결정을 내리지 못하는 상태에서 끝난다. 미완의 결말은 1950년대 후반 염상섭 소설의 특징이기도 한 것이다.

명의 여성과 2명의 남성이라는 삼각관계가 실상 남성의 동성사회적 욕망을 바탕으로 여성을 거래하는 남성성 및 남성적 권력의 작동방식이라면 이 역전된 삼각관계는 젠더 규범의 역전을 나타낸다고 볼 수 있다. 신영식, 안익수 등의 남성주체들은 자본과 정념의 교환구조 속에서 대상화된다. 이는 남성의 성적 객체화와 여성에 의한 남성의 소유라는 조건 하에 작동한다. 남성주체는 두 여성을 저울질하며 주도권을 주고 있는 것처럼 보인다. 하지만 실제로 욕망의 주체는 두 여성이고, 남성은 그 대상으로 존재한다. 이는 거래와 교환 대상 자리에 여성 대신 남성을 놓는다는 남성 거래의 양상을 보여준다. 즉 선택권은 남성에게 있는 것이 아니다. 이로 인해 이들은 선택하지 않음을 선택한다. 1950년대 염상섭 소설이 열린 결말 형태의 미완형 결말을 내놓는 것은 이 때문이다. 이들의 탐색형 결혼서사는 우애, 사랑 등의 감정적 호혜관계가 무너지고 건강한 민족국가 건설이라는 이데올로기를 유예하는 것으로 이어진다.

결혼을 선택하지 않는 남성주체들이 탈출구로서 상상하는 것은 자유, 민주, 연애의 모델인 미국이다. 『젊은 세대』에서 청년들이 가장 관심을 기울이는 것은 미국행이다. 여가 및 젊은 세대의 의식의 주요 부분이 미국문화와 관련되어 있고, 문명과 희망의 기호로서 미국이 사용되고 있다. 『젊은 세대』의 부잣집 아들 상근은 졸업 후 미국에 가기로 수속을 마친 상태이다. 『대를 물려서』의 안익수 역시 신성과 함께 미국 유학을 떠날 수도 있을 것이라는 기대를 품는다. 이러한 욕망을 가장 잘 보여주는 것은 『취우』의 연작 「지평선」이다.

1955년 『현대문학』 창간호에 연재된 「지평선」은 부산으로 피난을 간 한미무역 주변 사람들을 중심으로 전개된다.[274] 김학수 사장의 아들 김종기는 피난지 부산에서 동아상사를 열고, 정명신의 아버지를 취체역 사장으로 앉힌 후 본인은 전무가 되어 사업수완을 발휘하며 상당한 수입을 올리고 있고, 미국 사찰도 다녀오는 등 재계의 인사로 활발한 활동을 한다. 신영식 역시 운크라(UNKRA, UN한국재건단)에 드나들며 미국인 윌슨과 친구가 되고, 미국행을 꿈꾼다. 정명신은 사장인 아버지와 전무인 김종기의 비서이자 통역, 영문 타이피스트로 출근하고 있다. 무역을 중심으로 하는 동아상사는 미국인을 비롯한 외국인과 교류해야 할 일이 많기 때문에 영어에 능숙한 정명신이 필요해진 것이다. 소설은 신영식과 정명신, 윌슨의 관계를 중심으로 한국과 미국, 아시아의 관계를 조망한다.

윌슨은 "조선옷"을 입은 명신의 미모를 칭찬하고 영식과 명신을 자신의 집으로 초대하는 등 호의를 보인다.[275] 신영식 역시 윌슨을 여느 미국청년과는 다른 지성인으로 인정한다. 신영식은 윌슨에게 운크라와 CAC(대한민사원조처), 미국의 세계정책에 대한 질문을 쏟아낸다.[276] 태평양, 특히 동남아 지역이 중요한 것은 "한국동란이 종식하면 공산

---

274) 「지평선」은 1955년 1월부터 6월까지 6회에 걸쳐 연재된 소설로, 현존하는 최고(最古)의 순문예지 『현대문학』의 첫 연재소설이기도 하다. 『현대문학』의 창간호에는 염상섭의 「지평선」 외에도 최정희의 「수난의 장」, 손창섭의 「혈서」, 김동리의 「흥남철수」 등 1950년대 문단의 대표작이 수록되어 있다.

275) "윌슨은 이 명석한 두뇌를 가지고 단아하게 생긴 학자 타잎의 영식이를 좋아도 하였다. 영식이 역시, 한국에 와 있는 미국청년으로서는 드물게 보는 견식이 있고 명쾌한 이 청년이 좋지 않은 것이 아니었다." 염상섭, 「지평선」, 2회, 『현대문학』 1955년 2월호, 197쪽.

276) 남한에 대한 경제원조를 위해 만들어진 두 단체는 UN과 미군에 의해 운영되었다. 운크라는 1958년, CAC는 1955년 해체된다. 미국의 대한원조에 대해서는 허은, 『미국의 헤게모니와 한국 민족주의』, 고대 민족문화연구원, 2008 참조.

세력의 중압이 과연 이 방면으로 집중될 것"이기 때문이다. 이는 냉전기 아시아의 국민국가가 어떻게 형성되었는가를 살펴보는 단초가 된다. 피식민의 역사와 근대국민국가 건설이라는 현재진행형의 정치적 과제를 공유한 아시아-태평양 지역이 미국의 우산 아래 배치되는 것이다. 장세진은 이 시기 남한의 아시아-태평양 상상이 냉전 서사의 '전유'와 '해석'이라는 과제와 맞닿아 있다고 말한다.277) 대동아가 휩쓸고 지나간 지 10년도 되지 않아서, 같은 지역에는 "반식민주의의 무기로서 민주주의가 전유"되거나 "민족주의를 위한 플랫폼으로 사회주의를 이용하려는 경향"이 존재해왔다는 것이다.278) 장세진이 여기서 강조하는 것은 1945~1960년대 이르는 기간 동안 아시아를 순방한 남한의 지식인들이 유럽 열강과 비교해서 미국에 관대한 평가를 내리고 있다는 점이다. 새로운 탈식민 파워로서의 미국을 부각시키고, 미국의 정치적 헤게모니를 적극적으로 승인하면서 미국의 경제적 위력을 목격했다는 것이다.279) 운크라 직원인 윌슨이 동남아에 순방을 나가는 것도 이러한 미국의 반공정책의 일환이며 영식은 그 정치적 헤게모니를 적극적으로 승인하는 공모적 태도를 취한다.

「지평선」이 흥미로운 것은 이러한 세계체제적 질서를 신영식과 윌슨, 정명신의 형제애적 우호 관계와 나란히 배치하는 것이다. 신영식

---

277) 장세진, 「역내 교통의 (불)가능성 혹은 냉전기 아시아 지역 기행」, 『상허학보』 31, 상허학회, 2011, 123~171쪽.
　　　장세진은 이 글에서 과거 일본령이었던 태평양 제도와 그곳에 건설된 미국의 대규모 군사기지들을 보는 남한 지식인들이, 군국주의 일본과 민주주의 미국이라는 대립구도에 의문을 제기하지 않았다는 점을 지적한다.
278) 렁유, 「복수성 관리하기-냉전 초기 싱가포르 주변의 정치학」, 『냉전 아시아의 문화풍경 1』, 김수현 옮김, 현실문화, 2008.
279) 장세진, 앞의 책, 140~141쪽.

은 『취우』에서 장애물이 되었던 강순제도 물러나고, 정명신의 아버지마저 결혼을 재촉하는 상황임에도 정명신과의 결혼을 추진하지 않는다. 살림을 차릴 만한 돈이 없으니 "좀 더 공부를 해야 하겠다", "혹 미국이래두 가게 되면 갔다 와서나 어떻게 해볼까"한다는 영식의 미적지근한 태도는 결단성, 신념 등 헤게모니적 남성성의 결핍을 보여준다. 또한 1950년대 민족국가 한국이 미국이라는 중심에 종속되어 주변화된 상태임을 가시화한다. 그런 그가 정명신을 다시 욕망하게 된 것은 윌슨을 통해서이다. 그는 정명신과 함께 드라이브에 가자는 윌슨의 제안을 수락하고, 정명신에 대한 윌슨의 노골적인 관심을 모방한다. 윌슨과 신영식의 라이벌 의식으로 인해 정명신이 다시금 매력적인 대상으로 떠오르는 것이다. 신영식은 정명신에 대한 윌슨의 관심이 불쾌하기도 하지만, 정명신과 함께여야만 윌슨을 만날 수 있다는 것을 잘 알고 있다. 윌슨의 집에 방문하기 위해 정명신을 데리러 간다든가 명신에 대해 애매한 태도를 취하던 신영식이 그녀의 부산집을 방문하고, 가족들과 어울리는 것도 윌슨의 존재를 의식했기 때문이다. 명신 역시 윌슨을 통해 행복한 가족을 욕망하게 된다. 윌슨이 보여주는 가족사진과 유학계획 등은 한때 결혼할 뻔했던 김종기의 비서로 살아가고 있는 명신에게 새로운 가능성을 제시하는 것이다. 이 과정에서 윌슨과 신영식은 주체와 중개자에 그치는 것이 아니라 서로를 모방하는 형제애적 우애를 획득한다.

> "가끔 그런 꿈을 꾸죠. 가을 하늘이 쾌청한 남국의 하늘을 우리 셋이 여객기 속에 나란히 앉아서 날아가는……"280)

윌슨은 미국의 반공 우산을 논하는 자리에서 윌슨은 자신의 가족사진을 보여준다. "우리 아버진 한목 보는 웅변가이지만, 우리 어머닌 색시같이 수집은 얌전한 가정부인이랍니다."[281]라며 가족을 소개하고, 명신을 자신의 미국 집에 초대한다. 그리고 이어서 자신의 카메라로 찍은 영식과 명신의 사진을 태평양 건너 미국의 집에 보낼 것이라고 말한다. 그러면서 위와 같이 남국의 하늘을 셋이 나란히 나는 상상을 한다고 말한다. 이는 남한의 청년과 더불어 냉전 아시아를 횡단하는 미국인의 상상이기도 하다. 셋의 기묘한 우애는 남한과 미국의 우애를 바탕으로 한 세계체제론적 상상력을 소설화한 것이다.

B. 세대 교체의 교착과 부정의 정치

1950년대 남성주체의 변모양상은 『취우』의 신영식을 통해 확인할 수 있다. 『난류』의 택진은 자신의 실업가적 이상을 위해서 관심 있는 여성쯤은 쉽게 포기할 수 있는 남성주체이다. 그러나 '선택'은 한국전쟁을 통해 굴절된다. 『취우』의 영식은 여성 2명과 남성 1명의 역전된 삼각관계 속에서 '선택하지 않음'을 선택한다. 이는 세대 교체의 불가능성이라는 문제의식에서부터 출발한다.

『대를 물려서』는 부모 세대의 애정 관계가 자식 세대로까지 이어지는 것을 의미한다. 태동호텔의 사장인 박옥주는 딸 신성을 자신이 사랑했던 남자인 안도의 아들 안익수와 결혼시키려고 한다. 안익수는

---

280) 염상섭, 「지평선」, 4회, 『현대문학』 1955년 5월호, 123쪽.
281) 염상섭, 위의 책, 124쪽.

"졸업하기가 무섭게 일류중학교에서 모셔가고, 대학원을 마치고 나자, 고등학교의 독일어 시간도 맡아" 보는 수재인데다, "과학 만능 시대가 또 한번 되돌아와서 원자시대요, 우주시대요 하며 세계의 과학자가 머리를 싸매고 야단인 것을 보면" 수학전공인 점도 높이 사줄만한 새 시대의 청년이다. 하지만 박옥주에게 안익수가 훌륭한 사윗감인 것은 실상 다른 이유이다.

> 이것은 안도를 잊지 못하는 향의의 일념으로 전후 타산을 않고 다만 순정에서 우러나온 결심이기도 하다. 안도에게 쏟아 보지 못했던 정, 안도에게 미치지 못했던 정성을 딸에게 물려 주어서, 그 자식에게 풀게 하고 기껏 쏟아 주게 하는 것이, 죽어가는 그 사람, 아니 어쩌면 벌써 이 세상을 떠났을 그에게 통하는 길인 것 같은 생각이 드는 것이다. 또 그것은, 사십고개를 넘어 선 오늘에야, 이십여 년 전 젊었을 쩍에 맺혔던 마음의 매듭을 마지막으로 시원히 풀어버리는 단 하나의 수단이요, 만일에 벌써 그이가 원혼이 되어 떠돌아 다닌다면 명복이라도 빌어주는 도리인 듯이 생각하는 것이다.[282]

안익수의 아버지 안도는 독립운동가이자 초대 국회의원으로 박옥주가 사랑하던 남자였다. 박옥주는 안도의 국회의원 선거에 자금을 대고 당선 사진을 함께 찍는 등 후원자 역할을 했다. 이후 안익수를 딸의 생일파티에 초대하거나 그에게 영어, 독일어의 과외지도를 부탁하는 등 둘의 관계를 진전시키기 위해 노력한다. 납북된 아버지 대신 안익수의 가족을 돌봐준 한동국의 딸 한삼열과의 약혼이 정해지자 일

---

282) 염상섭, 『대를 물려서』, 민음사, 1987, 259쪽.

부러 훼방을 놓아서 연기시키기도 한다. 이렇게 신성-익수-삼열은 삼각관계를 이루지만, 이는 안도-박옥주-한동국의 삼각관계에서 파생된 것이다. 안익수가 좋은 남자인 것은 그가 훌륭한 아버지의 아들이기 때문이고, 이는 실상 그녀가 못다 이룬 자신의 사랑을 딸의 세대에서 이루고자 하는 것이기도 하다. 또한 모녀만으로 이루어져 있는 가족에 사위를 들임으로써 가족을 재건한다는 것을 의미한다. 소설은 젊은 세대의 삼각관계를 중심으로 소설이 진행되고 있지만, 사실상 이 삼각관계를 추동하는 것은 박옥주인 셈이다.

삼각관계의 다른 한 축인 한삼열은 국회의원 한동국의 딸로, "영어는 해놓고 볼 일"이라고 서두르는 아버지 덕에 영문학과를 졸업하고 모교에서 교사를 하고 있다. 하지만 외국유학이나 출세를 꿈꾸는 것이 아니라 "어서 시집이나 가서 안온히 가정을 지키고 들어앉았고 싶어" 한다. 졸업하면 반드시 미국에는 한 번 다녀와야겠다는 신성과는 정반대의 성격인 것이다. 안익수는 활기찬 신성에 유혹을 느끼면서도 혼담이 오가고 있는 삼열을 거절하지도 못한다. "전후파적 '모-던'에서는 뒤떨어진" "요새 아가씨 쳐놓고는 완고축에 드는" 삼열이 더 좋기도 하였지만, 신성의 재력이 보여주는 가능성이 탐나기도 한 상황이다.

1) 사실 그 말이 위로도 되거니와, 삼열이의 대립적이요 내성적인 성격이나 모든 태도에 비하여, 신성이의 적극적이요 너름새 있는 활달한 기질이 좋기도 하였다. 그러나 뒤를 이어 어느 편이 정말 자기의 일생을 행복하게 하여 줄구? 하는 생각에 팔려서 아무 대꾸도 없다. 익수는 한편 발목을 붙잡히고, 또 한편 발목이 차차 깊숙이 끌려 들어가면서도 역시 자기 중심으로만 두 여자를 달아

보는 것이었다.283)

2) 신성이를 데리고, 미국으로 가서, 신성이는 음악 공부를 하고 자기는 원자과학, <로케트> 제작, …… 우주정복에 실질적 계획이 무엇인지라도 들여다보고 왔으면 하는 꿈이 성취되는 것이요, 구라파로 건너가서 독일, 오스트리아를 휘돌아오면 얼마나 좋겠는가!284)

미국에 가서 원자과학을 공부하겠다는 안익수의 야심은 신성과 결혼해야 성취될 수 있다. 그는 여성-가부장 옥주를 통해 호텔과 여름휴가, 유학 등 아버지가 제공해주었어야 할 부르주아의 삶을 꿈꾸게 된다. 청년의 결벽과 자본의 상상계적 욕망 앞에서 안익수는 신성과 삼열 중 누구를 선택할지 결정하지 못한다.

이처럼 우유부단한 남성주체는 미완의 남성성을 보여주는 것이기도 하다. 이들 청년은 아버지를 완전히 부정하지도 못하고, 아버지의 권위를 수긍하지도 못한다. 아버지로 상징되는 헤게모니적 남성성은 탈구되어 있지만, 그 아버지를 죽이고 새롭게 시작할 만큼 패기 있는 청년도 아니기 때문이다. 『취우』의 김학수와 『대를 물려서』의 한동국은 재력과 정치적 권력이라는 헤게모니적 남성성을 획득한 주체이다. 이들은 부인 외에 애인을 가지고 있으며 자신의 욕망을 실현하는 인물이다. 그러나 소설은 이들이 정치적 주체는 되지 못한다는 점을 우회적으로 제시한다. 김학수는 애인 강순제를 잃고, 공산당 청년들에게 끌려간다. 이후 납북된 것으로 추정될 뿐, 생사를 확인할 수는 없다.

---

283) 염상섭, 위의 책, 439~440쪽.
284) 염상섭, 위의 책, 277쪽.

『대를 물려서』의 국회의원인 한동국은 여당인 자유당에 입당하는 것을 반대하고 무소속을 고집할 만큼, 지사적 면모가 있는 정치가이다. 그는 주변 사람들로부터 널리 인정받는 '좋은 사람'이지만, 실상은 이제 지사적 낭만이나 꿈 대신 자기 둘째 아들과 신성을 결혼시켜, 명동 한복판에 있는 태동호텔의 주인이 되고 싶다는 욕심을 가지고 있다. 당장 선거에 출마하여 당선되기 위해서 박옥주의 자본이 필요하기 때문이다. 지사형 국회의원도 자본 앞에서는 약자가 될 수밖에 없는 것이다. 그러나 이 욕망은 자유당 입당과 안익수를 둘러싼 갈등으로 인해 좌절된다. 한동국이 자유당 입당을 거절하고, 선거에서도 낙선하자 박옥주 역시 그에 대한 지원을 철회한다. 박옥주와 한동국의 애정 관계 역시 깨진 것은 물론이다. 낙선한 한동국은 태동호텔의 사무실과 애인인 박옥주를 젊은 남자 지배인에게 빼앗긴다. 이는 헤게모니적 남성성의 박탈이 가져온 결과이다.

김학수나 한동국은 자본주의 민족국가에 의해 지배적 주체로 호명된 남성들이다. 김학수는 미군정 시기부터 사업을 해온 수완가이고, 한동국은 안도와 마찬가지로 우파 민족주의자이다. 이들은 실업계와 정치계에서 활약하는 상징적 아버지들이며 자신들의 몫인 보스턴 가방과 국회의석을 위해 싸운다. 이는 정치적 행위가 아니라 치안적 행위이다. 그러나 염상섭은 헤게모니적 주체인 가부장의 훼손을 재현하면서 청년의 남성성을 대안으로 제시하지 않는다. 아버지를 죽이고 그 권력을 나눠 갖는 청년의 시대는 오지 않는 것이다. 신영식으로 설명되는 1950년대 염상섭 소설의 청년은 자신의 훼손이나 결절과 직면한다. 이들은 성적으로 대상화되었으며, 교환 관계에서 거래되는 상품이 된다. 그렇지만 이를 탈출하거나 극복하려고 시도하는 것이 아니라 마지막 선택의 순간이 올 때까지 선택을 유예하고 미룬다. 이들의 철저한 '선택하지 않음'은 남성성의 미수행으로 이어지는 것이다.

『대를 물려서』의 마지막은 태풍이 치는 날, 태동호텔에서 재회한 한동국과 안익수가 함께 차를 타고 집으로 돌아가는 장면이다. 신성과의 만남을 들킨 안익수는 내일 한동국의 집에 방문할 것을 약속한다. 그러면서 "아까 옥주 여사와 이 늙은이가 함께 나간 뒤에, 신성이와 얼싸안고 싶던 충동을 참아 낸 것이 얼마나 다행하였는가 싶은 생각이 들었다"는 말로 소설을 마친다. 이러한 결말은 자본 대 정신의 구도에서 자본의 승리를 유예하려는 염상섭의 의도를 보여준다. 그러나 안익수가 내일 한동국의 집에 찾아갈지, 한삼열과 결혼할지는 알 수 없다. 이 사랑의 교환경제는 작동중지된 상태에서 끝나고 만다.

정혜경은 『사상계』를 통해 등단한 여성작가들이 무력한 지식인-청년-남성 표상을 통해 식민주의의 내면화를 보여주고 있다고 지적한다. 남성 신세대작가들이 무기력하고 병적인, 위악적 남성주체를 등장시킨 것과 달리 안정감 있고 세련된 남성 지식인을 등장시켜, 지식을 철저히 기술적으로 이용할 뿐 실천하지 못하는 지식 청년의 형상을 만들어냈다는 것이다.[285] 이들 여성작가들이 그려낸 남성주체들은 1950년대 염상섭 소설의 남성주체들과 닮은꼴이다. 염상섭이 그리는 지식인-청년-남성들은 가부장의 질서로부터 벗어나기 위해 노력하지만, 교환경제의 소용돌이 속에서 자신을 대상화하고, 부계 공동체는 약화된

---

285) 정혜경, 「사상계 등단 신인여성작가 소설에 나타난 청년 표상」, 『우리어문연구』 39, 우리어문학회, 2011, 579~609쪽.

다. 이는 민족국가의 건설 유예로 이어진다. 그렇다면 이러한 미수행이 갖는 정치적 가능성은 무엇인가.

염상섭 소설이 재현한 대상화된 남성성, 약화된 남성성은 젠더 규범의 정상적 범주로부터 멀어져 있다. 이들은 정상성 안으로 들어가려고 시도하지 않는다. 이들의 미수행은 젠더 규범의 약화를 표상하는 동시에 촉진한다. 이들은 남성성이나 여성성을 전체화하여 규범으로 만들지 않는다. 그럼으로써 고정된 젠더 정체성 대신 다양한 정체성들을 수행한다. 니힐한 남성 청년과 청렴한 여성 청년, 자신을 의심하는 가부장과 자신의 욕망을 상대에게 강요하는 여성-가부장 등 염상섭의 주체들은 다양한 젠더 수행성을 바탕으로 정상성의 규범을 미수행하는 것이다. 이는 젠더 수행성을 통해 이성애적 구도 안에 있는 여성과 남성이라는 '원본'이 어떻게 구성되었는지, 그리고 수행적으로 성립되었는지를 보여주는 것이기도 하다.

군인을 거부하는 청년들과 의처증 남편들을 통해 가부장이라는 원본은 해체된다. 오히려 원본을 만드는 것은 이 남성주체들을 관장하는 여성주체들이다. 여성과 남성은 서로 상대방을 모방한다. 염상섭의 소설은 이러한 젠더 수행성을 통해서 문화적으로 구성해온 원본이라는 판타지를 해체한다. 이를 통해서 1950년대 남성성은 새로운 젠더 감각을 획득한다. 이들은 지배적 주체가 되는 것을 거부함으로써 이전 세대와의 결별을 선언한다. 그렇다면 청년들의 헤게모니는 어떠한가. 민족국가가 청년에게 요구하는 가장 기본적인 요소는 국민의 재생산이다. 국가는 국민의 재생산 없이는 존재할 수 없다. 이는 인구를 곧 자원으로 보며 정치적 공간을 상상한 생산권력의 측면이기도 하다.[286] 그러나 1950년대 염상섭의 소설에서는 재생산이 일어나지 않는다. 사랑과 연애는 교환 규범을 역전시키거나 해체하고, 가족로맨스는 훼손된다. 이를 통해 획득한 것은 헤게모니의 비헤게모니화이다.

신영식은 정명신과 결혼을 유예하고, 안익수는 둘 중 누구를 선택할지 알 수 없다. 염상섭은 이들 남성주체들이 선택을 유예한 상황에서 소설을 마무리한다. 이러한 선택하지 않음의 선택은 멜랑콜리아의 부정성을 보여준다. 염상섭의 멜랑콜리아적 주체는 아직 가져본 적없는 '민족'이라는 대상을 이미 상실한 부정성을 체현한다.[287] 이로 인해 가족장치의 건설은 유보되고, 자유연애를 통한 핵가족의 건설이라는 교환규범은 전치된다. 여기서 1960년 발표한 마지막 단편집 『일대의 유업』에 주목해야 한다. 이 시기 염상섭 소설에서 흥미로운 점은 결혼과 혼사장애에 관한 서사는 반복해서 등장하는데, 아무도 결혼하지 않는다는 점이다. 버틀러는 「친족은 언제나 이미 이성애인가?」를 통해 국가의 인정을 욕망하는 친족구조의 합법성은 언제나 불법성을 전제하고 있다는 점을 지적한다. 섹슈얼리티는 결혼이라는 친족구조 안에서만 합법성을 인정받게 된다. 두 사람만의 배타적이고 단정

---

286) "인구수는 민족흥망을 결정하는 가장 중요한 인소라 아니할 수 없다. (중략) 현금 우리나라에 있어서의 인구문제 해결의 긴요성은 병원충실을 위하는 인구자원의 응급적인 과제가 아니고 금후 이십년 이후, 즉 장래의 우리민족의 운명을 담당한 민족성원의 신장에 관한 중대한 문제인 것이다. (중략) 따라서 각국에서는 인구자원과 가(家)의 소질에 전쟁이 미치는 영향을 고려하여 전시는 물론 평시부터 인구정책에 유의하여 산아를 장려하고 소질향상에도 힘쓰는 법이다." 변시민, 「인구정책론」, 『사상계』 3, 1953년 6월, 151~152쪽.
287) 지젝에게 부정성은 긍정-부정의 이분법적 세계가 아니라 긍정과 부정의 대립구조에서 생겨난다. 즉 부정을 부정하는 이중의 부정을 통해서 대립구조 자체를 부정해내는 근본적 차원인 것이다. 지젝, 『부정적인 것과 함께 머물기』, 이성민 옮김, b, 2007.

한 성관계를 토대로 한 이성애 결혼은 단정하지 않은 섹슈얼리티와 동성애 섹슈얼리티 등 포섭과 배제의 원리에 의해 '건전한' 시민의 범주에 포함되지 않는 자들을 비체화한다. 국가가 강제하는 위계질서로부터 주변화된 섹슈얼리티를 생산하는 것이다.[288] 염상섭의 소설은 이 지점에 서 있다. 이들은 국가가 정한 이성애 친족제도 안으로 들어가지 않는다. 여성 혹은 남성의 거래를 통한 친족의 형성 외부에 머무른다. 그렇다고 해서 동성애적 섹슈얼리티를 실천하는 것도 아니다. 이들은 남성성의 헤게모니를 태업한다. 아무도 결혼하지 않고, 아무도 아이를 낳지 않는다.

1950년대 염상섭의 소설은 의사-장남의 자리에서 가부장을 모방하고 동경하는 동시에 탈출하기를 소망한다. 세계체제에 의해 거세된 종속적 남성성, 거세된 장남을 대신하여 장남이 된 의사 장남의 자리에 있음을 보여준다. 이러한 의사 장남의 자리는 미완의 텍스트와 더불어 완성된다. 염상섭의 1950년대 소설에는 결말이 나지 않은 채 끝난 텍스트들이 다수이다. 형식적 완결을 이룬 것은 『취우』(1952), 『미망인』(1954), 『화관』(1956~57), 『젊은 세대』(1955)와 『대를 물려서』(1959) 등이다. 그러나 『취우』의 속편인 「새울림」(1953)과 그 속편인 「지평선」(1955) 등은 미완의 상태로 연재가 중단되었으며, 「입하의 절」을 비롯해 「홍염」의 속편이라고 알려져 있는 「사선」 등은 미완으로 남아 있다. 김경수는 이를 바탕으로 1950년대 염상섭 소설의 특징을 연작 구도라고 설명한다. 많은 수의 작품들이 이전 작품의 속편 형태로 이어지고 있고, 이는 완결되었어도 언제든지 새로운 이야기가 다시 시작

---

288) 임옥희, 「근친상간금지와 친족구성」, 『주디스 버틀러 읽기』, 여이연, 2006, 80~103쪽.

될 수 있다는 지점을 보여준다는 것이다.[289] 그러나 이는 이야기가 다시 시작될 수 있는 구조가 아니라 이야기를 끝낼 수 없는 구조로 보아야 맞다. 교착된 세계에서 이야기는 마무리될 수 없다는 것을 보여주는 것이다. 이는 염상섭의 세계관을 징후적으로 보여주는 요소라고도 볼 수 있다. 1965년 『사상계』에서 연재한 「횡보문단회상기」마저 미완으로 끝난 것은 전후 염상섭 글쓰기의 특성을 드러낸다. 물론 한국전쟁의 발발이나 외압, 염상섭 자신의 건강상태 등 외부적 요인이 작동하기도 하였다.[290] 그러나 이러한 반론은 염상섭 자신이 완결이라고 칭한 소설도 애매한 결말의 형태를 취하고 있다는 것을 통해 무화된다.

염상섭은 장편소설 『대를 물려서』에 다음과 같은 부기를 붙인다.

　이것으로 완결된 것이 아닌 것은 아니나, 미흡한 생각이 없지 않아서 후일 건강이 허락하고 새 기회가 있으면 보족할지도 모른다.[291]

염상섭은 한 줄의 짧은 부기에서 두 번의 부정어를 사용한다. "완결

---

289) 김경수, 「전후 염상섭 장편소설의 전개」, 앞의 책, 114쪽.
290) "조선일보에 「난류」를 쓸 때에는 중도에 6.25 사변을 만나자 한때 붓을 쉬었던 일이 있었으나, 뒤를 이었고 다음에 역시 조선일보에 취우를 집필하였었다. 조병옥 박사가 주재하던 자유세계지에 매월 연재하던 「仁焰」(「홍염」의 오기)과 부산으로부터 환도한 후의 일이지마는 부산의 국제신문에 연재하였던 「지평선」이 미완성교향악이 되고 말았던 것은 어쩐 까닭이었던지 어정쩡하거니와, 서울신문에서 「젊은 세대」가 중단되었던 것은, 그 부서의 일선책임자가 고의, 혹은 자의로 단행하였던 것인지? 소위 어용지의 성격을 남용한다기보다도 그 나래 밑에 숨어서 한 일이었던 듯이도 볼 수 있었다. 또 혹은 십상팔구, 작품이 꼴 같지 않아서 그러하였던지? 여하간 꼴사납게 되었었다." 염상섭, 「횡보문단회상기」, 『사상계』 1962년 11월호, 209쪽.
291) 염상섭, 『대를 물려서』, 민음사, 1987, 445쪽.

된 것이 아닌 것은 아니나", "미흡한 생각이 없지 않아서"와 같은 이
중부정은 '아직 상실되지 않은 상실'이라는 멜랑콜리아의 명제와 통
한다. 신영식이 아무것도 결론내지 못하는 것처럼 이 이중부정의 화
법은 1950년대 염상섭 소설을 대표하는 특성이기도 하다. 즉 이 소설
에서 나타나는 멜랑콜리적 특성이 등장인물의 성격뿐 아니라 작가의
태도에서도 나타나는 것이다. 아감벤은 멜랑콜리가 대상의 상실이 일
어나기도 전에 그것을 미리 내다보고 한 발 앞서 애도하고자 하는 역
설적 성격을 가지고 있다고 한다.[292] 즉 욕망의 대상이 이미 원래부터
결여되어 있는 것이다. 멜랑콜리아가 잃어버렸다고 생각하는 대상은
실존하지 않는 왜상적 실체에 불과하고, 이로 인해 자신을 무조건적
으로 상실한 대상에 고착시켜 집착한다. 때문에 멜랑콜리아는 아직
상실되지 않은 대상의 상실이라는 부정의 부정을 수행하는, 욕망이
제거된 대상 그 자체의 현존이다.[293]

염상섭의 남성주체들은 아직 가져본 적 없는 '남성성'이라는 대상
을 이미 상실한 부정성을 체현한다. 이들은 아버지도 아니고 아들도
아니다. 남성들은 여성을 교환하는 것이 아니라 거래의 대상이 되고,
경제력을 여성에게 의존하고 있거나, 결혼을 거부당하는 등 주도권을
상실하고 있다. 독립된 개인으로서의 신청년은 가족을 건설하지 못하
고, 미국으로 떠날 것을 상상하거나 선택을 유예한다. 이는 급속한 냉
전 체제로의 편입과 한국전쟁 발발로 인한 한계에서 기인한다. 우애,
사랑 등의 감정적 호혜관계가 무너지고 건강한 민족국가가 건설될 수

---

292) 조르조 아감벤, 『행간』, 윤병언 옮김, 자음과모음, 2015, 40~61쪽.
293) 지젝, 「우울증과 행동」, 『전체주의가 어쨌다구?』, 한보희 옮김, 새물결, 2008.

있을 것이라는 이데올로기에 대한 신뢰가 무너진 것이다. 염상섭의 남성주체들은 규범으로 주어진 민족건설의 과업을 미수행하는 것으로 헤게모니에 대한 태업을 하고, 전망을 상실한 전후의 상황을 증언한다. 염상섭의 소설은 이 전망의 상실 속에서 남성성의 위치를 적확하게 읽어낸다. 민족국가의 이상은 이미 결여되어 있기 때문에, 이 실존하지 않는 헤게모니는 염상섭의 소설 속에서 폐제되고, 그의 소설은 이 교착의 지점을 포착하는 것이다. 따라서 그의 소설은 미완으로 끝날 수밖에 없다. 아들은 이미 태어났지만, 여전히 장남의 자리는 비어 있는 것이다.

1950년대 염상섭의 소설은 민족 재건의 불/가능성을 남성성의 미수행을 통해 보여준다. 근대민족국가의 건설이라는 과업은 국가와 자본, 민족의 상호관계를 통해 성립한다. '선택하지 않음을 선택'하는 염상섭의 청년 서사는 이 상호관계의 정지를 가져온다. 이들은 가족장치를 건설하지 않고 우유부단한 남성주체의 역전된 삼각관계를 통해 젠더 규범을 탈구축한다. 이는 교착된 역사에 대한 염상섭의 응전 방식이기도 하다. 1950년대 남한 공론장은 폭력적 치안 정치와 이분법적 젠더 규범을 바탕으로 한 통치성이 강화되는 시기였다. 이에 저항하는 방식으로 염상섭이 선택한 것은 부정의 정치이다. 근대성의 의사-장남으로서 대한민국의 아들들에게 민족국가는 이미 상실한 대상, 멜랑콜리의 미학으로만 설명된다. 따라서 소설이 무엇을 해야 하는가를 질문하는 염상섭의 눈은 사랑의 경제로, 유예된 가족으로 귀결될 수밖에 없다.

루카치는 소설이 "어딘가 불완전하고 주관적인 체험"이며 "체념"의 일종이라고 설명한다. 소설은 삶과의 관계에서 언제나 '그럼에도 불구하고'의 태도를 취해야 한다는 것이다. 그에 따르면 소설은 이 불협화음을 인정하는 형식 그 자체이다. 이는 소설은 객관적으로 보면 어딘가 불완전하고 주관적인 체험이라는 면에서 일종의 체념이라는 것을 의미한다. 이 규범적 불완전성과 문제성이 소설의 순수한 형식이며 그 정당성의 표식으로서 그 토대, 즉 오늘날의 정신이 처하고 있는 참된 상황에 도달한다.294) 이때 소설의 주체는 세계의 미완결성을, 불협화음을 인정하는 주체이다. 그런 의미에서 남성성을 미수행하는 염상섭의 의사 장남들은 세계의 미완결성을 인정하는 소설의 주체로 거듭날 수 있다.

---

294) 게오르그 루카치, 『소설의 이론』, 김경식 옮김, 문예출판사, 2007.

제4장

남성성의 수행과 양가적 애국자

— 정비석

남성성의 수행과 양가적 애국자 – 정비석

정비석은 1950년대 문학 장을 대표하는 작가이다. 그는 신문과 잡지 저널리즘의 선두에서 신문연재소설을 15편 발표하고[295] 그중 13편을 당대에 단행본으로 출간하였다.[296] 잡지연재 및 단편소설 등을 포

---

295) 「청춘산맥」(『경향신문』 1950.1.1~6.25, 전쟁으로 중단), 「인생화첩」(『국제신보』 1951. 10.1~17), 「여성전선」(『영남일보』 1952.1.1~7.9), 「호색가의 고백」(『연합신문』 1952. 5~불확실), 「세기의 종」(『영남일보』 1953.1.1~7.22), 「심해어」(『영남일보』 1954.1.1. ~5), 「자유부인」(『서울신문』 1954.1.7~8.5), 「민주어족」(『한국일보』 1954.12.10.~ 1955.8.8), 「나비야 청산가자」(『국제신보』 1955.9.1.~1956.3.5), 「낭만열차」(『한국일보』 1956.4.25~11.24), 「슬픈 목가」(『동아일보』1957.3.10~12.1), 「유혹의 강」(『서울신문』 1957.2.1~10.29), 「비정의 곡」(『경향신문』 1958.8.1~1959.4.30), 「화혼」(『국제신보』 1959.1.1~7.16), 「연가」(『서울신문』 1959.8.1~1960.4.20) 등이 있다.

296) 단편인 「인생화첩」과 연재상황이 부정확한 「호색가의 고백」을 제외한 장편연재소설의 단행본 발간 상황은 다음과 같다. 『청춘산맥』 상·하 (문성당, 1952), 『여성전선』(한국출판사, 1952), 『세기의 종』(세문사, 1954), 『인생여정, 일명 심해어』(문흥사, 1954), 『자유부인』 상·하(정음사, 1954), 『민주어족』(정음사, 1955), 『여성의 적』(정음사, 1956, 『나비야 청산가자』의 개작), 『슬픈 목가』(춘조사, 1957), 『낭만열차』(동진문화사, 1958), 『유혹의 강』 상·하(신흥출판사, 1958), 『화혼』(삼중당, 1959), 『비

함하여 단행본이 22권, 번역서가 5권이나 된다.297) 뿐만 아니라 한국
영화 제작편수가 급증했던 1950년대 후반기에 가장 많은 소설이 영화
로 각색된 작가이기도 했다.298) 이러한 정비석의 상업적 성공은 『자
유부인』에 기인한 바 크다. 엄청난 판매량이나 흥행성적뿐 아니라 정
비석은 여러 언설의 현장에 있었다. 작가 정비석이나 영화 <자유부
인>의 감독 한형모가 『자유부인』을 계몽적 텍스트라고 항변했음에도
불구하고 영화시사회에서는 가정부인에 대한 잘못된 이미지를 준다는
여성단체와 교육가들의 항의가 계속됐다.299) 서울대 법대 교수였던

정의 곡』(삼중당, 1960), 『연가』(삼중당, 1961) 등이 있다.
이러한 장편발간 상황은 1950년대의 출판 상황을 고려할 때 특별한 케이스라고 할
수 있다. 1950년대의 용지난과 전후의 경제 상황은 구매력 약화와 대금 회수 부진
진 데다 덤핑을 비롯한 도서 유통질서가 무너져 출판계의 불황을 촉진하였기 때문
이다. 이로 인해 1950년대는 얇은 소설이나 시, 수기가 주로 출판되었으며, 신문소
설과 같은 두꺼운 장정의 문예물들은 외면당하기 쉬웠다. 최미진, 「한국전쟁기 정
비석의 여성전선 연구-소설 창작방법론을 중심으로」, 『현대문학이론연구』 32권, 현
대문학이론학회, 2007, 305~330쪽.

297) 신문연재소설을 제외한 잡지연재소설 및 단편집, 단행본 등으로 『고향의 봄』(계몽
사, 1951), 『도회의 정열』(평범사, 1952), 『색지풍경』(掌篇소설집, 한국출판사, 1952),
『애정무한』(삼성사, 1953), 『서북풍』(보문출판사, 1953), 『홍길동전』상・하(대양출판
사, 1954), 『장미의 계절』(대조사, 1954), 『번지 없는 주막』(1952년 『신태양』 연재,
향문사, 1954), 『월야의 창』(정음사, 1955), 『산유화』(1955년 『여원』 연재, 여원사,
1956), 『연산군』(정음사, 1956), 『야래향』(1957년 『여원』 연재, 문성당, 1957), 『사랑
하는 사람들』(여원사, 1957), 『모색』(범조사, 1957), 『청춘의 윤리』(매일신보, 1944,
평범사, 1958), 『사랑의 십자가』(영화소설, 1959년 『아리랑』 연재, 삼중당, 1959), 『인
간실격』(1959년 『여원』 연재, 정음사, 1962), 『인생의 제1과』(단편집, 춘조사, 1959),
『사랑의 미소』(광문사, 1959) 등이 있다.
번역서로는 『검둥이의 설움』(동명사, 1950), 『춘희』(문성당, 1951), 『제2의 챤스』(정
음사, 1953), 『걸리버여행기』(1954), 『철가면의 비밀』(1954) 등이 있다.

298) 1950년대에만도 <여성의 적>, <자유부인>, <여성전선>, <속 자유부인>, <산유
화>, <유혹의 강>, <그 밤이 다시 오면>, <사랑의 십자가>, <낭만열차>, <슬픈
목가> 등이 영화로 제작, 당대에 개봉된다. 이길성, 「정비석 소설의 영화화와 그
시대성」, 『정비석 연구』, 소명출판, 2013, 189쪽.

299) "영화 <자유부인>은 문교부 영화검열실에서 검열시사회를 한 바 있는데 화면의

황산덕은 "대학교수를 양공주 앞에 굴복시키고 대학교수 부인을 대학생의 희생물로 삼으려 하고 있다"고 비난하였으며, 정비석을 "스탈린의 흉내를 내"는 작가라든가 "중공군 50만 명에 해당되는 적"에 비유하였다.300) 가정부인인 오선영의 키스신은 "사회의 규탄"의 대상이자 "탈선행동"으로 명명된다. 이처럼 정비석은 젠더화된 자유민주주의를 재현함으로써 비난과 관심을 받았고, 대중소설의 대명사로 자리매김했다. 정비석 소설의 표상이 '자유부인'이라면, 그가 그리는 남성들은 어떠했을까. 이 책의 질문은 여기서 출발한다.

정비석 소설을 세태·연애소설로 규정하는 이영미는 1950년대 정비석이 자본주의 사회와 인간에 대한 정확한 인식을 바탕으로 근대성과 민주주의의 기본 전제인 자유로운 개인을 인정한다고 지적한다. 작가주의적 작가가 아니라 대중의 흐름을 정확히 읽어내는 능력을 가진 작가로서 중앙 일간지 독자를 대상으로 한 그의 소설은 신문의 독자로 상정된 대도시, 중산층, 중등학력 이상의 남성들을 예상독자로 삼고 있었으며, 따라서 그의 소설을 통해 이 시기 도시 여론주도층의

군데군데에 대학생 한태석과 대학교수부인 오선영과의 키스장면, 그리고 오마담과 그가 취직하고 있는 양품점의 주인과 포옹하는 장면 등이 한국의 사회도덕기준과는 너무도 어긋나는 점이 있다 하여 그 장면을 '컷'하여야 할 것이라는 의견이 대두되고 있기 때문에 아직도 검열에서 통과도 되지 못하고 있다 한다."『동아일보』 1956.6.9.
"(일가정부인 K여사담) 우리의 머리로는 그러한 일이 있을가 의심스럽습니다. 남편을 섬기고 있는 여자로서 그러한 행위를 하는 여성이 있을 수 있다면 마땅히 사회의 규탄을 받아야 할 것이고 또 그러한 추잡한 장면은 공개되지 않도록 했으면 좋겠읍니다."(문교부 예술과장담)나 개인의 입장에서 볼 때는 좀 다르다고 솔직히 말한다. 그러나 '유부녀' 하고 행하는 탈선행동은 금지되어야 할 것이라고 생각된다."「"키쓰" 장면의 시비」,『동아일보』 1956.6.10.;「예술의 자유와 문화행정」,『동아일보』 1956.6.11.
300) 황산덕,「다시 자유부인의 작가에게」,『서울신문』 1954.8.14.

관심과 욕망을 읽을 수 있다는 것이다.301) 이는 정비석의 소설이 1950
년대 남성들의 주요 읽을 거리였으며, 당대 남성들의 감성구조를 바탕
으로 하고 있음을 의미한다.302) 이 장은 이 자유로운 개인으로서의 남
성이 어떻게 형성되는지 살펴보고자 한다.

본 연구는 이 정비석의 전성기라 할 수 있는 1950년대 소설을 통해
아직까지 규명되지 않은 채 남아 있는 정비석 소설의 양상을 살펴보
고, 여성인물에 가려져 있던 남성 젠더 수행성에 주목해보려고 한다.
이는 젠더화된 대중연애소설의 전문가로 알려진 정비석을 다시 볼 수
있는 계기가 될 것이다.

---

301) 이영미, 「정비석 장편연애·세태소설의 세계인식과 그 시대적 의미」, 『정비석 연구』,
소명출판, 2013, 9~48쪽. 이영미는 정비석의 연애소설을 일제 말부터 1960년대까
지 5기로 나누고, 각 시기의 특색을 밝힌다. 금욕적 인물을 우위에 두던 일제 말기
의 1기, 윤리적 당위성의 틈새로 욕망을 드러내기 시작한 해방기, 성적 욕망이 전
면화되는 1951~53년의 3기, 자본주의적 욕망과 사회문제를 결합시켜 세태소설의
정점을 보여준 1950년대 중후반의 4기, 반복과 퇴행을 보여주는 1960년대의 5기이
다. 본 연구에서는 3, 4기의 소설을 중심으로 논의할 것이다.
302) 이선미는 이를 '공론장'의 개념으로 설명한 바 있다. 시민사회의 자생적 제도로서,
공동의 광장 역할을 하는 '공론장'은 사적 개인들이 모여 공적 이해관계를 실현시
키고자 다양한 담론을 공개적으로 논의하는 공간이다. 이런 측면에서 보면, 세태를
빠르게 읽고, 계몽하고자 의도하는 정비석 장편소설은 공론장으로서의 기능을 수행
하고 있음을 알 수 있다. 이선미, 「공론장과 '마이너리티 리포트'」, 『대중서사연구』
26, 대중서사학회, 2011, 111~150쪽.

1. 문자화된 몸과 낭만적 사랑의 이데올로기

A. 스파이 청년과 프로파간다로서의 연애

월남민인 작가 정비석은 한국전쟁 발발과 더불어 육군종군작가단에서 선전 업무를 수행하거나 프로파간다에 가까운 꽁트를 다수 발표한다.[303] 장편(掌篇)소설집 『색지풍경』의 2부는 이러한 전쟁 프로파간다 소설 20편을 수록하고 있다.[304] 공산당은 가족이나 친구, 은인까지도 바로 죽일 수 있는 냉혈한이고 공산군이 된 것이 아편을 무료로 받을 수 있기 때문이라는 내용을 선전하는 짧은 소설들은 "우리 국군은 죽으면 죽었지 군기는 누설하지 않는다"[305]든가 미인계를 쓰는 스파이를 중위가 잡아내는 등 남북한을 대조적으로 제시하는 선전물이다. 심지어 국군이 실수로 쏜 권총 한 발이 승리의 기폭제가 되기도 한다.[306] 전선과 후방이 위문품을 통해 하나로 연결되고, 전선의 군인에 대한 존경과 사랑을 표현하는 여성의 이야기도 등장한다.[307] 이런

---

303) 박태일, 「전쟁기 경북대구 지역 간행 콩트소설」, 『현대문학의 연구』 48, 한국문학연구학회, 2012, 213~250쪽.
304) 정비석, 『색지풍경』, 한국출판사, 1952. 『색지풍경』은 36편의 애정소설을 모은 1부 여인초, 20편의 전쟁장편소설을 묶은 2부 전장점묘로 이루어져 있다. 정비석은 제목을 『색지풍경』이라 지은 이유를 이런 꽁트란 원래 "잡지편집상으로도 색지란에 게재될 성질의 작품이려니와 문학적으로 보아도 그 자체가 묵직한 중량을 가졌다기 보다 감정의 색채와 이지의 윗트로 만들어진 애교의 문학작품이기 때문"이라고 설명한다.
305) 정비석, 위의 책, 226쪽.
306) 정비석, 위의 책, 244쪽.
307) 「위문품」은 전사한 친구의 남편 장례식에서 과거 프로포즈했던 남성과 재회하는 옥경의 이야기이다. 옥경은 국군 소위로 출전하는 그가 여성들이 보내준 사진과 위문품이 큰 힘이 된다는 말에 자신의 사진을 건넨다. "가장 보람있는 일을 했을 때

식의 반공 프로파간다는 장편연애소설에서도 나타난다.

정비석의 작품 중 유일하게 전재 장편으로 발간된 『애정무한』[308]은 액자소설 형식으로 작가 정비석의 목소리를 직접 등장시킨다. 소설은 정비석이 피난지 대구의 달성공원에 있는 시인 이상화의 시비를 찾아가는 장면에서 시작한다. 그러나 공원에 도착하자 이내 발견하게 되는 것은 미군부대의 '출입금지' 표지판이다. 미군부대와 '출입금지', 화자인 '나'가 되뇌는 「빼앗긴 들에도 봄은 오는가」의 이미지는 치밀하게 배치된다. 독자는 미군부대라는 빼앗긴 땅과 시비 앞에서 울고 있는 남자를 통해 남자의 눈물이 민족국가와 연결되어 있다고 쉽게 유추할 수 있다.

자신을 평북 용천 출신의 "시골뜨기"로 소개한 남자는 월남민이라는 공감대를 바탕으로 정비석과 대화를 나누기 시작한다. 1947년 월남한 남자는 "북한의 괴뢰정권"을 피해 자유를 찾아 남한으로 왔다. 그들은 고향, 학교, 월남 과정 등을 공유하며 "북한은 생활사정이 몹시 곤난할 터인데, 그동안 가족들 소식이나 종종 들으셨던가요?"[309]라며 대화를 나눈다. 이처럼 북한과 공산주의는 소설의 갈등을 형성하는 적대로서 등장한다. 이근호는 자신은 "6.25 때부터 오늘날까지 팔구개월 동안에 인간으로서 맛볼 수 있는 최대의 행복과 최대의 비애를 경험했다"며 자신의 이야기를 소설로 써달라고 부탁한다. 이로

처럼 가슴이 기쁨으로 꽉 차 올랐다"(269)고 고백하는 옥경은 위문품을 통해 전선과 후방이 하나로 연결되고, 젠더의 성별분업이 이루어지는 장면을 재현한다. 이는 총후국민의 건강함을 보여주는 것이기도 하다. 정비석, 「위문품」, 『색지풍경』, 한국출판사, 1952, 266~269쪽.

308) 정비석, 『애정무한』, 선진문화사, 1957. (초판은 1953년 삼성사에서 출간)

309) 정비석, 위의 책, 18쪽.

써 액자 안 이야기가 구성된다. 소설은 이근호의 사랑과 한국전쟁의 전개 과정을 겹쳐 놓는다. 『취우』와 마찬가지로 한국전쟁의 발발과 적치로 인한 예외상태를 연애서사를 통해 보여주는 것이다. 『난류』의 연작 『취우』가 여성거래가 이루어지는 교환 질서의 중지를 통해 국가의 공백을 보여준다면, 『애정무한』은 질서의 중지가 사랑을 가능하게 하고, 질서의 복귀가 사랑을 불가능하게 하는 아이러니를 서사화한다.

"육이오사변이 일어난지 나흘만에 어이없게도 서울이 함락되자" 미처 피신하지 못한 월남민 이근호는 여성동맹원들의 호구조사와 의용군 동원을 피해 고모의 아들로 신분을 위장하고 '김승환'이라는 이름으로 중구선전실에 취업한다. 여기에는 민청(남북민주청년동맹)310) 용산지부 부책으로 위장한 고향 선배인 K의 영향력이 작용한다. "우리가 일을 하자면 여기서도 얼마든지 큰 일을 할수 있지 않은가?"311)라며 비밀 임무를 제안한 것이다. 이를 통해 이근호는 민청 가입원인 동시에 비밀결사인 스파이가 된다.

스파이는 상대국가의 외교, 군사에 관한 정보를 비밀리에 정탐, 수집하는 사람으로, 그 어원은 '멀리서 본다, 숨겨져 있는 것을 자세히 살펴본다'이다. 즉 내부와 외부 사이의 틈을 보는 자가 스파이인 것이

---

310) 민청은 북한의 김일성이 만든 유일한 청년단체로, 노동당의 가장 중요한 외곽단체이다. 한국전쟁 당시 민청은 '해방된' 남한지역에서도 청년들을 '의용군'으로 모집하였을 뿐만 아니라 후방에서는 빨치산 활동을 지원하고 위생방역, 선전선동 사업을 담당하는 등 활발한 활동을 벌였다. 특히 두드러지는 것이 여성청년, 교원, 학생 소년들을 동원한 선전선동 사업이다. 김종수, 「북한 초기 청년동맹의 성격과 역할에 관한 연구」, 『평화연구』 15(1), 고려대학교 평화연구소, 2007, 23~57쪽; 「북한 '청년동맹'의 정치적 역할에 관한 연구」, 동국대 북한학과 박사학위 논문, 2006, 136~168쪽.

311) 정비석, 위의 책, 34쪽.

다.312) 한국전쟁기 친구, 이웃, 동료는 이 스파이였다. 이들은 타인의 비밀을 폭로하고, 고발한다. 공산당이 진주하면 여성동맹원, 민청원들이 고발의 주체가 되고, 국군이 수복하면 다시 이들이 피고발자가 된다. 이처럼 전쟁을 통해 개인들은 누구나 생명권력의 주권자가 될 수 있었다.313) 이는 생명이 자연적으로 주어진 것이 아니라 권력이 관여하고 조절하고 증대시키고 확산시켜야 할 '만들기'의 대상임을 보여준다.314)

생명정치에 의한 통치 테크놀로지는 국가에 속해야 할 것과 속하지 말아야 할 것, 공적인 것과 사적인 것, 국가적인 것과 비국가적인 것 등을 매순간 정의한다. 이때 내치police(폴리차이, 사회보장)는 국력을 내부로부터 증강하는 데 필요한 수단의 총체를 지칭한다.315) 생명권력으로서의 전쟁의 코드화는 안전의 테마를 부상시키고, 비-안전의 불확실성이 세계의 존재론적 지평을 규정할 때, 국가는 이웃의 새로운 위험한 계급의 침입으로부터 안전을 확보해야 한다는 것이다.316) 그리고 한국전쟁은 이 판별의 주체로 이웃과 동료를 소환한다. 서로가 서로에 대해 스파이가 되는 상황인 것이다. 『애정무한』은 이런 적치하 남한을 묘파한다. 북한과 공산당, 회사 동료와 이웃은 감시 권력으

---

312) 운노 히로시, 『스파이의 세계사』, 안소현 옮김, 시간과공간사, 2003, 11~13쪽.
313) 푸코는 모든 이의 생존이라는 명목으로 전쟁이 행해지며, 주민들 전체가 생존의 필요라는 명목 아래에서 서로를 죽이도록 훈련받는 총력전 상황에서, 살게 '만들고' 죽게 '내버려둘' 생명권력이 생겨난다고 말한다. 미셸 푸코, 『성의 역사 1: 앎에의 의지』, 이규현 옮김, 나남, 2001, 146~150쪽.
314) 진태원, 「생명정치의 탄생-미셸 푸코와 생명권력의 문제」, 『문학과 사회』 75호, 문학과지성사, 2006, 216~237쪽.
315) 미셸 푸코, 『안전, 영토, 인구』, 오트르망 옮김, 난장, 2011.
316) 사카이 다카시, 『통치성과 자유』, 오하나 옮김, 그린비, 2011.

로서 작동한다. 공산당원은 부모도 고발한다는 소문이 인구에 회자되고, '아는 사람'은 곧 나를 죽일 수도 있는 사람이 된다.

유치장은 초만원이었다. 그런데 천만다행하게도 아는 사람은 한사람도 없었다. 그때에 내가 가장 두려워하는 것은 아는 사람이었던 것이다. 아니 비단 나뿐이 아니라, 적치 구십일동안에는 무엇보다도 무서운 것이 전에부터 안면 있는 사람들이었다. 안면 있는 자들이 벼락같이 좌익으로 몰아가지고, 되지 않는 신용을 보이려고, 친지들을 음해하는 일이 한두 가지 만이 아니었기 때문이었다. 유치장에 잡혀들어오는 사람들이라면 민주진영의 사람들인 것만은 틀림없지만 내중에는 그자들의 위협과 공갈이 못 이겨 친지를 배반하는 자도 있고, 또 그자를 자신이 유치인을 감시하기 위하여 스파이를 유치인으로 가장 시켜 잠입케 하는 일도 있기 때문에 유치장 안이라고 안심할 수가 없었던 것이다.[317]

유치장에 수감된 이근호는 혹시 그곳에서 자신의 진짜 정체를 아는 사람을 만날까 두려워한다. 친구나 친척, 이웃에 의한 고발이 빈번하게 벌어졌기 때문이다. 소설은 이처럼 주체를 위협하는 친숙하고도 낯선 이웃을 등장시킨다. 이근호 역시 주변 사람들을 의심하고 믿지 않는다. 서로가 서로에 대해 스파이인 적치의 예외상태를 통해 1950년대의 감정구조를 재현하는 것이다. 그런데 이런 감시의 상황이 곧 사랑의 발견으로 연결된다.

적치 후 여성동맹원들은 매일같이 집을 방문하여 호구조사를 한다. 월남민이기 때문에 언제 적발될지 몰라 고모의 집으로 피신한 이근호가 김선옥을 처음 만난 것도 호구조사 때였다. 이로 인해 이근호는 오

317) 정비석, 『애정무한』, 선진문화사, 1957, 96쪽.

빠가 북로당원인 여성동맹원 김선옥을 믿지 못한다. 소설은 사랑과 적대, 연애와 스파이활동을 병치한다. 이근호의 가장 적극적인 스파이 활동은 김선옥과 김철에 대한 감시이다. 김철은 김승환(이근호)에게 민청 위원장동무에게 편지를 전달하라는 업무를 시킨다. 편지의 전달과 회수, 훔쳐보기 등은 스파이의 업무이다. 이근호는 김철의 의도를 확인하기 위해 편지를 불빛에 비춰본다. 그리고는 편지의 내용이 특별한 것이 아닌 것을 보고 선전실로 돌아온다.

> 하두 세밀히 찾아보니까, 구멍은 아니지만, 유리 한 장이 어린애기 손바닥만치 깨진데가 있었다. 거기에도 물론 검은 포장이 가리워져 있었지만, (중략) 호주머니에서 만년필을 꺼내어 뚜껑을 열었다. 그리고 유리 깨진데로 엄지손가락과 검지손가락을 넣어 포장을 가만히 붙잡은 뒤에, 만년필 촉으로 포장에 조심히 구멍을 뚫기 시작하였다. 만년필 촉은 소리없이 포장에 박혔다.
> 그리하여 만년필을 도루 빼는 순간, 아아! 방안의 광선은 한줄기 직선으로 나의 얼굴을 쪼는 것이 아닌가.[318]

그는 두 사람의 대화를 엿들으려고 시도하다 실패하고는 틈 사이로 훔쳐본다. 만년필 촉을 이용하여 포장에 구멍을 뚫는 순간 쏟아진 한줄기의 광선은 그가 시선의 힘을 획득했다는 것을 의미한다. 시각은 다른 감각들에 위계질서를 부여하고 여타 감각을 통합하며 길들이는 기능을 한다. 특히 보는 자와 보이는 것, 물리적인 것과 심리적인 것 사이에 공간이나 장을 설정함으로써 타자에 대한 지식애과 권력 욕망

---

318) 정비석, 위의 책, 48쪽.

의 생산을 보여준다.[319] 김철과 김선옥의 대화를 훔쳐보는 이 장면이 의미를 갖는 것은 이 때문이다. 이근호의 훔쳐보기는 김선옥에 대한 지식애와 욕망을 생산하는 것이다. 이처럼 편지를 훔쳐보고, 창문 틈을 찾아 엿듣는 등 이근호의 스파이 활동은 김선옥에 대한 것으로 채워진다. 김선옥을 김철의 위협으로부터 구출하는 것도 이근호이다. 애국자 이근호의 영웅성은 국가와 민족의 대의가 아니라 공산주의자인 줄 알았던 여성을 사랑으로 회유하는 데에서 발휘된다.

선전실에서 이근호는 강제소개 선전문을 쓰다 자유가 그립다는 낙서를 한다. 그 모습을 본 김선옥이 쪽지에 회답을 하면서 두 사람의 사랑은 시작된다. 문학소녀였던 김선옥은 처음부터 그가 김승환이 아니라 시인 이근호임을, 정체를 숨긴 스파이임을 알고 있었던 것이다. 이처럼 소설은 시와 문자를 통해서만 상대방의 진실을 볼 수 있다고 주장한다. 그리고 이들이 상대의 진실을 확인하는 순간, 애국심과 사랑이 합일된다. 사랑을 위해 필요한 것은 국가를 사랑할 때와 마찬가지로 용기인 것이다. 이근호는 사랑을 통해 "가장 신뢰할 수 있는 동지"[320]를 얻는다. 이후 소설은 공산정치의 감시권력과 사랑할 자유 사이의 투쟁을 통해 반공 이데올로기를 강조한다.

"그것 보세요 그만해두 당신은 저를 진심으로 사랑하지 않으시는 증거가 아니고 뭐예요. 세상이 아무리 소란하기로, 공산정치가 아무리 개인의 자유를 속박하기로 사랑의 힘을 죽여버릴수는 없다고 생각해요. 세상이 이렇다고 우리들이 사랑을 억제해야할 이유가 어디 있겠어요

319) 엘리자베스 그로츠, 『뫼비우스 띠로서 몸』, 임옥희 옮김, 여이연, 2001, 183쪽.
320) 정비석, 앞의 책, 81쪽.

저는 인민군이 서울에 들어왔을 시초에는 공산주의가 무엇인지도 잘 모르면서도 오빠의 영향도 있고 해서 공산세상이 좋거니만 믿었어요. 그렇게 믿었기 때문에 일에도 충실하려고 노력했어요. 그렇지만 시일이 차차 경과하면서 그들이 개인의 자유를 너무나 압제하는 것이 불만이었는데, 마침 그럴 무렵에 근호씨가 자유를 그리워하는 글발을 쓰시는 것을 보고, 그때부터는 저도 근호씨의 뒤를 따를 결심이었어요. 죽어도 좋으니 근호씨의 뒤를 따를 결심이었어요. 그것이 아마 사랑의 힘인지 모르겠어요. 그렇다면 우리들은 세상이 험악하면 험악할수록 더욱 열렬히 사랑하고, 더욱 열렬히 싸워나가야 하지 않아요?"[321]

김선옥은 자유를 통해 반공주의와 사랑을 연결시킨다. 말할 수 있는 자유가 없는 이들은 문자를 통해 상대를 인지한다. 공산정치는 사랑을 억제하지만, 자유의 날에는 사랑의 봄노래를 부를 수 있게 될 것이라는 이근호의 믿음은 시의 삽입과 더불어 완성된다. 이처럼 이들의 사랑은 문자를 빌어 이루어지며, 소설은 '세상이 험악할수록 열심히 사랑하고 열심히 싸워야 한다'는 메시지를 전달한다. 사랑이 곧 반공투쟁으로 이어지는 것이다.

따라서 사랑의 적은 공산주의가 된다. 정비석은 두 주인공의 낭만적이고 순수한 사랑을 자유에 대한 사랑과 공산당에 대한 적의로 치환한다. 이근호를 위험에 빠뜨리는 연적 김철 역시 공산당이다. 김선옥을 짝사랑하던 김철은 이근호와 김선옥의 사이를 의심하여 이근호를 밀고한다. 끌려간 이근호는 평남 출신의 민족청년단원이 아니냐며 취조를 받고 풀려나온다. 이러한 위기 상황은 이근호와 김선옥의 사

---

321) 정비석, 앞의 책, 114쪽.

랑을 강화하는 효과를 낳는다. 언제 죽을지 모른다는 생의 공포가 사랑에 대한 용기로 바뀐 것이다. 이는 특히 김선옥의 '용기'를 통해 드러난다.

김선옥은 자유에 대한 신념과 열의를 바탕으로 공산주의로부터 전향한 여성이다. 그녀의 아름다움은 그녀가 공산주의에 대한 염오를 가진 자유주의자인 데서 기인한다. 그녀는 이근호를 공산주의자인 오빠와 함께 살고 있는 자신의 방에 초대한다. 공산주의자들이 잠든 사이에 자유투사 이근호는 전향한 공산주의자의 '남편'이 된다. 김선옥의 자취방에서 두 사람이 나누는 사랑은 그녀가 수동적인 "제물"[322]이 되는 것에 즐거움을 느끼면서 완성된다. 감시 권력의 폭력과 불안 속에서 거세된 이근호를 김선옥이 섹스를 통해 공격성을 발휘할 수 있도록 도와주는 것이다. 이로써 이근호는 적치하에 잃어버린 남성성을 회복한다. 성행위는 남성성의 가장 적극적인 수행이기도 하기 때문이다. 이근호는 전향한 공산주의자 여성을 성적으로 소유함으로써 자유투사로서의 남성성을 완성하는 것이다.

뿐만 아니라 선옥은 이근호를 따라 스파이가 된다. 두 사람은 서로 메모로 소통하고, 비밀을 공유한다. 적치 막바지에 이르러 일제검거를 시작한다는 정보들이 오가는 와중에 당원들과 오빠의 회의를 엿듣고는 "국군이 어제 인천에 상륙했다"는 고급정보를 전달하기도 한다.

---

[322] 선옥은 나에게 몸을 제공할 때만은 부끄러운지 불을 끄자고 하면서 눈을 감았다. 그리고, 육체적으로는 몹시 고통스러워 하면서도, 그 고통속에서도 어딘가 모르게 나와 한몸이 되는데 대한 기쁨이라 할까, 혹은 스스로 사랑의 제물이 되는데 대한 즐거움이라 할까, 하여튼 형용하기 어려운 쾌락이 얼굴에 떠돌고 있었다. 정비석, 앞의 책, 123쪽.

그러나 이런 노력에도 불구하고 이근호는 청년이라는 이유로 검문에 걸려 유치장에 수감된다. 그런 이근호를 찾기 위해 선옥은 장사꾼으로 변장하여 유치장 밖을 지키고, 근호는 탈옥을 감행한다. 생명을 건 대탈주가 시작되는 것이다. 이후 두 연인은 산장에 숨어 지내다 국군의 개선과 함께 내려온다.

그러나 아이러니하게도 이들의 사랑은 적치하에서만 가능하다. 서울이 수복되자 여성동맹에 가입했었던 선옥이 부역자로 끌려갔기 때문이다. 선옥은 그녀의 안위를 걱정하는 이근호에게 자신이 부역행위를 한 것만은 사실이니 받아야 할 벌은 깨끗이 받겠다고 말한다. 이러한 선옥의 태도는 자유 민주주의에 대한 믿음에서 기인한다. 무뢰한의 적치를 벗어나 질서를 회복했으나, 이제 처벌을 받고 죄를 씻겠다는 것이다. 그러나 선옥의 이러한 믿음은 좌절된다. 고문이 그녀를 죽인 것은 아니지만, 거기서 얻은 질병이 그녀를 죽음으로 이끈다. 소설은 이를 "괴뢰군의 침략"탓으로 돌린다. "모두가 나 때문이오, 동란 때문이었다. 괴뢰군의 침략이 없었던들 선옥은 이렇게 되었을 리가 없지 아니한가!"[323]라는 이근호의 외침은 타당하다. 그녀는 괴뢰군에 가담한 전력이 있기 때문에 정당한 국가의 국민으로 거듭날 수 없기에 처벌받은 것이다. 이로써 사랑은 실패했지만, 반공의 프로파간다를 실천하는 남성주체는 남는다. 『애정무한』의 연애는 그 목적을 달성했다고 볼 수 있다.

이와 유사한 구조가 「사막에 피는 꽃」에서도 발견된다. 월간지 민주공론의 기자인 김신호는 회사의 동료, 댄스홀의 댄서 등 많은 여성

323) 정비석, 앞의 책, 214쪽.

들의 구애를 받으면서도 그들과 연인이 될 생각은 없다. 이는 그가 사랑하던 여인을 적치하에 잃었던 기억 때문이다. 인쇄소 사무원과 고등학교 졸업반 학생으로 만난 김신호와 석명옥은 문예지를 편집하는 과정에서 친해진다. 6.25가 발발하자 두 연인은 남자가 공산군을 피해 숨어있는 대신 여성이 여성동맹에 가입, 열성분자가 되어 보호해주기로 결정한다. 자유를 회복하는 그날까지 여성이 남성의 보호자가 되는 것이다.[324] 이로 인해 명옥은 아파서 휴양이 필요한 상황에서도 자신이 쉬면 여성동맹원들이 찾아와서 김신호를 잡아갈지 모른다는 불안에 쉬지 못한다. 결국 자유의 세계가 오는 그 날만을 기다리다 서울 수복이 얼마 남지 않은 시점에서 사망한다. 여기서 순결한 두 청년의 사랑을 방해하는 것은 공산당과 한국전쟁이다. 이후 김신호가 가정을 이루지 못하고 방탕한 생활을 하는 것은 이 때문이다. 소설의 표면 서사는 사랑을 국군과 자유주의로, 사랑의 장애물과 적대는 공산주의로 재현한다. 사랑하는 연인들은 공산당으로 인해 고통을 겪고, 죽음을 맞이한다. 그러나 실상 서사를 뜯어보면, 이들 여성들의 죽음은 남성주체의 순결함을 유지하기 위해서 등장한 서사적 장치이다. 비록 지금 니힐과 퇴폐에 빠져있는 것처럼 보이는 남성주체에게도 과거 순수하고 아름다운 사랑이 있었으며, 그 사랑은 공산당에 의해 비극적 결말을 맞았다는 것이다.

이처럼 정비석의 소설에서 비극적으로 끝난 사랑과 연애는 긍정적

---

324) "자유를 회복할 날도 그다지 멀지 않은 것 같아요! 그때가 돌아오거든 우리 정말 행복스럽게 살아보세요!", '오냐! 자유의 세상이 오면, 나는 무슨 짓을 해서라도, 명옥을 한평생 행복스럽게 해주리라!' 정비석, 「사막에 피는 꽃」, 『사랑하는 사람들』, 여원사, 1957, 18~19쪽.

가치를 전달하는 프로파간다 역할을 수행한다. 사랑하는 연인을 잃은 남성주체들의 눈물은 공산당과 적을 향한 분노로 이어지고, 독자들 역시 이러한 눈물에 공감하게 되는 것이다. 이는 치안국가의 반공주의를 위해 남성에게 여성적 속성을 할당한 것으로 볼 수 있다. 즉 애국자인 스파이 청년은 눈물과 더불어 탄생하는 것이다.

B. 순교자 남성과 플라토닉한 열정

시와 소설이 사랑의 매개체이듯 정비석이 그리는 이상적 남성주체는 대학교수형의 지식인이다. 이들은 '사바사바'와 사기, 협잡의 세계에서 순수와 낭만적 사랑을 추구하는 인물들이다. 사랑대상인 여성에게도 같은 가치관이나 지적 수준, 태도 등을 요구한다. 영혼이 일치하는 낭만적 자유연애가 발생하는 것이다. 고결한 남성성이라는 남성의 스테레오타입은 자기통제와 절제 같은 중산층의 덕목과 결합하여 자상하고 충직하며 한 여자를 지순하게 사랑하는 것으로 간주된다. 용기와 냉철함, 자부심과 정의감 등 남성의 자질은 그대로 남아 있고, 동정심과 정직함, 애국심등과 연결된 기사도 정신이 일반화됨으로써 여성의 영향을 받지 않은 '진짜 남자들'의 아름다움을 찬양하게 된 것이다. 이는 교양의 이상 속에서 강조된 좋은 시민의 창조과정이기도 하다.325) 정비석이 재현하려고 하는 것도 이 '진짜 남자'의 스테레오타입이다.

『낭만열차』326)는 물리학과 교수인 50대 남자 원낙영을 통해 진실

325) 조지 모스, 『남자의 이미지』, 이광조 옮김, 문예출판사, 2004, 19~33쪽.

한 사랑을 실천하는 남성성을 제시한다. 원낙영은 교과서를 집필하고 지방대학으로부터 특강을 요청받을 만큼 물리학 분야에서는 인정받는 교수이지만, 오히려 그에게서 두드러지는 특징은 문사적 기질이다.[327] 시조와 한시를 암송하고, 논어를 인용하며, 서예를 즐기는 취미를 가진 것이다. 그렇기에 책이라고는 사씨남정기, 춘향전밖에 모르는 부인과는 소통할 수가 없다. 자식의 결혼을 궁합, 문복을 통해 결정하려고 하는 부인은 "나의 인격을 유린하고 청춘을 유린하고 인생을 유린해 온 나의 원수"인 것이다.[328] 급기야 원낙영은 꿈에서 아내를 자신을 잡아먹으려고 한 악어로 상상하기까지 한다. 소설은 원낙영은 '정신적 홀아비'이기 때문에 다른 여성과 사랑에 빠지는 것이라며 책임을 아내의 탓으로 돌린다.

원낙영이 사랑하는 박난심은 10년 전 그의 수업을 들었던 R여자대학 학생으로 지금은 요릿집 기생으로 있지만, 고현 취미나 반공의식 등 미모와 지성을 겸비한 여성이다. 특히 그녀는 자신의 첫사랑이 원낙영이라고 고백한다. 기생과 손님으로 만난 이들의 사랑은 서화담과 황진이의 사랑처럼 육체적이기에 앞서 정신적인 것이다. 고사성어나 논어, 한시 등을 빈번하게 등장시키며 고현미를 뽐내고 둘 사이의 가장 친밀한 교류는 박난심의 생일선물 대신 원낙영이 써준 한시 휘호

---

326) 정비석, 『낭만열차』, 동진문화사, 1958.
327) 물리학과 교수라는 원낙영의 설정은 이후 『민주어족』이나 『여성전선』과 달리 과학자로서 생산주체가 되는 것으로 등장하지 않는다. 소설은 원낙영이 느끼는 감정변화를 생물학적 언어로 설명하려고 한다. 그러나 그 과학의 수준은 상식적인 수준에 그치고, 그가 물리학 교수라는 것도 '방사능비'와 같은 당대 공론장의 지식을 빌려온 데 그친다.
328) 정비석, 위의 책, 424쪽.

이다. "술취한 나그네 나삼을 붙잡으니/나삼이 어이 없이 찢어지도다./옷 한 벌 그 무엇이 아까우랴마는/인정이 끊길가바 그를 설어하노라"라는 기생과 선비의 사랑은 원낙영과 박난심의 만남을 비유한다. 이처럼 이들의 사랑은 서로의 내면적 가치를 인정한다는 특별한 코드를 획득한다.[329] 젊은이들의 성욕에 이끌린 사랑보다 중년의 인생을 아는 연애가 더 우월하다는 것이다.

반면 이러한 이상적 남성주체와 대조점에 있는 것이 국회의원을 비롯한 은행가, 정치인들이다. 이들은 여성을 언제든 바꿀 수 있는 도구로 여기며, 권력과 자본의 힘을 맹신한다. 국회의원 권달수는 "지조"가 없는 사람으로 요릿집 사장이나 미망인들을 대상으로 정조를 유린하고, 사기를 치는 등 자신의 욕심을 차리는 데만 분분하다. 원낙영의 대학생 아들인 원동준 역시 마찬가지이다. 원동준과 그의 친구들은 새 양복을 빌려 입고 '아베끄'를 나가는 데에만 관심이 있다. 연애에 있어서도 상대방의 재력이 우선 조건이다. 연애와 결혼이 취업활동의 일부인 것이다. 이들은 세도가 딸들의 신상명세서를 나눠 가지며 한 명씩 공략에 나서고, 그 결과 동준은 권달수의 딸 채옥과 사귀게 된다. 동준은 채옥의 돈으로 데이트를 하고, 여관을 돌아다닌다. 임신했다는 채옥의 말에도 자신에게는 책임이 없다는 말을 할 뿐이다. 이들

---

329) 니클라스 루만은 사랑이 사회체계가 전통사회에서 현대사회로 이행하면서 등장하였으며, 소통을 가능하게 하는 의미코드라고 지적한다. 기능적 분화형식 위주의 사회체계가 고도의 자율성을 획득한 나머지 어느 누구와도 같지 않은 유일한 '나'를 이해하고 인정해줄 특별한 타자를 원하게 되고, 이로 인해 자아는 오히려 더 상호의존적이 되었다는 것이다. 이로 인해 개인이라는 코드의 분화, 그리고 '나'가 아닌 '타자'에 대한 관심의 집중은 '사랑'이라는 복합적 코드로 등장한다. 니클라스 루만, 『열정으로서의 사랑: 친밀성의 코드변화』, 정성훈 외 옮김, 새물결, 2009.

남성들은 섹스를 위해서만 여자를 만나고 이를 통해 자신들의 남성성을 과시한다.330) 소설은 이런 남성주체들과 원낙영을 대조하면서 원낙영의 순결한 사랑을 강조한다.

원낙영과 박난심은 함께 경주여행을 하지만 섹스는 하지 않는다. 박난심은 "원교수의 청교도적인 태도"를 "성자의 사랑"으로 부르며 자신들의 사랑을 "영혼의 연소"로 명명한다. 이러한 숭고한 자세는 그녀가 자궁경부암을 판정을 받고 "깨끗한 몸"으로 죽겠다며 자살하는 결말로 이어진다. 순결하고 아름다운 사랑을 완성하기 위해 죽음을 선택하는 것이다. 원낙영 교수 역시 박난심의 자살로 자신의 아름다운 사랑을 끝까지 지킬 수 있다. 이 사랑의 눈물은 정비석의 연애소설에서 공식화되어 등장한다.

『화혼』은 "자기의 사랑 하나를 깨끗하고 아름답게 지켜가기 위한" 사랑의 '혼'에 관한 소설이다.331) 『화혼』의 전반부는 젊고 아름다운 두 연인의 헤어짐과 오해를, 후반부는 순애보적인 사랑을 통한 화해와 사랑의 성취를 중심으로 구성된다. 천병진은 S은행의 부산지점 직원으로, 초등학교 교사인 박경미와 사랑하는 사이이다. 그러나 갑작스

---

330) 에바 일루즈, 『사랑은 왜 아픈가』, 김희상 옮김, 돌베개, 2014, 143~148쪽.
　　섹스는 남성성을 입증하는 수단이었다. 남자에게 섹스는 다른 남자와의 경쟁에서 승리하고, 자기 능력을 과시할 수 있는 신분의 상징이나 다름없다. 결국 섹스는 남자가 권위와 자율성을 만끽하고 표현하는 영역으로 변했다.

331) "사실 복잡다단한 사회생활 속에서 조그마한 자기의 사랑 하나를 깨끗하고 아름답게 지켜나간다는 것도 결코 용이한 일은 아니다. 그것을 그대로 지켜나가려는 앞길에는 가시덤불이 있고 눈에 보이지 않는 박해가 있고, 뜻하지 않았던 오해마저 있을는지 모른다. 그러나 그 모든 것을 극복하고 있을 때, 그 혼은 무한히 아름답고, 그 사랑은 무한한 행복을 누릴 수 있게 되리라." 정비석, 「작가의 말」, 『화혼』, 삼중당, 1959.

런 집안의 호출로 박경미가 서울로 돌아가게 되자 부산과 서울을 오가는 편지가 두 사람의 사랑을 매개한다. 부친의 사업실패로 인해 채권자의 아들과 약혼하게 된 박경미가 정조를 잃고 절망한 사이, 그녀가 자신을 배신했다고 생각한 천경진이 자포자기에 빠져 은행 공금을 횡령하려 시도하다 검거되는 사건이 발생한다. 이로 인해 소설은 멜로드라마의 세계로 진입한다.

멜로드라마는 특정한 재현의 과잉과 인물에 대한 도덕적 요구의 강렬함을 특징으로 하는 과장된 극화 양식이다. 피터 브룩스는 멜로드라마가 시민혁명 이후의 시대에 도덕성을 새롭게 각인시킨 중요한 방식이었다고 주장한다. 악의 위협과 패배를 재연함으로써 전통적인 도덕질서가 더 이상 사회적 유대감을 제공하지 못하는 새로운 세계에서 촉발되는 불안감을 제거해준다는 것이다. 즉 멜로드라마는 윤리적 가치가 여전하다는 것을 입증함으로써 사회적 불안을 해소시킨다. 따라서 멜로드라마는 표면 서사가 어떻든 상관없이 언제나 "급진적으로 민주주의적"이다. 왜냐하면 "표현하고자 하는 바가 모든 사람들에게 명확하게 이해될 수 있도록" 하기 때문이다. 이는 멜로드라마가 문화적 삶을 민주화시킨다는 것을 의미한다. 따라서 멜로드라마 안에서 선과 악의 절대적 구조는 반드시 지켜져야 한다.332)

『화혼』에서 선의 축은 박경미와 천경진이라는 선량한 연인이 맡고 있다. 박경미는 유기태와 결혼할 생각이 전혀 없었지만, 임시방편으로 선택한 약혼식으로 인해 오해를 사고 만다. 착한 딸이 되기 위한 그녀의 선택은 오히려 천경진으로부터 강간당하고 정조를 잃는 것으로 이

332) 피터 브룩스, 『멜로드라마적 상상력』, 이승희 외 옮김, 소명출판, 2013.

어진다. 천경진은 박경미와의 이별을 계기로 범죄를 저지른다. 악의
축은 박경미의 아버지와 유기태이다. 박경미의 아버지는 사업상의 곤
란을 해결하기 위해 자산가인 유기태와의 결혼을 강요한다. 유기태는
박경미를 비롯한 여러 여성들의 정조를 유린하는 파렴치범이다. 소설
은 이 두 축의 갈등을 통해 결백한 선인들이 고통받는 과정을 묘사한
다. 박경미와 천경진의 행동은 어리석을 만큼 과장되어 있다. 자책하
며 더 나쁜 선택을 반복하는 박경미와 천경진은 선과 악이 혼란스러
워진 시대에 도덕 규범을 명료하게 하는 인물이다.333)

박경미는 아버지의 반대로 연인을 잃고, 빚 때문에 유기태와 약혼
식을 올리면서도 천경진을 생각하면서 눈물을 흘린다. 자신의 결백을
믿어달라는 편지를 보내는 어리석은 여성이다. 천경진 역시 편지를
통해 박경미에 대한 영원한 사랑을 맹세한다. 이는 박경미가 배신했
다고 생각할 때에도 달라지지 않는다. 그는 삼백만 환 횡령사건으로
간첩 여부를 의심받는 상황에서도 애인에 대한 의리를 지키기 위해
그녀의 이름을 밝히지 않는다. 경찰취조에서도 박경미를 죽는 날까지
사랑할 것이라고 다짐하고, 앞으로도 그 신념에 충실하게 살아가겠다
고 말한다. 이로 인해 천경진은 "사랑의 성자"라는 별명까지 얻게 된
다.334) 그만큼 그의 사랑은 고결하고 지순하다. 그는 의젓함과 성실

---

333) 린다 윌리엄스는 멜로드라마를 "결백한 자의 고통을 통해 성취된 올바름에 대한 정
서"로 정의하며 "지나치게 과잉인 것 같은 역설적인 모델"이 탈신성의 세계에서 선
과 악을 명료하게 하는 수단이 된다고 지적한다. Linda Williams, "Melodrama
Revised," *Refiguring American Film Genres: History and Theory*, Berkeley: UC Press, 1998,
pp.42~88.
334) 이러한 순교자의 사랑은 『낭만열차』에서도 등장한다. 박난심이 자신과 여행을 떠나
서도 섹스를 강요하지 않는 원낙영을 향해 '성자의 사랑'이라고 칭하는 것이다.

함, 신뢰감을 갖춘 남성인 것이다.

박경미 역시 남자의 형무소 생활을 뒷바라지하며 속죄하는 마음으로 기다리겠다는 결심을 굳힌다. 그녀는 가족과 절연하고 동래의 부용호텔에서 접객부로 일하기 시작한다. 천경진에게 옷, 사식, 성경책과 부활 등을 넣어주며 혼자 "순교자"335)의 길을 가는 것이다. 이처럼 천경진과 박경미는 상대에게 순교자적 사랑을 바치는 연인들이다. 게다가 이 순교자의 길에는 한 가지 희생이 추가된다. 박경미는 자신이 강간당해 임신했다는 것을 알고 망설임 없이 중절수술을 결심한다. 천경진에 대한 사랑을 지키기 위해서 원수의 아이를 지우기로 결심하는 것이다. 이는 여주인공이 전횡적 세계에 의해 강압당해 굴복하고, 그로 인해 자학과 자기 연민을 발생시켜 과잉된 눈물을 쏟는다는 멜로드라마의 일반적 특성에서 벗어나는 선택이다. 박경미는 자신이 천경진을 범죄자로 만들었다고 자책하지만, 그 근본적 책임을 약혼을 강행한 유기태에게 돌린다. 비록 정조를 유린당하기는 했지만, 천경진에 대한 사랑만큼은 훼손되지 않았다는 것이다. 그러기 위해서 그녀는 망설임 없이 수술을 선택하고, 소설에서도 박경미의 수술과 회복에 단 1회분만을 할애한다. 수술을 둘러싼 내면적 갈등이나 눈물을 최소화하는 것이다. 이처럼 박경미는 폭력적 세계에 의해 희생당해 눈물 흘리는 멜로드라마의 희생자 여주인공이 아니다.

---

335) 정비석, 『화혼』, 삼중당, 1959, 233~234쪽.
　　　(나는 무슨 보수를 바라고서 그이를 사모하는 것은 아니다. 그이가 나를 배반자로 여긴다면 그것 역시 내가 잘못한 탓이 아니었던가. 지금 내가 그이를 사모하고 있는 것은 오직 나 자신을 깨끗하고 진실되게 지켜나가기 위한 행동에 불과한 것이다.) 그와 같이 생각을 돌려먹자, 경미는 자기자신이 순교자와 같이 거룩하게 느껴졌다.

반면 천경진의 방황과 슬픔은 자세하게 묘사된다. 이후 취조 과정
이나 법정 장면도 마찬가지이다. 그는 체포 이후 솔직하게 자신의 잘
못을 인정하고 고백한다. 자신이 죄를 지은 것은 분명하니 판결을 그
대로 수용하겠다면서 변호사를 쓰지 않겠다고 고집을 부리기도 한다.
이는 천경진이 순간의 실수로 범죄자가 되었지만, 정직하고 올바른
사람이라는 설정을 강화하기 위해 포함된다. 비록 미수에 그친 범죄
이기는 하지만, 범죄를 시도하였다는 점에서 반성을 거듭하는 인물인
것이다. 이는 멜로드라마의 고백 서사와 더불어 읽을 때 흥미로운 참
조점을 제공한다. 『화혼』에서 순교자의 역할은 박경미가 아니라 남성
주인공인 천경진에게 할당되어 있기 때문이다.

1950년대 대중서사 중 상당수는 범죄를 저지른 여성의 재판과 수
감, 고백과 눈물 등을 다루고 있다. 오영숙은 1950년대 전후 한국사회
에서 범죄와 고백이 멜로드라마 장르의 지배적인 미학이었음을 지적
하면서, 이들 영화에서 고백은 범죄자가 자신의 범행과 범행을 저지
르게 된 원인을 스스로 진술하는 형태로 수행되며, 이는 개인의 사적
삶과 비밀을 드러내는 계기로 기능한다고 지적한다.[336] 유지영은 이
러한 고백의 서사가 주로 아프레걸의 몫이었다는 것을 통해서 범죄와
고백의 젠더화를 지적한다.[337] 정비석의 「여죄인의 수기」 역시 세상

---

336) 오영숙, 「1950년대 범죄멜로드라마와 고백 장치 연구」, 『영화연구』 25, 한국영화학
회, 2005, 69~92쪽. 오영숙은 1950년대 전후 한국사회에서 범죄와 고백이 멜로드
라마 장르의 지배적인 미학이었음을 지적하면서, 이는 혼란스러운 사회상으로 인해
범죄가 일상에 유포되어 있었고, 당시 헐리우드 느와르 영화나 웨스턴 영화의 소비
가 활발했다는 점 등을 근거로 들고 있다. 이들 영화에서 고백은 범죄자가 자신의
범행과 범행을 저지르게 된 원인을 스스로 진술하는 형태로 수행되며, 이는 개인의
사적 삶과 비밀을 드러내는 계기로 기능한다.

의 지탄을 받는 남편살해범의 숨겨진 이야기를 통해 고백의 서사를 활용한다. <어느 불행한 여인의 수기>라는 이름으로 전재된 이 수기는 남편을 죽인 죄로 징역 10년을 받은 여성이 자신의 죄를 인정하고 공소권도 포기했다는 데서 출발한다. 여자는 미결수로 구치소에 있는 동안 자살을 기도하고, 남편을 죽인 여자는 살 가치가 없다는 말을 반복한다. 그러나 이런 자기처벌의 태도는 마약중독자인 남편이 평생동안 그녀를 학대했다는 사실이 밝혀지면서 눈물을 획득한다. 가부장의 폭력에 희생된 여성이라는 사실 때문이다.338)

　그러나 『화혼』과 같이 남성주체가 실연으로 인해 범죄를 저지르고, 여성주체가 그를 위해 변호사를 대고, 법정에서 증언을 하는 등 구원자의 역할을 하는 경우는 드물다. 이는 이상적 남성주체에게 사랑과 그에 대한 책임이라는 고결함의 가치를 부여하는 것으로, 눈물이라는 여성적 속성은 남성성의 가치를 높여 '순교자'로 만드는 역할을 한다. 체포되는 그 순간부터 자신의 범행 동기와 과정에 대해 숨김없이 말해서 경찰관들의 수고를 덜어주고 있다는 소리까지 듣는다. 그의 솔직한 고백과 참회의 태도는 박경미가 증인으로 등장하여 그를 옹호함으로써 아름다운 사랑이야기로 세간에 소개된다. 이처럼 소설은 수난사의 주인공을 천경진으로 설정한다.

　이호걸은 멜로드라마적 눈물이 생존에 대한 욕망을 담고 있는 신파적 눈물과 반대인 순수한 사랑으로 그 세계를 극복하고 지양하고자 하는 의지의 눈물이라고 지적한다.339) 이는 『낭만열차』와 『화혼』을

337) 유지영, 「전후 멜로드라마 영화에 재현된 '아프레걸'」, 연세대 석사논문, 2008.
338) 정비석, 「여죄인의 수기」, 『사랑하는 사람들』, 여원사, 1957, 133~163쪽.

통해서도 확인할 수 있다. 원낙영과 천경진은 사랑을 위해 가족을 버려야만 한다. 이들이 흘리는 눈물은 사랑을 완성하기 위한 눈물이다. 그렇다면 이 멜로드라마적 눈물이 강조하고 있는 것은 무엇인가. 이는 고결한 남성성에 내재한 여성성, 즉 남성성의 양성성이다. 따라서 원낙영과 천경진은 정신적 사랑과 순교자의 고백과 같은 여성성을 수행한다. 이와 같은 여성성의 수행은 정비석이 이상적 연애로 제시하고 있는 것이기도 하다.

정비석은 성공한 사업가나 교수 등이 낭만적 열정과 사랑을 통해 여성화되는 과정을 이상적인 연애로 제시한다. 이들은 성적으로 공격적이거나 유희적이지 않고 한 여자에 대한 순정을 드러낸다. 「사랑은 살아있다」는 미술이 취미인 중년실업가 박동수와 조각가인 여성 사이의 사랑 이야기를 다룬다. 박동수는 국전에서 "높이가 십여척이나 되는 대작으로서, 알몸둥이의 젊은 사나이가 대지를 힘차게 밟고 서서 태양을 쏘기 위해 두 손에 활을 활짝 메워땅긴" "포오즈와 기백만으로도 사나이의 가슴에 비상한 충격을 주는" <태양을 쏘는 사나이>라는 조각작품을 보고 감동을 받는다.[340] 이처럼 남성적인 아름다움을

339) 이호걸, 「1950년대 대중서사와 남성성의 정치적 징후」, 『아프레걸 사상계를 읽다』, 동국대학교출판부, 2009, 327~363쪽. 이호걸은 신파적인 것이 정치적 재현의 주요한 형식으로 기능했다는 점을 통해서 신파의 정치성을 읽어낸다. 그러나 그는 1950년대 영화를 비롯한 소설, 연극에서도 남성적 신파성이 거의 발견되지 않는다고 지적한다. 신파적 눈물을 요청하는 시대적 상황에도 불구하고, 1950년대 대중서사에서는 가족의 위기와 연루되는 눈물을 만나기가 쉽지 않다고 지적한다. 대신에 등장하는 것은 비현실적인 것에 매혹되는 사극 영화적 대응, 가족의 붕괴를 냉정하게 관찰하는 대응, 개인들의 생존투쟁을 뛰어넘는 윤리적 고양으로서의 사랑을 지향하는 대응 등이다.
340) 정비석, 「사랑은 살아있다」, 『사랑하는 사람들』, 여원사, 1957, 89쪽.

뽐내는 조각을 만든 것은 20대 중반의 작은 키에 가냘픈 몸, 화사한 얼굴을 한 "부르죠아집 영애" 타입의 강경옥이다. 이들은 그림에 관한 이야기를 하면서 호감을 주고받는다. 다른 사람들은 잘 모르는 작품에 관한 감상을 공유하면서 둘 만의 공동체를 형성해나가는 것이다. 그러나 강경옥이 투병 끝에 사망하고 박동수는 작가 정비석 앞에서 눈물을 흘리며 슬픔을 토로한다. 이러한 남성의 눈물은 남성 안의 여성성의 지표로서, 헤게모니적 남성성이라는 대문자 자아에 포섭되지 않는 여성적 측면을 드러낸다.

기든스는 사랑과 성적 애착 사이의 연관을 표현하는 '열정적 사랑'이 결혼과 분리된 성적인 쾌락을 이야기한다고 지적한다. 결혼 내의 성은 '정숙한' 것이 되어야 하고, 열정적인 성은 결혼 밖에서 이루어져야 한다는 것이다.341) 그러나 정비석은 이 열정적 사랑의 코드에서 성적인 쾌락을 제거한다. 원낙영-박난심, 천경진-박경미 등에서 확인할 수 있듯이 진정한 사랑은 성관계 없이, 가족 밖에서 이루어진다. 남성들은 사랑으로 인해 눈물을 흘리고 자신을 희생한다. 이 눈물을 통해 반공투사, 대학교수, 실업가 등 정비석의 이상적 남성주체들은 여성성을 수행한다. 남성은 멜로드라마의 주인공이 되어 수난을 겪고, 사랑의 성취를 이룸으로써 선의 세계가 승리한다는 결말을 가져온다.

정비석의 순교자형 남성인물들은 '기사도를 갖춘 시인'으로서의 남성성이라는 이상적 전통이 멜로드라마와 만나 생기는 효과라고 볼 수 있다. 남성성은 사회가 스스로 표상하고 싶어 했던 순결과 성실, 자기 절제를 강조한 중산층의 도덕률을 상징했던 것이다.342) 피터 브룩스

341) 앤소니 기든스, 『현대사회의 성 사랑 에로티시즘』, 배은경 외 옮김, 새물결, 2001.

는 이러한 중산층의 도덕률이 시민사회의 부상과 더불어 등장한다는 점을 통해서 개인이 세속화된 세계의 도덕과 윤리의 원천이 되는 세계를 표상한다고 주장한다. 이제 윤리와 가치는 개인이 책임져야 하는 문제가 된 것이다.[343] 정비석은 낭만적 사랑을 통해 사랑이 개인을 발견하고 윤리를 담보하는 가치가 되었음을 보여준다.

정비석이 고안해낸 사랑의 코드는 상대방에 대한 헌신과 희생이다. 이는 국가와 민족에 대한 희생을 강조했던 1950년대의 공론장과 맥을 같이 한다. 1950년대 공론장은 일민주의를 이상적인 자유주의로 제시한다. 이는 "민족 전체와 인민 대중을 주로 하며 제일로 아는 주의로서 그 자신이 벌써 민주주의일 뿐만 아니라 세계 모든 종류의 민주주의 중에서 가장 완전하고 참된 민주주의"이다.[344] 이러한 특징을 보여주는 이상적 커플이 바로 원낙영의 딸 설영과 그 연인 김창헌이다. 비판적 지성을 가진 김창헌은 방학 때마다 시골에 가서 한글강좌를 열어, 문맹을 타파하는 데 앞장선다. 원설영 역시 성인교육 프로그램을 통해 김창헌과 만나 사귀게 되었고, 결혼한 후에도 농촌에 내려가 교육사업을 실천할 계획을 가지고 있다. 이들은 이상을 공유하는 동반자적 관계를 보여준다. 집단을 위해서 헌신하고, 희생하는 숭고한 가치를 대표하는 이상적인 젊은 세대를 상징하는 것이다. 정비석의 멜로드라마 속에 코드화된 것은 이러한 순교자적 정신이다. 그리고 이 순교자적 정신은 생산의 현장까지 이어진다.

---

342) 조지 모스, 앞의 책, 137쪽.
343) 피터 브룩스, 『멜로드라마적 상상력』, 이승희 외 옮김, 소명출판, 2013.
344) 안호상, 「한국민주정치의 신이념」, 『신천지』 8(1), 1953.

2. 가족의 외부와 생산의 공동체

A. 산업영웅 아버지와 민주화된 남성연대

『자유부인』의 성공 이후 정비석이 선택한 것은 "민주통일의 과정에 놓여있는 우리 한국과 한국민의 숨가쁜 생활을 그리며 그 가운데서 민족의 장래를 위하여 투쟁하는 애국자의 모습"이다.[345] 『한국일보』를 통해 연재된 『민주어족』은 "애국심에 불타는 몇몇 사람들의 사생활"을 통해 "국민 전체의 공통된 행동 목표"를 그려보겠다는 목표로 시작된다. 이는 당대의 정치 담론을 서사의 전면에 배치하고 토론을 중계하는 정비석 소설의 특징이기도 하다. 이영미는 정비석 소설이 한국사회가 당면하고 있던 근대화의 과제인 발전주의와 민주주의를 강조하고 있으며, 이를 기술을 통한 생산 능력을 지니고 있는 남자나 자기 희생과 민중계몽성을 가진 남자, 그리고 이 남자들을 보필하는 여자들을 통해 보여주고 있다고 설명한다. 이들은 생산의 능력과 성실·희생·계몽의 태도로 요약될 만한 특성을 가진 사람들이라는 것이다.[346] 이를 잘 보여주는 텍스트가 『민주어족』이다.

『민주어족』은 정비석의 소설 중 가장 계몽적인 텍스트라고 말할 수 있을 만큼, 계몽적인 목소리를 내고 있다. 소설은 박재하, 홍병선, 강영란 등 민생알미늄공장의 사장과 연구원, 사무원들을 둘러싼 노동과 사랑을 중심으로, 박재하와 홍병선의 생산 세계와 배영환의 소비 세

---

345) 「민주어족 본지차회연재 안내」, 『한국일보』 1954.12.2.
346) 이영미, 앞의 책, 39~40쪽.

계를 대립시키고, 그 양쪽을 오가는 인물로 강영란을 설정한다.347) 민생알미늄 공장의 위기와 그 극복, 강영란의 결혼상대자 탐색, 그리고 젊은 세대의 성장서사가 한데 어울려 진행되는 것이다. 이 과정에서 현대여성인 강영란과 전쟁미망인인 강영희는 직업여성으로 거듭나고, 생산의 가치를 학습한다. 배영환과 같은 부르주아 남성과 데이트를 하던 강영란이 엔지니어의 아내가 되기를 희망하고, 남편을 잃고 슬픔 속에 살아가던 강영희는 새출발의 기회를 갖게 되는 것이다. 소설은 이러한 생산의 현장을 '민주주의'의 이상적인 공동체로 제시한다. 그리고 이를 이끌고 가는 것은 남성들이다.

소설의 중심인물인 박재하는 건장하고 강인한 체격을 가진 40대 남성으로서, 민생알미늄제작소의 발전이 곧 국가 전체의 과학기술 발전과도 연결될 수 있다는 믿음을 가지고 실천하는 애국자이다. 그는 넥타이와 와이셔츠 대신 공장직원들과 같은 골덴 잠바를 입고, 같은 근무시간을 지킨다. 또한 그의 회사에서는 성별의 구분 없이 '군'이라는 호칭을 사용한다. 이는 성별, 지위, 나이에 관계없이 모두가 똑같은 직원이라는 것을 강조하기 위한 것이다. 면접을 위해 민생알미늄 공장에 온 강영란은 처음으로 '미쓰 강'이 아니라 '강군'이라고 불림으로써 '여'직원이 아니라 직원으로 호명되고 공적 영역에 진출한 노동

347) 정종현은 강영란이 민주여성으로 표상되는 것은 남성인물들과의 관계 속에서 부여되는 것이라고 지적한다. 강영란의 실질적인 기능은 남성 시민 주체의 형상을 부각시키는 일종의 필터 역할을 하는 것이라는 주장이다. 이는 강영란이 남성을 경유해 성장하는 주체라는 점을 바탕으로 볼 때 타당한 해석이다. 소설은 부덕의 세계로 나아가는 언니 강영희의 뒤를 쫓아 엔지니어의 아내가 되기로 결의하는 것을 성장으로 묘사하고 있기 때문이다. 정종현, 「미국 헤게모니하 한국문화 재편의 젠더 정치학」, 『한국문학연구』 35, 동국대 한국문학연구소, 2008, 169쪽.

자로서의 역할을 부여받는다.

박재하 사장이 강조하는 것은 노동의 생산성과 근면성이다. 경제가 발전해야 정치가 발전한다는 신념을 가지고 있는 박재하는 공장의 직원들과 공장은 유기체적으로 연결되어 있으며, 근로자가 성실하게 노동하는 것이 공장 전체의 생산성으로 이어지고, 공장의 생산성은 전체 사회의 발전, 국가의 부와 직결된다고 주장한다. 정비석이 첫 출근을 한 강영란에게 공장을 안내하고 소개하는 데 연재 4회분을 할애한 것은 이러한 박재하 사장의 민주주의적 신념을 소개하고 소설의 주제의식을 강화하기 위해서이다.

> 틀림 없는 일백 십오명이요 게다가 그 인원수는 현재의 공장시설로 보아서 한 사람도 뺄 수 없는 인원이죠 왜냐하면 각 공장이 서로 독립되어 있기는 하지만, 사실상은 일관된 연관성을 가지고 있어서, 어느 한 공정에서 능률이 저하되면 그 영향이 전체에 미치기 때문이요 다시 말하면 최고 능률을 목표로 과학적인 인원배치를 하고 있다는 말이요
>
> 그럼 근무시간 중에는 누구 하나 게으름을 부릴 수도 없겠네요?
>
> 민주주의란 그래가지고는 실현되기 어려울 것이요 민주정신이란 무엇이냐! 누가 나더러 그런 질문을 한다면, 나는 근무시간 중에 자기 임무를 다하는 정신이라고 대답하겠소 그러니까 강군도 정신을 한번 발휘해 주시요!(30회)

박재하 사장은 공장의 구성과 운영에 있어 효율성을 내세운다. 공장은 유기체이기 때문에 한 공정의 능률저하가 전체 생산량 저하로 이어지고, 이를 막기 위해서 "공장에서는 인원배치가 과학적으로 되어 있"고, 계획생산을 추진한다는 것이다. 이는 생산효율을 높여서 생

산기관을 발달시키고, 이것이 국가 발전으로 이어진다는 신념에서 기인한다. 여기서 흥미로운 점은 박재하가 이러한 생산의 효율성과 성실성을 민주주의로 명명하고 있다는 점이다. "근무시간 중에 자기 임무를 다하는 정신"이 곧 민주주의라는 박재하의 말은 민주주의가 책임에서 출발하는 것이라는 점을 강조한다.

> 요컨댄 국가가 흥성하려면 생산기관이 발달되는 것밖에 없는 겁니다. 우리 힘만으로는 외국의 원조도 필요하지만, 그런 의뢰심을 버리기 위해서는 일에도 생산, 이에도 생산이죠. 그런 점으로 볼 때, 말없이 기계만 움직이고 있는 직공들이야말로 진정한 애국자죠(31회).

공장을 "인생의 동맥"(32회)에 비유하는 강영란은 생산공장의 규모와 질서정연함에 압도된다. 공장의 민주주의는 근면하고 엄숙한 노동으로 이어지고, 이는 국가의 흥성과 직결된다. 민주주의적 책임의식을 갖고 일하는 직공들은 진정한 애국자로 거듭난다. "명예를 바라는 것도 아니요, 이욕을 탐내는 것도 아니다. 오직 자기가 소신하는 바를 향하여 주야로 연구에 몰두하는 그 청년이 한없이 거룩해 보"(34회)이는 것이다. 강영란은 직원들이 모두 시간을 엄수하고, 점심시간에 함께 체조를 하는 등 "보건에도 신경을 쓰고", 사무계통의 직원들도 공장 직공들과 마찬가지로 모두 도시락을 가지고 다니면서 시간과 돈을 절약하는 민생알미늄 공장의 일원이 된 것을 뿌듯하게 여긴다. 박재하의 과학적 공장운영을 통해 "민주주의가 여기에 있다"고 느꼈기 때문이다.[348] 심지어 회사 직원들끼리 사장이나 직원, 손님의 구분 없이 항시 소리를 높여 일하는 사무실의 분위기마저 민주주의의 지표로 제시된다. 이는『민주어족』의 민주주의가 모두가 평등한 형제로서의 형제애에 기반하고 있다는 점을 보여준다. 그리고 이 형제들을 이끄는 것이 박재하 사장이다.

『민주어족』의 박재하 사장은 생산의 현장에서 등장한 남자다운 영웅으로서, 하드 바디의 남성성과 조응한다. 수잔 제퍼드는 헐리우드 영화가 재현하는 남자다운 몸이 국가적이고 대중적인 문화 형성에 중심적인 역할을 하고 있다는 사실을 분석한다. 레이건 시대 대중서사물들이 내적, 개인적, 가족 중심적 가치관을 통해 남성적 강인함과 힘을 재평가하고 있다는 것이다. 영웅주의, 성공, 성취, 강인함, 힘과 같은 서사를 다룬 할리우드 영화는 시민들의 요구를 들어주지 못하는 무능력한 관료에 맞서 싸우는 남자들을 영웅으로 내세운다. 정부 관료들은 잘못되었지만, 체제 자체가 잘못에 대한 책임을 질 수는 없으며, 그 체제는 하드 바디의 영웅에 의해 다시 살아날 수 있다는 것이다.349) 이때 대중서사는 국가적 동일시를 이루는 토대로서 작동한

---

348) "시간 규율이 엄격하다보니 근무중에는 사무에 능률이 오르고, 퇴근후에는 사생활에 대한 계획도 맘대로 세울 수가 있었다.", "점심시간만 되면 전 직원이 광장에 총출동하여 '라디오' 체조를 하는데, 사장 자신도 사내에 있을 때면 반드시 참석하였다", "모든 공무원과 모든 봉급자들이 한결같이 '벤또'를 가지고 다닌다면, 모르면 모르되, 우리나라의 사회 정세가 지금보다는 훨씬 더 명랑해졌으리라고 보고 있죠. 공짜를 바라지 않고, 되도록 자기 힘으로 정정당당하게 살아가려는 신념! 자신의 인권을 옹호하기 위해서는, 국민 각자가 그러한 자주신념부터 가져야 할 것이요."(35회)

349) 수잔 제퍼드, 『하드 바디』, 이형식 옮김, 동문선, 2002, 10~40쪽.
제퍼드에 따르면, 개인과 국가는 남성적 몸을 통해 연결되어 체계적으로 상호의존한다. 레이건 행정부는 개인의 실패를 국가 하락의 원인으로 보는 등 개인의 행동을 국가의 행동과 동일시함으로써 몸을 국가적인 것으로 만들었다는 것이다. 그리고 이런 '실패'를 치료하기 위해 개인은 대통령/할리우드 배우/아버지상이라는 대중적인 몸을 통해 국가와의 관계를 재실정한다. 이는 1950년대 남한을 분석하는 데도

다.350) 이러한 분석은 『민주어족』에도 적용될 수 있다.

박재하는 노동하는 남성의 하드 바디를 상징한다. 박재하는 직공들을 이끄는 지도자이자 자신의 원칙을 통해 성공하고자 하는 추진력을 가진 인물이다. 강영란이 민생알미늄 공장에서 박재하 사장을 처음 만났을 때, 그의 신체에 집중하는 것은 이 때문이다. 보통 사업가나 국회의원 등 남성 지도층 인물이 탐욕스럽게 배가 나온 몸집인 것과 다르게, 박재하 사장의 몸은 단단하고 커다랗다는 느낌을 준다. 이는 그가 노동하는 사람이기 때문이다. 이때 대조적으로 제시되는 것이 민생알미늄의 대리점을 요구하는 국회의원들이다. "우리 민족진영의 최고 애국자이시던 조길제 선생의 유가족"에게 대리점 운영을 맡겨달라는 국회의원의 청탁을 거절하는 박재하 사장은 무능력한 체제와 맞서 싸우는 고독한 영웅의 모습을 하고 있다. 그는 현 정부 여당과 국회의원, 은행 등을 비판하면서, 실업가로서의 자기 주관을 확고히 해나간다. 언제나 정부의 시책을 비판적으로 논하는 "야당적 존재"로 남아 있어야 한다고도 주장한다.

> 야당이라는 것은 정부의 시책을 언제나 비판적 태도로 논평할 수 있는 존재니까요. 그런 점에서 볼 때 문화인은 영원한 야당적 존재가 아니어서는 안된다는 말이요. 야당이 정권을 잡으면 여당이 되지만, 야당적 존재라는 것은 영원히 여당이 못되는 동시에, 어느 시대에 있어서나 영원한 민의의 대변자가 될 수 있을 게요(38회).

참조틀이 될 수 있다.
350) 수잔 제퍼드, 위의 책, 47쪽.

이는 민주주의 사회의 발전을 위하여 언제나 정부를 비판적으로 논평해야 한다는 의견에 다름 아니다. 체제가 바르게 운영될 수 있도록 감시하고 바로잡는 역할을 하는 야당적 존재는 고독한 영웅으로 거듭난다. 이는 박재하 사장과 민생알미늄 공장의 성공은 주변의 질투를 사고, 이들을 간첩으로 고발하는 데서 갈등의 정점을 이룬다. 이때 일요회의 동지들도 함께 고발된다.

일요회는 백암 선생을 중심으로 한 사회지도층들의 모임으로, 매달 한국사회의 정치, 사회, 경제, 문화 등에 대해 토론하기 위해 모인다. 회원들은 정치가, 무역업자, 실업가, 교육가, 관공리, 사법관, 언론가, 변호사, 문필업자 등 각계 지도층 인사들로, 민생알미늄의 박재하 사장과 엔지니어 홍병선, 오창준 변호사 등을 포함한다. 일요회는 회원 전체가 전원 출석하고 한 사람도 지각하지 않는다. 이들은 "신문사회면에 게재된 지극히 사소한 사건이라도, 그들의 토론의 대상이 되고 보면, 훌륭한 사회문제로 성립"시키는, "모든 사물을 근본적인 면에서 정당하게 관찰하는"(131회) 지식인들이다. 특히 이들 모임에서 나온 결론은 신문사설, 피고에 대한 변론, 공장운영 등에 반영되어 민주세력이 확대되는 결과를 낳는다. 이는 일요회가 곧 시민사회 공론장의 축소판이라는 것을 보여준다.

일요회는 토론을 통해 부패와 권력 남용의 국가를 비판하고 제대로 된 민주주의를 모색하기 위해 시민사회의 역할을 강조한다. 이들은 방해하는 세력의 모함에도 불구하고 민주주의에 대한 믿음을 버리지 않는다. 자신은 잘못한 것이 없기 때문에 무죄방면될 것이라는 확신이다. 쉽지 않은 상황에서도 제도에 대한 믿음을 포기하지 않는 고독한 영웅의 모습은 박재하 주변의 남성인물들에게서 공통적으로 발견된다. 이명선이나 공장직원들이 박재하의 구속을 염려할 때도, 홍병선, 오창준 등은 법 제도에 대한 믿음을 바탕으로 정의가 실현될 것이라고 생각한다. 민생알미늄을 질투한 사람들의 고발쯤은 이내 무혐의로 풀려날 것이 분명하다는 것이다. 소설은 박재하 사장이 부재한 민생알미늄 공장이 위기에 대처하는 과정을 자세히 묘사한다. 이 과정에서 떠오르는 것이 젊은 지도자 홍병선이다.

홍병선은 공장 직원들과 함께 오인위원회를 구성하여 공장이 직면한 문제들을 해결해나간다. 그는 적과 우리를 구분하면서, "우리 종업원의 대오"를 강조한다. 박재하 사장을 고발한 경쟁자는 "우리"를 모략한 것이고, 민생알미늄 공장에 도전한 것과 같다는 것이다. 따라서 이러한 문제를 해결하기 위해서 가장 중요한 것은 "우리"가 생산능률을 떨어뜨리지 않는 것이다. 홍병선은 동요하는 공장직공들과 사원들을 향해 "우리의 신성한 임무"를 강조하는 연설을 한다. '우리'의 수사학을 통해서 집단의식을 일깨우는 것이다.

> 왜냐하면 우리를 모략하는 무리들은, 사장을 구금하게 함으로써 우리를 종업원의 대오에 균열을 일으키는데 목적이 있는 것이니까, 우리가 만약 사장이 없다고 해서 조금이라도 실망을 하거나 혹은 생산능률을 저하시키거나 한다면 그것은 우리 스스로가 적의 모략에 넘어가는 결과가 되기 때문입니다. (중략) 우리들의 신성한 임무를 포기하려는 사람은, 일백오십명의 우리 신생 알미늄 동지들 중에는 한사람도 없을 줄로 저는 확신합니다.
>
> 놀라운 열변이었다. 여태까지 소년처럼 어리게 보아오던 홍병선에게,

그처럼 열렬하고 성숙한 일면이 있을 줄은 정말 몰랐다. 더구나 놀라운 점은 홍병선의 연설을 듣고나자, 종업원들의 얼굴에는 급작히 생기가 떠도는 점이었다(202회).

홍병선의 연설을 통해 박재하 사장의 구명과 민생알미늄 공장의 유지는 '우리' '동지'들의 과업으로 거듭난다. 단순히 사장이 잡혀간 것이 아니라 뜻을 같이 하는 동지들의 대오가 흐트러진 것이고, 이를 힘을 합쳐 막아내는 것을 통해서 공동체는 오히려 단단해지는 것이다. 이 동지의식 덕택에 빚쟁이들이 찾아오고, 직원들의 월급도 모자란 상황에서도 생산에 박차를 가해 공장을 운영할 수 있게 된다. 이처럼 홍병선은 민생알미늄 공장을 제2의 일요회로 만들어낸다. 공장은 오인위원회와 직공들의 토론과 거수를 통해 결정하는 민주적 절차를 바탕으로 모든 문제를 해결한다. 그리고 그 결과 박재하 사장이 돌아올 때까지 회사를 지키고, 지도자로 성장한다.

이처럼 『민주어족』은 시민사회의 민주주의적 절차와 숙의를 강조함으로써 민생알미늄 공장을 민주주의의 실험장으로 만든다. 박재하 사장은 무사 귀환함으로써 자신의 영웅성을 입증한다.

내가 오매로 걱정하였던 공장이 여러분의 희생적인 노력에 의하여 더한층 활발하게 돌아가고 있음을 내눈으로 보았으니, 나는 오직 감격의 눈물이 있을 뿐입니다. (중략) 이번 기회에 내가 절실하게 깨달은 것은, 이 민생 '알미늄'은 내것이 아니라, 여러분 자신들의 것이라는 점입니다. 오늘날 이만한 기초를 닦게 된 것도 여러분의 힘이었고, 앞으로 발전이 있다면 그것 역시 여러분의 힘일 것입니다. 그러므로 나는 이

기회에 우리 공장을 주식회사로 조직하여, 총주권의 절반은 창설 당시부터의 공로자 여러분의 몫으로 하고, 나머지 반부는 종업원 여러분에게 적절히 분배하여, 민생 '알미늄'이 여러분과 함께 영원히 살아갈 수 있는 길을 강구하겠습니다(226회).

구치소에서 풀려난 박재하를 기다리던 회사 직원들은 사장을 환영하는 의미로 공장을 '상연'하기로 한다. 환영식 대신에 전 직원이 각자의 자리에서 일하고 있는 모습을 보여주는 것으로 대신하고자 한 것이다. 그 광경을 본 박재하는 공장은 "직공들 자신의 것"이며 민생 알미늄은 공로자와 종업원들의 주식회사로 거듭날 것임을 천명한다. 이는 『민주어족』의 민주주의가 생산의 민주주의임을 보여준다.

일요회의 백암선생은 남한이 다른 나라보다 못사는 것은 "정치의 빈곤 때문"이고, "정치의 빈곤은 국민생활에 불안과 빈곤을 초래하였고, 국민생활의 불안과 빈곤은 공산사상의 온상이 된다"고 지적한다. 이는 독재와 비민주가 공산주의의 토대가 된다는 현실 정치에 대한 비판이다.

북구에 있는 군소국가들은 조건이 우리네보다 불리한데도 불구하고, 그들은 사실상 지상천국을 이루고 있으니, 그것만 보더라도 우리에게는 지상천국을 이룰만한 천혜의 조건이 구비되어 있다는 것을 나는 확신하오. 그럼에도 불구하고, 남보다 못사는 것은 오로지 정치의 빈곤 때문일 것이요. 정치의 빈곤은 국민생활에 불안과 빈곤을 초래하였고, 국민생활의 불안과 빈곤은 공산사상의 온상이 되어 있는 것이요(131회).

이로써 민주주의적 공장 경영은 단순히 생산을 증진하는 것뿐 아니라 반공주의를 실천하는 것이 된다. 국민 생활의 빈곤을 해결해야 반공도 가능하기 때문이다.

박재하는 부패한 정권이 제 역할을 수행하지 못할 때, 새로운 영웅상으로 제시된다. 자기 극복과 윤리적 성찰을 바탕으로 한 고매한 인격을 가진 개인들의 공동체인 일요회와 민생알미늄 공장은 청년-산업전사라는 남성성을 재현한다. 이때 여성은 저임금-단순-미숙련 노동에 한정되어, 남성의 성애화 대상으로 타자화된다.[351] 박재하와 홍병선, 오창준을 중심으로 한 남성 공동체는 민주주의적 질서를 성취할 수 있는 영웅화된 남성연대의 양상을 보여준다. 이들은 민주주의 원칙에 있어서는 타협하지 않는 강인한 남자이지만 가족을 생각하는 다정한 남자이기도 하다. 오창준 변호사는 자유부인인 아내와 이혼하고 싶지만 아이들을 생각해서 결단을 내리지 못하고 있고, 박재하는 북에 있는 가족들을 그리워한다. 이들은 여느 변호사나 실업가와 달리 유흥에 시간과 돈을 낭비하지 않고 자신들의 고결함을 지켜나간다. 이는 오창준 변호사와 강영란의 언니 강영희의 재결합을 통해서도 확인할 수 있다. 아들을 시댁에 빼앗긴 강영희가 엄마를 잃은 오창준 변호사의 아이들을 돌보다 우리집에서 살아달라는 아이들의 요청을 받는 것이다. 정숙한 미망인과 이상적 남성주체의 결합은 아이들에게 필요한 어머니와 아버지라는 가족중심적 세계를 완성한다.

북한에 가족을 두고 온 박재하 사장에게는 회사의 근로자들과 홍병선이 가족이다. 소년과 같았던 홍병선은 아버지 박재하 사장의 빈자

---

351) 손혜민, 「전후 '근로대중'의 형성과 빈곤의 젠더화」, 『여성문학연구』 32, 한국여성문학학회, 2014, 115~140쪽.

리를 성공적으로 채우면서 지도자로 거듭난다. 공장의 갈등을 해소하는 그의 성장은 새로운 세대의 미래를 상징한다. 민생알미늄 공장의 위기와 그 극복을 통해서 사회는 자연스럽게 세대교체를 이루는 것이다. 박재하는 이 가족을 완성하기 위해 자신의 개인적 욕망과 사랑을 포기한다. 강영란에 대한 사랑을 포기하고, 강영란과 홍병선의 결혼을 추진함으로써 오이디푸스적 갈등 상황에서 아들에게 여자를 양보하는 것이다. 이를 통해 홍병선과 박재하의 민생알미늄 공장은 안전하게 지켜진다. 기업과 가족이 하나로 연결되는 장면이다.

『민주어족』은 자유와 민주의 가치가 훼손되었음을 비판하고, 부패한 정치인과 유한마담 등을 자유민주주의의 적대로 비판한다. 곽종원의 지적처럼 "민주주의에 대한 하나의 해설서" 역할을 수행하고 있는 것이다.[352] 그러나 정신의 숭고함과 정치적 대안을 창출하려는 의도가 강한 『민주어족』에 대해 독자들은 냉정한 평가를 내렸다. 한국일보가 개최한 『민주어족』의 지상 독자회에서는 "자주의식방향을 제시하였다", "건전한 대중소설이다", "민주주의의 독본"이다 등 『민주어족』의 교훈성을 강조하는 의견들이 도착한다. 그러나 서울 문리대 불문과 재학생 김대수는 "부자연스런 점이 허다하"며 "억지로 만들어진 것"이라고 비판한다.[353] 『애정무한』이나 『유혹의 강』은 곧바로 영화로 제작되는 등 인기를 끌었지만, 『민주어족』은 단행본으로 한 차례

---

352) 곽종원, 「신문소설의 공과」, 『동아일보』 1958.5.28. "이 작품은 해방 후 우리가 구두선처럼 부르짖고 있는 민주주의에 대한 하나의 해설서로 지침서라고도 볼 수 있다. 입으로만 부르짖고 있는 민주주의가 우리의 생활 주변에는 거의 가짜요 위조품 모조품만으로 가득차 있는 감이 없지 않은 때에 이 작품에는 주인공으로 하여금 민주주의에 대한 이념을 정당히 파악케 하는 동시에 생활체험으로 실천케 하고 있다."
353) 「민주어족 독자평」, 『한국일보』 1955.8.23.

출간되었을 뿐이라는 것을 통해서도 독자들의 반응을 확인할 수 있다. 이후 정비석의 행보는 연애가 새로운 삶을 매개하고 새로운 담론을 만들어낼 수 있다는 쪽으로 이동한다.[354]

계몽성이 통속적 서사와 결합되어 있던 「자유부인」과 달리 「민주어족」은 6~13회에 이르는 소제목 단위로 계몽성과 선정성을 구분한다. 박재하 사장과 민생알미늄 공장이 10여 회에 걸쳐 계몽적 언설을 쏟아내는 동안, 독자들은 흥미를 잃게 되는 것이다. 이는 소설을 프로파간다로 사용하려고 했던 정비석의 실패이자 그가 제시하는 영웅적 남성성이 독자의 흥미를 자극하는 데 실패했음을 보여주는 것이기도 하다. 즉 규범의 수행만으로는 대중성을 확보할 수 없다는 것이다. 독서 행위의 즐거움은 계몽성과 선정성의 조화에 있기 때문이다.[355]

B. 과학자 아들과 여성혐오의 극복[356]

역사가 조지 모스는 남성성의 규범은 시간의 변화에 따라 크게 달

---

354) 이선미, 「공론장과 '마이너리티 리포트'」, 『대중서사연구』 26, 대중서사학회, 2011, 111~150쪽.

355) 변재란은 영화 <자유부인>의 여성관객들이 가정을 벗어나 자신의 욕망을 적극적으로 드러내는 오선영과 최윤주를 보며 대리만족을 느꼈다는 점에 주목한다. 여성관객들에게는 결말의 처벌과 가정으로의 복귀라는 계몽적 주제보다 그들의 화려한 삶에 매혹되었던 기억이 더 강렬하게 남아 있었다는 것이다. 박유희도 "누가 보아도 예상된 결말인 동시에 표면적인 봉합일 뿐이며 장르적인 관습에 준수한 것"인 결말보다는 과정의 일탈이 더 유의미한 효과를 낳는다고 지적한다. 변재란, 「한국영화사에서 여성 관객의 영화 관람 경험 연구」, 중앙대학교 박사학위논문, 2000; 박유희, 「멜로드라마의 신기원으로서의 <자유부인>」, 『대중서사장르의 모든 것 1. 멜로드라마』, 이론과실천, 2007, 239쪽.

356) 1950년대 한국 문학/문화 장과 여성혐오에 대한 분석은 허윤, 「냉전아시아적 질서와 1950년대 한국의 여성혐오」, 『역사문제연구』 35, 역사문제연구소, 2016, 79~115쪽으로 확장되었다.

라지지 않았다고 지적한다. 스테레오타입이 변하지 않은 대신 남성성은 적과의 대립을 통해 자신의 이미지를 재확인하고 강화해왔다는 것이다. 인종주의와 반유대주의와 같은 전통적인 소수자들과 사회적 규범을 거부하거나 그것에 적합하지 않은 떠돌이, 정신병자, 상습적인 범죄자, '남자답지 않은' 남자와 '여자답지 않은' 여자 등 레즈비언과 남성 동성애자들은 남성성의 적대가 되어 남성성의 강화와 확인의 도구로 사용된다. 이것이 여성혐오의 출발점이다. 남성이 아닌 것은 비정상이자 혐오의 대상으로 놓는 것이다. 이는 특히 남성에게 속해 있는 것을 가져간 경우에 더욱 그렇다. 남성에게는 '건강한 가치'들이 여성으로 옮겨가면 '괴물'이 되는 것이다.357)

정비석 소설에서 남성들은 돈을 중요시 하는 여성들을 비난한다. 자신의 섹슈얼리티를 자본과 교환하는 여성들은 공적 영역에서 임금 노동을 하는 아버지와 사적 영역에서 재생산을 담당하는 어머니라는 젠더 규범을 훼손한다. 그러나 1950년대 한국사회는 전쟁으로 인해 이 정상적 구도가 불가능한 상황에 직면했다. 남성의 부재는 여성공간의 확장을 가져왔다. 2차 세계대전은 여성들이 임금 노동을 통해 사회에 진출할 수 있는 계기를 만들었다. 이들 남성이 전쟁에서 돌아온 후, 여성들은 다시금 본래의 자리, 가정으로 돌아갈 것을 종용받았다. 공장, 회사 등 사회에 남아 있는 여성들은 용기, 힘, 결단력 등 남성적 가치를 획득한 '괴물'이거나 과장된 여성성을 드러내는 '창녀'로만 존재했다.358) 대중서사는 이를 재현함으로써 여성혐오를 서사화한다.

357) 조지 모스, 『남자의 이미지』, 이광조 옮김, 문예출판사, 2004.
358) Judith Modell and John Hinshaw, "Male work and mill work", *Gender and memory*,

정비석은 여성혐오를 정당화하기 위해 생산과 소비의 영역을 분리한다. 『여성전선』359)의 전우현은 대양제약주식회사의 약제사로, 국산페니실린 개발을 위해 노력하는 과학자 남성이자 "대한민국의 약업계의 보배"360)다. 회장의 신임을 받고 있는 그는 "모든 사물을 과학적으로 냉정히 관찰"하는 객관적이고 분석적인 시선을 가졌다. 이는 『민주어족』의 홍병선도 마찬가지이다. 이들은 실험을 할 때면 매력적인 여성이 나타나도 관심을 보이지 않고, 여성에게 칭찬을 하거나 세련된 선물을 건넬 줄도 모른다. 이들이 관심을 보이는 것은 오로지 국산기술을 발전시키는 일뿐이다. 기술과 생산이 모토인 이들에게 또 하나의 공통점은 현대여성에 대한 강한 혐오이다.

소심하고 미성숙한 이미지를 주었던 홍병선과 달리, 전우현은 박재하 사장의 젊은 버전이라고 할 만큼, 처음부터 강한 남성성을 드러낸다. 홍병선이 남성지도자로 성장하는 과정이라면, 전우현은 처음부터 헤게모니적 남성성의 목소리를 가지고 있는 것이다. 때문에 『민주어족』의 강영란과 달리 『여성전선』의 윤옥란은 처음부터 전우현의 당당한 태도와 자신감, 국가와 민족에 대한 비판정신 등에 매력을 느낀다. 그러나 전우현은 경제적 합리성을 이유로 여성을 도구화하는 면모를 보인다. 생산의 영역에 있는 양갈보는 "백혈구와 같은 존재"이지만, 소비의 영역에 있는 유한마담은 "병균"이라는 것이다.

Oxford University press, 1996.
359) 정비석, 『여성전선』, 회현사, 1978. (1952년 『영남일보』 연재작)
360) 정비석, 위의 책, 137쪽.

"양갈보는 우리 인체에 있어서 백혈구와 같은 역할을 맡은 존재야. (중략) 양갈보의 덕분으로 해서 우리네 가정이 평화를 유지하고 있다는 말야. 자네들은 아까 단일민족인 우리 민족의 순수한 혈통을 유지하기 위해서 양갈보의 존재를 개탄했지만, 나는 오히려 그와 반대로 생각하네. 그런 희생자가 있음으로 해서 오히려 우리 민족의 혈통을 순수하게 유지할 수 있다는 말일세. 왜냐하면 양갈보를 요양원의 폐병환자처럼 형식적으로는 사회에서 격리시키지 않았지만, 실질적으로는 사회에서 격리된 존재나 마찬가지니까 피해를 그들에게만 국한함으로써 전반적인 피해를 미연에 방지할 수가 있기 때문일세. 그런 점으로 보면 양갈보란 전쟁의 부산물이지만 저는 저대로 사회적 공헌을 하고 있는 셈이지! 그걸 모르고 저만이 정숙한 척하고 양갈보를 무작정 경멸하는 여성이 있다면 그야말로 어리석고 철없는 여잘 걸세!"361)(76)

전우현은 양갈보가 실상 사회에서 격리되어 있어 그 피해가 한정적이며, 사회의 안녕질서를 유지하는 데 기여하고 있다고 지적한다. 게다가 양갈보가 1년에 "외국 사람에게서 빨아들이는 총액이 한 달에 실로 일백오십 억이라는 무심못할 방대한 숫자"이며 "8.15 이후에 일본서는 국책으로 양갈보정책을 썼고, '에코노미스' 같은 경제잡지에서도 양갈보의 외화획득 문제를 경제적 견지에서 진지하게 논의"362)하고 있다면서 양갈보 경제론을 주장하기도 한다.363) 양갈보가 있기 때

---

361) 정비석, 위의 책, 76쪽.
362) 정비석, 위의 책, 78쪽.
363) 이는 해방 이후 미군의 주둔과 더불어 등장한 '양공주'들을 경제적 득실로 판별하려는 발상으로, 공무원들이 실시하던 교양 강연에서도 등장한다. 문공부 총무국장은 "우리는 지금 외화가 필요하다. 외화가 있어야 비료도 사 오고 물건을 만들어 수출도 할 수 있다. 기생 관광도 일종의 애국이다.", "우리나라 기생은 하룻밤에 100달러를 받는데 태국이나 필리핀 기생은 50달러 내지 20달러밖에 못 받는다."라

문에 더 많은 수의 여성들을 미군으로부터 보호할 수 있고, 이들이 경제적으로 외화벌이를 하고 있다는 것이다. 그러나 전우현의 이러한 발언은 양갈보가 민족의 순수성을 더럽히고 있다는 친구들과 큰 차이가 없다. 전우현은 양갈보를 사회에서 완전히 분리된 존재로 보고 있기 때문이다. 동시에 이들이 생산하는 외화만을 수치화함으로써 양갈보를 비인격화한다.

그가 양갈보보다 강력하게 비판하는 것은 유한마담이다. 양갈보가 외화를 획득하고, 사회를 보호하는 역할을 하는 데 반해, 유한마담들은 소비생활만 일삼고 있기 때문이다.

> "나더러 말하라면 소위 유한마담이라는 것들이 양갈보보다 훨씬 더 많은 해독을 끼치고 있다고 하겠네. 유한마담은 민중 속에 침투되어 있는 병균이란 말야. 그들은 가정이야 어찌되어가거나 날마다 춤이나 추러 다니고, 영화구경이나 다니면서 고도의 소비생활을 하고 있는 문화동물에 지나지 않는단 말야."[364]

전우현이 비판하는 유한마담들은 정비석 소설에서 반복해서 등장한다. 『민주어족』에서 오창준 변호사의 아내나 『여성전선』에서 현준식의 아내가 대표적이다. 현준식은 무역회사 지미양행의 전무로, 20억에 가까운 거대한 무역 자금을 실질적으로 지배하고 있는 실력자이

며 독려한다. 기생 관광은 1978년 외국인 관광객 100만 명 탑을 세웠으며, 당시 일했던 성매매 여성들은 "나 자신이나 우리의 가족뿐만이 아니라 우리 국가의 미래를 위해서도 열심히 일해야 했다"고 증언한다. 권인숙, 『대한민국은 군대다』, 청년사, 2005, 35쪽.
364) 정비석, 앞의 책, 79쪽.

다. 현준식의 아내 이경미는 '남녀평등'을 입에 달고 사는 자유부인으로, 어린 애인과 댄스홀, 요릿집, 호텔 등을 돌아다니느라 아이들과 남편을 소홀히 한다. 통금에 걸려서 경찰의 단속을 받기도 한다. 정비석은 이런 유한마담들을 텍스트 내에서 처벌함으로써 계몽적 메시지를 전달한다. 이경미는 불륜현장에서 남편에게 발각되어 이혼하고, 오창준 변호사의 아내는 사고로 사망하고 만다. 이들이 사라진 자리에는 현숙한 어머니들이 배치된다. 유한마담을 징벌하고 현모양처를 통해 이상적 가정을 이루는 것이다.

1950년대 '자유부인'과 같은 유한마담은 패륜, 향락, 부정부패, 불륜 등의 범죄의 대명사였다. "시모를 학대 폭행하여 이혼소송이 걸린 자유부인"365), "벌써 '자유부인'은 구세기의 일이고 '자유여대학생', '자유처녀'가 거리에 극장에 여관에 댄스홀에 범람하는 시대는 오고야 말았다"366), "고관부인, 국회의원부인, 은행간부부인이 모여 '자유부인'과 같이 향락을 취했다"367), "가족이 없는 사이에 가재를 몽땅 팔고 다른 남자와 도망친 자유부인"368) 등 '자유부인'은 사회의 각종 병리적 현상에 붙이는 일반명사가 되었다. 권보드래는 전후파를 여성화한 '아프레걸'이 성적 방종의 의미로 고정되어 자유와 민주주의가 여성에 의해 오도되었다는 관념을 유통시킨다고 지적한다.369) 이는 여성성과 남성성의 차이를 극대화함으로써 남성성을 보호하기 위해

---

365) 『경향신문』 1954.7.26.
366) 권순영, 「누가 죄를 받느냐」, 『경향신문』 1955.7.24.
367) 『동아일보』 1957.6.29.
368) 『경향신문』 1959.3.15.
369) 권보드래, 「실존, 자유부인, 프래그머티즘」, 『한국문학연구』 35, 동국대학교 한국문학연구소, 2008, 101~147쪽.

등장한다.

국민 누구에게나 투표권과 선거권이 주어지고, '자유'가 유행어처럼 번져갔지만, 실상 자유와 민주의 의미를 아는 사람은 많지 않았다. 자유와 민주는 건강한 청년과 군인, 국민을 호명했음에도 불구하고, 실제로 1950년대는 남성성이 약화된 시기였으며 이것이 여성적인 것에 대한 강한 반감과 공포이자 여성혐오로 이어진다. 여성을 남성과 동등한 성적 주체로 인정하지 않고, 객체화, 타자화하는 것이다. 헤게모니적 남성성과의 불일치가 해소되지 않은 상황에서 여성에 대한 폭력은 극단화된 방식으로 드러난다. 이에 따라 여성은 남한의 남성주체들을 제식민화하는 미국의 압도적 자본주의를 표상하게 되었다. 전통적 부덕을 소환하여, 패배한 남성 밑에 공적 영역에 진출한 여성이 있다는 위계화를 획득하는 것이다.

이러한 유한마담 비판은 『자유부인』과 『유혹의 강』에서도 반복적으로 나타난다. 『자유부인』은 화자의 말을 빌려 여성들을 국가의 자유와 민주를 훼손시키는 시대풍조의 표상으로 제시한다. 그런데 이러한 '객관적' 비판은 여성 전체에 대한 비난으로 확장된다.

> 1) 낙지나 오징어가 적을 만났을 때 먹물을 뿜어서 자신을 보호하듯이, 여자들은 무슨 부당한 요구를 하고 싶거나, 자신의 잘못을 캄프라쥬 할 필요가 있을 때에는, 상대방의 경계를 피하기 위하여 대개 그 연막을 사용한다. 그것은 여자들의 본능인 것이다.[370]
>
> 2) 여자에게는 과거가 없다. 오직 눈앞의 현실이 있을 뿐이다. 실로 행복스러운 건망증인 것이다. 그런 행복스러운 건망증이 있음으

---

370) 정비석, 『자유부인 上』, 정음사, 1954, 6~7쪽.

로 해서 어제의 악처가 오늘의 현부도 될 수 있고, 오늘의 가정부
인이 내일의 매소부로 전락할 소질도 있는 것이다.[371]

3) 그렇게 따지고 보면 결혼이라는 것도 크게 생각해 볼 문제다. 아
내를 맞이한다는 것은 위험인물을 집안에 맞아들이는 것과 마찬
가지 결과이기 때문이다. 아내가 아내일 동안에는 귀엽고 사랑스
러운 존재이지만, 일단 배반하기 시작하면 무슨 짓을 할는지 모
르기 때문이다.
아내란, 곰곰이 생각해보면 대단히 요긴하면서도 위험 천만한 인
물이기도 하다. 혹은 범의 새끼일는지도 모른다. 쓸어 주고 다듬
어 주고 할 때에는 그런대로 좋아하지만, 일단 화를 내면 언제 치
명적인 상처를 입히게 할는지 모르기 때문이다. 한번 그렇게 날
뛰기 시작하면 미처 걷잡을 수가 없는 것이다.[372]

4) 여자들은 언제나 자기 감정에 흥분해서 스스로 유혹을 환영하는
것이다. 다만 그 유혹의 그물에 걸려들어서 억울하게도 죄인 신
세가 되는 어리석은 존재가 남자일 뿐이다. 도대체 에덴동산에서
선악과를 따 먹음으로써 인류 억만대의 죄악을 남긴 장본인은 이
브라는 여성이 아니고 누구였던가.[373]

『자유부인』의 화자는 여성은 자신의 잘못을 숨기는 데 능하고, 과
거를 쉽게 잊고 변화하는 등 신뢰할 수 없는 존재라고 설명한다. 또한
허영과 허세로 인해 불필요한 지출을 하고, 자신의 감정을 컨트롤하
지 못해 유혹을 이기지 못하는 존재라고 고발한다. 이러한 논리에 따
르면, 아내를 맞이한다는 것은 언제 배반할지 모르는 '호랑이 새끼'를

---

371) 정비석, 위의 책, 10쪽.
372) 정비석, 위의 책, 78쪽.
373) 정비석, 위의 책, 95쪽.

집에 들이는 것과 같은 꼴이다. 이와 같은 여성혐오는 약화된 헤게모니적 남성성을 숨기기 위해 동원되는 스크린이다. 남성들의 연대는 여성의 성적 객체화를 서로 승인함으로써 성립한다. 이러한 여성의 타자화를 여성혐오라고 할 수 있다.[374)

소비, 사랑, 연애 등의 여성 기표들은 사회의 이데아를 불가능하게 만드는 것으로 지목되어 비판받는다. 이러한 작업을 통해 (남성-사회-국가) 주체는 '나'보다 더 나쁜 타자가 있다는 것에서 위안을 얻는다. 하지만 이 위안은 근본적 해결책이 될 수 없기에 일시적이고, 타자의 기표는 계속 갱신되어야 한다. 자유부인, 아프레걸[375), 유엔마담 등 각종 여성들이 혐오의 대상이 되는 것은 이 때문이다. 정종현은 이러한 여성혐오가 전통적 가치와 미국적인 자유민주주의를 조화시키는 과정에서 미국의 헤게모니하에서 식민화된 남성성의 콤플렉스와 연관된다고 지적한다.[376) 소설은 자연스레 이러한 여성혐오를 극복하는 방법을 가부장으로의 성장을 통해 제시한다.

『여성전선』의 전우현은 윤옥란이라는 현대여성을 만나면서 여성혐

---

374) 우에노 치즈코, 『여성 혐오를 혐오한다』, 나일등 옮김, 은행나무, 2012, 37쪽.

375) 서구에서 아프레걸이 구습의 타파와 새로운 세계관을 뜻하는 긍정적 의미였다면, 한국사회에서 아프레걸은 고등교육을 받은 여성, 여학생, 직업 전선에 뛰어든 미망인, 미군을 상대하는 성매매 여성 등을 공격하는 도구로 사용되었다. 퇴폐적이며 서구지향적이라는 의미가 포함되어 있다.
이임하, 『계집은 어떻게 여성이 되었나』, 서해문집, 2004, 94쪽.

376) 자유부인을 통해 제시된 젠더적 위계화의 무의식 차원에 한국 남성들의 식민지적 콤플렉스가 작동하고 있다는 정종현의 지적은 설득력이 있다. 양품, 댄스, 넘쳐나는 소비물자에는 선망과 미움의 양가감정을 일으키는 '미국'이라는 헤게모니가 숨어있다는 것이다. 정종현은 이를 장태연이 미군부대의 타이피스트들에게 한글맞춤법을 가르치는 것을 통해서 뒷받침한다. 한국전쟁 이후 남성지식인 엘리트들이 미군 문화와 관련해서 가졌던 양가적인 콤플렉스가 무의식 차원에 놓여 있다는 것이다. 정종현, 앞의 글, 166~167쪽.

오를 극복한다. 전우현은 점차 윤옥란의 현대성에 관심을 보이고, 그녀에게 데이트를 청한다. 윤옥란은 회사 동료인 윤상현과의 관계에서 사랑의 책임과 윤리를 학습한다. 자신의 권리만을 주장하던 '현대여성'이 타인을 돌아볼 줄 아는 마음을 배우는 것이다. 소설은 이 두 사람이 정신적으로 성장하는 행복한 결말을 맞는다. 새 세대의 결혼을 통해 생산의 현장에서는 여성혐오 역시 극복될 수 있을 것이라는 주장을 펼치는 것이다.

『민주어족』의 홍병선 역시 강영란과의 결혼을 통해 여성혐오를 벗어난다. 백암 선생과 박재하 사장의 후속 세대로 등장하는 홍병선은 민생알미늄공장의 연구원으로, "첫눈에 보아도 얼굴이 해사한데다가 언어동작이 몹시 침착해서 연구생 냄새가 풍기는", "일체의 잡념을 떨어버리고 연구에만 몰두해 있을 때면, 그의 얼굴이 무척 아름답게 보"이는 청년이다.(8회) 박재하의 큰 체형이 공격적이고 전사적인 남성성을 나타낸다면, 홍병선의 아름다움은 순결한 고결함을 나타낸다. 그는 남북이 통일되기 전엔 결혼을 하지 않겠다는 우스갯소리를 들을 만큼 연구에만 매진한 결과, 우리나라에서 유일한 기술을 가지고 있는 엔지니어로 거듭난다. 소설은 이러한 홍병선의 목소리를 통해 현대여성들의 문제들을 제기하거나 현대여성의 풍토를 비판한다. 강영란 역시 성인 남성인 박재하 사장에 비교할 때 소년 같은 홍병선을 믿지 못하며 연애상대로 생각하지 않는다. 그러나 홍병선의 성장을 계기로, 그와의 결합을 결심하게 된다. 소설은 홍병선이 민생알미늄공장의 지도자로 거듭나는 것과 결혼을 나란히 배치한다.

강영란이 처음 사랑한 남자는 박재하 사장이다. 박재하는 책임감과 민주의식을 갖춘 성인남성으로 시민의 전형이다. 강영란은 주변을 맴돌며 그녀를 유혹하는 배영환과 같은 무뢰한과 구분되는 박재하 사장에게 빠져든다. 박재하 역시 처음에는 강영란의 영특함과 회계 실력 등에 관심을 보이며 칭찬을 거듭한다. 소설은 둘만 남은 사무실과 옥상에서의 데이트를 자세히 묘사하면서 박재하와 강영란의 감정교류를 서사화한다. 그러나 실상 박재하의 남성성이 완성되는 것은 강영란의 사랑을 거절할 때라는 아이러니가 발생한다. 그들은 남자주인공이 사랑하는 여자 때문에 사업을 버리고 공동체로부터 분리되는 과정을 그린 영화 <황혼>377)을 함께 본다. 강영란이 남자 주인공의 선택을 낭만적인 사랑으로 찬사하는 데 반해, 박재하는 어리석은 선택을 한 남자를 비판하며 자신의 반면교사로 삼는다. 여자 때문에 친구, 친지를 버리고, 사업을 포기하는 데에 동의할 수 없었기 때문이다. 이는 박재하가 잠재적으로 여성이 배제된 동성애적 세상을 '사회'로 상상하고 있음을 통해 뒷받침된다.378) 그는 친구나 사업이 없는 세상을 생각할

377) 윌리엄 와일러가 감독한 1952년 영화 <carrie>는 한국 개봉 당시 <황혼>이라는 이름으로 번역되었다. 영화의 줄거리는 다음과 같다. 레스토랑의 지배인이자 한 가족의 가장인 조지 허스트우드(로렌스 올리비에 분)는 시골에서 상경한 순수하고 아름다운 캐리(제니퍼 존스)를 만나 사랑에 빠진다. 캐리는 임신을 하고, 이를 알아낸 조지 부인의 요구와 협박에 의해 재산과 사업체를 모두 양도하고 함께 떠난다. 그러나 그 과정에서 캐리는 아이를 유산하게 되고, 둘은 가난과 오해로 헤어지게 된다. 캐리는 브로드웨이로 가서 배우로 성공하지만, 조지 허스트우드는 노숙자가 된다. 영화는 캐리의 공연장을 찾아온 병든 노숙자 조지가 함께 살자는 캐리의 애원에도 불구하고 그녀로부터 15센트 동전 하나만을 받아서 떠나는 장면을 마지막으로 끝난다.

378) 리오 브로디, 「완벽한 몸은 없다」, 『기사도에서 테러리즘까지-전쟁과 남성성의 변화』, 김지선 옮김, 삼인, 2010, 745쪽. 리오 브로디는 전후 영화에서 주인공이 사랑하는 여자 때문에 남성 집단에서 떨어져 나오는 설정에 대해 다음과 같이 말한다. "그 남성 집단은 남성적 발전 과정의 초기 단계를 의미할 수도 있고, 잠재적으로는 여

수 없다. 이처럼 박재하는 강영란과의 사랑을 포기하고, 홍병선과 강영란이 이어질 수 있도록 돕는다. 아픈 박재하를 간호한 강영란을 매몰차게 거절하는 것도 홍병선과 잘 되기를 바라는 마음에서다. 이처럼 일요회의 남성들은 사랑보다는 형제애를 선택한다.

박재하가 구속되자 직원인 홍병선뿐 아니라 일요회의 멤버인 변호사, 정치인 등이 적극적으로 나서서 그의 구명활동을 추진한다. 그리고 이 우정이 박재하를 위기로부터 구한다. 홍병선의 인도로 자신들의 한 달 월급을 희생한 종업원들 역시 이 공동체의 일원으로 포함된다. 소설의 후반부에서 강영란이 엔지니어와 결혼하기를 희망하는 것도 '민생알미늄공장'의 일부가 되고 싶기 때문이다.

> 영란이가 지금 바라고 있는 결혼은, 관리의 아내가 되는 것도 아니요, 군인이나 무역가나 예술가의 아내가 되는 것도 아니었다. 맨 처음에 취직했던 곳이 생산공장이었던 탓인지는 모르지만 영란은 박재하사장이나 홍병선같은 '엔지니아'에게 각별한 매력이 느껴졌다. 일개 '엔지니아'의 아내로서 작업복을 입고 생산공자을 손수 운영해 나아간다면 그보다 더 행복스러운 생활은 없을상 싶었다(227회).

배영환과 화려한 데이트를 즐기고, 박재하 사장을 열심히 사랑하던 강영란이 홍병선을 자신의 결혼상대자로 거론하는 것은 큰 변화이다. 그녀 역시 일련의 과정을 통해 '성장'한 것이다. 소설은 이성에게 전혀 관심이 없었던 홍병선이 일하는 여성으로 거듭난 강영란에게 사랑

성이 배제된 동성애적 세상을 의미할 수도 있다."이는 2차 세계대전 당시 연합국에서 펼친 프로파간다, 즉 나치와 일본 군국주의자들이 고참이 군기를 잡는 일종의 '사춘기 갱단'이라는 주장과도 통한다.

을 느끼고, 강영란 역시 지도자가 된 홍병선에게 매력을 느끼는 것으로 이어진다. 소설의 마지막 장은 '행복에의 길'이며 홍병선의 프로포즈로 228회의 연재가 끝난다.

정비석은 과학자인 소년이 가부장으로 거듭나는 과정을 통해서 성장의 서사를 기록한다. 남성주체와 여성주체의 성장은 함께 이루어진다. 남성주체는 연구실에서 광장으로 이동하고, 노동자들의 대표가 된다. 이 과정에서 여성주체의 사랑도 얻게 된다. 여성주체 역시 엔지니어라는 생산 주체와 결혼하는 것이 자신의 행복이라고 주장한다. 소설은 이처럼 생산의 주역으로 거듭난 아들과 딸이 새로운 가족을 만들어 나갈 것을 다짐하면서 이성애적 결합을 강조한다. 정비석 소설의 계몽성은 청춘남녀의 결혼으로 완성되는 것이다.

3. 무성애적 국가와 히스테리의 미학

A. 민족정신의 체현과 부재하는 자아

해방 이후 정비석은 적극적으로 남성성의 복권을 시도한다. 새롭게 등장한 민족국가의 주체로 거세된 남성성의 귀환을 호소하는 것이다. 『전선문학』 4집에 실린 정비석의 「남아출생」[379]은 아들을 낳는 것이 곧 국력이라는 메시지를 전달한다. 아내가 임신할 때마다 "또야?"라

---

379) 정비석, 「남아출생」, 『전선문학』 4집, 1953, 70~80쪽.

는 반응을 보이는 소설가 현은 "가정이 흥성하려면 무엇보다도 자식이 번성해야 한다는 것쯤은" 알고 있지만 "워낙 항산이 없는데다가, 생활력이 거의 무능자에 가까운 현으로서는 꾸역꾸역 늘어가는 자식들이 확실히 감당하기 어려운 위협"으로 인지한다. 이러한 현의 자기인식은 무기력한 지식인의 상황을 보여준다. 부인의 임신소식에 유산을 권유하며 아내의 배가 불러갈수록 우울증이 자라 간다고 표현할 정도이다. 그러나 현의 이런 생각은 전선에 나가 있는 조카가 전사했다는 편지를 받고 달라진다. "역시 사람의 손으로 만들어지고, 또 사람의 손으로 움직여지는 것인 만큼, 인적재원이 풍부하다는 것은 적으로서는 유일한 조건이 아닐 수 없겠습니다"라는 조카의 편지를 떠올리는 것이다. 이 편지는 아내의 출산장면과 겹쳐진다. 현의 아들은 전사한 조카의 자리를 대신할 국력으로 거듭난다. "조카가 전사했다는 기별을 들은 지금에 자기에게 아들이 하나 생겼다는 것은, 소모된 국가의 국력을 그만치 보충한 것 같아서, 무한히 기뻤던 것이다."380) 현은 오랜만에 "건실한 기분"을 느끼며 '남아 탄생'을 축하한다. 이는 무기력한 남성성이 건실한 생산의 주체로 거듭나는 현장이다. 아들을 낳아 국가에 보태는 재생산이야말로 궁극적 차원의 생산임을 보여주는 것이다. 이러한 건실한 남성성으로의 전환은 1950년대 정비석이 제시하는 이상적 남성주체를 통해 확인할 수 있다.

철저한 반공주의자이자 생산자인 정비석의 남성주체들은 민족국가의 부흥을 위해 노력하는 고결한 남성성을 자랑한다. 민족국가가 곧 남성주체 자신이 되는 대문자 자아의 형상화로 가장 성공을 거둔 텍

---

380) 정비석, 위의 책, 80쪽.

스트가『자유부인』이다.『자유부인』은 정비석 개인뿐 아니라 1950년대 공론장 최고의 히트상품이다. 이봉범은『자유부인』의 독자를 연재 당시『서울신문』발행부수와 단행본 판매부수를 합해 약 20만, 개봉관인 수도극장에서 26일간 유료관람객 약 10만과 2~4관의 관객을 합쳐 약 120만, 서울을 비롯해 전국 주요도시에서 상연된 연극관람자 약 10만으로 추정한다. 이러한 계산에 따르면『자유부인』에 접촉한 대중이 적어도 120~150만 명이었다고 추산할 수 있다.381) 정비석은 이러한『자유부인』의 성공을 통해 문자 텍스트인 소설을 시각화하며 대중화하는 효과를 낳는다. 즉『자유부인』은 1954년 연재 당시 신문의 판매고를 올려 신문소설의 시대를 열었으며, 단행본으로서 베스트셀러 자리에 올랐고, 국산영화 흥행의 돌파구를 마련했다고 요약할 수 있다.『자유부인』은 문학적 소통의 방식을 넘어 사회적 관념이나 풍속, 문화에 개입하여 기존의 관념들과 충돌하여 논란을 일으킨 미디어 횡단의 사례라고 볼 수 있다.382) 정비석 연구의 절반 이상이『자유부인』에 대한 것일 만큼,『자유부인』은 곧 정비석 소설의 누빔점이라고 할 수 있다. 이러한 연구들 중 다수는 타이틀롤 오선영을 중심으로 분석을 전개한다. 그러나 정비석의 소설에서 주인공은 지식인형 남성주체이다. 정직한 가부장이 사춘기적 열정의 사랑에 빠졌다 가정으로 돌아오는 성장서사 역시『자유부인』의 한 축인 것이다. 소설은 타락한 자유부인이 '가정의 천사'로 거듭나는 과정을 그리고 있지만,

---

381) 이봉범,「한국전쟁 후 풍속과 자유민주주의의 동태」,『한국어문학연구』56, 한국어문학연구학회, 2011, 338쪽.
382) 요시미 순야,『미디어 문화론』, 안미라 옮김, 커뮤니케이션북스, 2006.

그 과정에서 확립되는 것은 가장과 민족국가의 권위이다.

장태연은 매력적인 아내 오선영과의 관계에서 아무런 자극이나 흥분을 느끼지 못하는 무성적 삶을 살고 있다. 그는 "집에 돌아오기만 하면 연구에 바빠서 아내를 포옹하려고 하지 않았던 것이다. 부부간의 관계도 순전히 생리적 욕구를 처결하기 위한 사무적 행동에 지나지 않는 듯이 보였다."383) 대신에 그가 모든 에너지를 쏟는 곳은 한글연구이다. "한글에 관한 일이라면 일단짜리 신문기사에도 천하가 뒤집히는 듯한 중대성을 느끼"는 그는 집에 돌아오면 논문을 쓰기 위해서 부인의 유혹도 거절하곤 한다. 장태연은 한글이라는 민족정신과 동일시된 주체, 말 그대로 문자화된 남성인 것이다.

이를 증명하듯 『자유부인』의 첫 장면은 장태연이 한글 간소화에 관한 신문기사를 읽는 데서 시작한다. 장태연은 부인과의 대화 대신 한글간소화에 관한 문교 당국의 담화에 집중한다.384) 장태연 교수는 한

---

383) 정비석, 『자유부인』, 추선진 엮음, 커뮤니케이션북스, 2013, 96쪽.

384) 대통령 이승만은 1954년 3월 27일 특별담화를 통해 "3개월 이내에 현행 맞춤법을 버리고 구한국 말엽의 성경 맞춤법에 돌아가라"고 지시한다. 그가 발의한 한글 간소화는 받침을 소리나는 대로 표기하는 음성중심주의를 바탕으로 한다. 대표받침 중심으로 소리나는 대로 표기하여 어근이 무엇인지 알 수 없는 상태로 만드는 것이다. 이에 한글학회와 국회 등에서 거센 비판이 일어난다. 그러나 이승만은 자신의 주장을 굽히지 않고 "한글간소화를 뜻한 것은 세종대왕의 뜻을 재천명한 것이니만큼 적극 추진하겠다"고 주장한다. 한글 간소화 '파동'을 정리한 임대식은 이 사건을 한글학자 및 문화계 인사들과 대통령 이승만의 힘겨루기 형국이라고 평한다. 강한 반대에 부딪힌 이승만은 1955년 9월 19일 중대담화를 통해 "신철자법을 민중이 그대로 쓰고 있는 것은 무슨 좋은 점도 있기에 그것을 고집하고 있는 것 같으므로 여러 가지 바쁜 때에 이것을 가지고 이 이상 문제삼지 않겠고, 민중이 원하는대로 하도록 자유에 부치겠다"(『동아일보』 1955.9.20.)고 자신의 뜻을 굽힌다. 이는 1950년대 전반기 이승만 정권의 문화정책 중 거의 유일하게 실패를 거둔 사례로 기록된다. 임대식, 「이승만과 한글간소화 파동」, 『논쟁으로 본 한국사 2』, 역사비평사, 2009, 268~276쪽.

글간소화를 한글문법의 근본을 파괴하는 행위이자 헌법의 질서와 국가의 체계에 대한 위협으로 설명한다.

> 글에 있어서의 문법이란, 마치 국가에 있어서의 헌법과 같다고 장태연 교수는 생각한다. 국가에 헌법이 있음으로 해서 국민의 의무와 권리가 분명해지고, 국민 각자가 의무와 권리를 분명하게 실천함으로써 국가 전체의 질서가 정연하게 유지되어 가는 것과 마찬가지로, 글에 있어서는 문법이 없으면 무정부 상태를 면하기가 어렵다고 생각하는 것이었다.
> 장태연 교수는 글을 하나의 생명체라고도 생각한다. 생명체인 이상에는 그 자체의 체계가 있고 생리가 있으리라. 그 체계와 생리를 유지하고 발전시켜 나갈 수 있는 길은 문법을 존중하는 데 있다고 믿는 것이다.[385]

장태연은 한글 문법을 국가의 헌법에 비유한다. 헌법에 기반한 자유와 민주는 국민의 의무와 권리를 통해 질서를 유지하는 기능을 한다. 한글 문법 역시 글의 체계와 질서를 유지시킨다. 즉 장태연에게 있어 한글은 단순한 표기문자가 아니라 "하나의 생명체"이자 국민의 정신인 것이다. 이때 장교수의 한글 글쓰기 행위는 민족성의 수행이 된다.

베네딕트 앤더슨은 민족국가의 성립 과정에서 언어의 중요성을 지적한다. 활자어가 등장하면서 라틴어와 지방어의 교환과 소통을 가능하게 만들었으며, 다양한 언어를 사용하는 사람들이 인쇄물과 신문을 통해 서로를 이해할 수 있게 되었다는 것이다. 그리고 점차 자신이 같

---

385) 정비석, 앞의 책, 345~346쪽.

은 언어를 사용하는 수백만의 사람들을 의식하게 되는 것이 민족의 출발점이라고 분석한다. 뿐만 아니라 인쇄자본주의는 언어에 '고정성'을 부여하여 민족을 상상할 수 있게 해준다는 것이 앤더슨의 주장이다. 인쇄된 책들은 시공간적으로 무한한 재생산이 가능하기 때문에 무명용사의 기념비나 무덤만큼 민족주의의 상징물이 될 수 있다는 것이다.386) 이는 장태연의 한글관과 만난다.

> "말이나 글은 어느 국가 어느 시대를 막론하고 그 민족 전체의 생활 속에서 만들어지는 민주주의적인 산물이올시다. 그러므로, 그것을 간소화하는 데 있어서는, 반드시 국민 대중에게 널리 쓰고 있는 말과 글을 토대로 하여, 과학적으로 심심한 연구를 거듭한 연후에, 대중의 지지를 얻어서만 실시해야 할 문제라고 생각합니다. (중략) 그만치 말과 글이라는 것은 대중과 더불어 살고 있는 생명체입니다. 그럼에도 불구하고, 무슨 필요에서 그런 태도로 나왔는지는 모르겠읍니다마는, 몇몇 사람이 그것을 맘대로 뜯어고친다는 것은, 언어의 생리와 생명력을 무시한, '언어의 학살 행위'라고 볼 수밖에 없겠습니다…"387)

장태연은 언어가 민중의 생활 속에서 만들어지는 민주적인 산물이라고 지적한다. "국민 대중이 사랑하는 말과 글을 종합하여 과학적으로 체계화한 것"이 철자법이라는 것이다. 이에 따르면 말과 글은 대중의 사용 여부에 따라 살아가는 생명체이다. 따라서 대중이 아닌 몇몇 사람들의 결정에 의해 문법을 고치는 것은 학살행위에 다름 아니다. 이러한 장태연의 언어관은 언어를 지키는 것이 곧 공중의 혼과 얼을

386) 베네딕트 앤더슨, 『상상의 공동체』, 윤형숙 옮김, 나남출판, 2005, 65~98쪽.
387) 정비석, 앞의 책, 704쪽.

지키는 것이라는 주장으로 이어진다. 따라서 장태연에게 있어 언어는 민족국가 그 자체가 된다. 이러한 믿음에 따라 장태연은 일제에게 탄압 받고, 공산당에게 위협당하면서도 한글을 지켜왔다.

여기서『자유부인』이 한글문법과 장태연의 위기를 동궤에 놓고 그리고 있다는 점은 주목할 만하다. '장교수의 시세'는 "대중과 더불어 살고 있는 생명체"로서의 한글의 운명과 같다. 한글을 지키고 연구하는 데 온힘을 쏟은 장태연은 "오히려 독립국가가 되면서 화폐 가치와 마찬가지로 저락일로"388)에 있다.『자유부인』의 화자는 장태연이 문화 훈장을 받을 만함에도 불구하고 '대한민국'에서 대접받지 못한다고 냉소한다. 이러한 위기는 한글 간소화 논쟁과 겹쳐지면서, 한글과 장태연을 일치시킨다. 따라서 소설이 한글 철자법 간소화 공청회에서 오선영과 장태연을 화해시키는 것은 의미심장하다. 한글과 장태연 모두 자신의 명예를 회복하는 것이다.

오선영은 신문에 실린 한글 간소화 논쟁에 대한 글을 읽고, 그동안 "봉건 냄새가 푹푹 풍긴다"고 생각했던 자신이 무지했음을 깨닫는다.

한글이라면 우리 집 건넌방에서는 얼마든지 썩어 나는 문제이기에, 오 여사는 지금까지 한글이라는 말만 들어도 골치가 지긋지긋하도록 아팠다. 따라서 한글이라면 봉건 냄새가 푹푹 풍기는 몇몇 학자님들에게만 관계되는 문제인 줄 알았는데, 오늘날 그것을 간소화한다고 해서 각계각층의 여론이 이렇게까지 비등할 줄은 몰랐다. 더구나 놀라운 것은 각계 인사들의 담화 중에, 찬부 양론을 막론하고, 한글을 세계에 자랑할 수 있는 우리나라의 문화적 보배라는 등, 이 문제는 민족문화의

---

388) 정비석, 앞의 책, 230쪽.

백년대계를 위하여…라는 등… 모두가 최대급의 언사로서 한글의 중요
성을 강조한 점이었다.[389]

오선영은 한글의 중요성과 위대함을 강조하는 신문사설과 공청회
를 통해 남편의 존재를 재인식한다. 장태연의 한글사랑은 민족정신을
향하고 있다는 점에서 국가와 만나고 있다. 한글 문법을 지키는 것은
나라의 정신을 수호하는 것이 되고, 한글공청회장은 오선영이 회개하
고 다시 돌아오는 공간이 된다. 그녀의 남편에 대한 사랑은 문자에 대
한 남편의 애정과 헌신을 바탕으로 눈을 뜬다. 가정과 국가가 한글을
통해 일치되는 것이다.[390]

국회의원, 실업가, 화교회의 여성들 등은 청렴한 대학교수인 장태연
을 비웃거나 무시한다. 부인인 오선영도 '사바사바'도 할 줄 모르는
남편을 답답해하거나 무시하기 일쑤이다. 그는 학생들로부터 청탁이
나 선물을 받지 않고, 지역 학교의 교장이 되는 것도 거절한다. 정비
석이 이상적으로 생각하는 민주주의적 주체인 것이다. 이런 지식인형
남성주체는 그렇지 못한 인물들과의 대조를 통해 더욱 잘 드러난다.
5.20 선거에 출마하는 오병헌은 사립학교 교원 출신의 국회의원으로,

389) 정비석, 앞의 책, 694쪽.
390) 이혜령, 「언어 법제화의 내셔널리즘」, 『대동문화연구』 58, 성균관대학교 대동문화연
구원, 2007, 183~224쪽.
이혜령은 한글간소화파동이 언어규범이 변화할 수 있다는 사실과 더불어, 언어문제
를 누가, 어떻게 해결할 것인가를 공론화한 사례라고 지적한다. 특히 한글간소화파
동은 조선어학회의 저항적 민족주의를 탈각시키고 언어 내셔널리즘을 재구성하고
자 하는 이승만의 의도가 숨어있는 것이다. 이는 해방과 건국에 의해 국민국가가
언어 내셔널리즘의 물질적 상징적 기제들을 통제하고 장악할 수 있게 되었다는 것
을 의미하기도 한다. 정비석의 자유부인은 정상성으로서의 언어규범을 준수한다는
것과 국민이 된다는 것을 중첩시키는 지점을 보여준다.

정당 중앙집행위원, 사회단체의 고문 십여 종을 맡고 있는 남자다. 그는 재선을 위해 고향에 중학교를 설립하고, 장태연에게 교장직을 제안한다. 민족과 국가를 위해 일하는 것이 아니라 자기 자신의 욕심만 차리는 것이다. 그가 말하는 '애국지성'과 '우국지심', 국가의 위기는 구체적인 내용이 없는 텅 빈 기표이다. 오병헌이 말하는 '애국자'는 국회의원의 필요충분조건이지만, 그 스스로도 애국자의 정의가 무엇인지 모르는 것이다.

> "지금 우리나라의 사회 정세가 대단히 어지러운 관계로 해서, 오병헌같이 애국지성과 우국지심에 불타는 열혈남아가 아니고서는 도저히 국가의 운명을 바로잡을 수가 없는 관계로 해서…"
> "이 사람아! 국회의원이란 애국지성과 우국지심에 불탔으면 그만이지, 그 이상 구체적인 것이 뭐가 있단 말인가."[391]

'애국지성'과 '우국지심'을 연호하는 오병헌은 자신이 어떤 공약을 냈는지, 혹은 내야 하는지에 대한 고민도 없다. 그저 '국회의원은 애국자라야만 한다'는 말을 반복할 뿐이다. 이러한 상황은 1950년대의 텅 빈 이데올로기를 보여준다. 반공주의, 민족주의, 발전주의로 들끓는 애국자의 빈 칸을 채울 수 있는 것은 '열혈남아'라는 기표인 것이다.

반면 자신이 애국자임을 자부하지 않는 장태연이야말로 민족정신을 체현한 애국자이다. 소설은 이 민족국가의 주체 장태연이 사춘기적 방황을 거쳐 한글학자로서, 한 집안의 가장으로서 바로서는 서사

---

391) 정비석, 앞의 책, 423쪽.

를 제시한다. 오선영이 춤과 연애에 빠질 때, 장태연 역시 젊은 여성 박은미에게 관심을 갖는다. 그는 미군부대의 타이피스트들에게 한글 맞춤법을 가르쳐달라는 박은미의 요청에 감동하고 그녀의 젊은 육체를 발견한다. 한글 외에는 관심이 없던 그가 박은미를 사랑하게 된 것은 그녀가 한글문법을 배우고자 했기 때문이다. 소설은 부부가 각자 이성의 몸에 눈뜨고, 사랑에 빠지는 장면을 병치한다. 이는 이 소설이 오선영의 방황과 성장일 뿐 아니라, 장태연의 성장이기도 하다는 점을 뒷받침한다.

　오선영이 신춘호, 한태석과 산책을 하는 것처럼, 장태연은 수업을 마친 후 박은미와 함께 걸어서 귀가한다. 이 귀가길이 장태연에게는 '아베크'이다. 그는 늦은 밤 그녀의 집 창문 밖을 배회하면서 공상하고 회중시계를 전당포에 맡겨서 이천 환을 만들어 박은미를 만나러 간다. 박은미에게 마음을 고백하지 못한 채, 그녀의 반응을 상상하며 혼자 해석하는 모습은 사춘기 소년과 같다. 그러나 장태연의 이러한 낭만적 상상은 박은미의 결혼으로 인해 깨어진다. 한태석의 유혹에 정조를 잃을 뻔한 오선영이 귀가한 시간, 박은미와 원효삼의 결혼식이 거행된다. 이는 장태연의 감정을 자극하고, 장태연은 오선영을 집 밖으로 내쫓는다. 표면적으로는 외박을 한 부인을 혼내는 것이지만, 실상 내면으로는 좌절된 짝사랑이라는 복합적인 요소가 포함되어 있는 것이다.

　심진경은 오선영의 일탈이 남성적 세계에 대한 동경 혹은 남성성에 대한 소망에서 비롯된 것이라고 지적한다. 이러한 입장에서 보면 장태연의 일탈 가능성은 오선영의 탈선에 대한 암묵적 동의는 물론 탈선의 플롯화에 중요한 계기로 작동한다. 이는 장태연이 박은미의 결혼소식에 병리적 반응을 보이고 있다는 지적으로 이어진다. 플롯의 종결을 위해 급하게 억압된 그의 욕망은 가부장제적 권위에 짓눌려 병리화될 가능성이 농후하다는 것이다.[392] 이런 점에서 볼 때 장태연의 사랑과 실연은 일종의 젠더 트러블이라고 볼 수 있다.

민족국가의 대문자 자아인 장태연은 박은미에 대한 사랑을 통해 자신의 소문자 자아를 발견한다. 장태연과 원낙영, 박재하 등 정비석이 그리는 이상적 남성주체들은 젊은 여성에 대한 관심과 애정을 통해 성적인 존재로의 전회를 경험한다. 이는 크리스티나 폰 브라운이 말하는 남성 히스테리이다. 브라운은 남성 히스테리를 "성적 존재의 몰락을 거부하고 몸을 정신의 적으로 만들기를 거부하며 소문자 자아를 대문자 자아에 굴복시키기를 거부하는 것"이라고 정의한다. 히스테리를 일으키는 남자의 몸은 통합적인 대문자 자아의 전능함이 성적 존재의 양성성과 일치하지 않는다는 것을 드러낸다는 것이다.[393] 이들 대문자 남성의 사랑은 성적 결합보다 친밀성과 서정성을 중심으로 등장한다. 정비석은 소설 속에 노래와 편지를 삽입한다. 남성주체들은 시를 암송하거나 한시를 적는다. 시각과 촉각 등 감각에 대한 집중과 시와 노래의 잦은 삽입 등은 소설 내에서 서정성을 환기시킨다. 남성주체들은 연애를 통해 여성적 감각을 획득하는 것이다.

청소년기 남학생처럼 여자에게 빠져서 안절부절못하고, 돈을 융통

---

392) 심진경, 「자유부인의 젠더정치-성적 가면과 정치적 욕망을 중심으로」, 『한국문학이론과 비평』 46, 2010, 153~175쪽.
393) 크리스티나 폰 브라운, 『히스테리』, 엄양선 외 옮김, 여이연, 2003, 328~360쪽.

하는 장태연의 모습은 한글을 상징하는 그의 지위에는 적절하지 않다. 그렇기 때문에 박은미와의 관계는 그가 민족의 지사라는 대문자 자아를 유지하는 선에서 이루어진다. 박은미에게 제대로 된 고백도 해보지 못한 채, 훌륭한 교수이자 연구자로서의 면모만을 보여준 것이다. 연애라는 가장 개인적인 장면에서조차도 장태연이라는 개인의 자아는 사라진다. 히스테리를 보이는 소문자 자아는 세상이 육체에게 기대하는 것, 즉 "멋진 작품"을 연기하라고 육체에 지시한다. 육체에 대한 대문자 자아의 표상을 행동으로 보여줌으로써 대문자 자아를 유지하는 것이다.394) 따라서 장태연은 박은미에게 자신의 감정을 고백하지 못했다. 그리고는 대학교수이자 민주생활의 지도자로서의 자신으로 돌아온다. 이러한 자아 부재야말로 진정한 히스테리아이다. 어떤 여자도 히스테리 환자처럼 완벽한 여자를 연기하지 못하는 것처럼, 어떠한 남자도 히스테리아만큼 남성을 잘 연기할 수는 없다는 것을 보여주는 것이다.395)

적어도 대학교수인 장태연 자신만은 눈앞의 과도기적 혼란을 극복하고, 아내를 민주적으로 올바로 이끌어 나가야 할 의무가 있을 것 같았다. 대학교수의 명예를 위해서나, 대학교수의 권위를 위해서나 그래

---

394) 크리스티나 폰 브라운, 위의 책, 34쪽.
395) 크리스티나 폰 브라운, 위의 책, 72~83쪽. 히스테리 환자들은 자아 부재라는 표상이 성립된다. 남성 히스테리는 남성의 여성화를 나타내는 동시에 남성의 마음속에 있는 여성적 부분을 부정하는 것을 의미한다. 한편으로는 여성적 존재까지도 포괄하는 "완전한" 남성적 대문자 자아가 생겨나고, 다른 한편으로는 이러한 "완전하게 하기"의 대가로 여성의 존재를 의식할 수 없게 된다. 남성은 "완전하게" 되었으므로 자신이 "불완전한" 성적 존재라고, 소문자 자아를 가지겠다고 요구할 수 있는 권리가 소멸된다. 그래서 히스테리는 한편으로는 소문자 자아로 인한 고통인 동시에, 다른 한편으로는 소문자 자아의 상실에 따른 고통으로 이해할 수 있다.

야만 할 것 같았다. 만약 대학교수의 지성으로도 가정생활의 민주화를 도모할 능력이 없다면, 이 나라의 민주 생활을 누가 올바로 인도할 수 있단 말인가. 파괴하기는 누구나 쉬운 일이다. 그러나 건설하는 데는 지성과 인내의 힘이 필요하다. 장태연 교수는 진정한 의미의 민주 가정을 건설하기 위하여, 당분간은 아내에게 대한 모든 불만을 억제할 생각이었다. 아내의 탈선행위에는 울화가 북받칠 노릇이었지만, 장 교수는 꾸준히 참기로 하였다.396)

장태연은 대학교수인 자신이 혼란을 극복하고 아내를 이끌어나가야 할 의무가 있다고 생각한다. 개인적인 분노나 울화를 억제하고 이상적인 가부장이자 남성주체가 되기로 결심하는 것이다. 그럼으로써 장태연은 가부장으로서의 지위를 확보하고 남성성을 바로 세운다. 장태연과 박재하와 같은 애국자 남성의 양성성은 남성 히스테리아가 획득한 젠더 미학이다. 이들은 성적 존재로서의 소문자 자아를 제거하고 로고스의 질서를 체현한다. 장태연은 오선영과 함께 스위트홈을 연출해야 하고, 박재하는 홍병선과 강영란의 결혼을 지켜봐야 한다. 이들은 타락한 사회를 구원하는 영웅적 인물이지만, 그렇기에 철저하게 자아가 부재하는 텅 빈 기표가 된다.

정비석은 소설의 소재는 신문에서 구한다고 언급하며 "시간이 허락하는 한도 내에서 신문 4면을 대부분 읽고 있다"고 말한다. 특히 『자유부인』의 경우는 "자유부인만은 어떤 전문적인 지식을 필요로 하는 내용이 아니기 때문에 그것은 순연히 신문사회면 기사의 통계로써 얻은 결과만 가지고 썼다"고 고백한다.397) 이는 정종현이 말한 대로 정비

396) 정비석, 앞의 책, 564~565쪽.

석의 대중소설이 『사상계』의 지식인 담론에 소설적 육체를 부여하였다는 것을 의미한다.398) 이로 인해 『사상계』가 주창한 '민족의 발전'을 담당할 주체들은 실상 자아가 없는 기표 상태라는 점이 여실히 드러난다.

B. 이상촌의 건설과 패러디의 정치

『유혹의 강』399)은 전쟁미망인의 육체를 전시하고, 이를 당대 사회의 부정부패와 타락상을 교화하는 토대로 삼는다. 팔령회의 전쟁미망인들은 『자유부인』의 화교회처럼 요릿집에 다니며 술을 마시고 음담패설을 일삼는 아프레걸들이다. 화교회가 돈 많은 아내들이 모여서 자본을 자랑하는 형태였다면, 팔령회의 미망인들은 남성주체를 유혹하는 팜므파탈형 여성인물들로, 다방이나 백화점, PX 등에서 일하는 노동자들이다. 딸라장수인 홍순주, 교사인 김진옥, 미군P.X 점원인 장

---

397) 정비석, 「소설과 모델문제」, 『동아일보』 1956.6.2.
"지금 나는 조석간 다섯 종류의 일간신문을 구독하고 있는데, 시간이 허락하는 한도 내에서는 사설을 비롯하여 정치 경제 사회 문화의 사면을 거의 대부분 읽고 있다. 신문을 읽어서 지식을 넓힌다고 하면 아마 나를 비웃을 독자도 적지 않겠으나, 나에게 있어서는 신문이야말로 어떤 고명한 학자의 학설강의보다도 유익한 지식의 보고이다." 특히 자료수집의 방법으로 일주일치 신문의 사회면기사를 모아서 퍼센테이지를 따져보고, 그것을 통해 우리 사회의 실정을 파악한다는 것이다. "『자유부인』은 『청춘산맥』, 『민주어족』과 달리 전문적인 지식을 필요로 하는 내용이 아니기 때문에 신문사회면 기사의 통계로써 얻은 결과만 가지고 썼다."
398) 정종현, 「미국 헤게모니하 한국문화 재편의 젠더 정치학」, 『한국문학연구』 35, 동국대 한국문학연구소, 2008, 149~195쪽.
399) 정비석, 『유혹의 강』 上・下, 신흥출판사, 1958. 『유혹의 강』에 관한 분석은 허윤, 「한국전쟁과 히스테리의 전유」, 『여성문학연구』 21, 한국여성문학학회, 2009, 93~124쪽을 바탕으로 수정・보완하였다.

길녀, 화장품장수인 이경혜, 다방 <상봉각>의 마담 강귀순 등의 전쟁·납치미망인들은 공적 영역의 현장에 진출해서 경제활동을 하고 있다. 강귀순은 차와 더불어 애교를 판매하고, PX에 다니는 장길녀는 미군과 연애를 한다. 이들은 정기적으로 모여 신세 한탄을 하고 때로 남자친구들을 초대해, 음식값을 내게 하기도 한다. 소설은 이를 '퇴폐적' 근대 소비문화가 출몰하는 공간으로 그린다. 그러나 이는 남성동성사회의 번역판인 여성동성사회이기도 하다.

세즈윅은 남성동성사회가 호모포비아로 인해 탈성화된 형태로 재현된다면, 여성동성사회는 그런 식의 터부로부터 자유롭다고 말한 바 있다. 여성들의 공동체는 여성들 간의 유대(female bonding)나 자매애로 공식적으로 통용되어 왔다는 것이다. 여성들 사이의 동성애적 관계 역시 자매애의 확장된 버전이나 유대, 혹은 미성숙한 소녀성의 지표로 해석되곤 한다.400) 그러나 1950년대의 정비석이 그리는 여성동성사회는 남성동성사회 못지않은 교환과 거래를 바탕으로 하고 있고 이에 따라 불온한 것이 된다.

『자유부인』의 화교회, 『유혹의 강』의 팔령회 등은 여성들끼리 돈을 빌려주거나 사업체를 구상하는 등 경제활동을 한다. 화교회의 중역 부인은 요릿집을, 안경잡이 마누라는 고리대금업을, 미쎄스 강은 양재점 자본주를 하는 등 각기 사업을 하고 있다. 오선영 역시 한태석의 부인 이월선 여사의 가게를 맡아 본다. 여성들의 사적 경제인 계는 은행의 대부대출 금액을 넘어설 지경이다. 이는 여성동성사회가 남성동성사회와 유사한 목적과 기능을 한다는 것을 의미한다. 게다가 여성

---

400) Sedgwick, Eve Kosofsky, *Between Men*, Columbia University Press, 1985.

들 사이의 친밀성은 동성애적 관계로 이어지기도 한다. 장길녀는 "나는 정말 진옥이가 좋아서 죽을 것만 같애. 얼마나 그리웠던지 어젯밤 꿈에는 진옥이를 꼭 껴안고 키스까지 했다우 호호호. 내가 이렇게 안타까워하는 심정을 몰라주겠어?"라며 김진옥에 대한 사랑을 고백한다. 최선애 역시 "만약 김진옥에게 동성애인이 필요하다면 자기가 사랑하고 싶다"고 생각한다.[401] 이러한 불온성은 남성동성사회와 충돌을 일으킨다.

불온은 단단한 세계를 와해시키는 행위, 감정, 주체 등을 총칭한다. 대타자의 질서에 의문을 제기하는 불온은 법, 윤리적 금기, 사회적 관습의 경계를 넘나들며 불안을 초래한다. 이진경은 불온성을 위대한 질서를 뻔뻔하게 비웃는 자들과 만났을 때 느끼는 불편한 감정으로 본다. 진리와 선, 아름다움 같은 고귀한 가치들을 조롱하고 민족이나 국가 같은 엄숙한 것들에 낙서를 하며 정상과 비정상을 가르는 경계선을 침범하고 횡단하는 것들과의 만남에서 느끼는 당혹스런 감각이다. 불온한 것들에 대한 강박증적 비난의 반복이나, 아주 작고 미소한 힘을 가진 것들에 대한 히스테릭한 공격 같은 모든 과잉반응은 불안과 두려움의 산물이다. 초자아로 상정되는 세계가 와해될지도 모른다는 잠재적 위험에 대한 정서적 반응, 이것이 불온성에 내포된 불안의 핵심이다.[402]

정비석 소설이 여성동성사회의 불온성에 대해 보이는 반응도 이러한 불안과 불편함이라고 볼 수 있다. 법/모럴/윤리의 규정으로 번역될 수

---

401) 정비석, 1958, 145쪽.
402) 이진경, 『불온한 것들의 존재론』, 휴머니스트, 2011, 21~40쪽.

없는 부적절한 것들은 정화되어야 하기 때문이다. 이를 보여주는 것이 오영환이다. 헤게모니적 남성주체인 오영환은 사업적 능력과 처세술, 실리를 따지는 인물로서 "우리나라에서 한 둘째를 다투는 대토건회사의 사장"이다.[403] 그는 회사의 주인은 사원이라는 생각으로, 사원들의 복지에 신경 쓰고, 그것을 통해 회사를 발전시키겠다는 계획을 세운다. '사원제일주의'를 면종복배하는 한국의 기업문화를 바꿀 수 있는 가능성으로 제시하는 것이다. 그러나 그런 오영환도 여성동성사회에 대해서는 비판적이다. 그가 강귀순의 임신에 대해 책임지지 않는 것은 그녀가 자신의 권위에 도전했기 때문이다.[404] 이는 그가 자신에게 순종하는 이경혜와 스위트홈을 차린 것을 통해서도 확인할 수 있다. 이들은 정원이 딸린 집을 장만하고 자가용을 타며 가족을 이룬다.

소설은 전쟁미망인들의 연애가 가족질서를 해치지 않는 한에서만 가능한 것으로 그린다. 최선애의 시아버지인 송준국은 한국의 무역계를 대표하는 인사이자, 자상한 가부장이다. 그는 팔령회의 회원 중 한

---

403) 소설은 오영환의 사업적 능력과 민주주의적 경영태도를 서술하는 데 한 회분을 할애한다. 이러한 측면에서 오영환은 『민주어족』의 박재하와 닮은꼴이다.

404) 강귀순이 자신의 임신에 대해 책임지라고 요구하자, 냉정하게 거절하면서 '기브앤테이크' 관계를 처음부터 이야기한 것은 강귀순이라며 자신에게는 책임이 없다고 이야기한다. "강마담이 만약 풋내기 여성이라면 나는 당연히 책임을 져야할 것입니다. 그러나 강마담과 나는 약속이 그렇지 않았을 뿐만 아니라, 이제 와서 내가 그런 문제에 책임을 지고 나선다면, 그것은 강마담의 독립된 인격을 모독하는 결과가 되니까 내가 책임을 지고 싶어도 질 수 없는 일이겠죠."(『유혹의 강』 하, 532쪽), "솔직히 말씀 드려서 사실이 그렇지 않을까요? 임신이라는 것은 강마담의 신체적 변화를 의미하는 것이므로, 그 문제를 해결하는 것은 완전히 강마담 자신의 자유의사에 속하는 일인만큼, 나는 남의 자유의사를 무시해가면서까지 이래라 저래라 할 수는 없는 일이죠. 내 말을 알아들으시겠어요?"(『유혹의 강』 하, 533) "정말 임신을 했는지 그것도 의심스러웠지만, 설혹 임신을 했다기로 나더러 어쩌라는 거야. 그 애가 어느 놈의 자식인지, 그걸 누가 알어?"(『유혹의 강』 하, 555쪽)

명인 홍순주와 연애를 한다. 하지만 그들의 관계는 순수하게 정신적인 것으로 그려진다. 서로 좋아하지만, 자신의 집안에도 납치미망인인 며느리가 있기 때문에 육체적인 관계로는 나아가지 않는다는 것이다. 홍순주 역시 자신들의 관계를 떳떳하고 아름다운 것이라고 생각한다. 그래서 이들이 만들어낸 가족은 철저하게 재생산으로부터 분리되어 있다. 전쟁미망인 그 누구도 민족국가 내에서 아이를 낳을 수는 없는 것이다. 그래서 이들의 불온성은 국가의 토대를 내파하는 힘을 갖는다. 상징질서 속에서 연애는 가족의 탄생과 재생산으로 이어져야 하는데, 이들의 연애는 가족의 외부이자 재생산의 불가능성만을 노출하기 때문이다. 이는 1950년대 전후 한국사회가 갖고 있는 연애상의 단면이라 할 수 있다. 강귀순이 임신 중절 수술이 잘못되어 죽는 것이나 주인공 최선애가 연애의 유혹을 떨치고 아들만을 바라보고 살아가는 어머니가 되는 등, 소설의 결말은 전후 사회의 불모성을 가시화한다.

『유혹의 강』이 반면교사로서의 간접적 계몽이라면, 『슬픈 목가』는 지도자적 남성주체를 통해 사회가 불온하다고 보는 존재들을 직접 정화하려고 시도한다.[405] "죽느냐 사느냐의 판국에서 남을 위해 자신을 희생시킨다는" 꿈을 이상적인 공동체를 통해 그려보겠다는 것이다.[406]

---

405) 정비석, 『슬픈 목가』, 춘조사, 1957.
406) "지금 우리가 살고 있는 사회환경은 너무도 살기가 등등하다. 날마다 눈으로 보고 귀로 듣는 것이라고는 몸서리치는 살인강도 사건이 아니면 사기 협잡, 모략, 중상 뿐이니, 세상이 이처럼 처참하다면 우리가 이승에 태어난 보람이 어디 있는지 모르겠다. (중략) 남을 위해 자신을 희생시킨다는 것은 어리석은 사람의 잠꼬대에 불과하다고 비웃을지도 모르나, 그러나 그러한 꿈마저 잃어버린다면 우리는 무엇에다 희망을 붙이고 내일을 기대할 것인가. 나는 이제 이 소설에서 젊은이들이 가슴속깊이 품고 있는 몇 토막의 꿈을 그려볼까 한다. 필연코 그것은 슬픈 노래가 되기 쉬우리라. 그러나 그 꿈이 결코 헛된 꿈이 되지 않기를 작자 스스로 갈망하여 마지않

소설에는 크게 두 개의 공동체가 나온다. 하나는 강병철이 만드는 개척촌이고, 다른 하나는 한도숙의 소매치기 공동체이다. 소매치기 공동체는 쓰리꾼들을 통해서 한국사회를 풍자한다. 대장이 벌어온 돈을 빼돌린다든가, 선거에서 자신을 찍어달라고 만 환씩을 돌리는 등 부정선거, 협잡, 사기가 벌어진다. 정치판에 동원되는 깡패 역할을 제안받기도 한다. 한도숙이 개척촌으로 떠나자 쓰리꾼들이 살기 어려워진 것은 지도자가 부적합하기 때문이다. 이처럼 소설은 이상적인 공동체를 이끄는 지도자의 중요성에 대해 이야기한다.

소설의 주인공은 27살의 예비역 육군 중위 강병철로 의미 있는 일을 해보기 위해 고심 중이다. 그의 친구인 25살의 S대학 사회과 졸업생 김경호는 아버지의 유지를 받아 고향인 동래로 내려가서 이상농촌을 건설하려고 한다.

> "돌아가신 아버지가 이상농촌을 건설해 보려다가 중도에서 세상을 떠나셨으니까 나는 부업을 계승하는 의미에서, 되든 안되든 간에 노력만은 해볼 생각이야. 말이야 바른 대로, 대학을 졸업한 수만 명의 고등룸펜들이 구더기처럼 득실거리고 있는 서울바닥에 남아 있어 보았자, 우리에게 무슨 희망이 있단 말인가? 담배연기 자욱한 다방에 모여앉아서 진종일 음악을 들어가며 미술을 말하고, 철학을 논하는 동안에, 그들 자신이 하루하루 썩어가는 운명을 면할 길이 없을 걸세!"407)

김경호는 아버지의 유업을 이어 받아 농촌의 생산주체가 되기 위해 고향으로 내려가는 청년이다. 대학을 졸업한 고등룸펜의 니힐은 운명

는다." 정비석, 「슬픈 목가 작품 의도」, 『동아일보』 1957.3.1.
407) 정비석, 『슬픈 목가』, 춘조사, 1957, 8쪽.

을 썩히는 것에 다름 아니라는 비판이다. 강병철 역시 그런 김경호에게 감화되어 대중을 위한 개척사업에 뛰어들기로 결심한다. 그리고 이 과정은 진정한 아버지를 찾는 과정과 결합된다.

평안도에서 혼자 월남한 강병철에게 남한에서의 가족이라고는 외삼촌 현홍섭뿐이다. 그러나 현홍섭은 사리사욕에 찬 고위 공무원으로, 완당과 추사가 동일인물인 것도 모르지만, 서화를 수집하는 데 열을 올리고 있으며 강병철에게도 재무부에 취직해야 뇌물이 많이 생긴다고 권유한다. 화해할 수 없는 '아버지' 대신 그에게는 정신적 아버지라 할 수 있는 최홍섭 판사가 있다. 그는 취업을 고민하는 강병철에게 "많은 사람들을 자네와 함께 올바른 길로 이끌어 나가 주기 바라네. 고고한 지사형 인물이 되기보다는 대중 속에 뛰어들어, 대중과 더불어 생활하고, 대중과 함께 전진하는 인물이 되어 달라"[408]고 당부한다. 개인의 이익을 위해서가 아니라 대중과 함께 살아가는 사람이 되어달라는 것이다. 이에 힘입어 강병철은 월남민들과 더불어 개척촌을 건설한다.

강병철은 개척촌의 동지로 자신과 마찬가지로 전쟁을 계기로 남한에 온 월남민들을 선택한다. 이들은 서울에서 인력거꾼이나 일용직 노동자로 비참한 생활을 하고 있다. 강병철은 이들 가장들에게 삶의 터전을 제공하기 위해 농지를 개간하겠다고 결심한다. 농사 경험이 풍부한 염창훈 영감을 비롯한 젊은 남성청년들과 함께 농촌으로 내려가 직접 삽과 곡괭이를 이용하여 개간을 시작하는 것이다. 기계를 쓰지 않고 육체노동의 힘으로 생산주체가 된다는 측면에서 『슬픈 목가』

408) 정비석, 위의 책, 83쪽.

의 큰 틀은 『민주어족』과 유사하다. 이들 남성주체에게는 근면함과 법 질서의 절대원칙에 대한 신뢰가 있다. 이를 이끄는 지도자 강병철은 성실한 노동자로 영웅적 주체로 거듭난다.

강병철의 미숙함을 보조하는 염창훈 영감은 농사짓는 법에서부터 식량을 마련하는 법까지 농촌 개척에 관한 사항들을 전수한다. 소설은 함께 했던 동지들이 이탈하고, 관할서 경찰들이 찾아와 간첩이 아니냐며 의심하는 과정 등 시련을 배치한다. 그러나 남성주체는 이러한 외부적 시련을 굳건하게 극복해나간다.[409] 오히려 이러한 외부적 시련보다 더 큰 문제는 공동체 내부에서 발생한다. 강병철과 두 여성의 삼각관계가 개척촌을 위협하는 것이다.

김선옥은 원산에서 혼자 월남한 서울대학병원 간호부로, 강병철이 "공산군을 쳐부수기 위해 군인이 된 것과 마찬가지로, 간접적으로나마 조국을 돕기 위해 간호부가 되었다." 두 사람은 투철한 반공정신을 바탕으로 '조국'을 위해 개인을 희생한다는 점에서 닮았고, 그 이유로 사랑에 빠진다. 김선옥이 개척촌에 합류하는 것도 이 때문이다. 김선옥과 대척점에 있는 한도숙은 소매치기 일당의 대장이다. 그녀는 성실한 남자를 만나서 새출발하고 싶다는 욕망으로 강병철을 따라 개척촌으로 온다. 이때 성실한 남자는 투철한 반공주의자이자 근면한 생산주체이다. 남로당 출신의 좌익이자 대남특수공작대원이었던 첫 번째 남편, 그녀를 쓰리꾼으로 만든 깡패인 두 번째 남편과 대척점에 있는 인물인 것이다. 한도숙은 제대 군인이자 반공주의자인 강병철과

---

409) 이 과정에서 강병철은 외삼촌과 완전히 결별한다. 남한의 유일한 혈육과 결별함으로써 새로운 개인이자 청년으로 거듭나는 것이다.

함께 자신의 인생을 전향할 수 있을 것이라는 희망을 갖는다.

한도숙과 김선옥은 개척촌에서 가사를 도맡는다. 한도숙은 성실하게 노동함으로써 자신의 가치를 증명한다. 그러나 강병철과 김선옥이 서로 사랑하는 사이라는 사실을 알게 되자, 개척촌에 불을 지르고 도망친다. 이처럼 세 사람의 삼각관계는 개척촌을 위협한다. 이는 한번 타락했던 여성은 이상적인 공동체에 적합하지 않다는 메시지를 전달한다. 이는 한도숙을 따라온 소매치기 소년 충남이 건강한 주체로 거듭나는 것과 대조해서 보아야 한다. 회개할 수 있는 주체는 누구인가 하는 질문이다.

소설은 충남을 데리러 서울에 간 강병철과 만난 한도숙이 전남편에 의해 공격당하고, 충남이 우발적으로 그를 죽이는 파국으로 이어진다. 이에 한도숙은 충남의 죄를 대신 자백함으로써 타인을 위해 스스로를 희생한다. 이는 김선옥과 강병철이 강조하던 '희생'의 정신을 체현한 것이다.

> "'우리'를 위하여 '나'를 즐거운 마음으로 희생하려는 알뜰하고도 거룩한 그 정신이야말로, 우리 개척단의 장래의 성공을 약속하는 원동력인 동시에, 나아가서는 우리 조국을 번영하게 하는 원동력이기도 하다는 말입니다."410)

한도숙은 소매치기 집단에서 공정한 지도자이기는 하지만, 공동체를 위해 개인을 희생해야 한다고 생각하는 인물은 아니었다. 그러나 개척촌에서의 삶과 자신을 따르는 충남을 통해 희생 정신을 배우게

410) 정비석, 위의 책, 411쪽.

된다. 한도숙의 쓰리꾼 일당 중 한 명이었던 소년 충남은 한도숙은 어머니처럼 믿고 따른다. 가족이나 연고 없이 혼자인 충남을 지켜준 것이 한도숙이었기 때문이다. 소설은 개척촌을 배경으로 '고귀한 정신'을 배우는 한도숙과 충남을 통해 이상적 공동체의 건설을 도모한다. 하층 계급 범죄자의 정화를 통해 사회를 개선하는 것이다. 충남과 한도숙의 사연은 법정드라마로 보도되고, 감동적인 이야기로 전파된다. 이로써 그녀는 개척촌으로 돌아오고, 소설은 유일하게 성적 존재였던 한도숙 역시 대문자 자아로 만든다. 그녀의 섹슈얼리티를 거세하는 것이다.

소설은 한도숙이 희생정신을 갖춘 공동체의 일원으로 거듭나는 과정에서 갑작스럽게 자살하는 장면을 삽입한다. 김선옥이 한도숙과 강병철의 결혼을 추진하자 이를 거부하기 위해 자살을 선택하는 것이다. 이러한 갑작스러운 전환은 김선옥과 한도숙, 강병철의 기묘한 삼각관계를 해소하기 위한 선택이자 개척촌의 미래를 상징하는 충남을 정화하기 위한 수단이다. 한도숙이 자살함으로써 충남의 '더러운 어머니'는 제거되고 강병철이라는 훌륭한 아버지만 남는다. 새로운 시대를 상징하는 김선옥과 강병철의 결혼 역시 성사될 수 있다.

> "소년 하나를 올바로 키운다는 것은 무엇보다도 어려운 일일거요. 그러나 그것은, 지금 우리나라의 형편으로서는 무엇보다도 중대하고도 긴급한 일이요. 그러기 에 나는 차라리 개간사업을 포기하는 한이 있더라도, 충남이만은 내 힘으로 올바르게 키워 보고 싶소. 왜냐하면, 땅을 개간하는 것도 소중하지만, 그것보다는 사람을 올바르게 교육하는 것이 더 한층 위대한 개간사업이라고 생각하기 때문이요."[411]

강병철은 개척사업 전체보다도 충남을 올바르게 키우는 것이 더 중요하다고 말한다. 사람을 올바르게 교육하는 것, 즉 계몽이 더 중요하다는 것이다. 이처럼 정비석의 이상사회는 소년에 대한 개간사업으로 요약된다. 소설은 성적 긴장을 가져온 삼각관계를 해소하고, 탈성애적 관계를 통해 세대를 재생산한다. 강병철은 충남을 통해 공동체를 이어나가고 이들의 부계 혈통은 이상적인 남성주체를 통해 국가의 재건을 상상했던 정비석 소설의 특징이라고도 볼 수 있다.

정비석은 『유혹의 강』을 통해 불온한 여성동성사회를 처벌하고, 『슬픈 목가』를 통해 건강한 남성동성사회를 건설한다. 가족의 재건과 국가경제의 발전이라는 이중의 목표를 달성하는 것이다. 그러나 이 과정에서 애국자들은 무성애적 가족을 건설하고, 무성애적 재생산만이 이루어진다. 이는 장태연을 통해 보여준 히스테리의 양성성이 패러디로 돌아오는 것이라고 말할 수 있다. 강병철은 개척과 생산의 로고스를 체현한 인물이다. 그는 개척촌에서 김선옥에 대한 사랑이나 한도숙에 대한 성욕 모두를 억제한다. 김선옥과의 사랑을 숨기면서까지 그가 유지하고 싶었던 것은 개척촌 공동체의 평화이다. 이처럼 강병철의 헤게모니적 남성성은 가장과 은폐를 통해서만 이루어진다. 그는 이전에 한도숙과 성관계를 맺은 적이 있다는 사실을 은폐하고, 김선옥을 사랑하고 있다는 사실도 숨긴다. 대신 그가 연기하는 것은 철저하게 공정한 지도자이다.

정비석이 그리는 애국자형 남성주체들은 계몽적 효과를 노리고 만들어졌다. 정비석은 여성화된 자유민주주의를 비판하고 애국자형 남

411) 정비석, 위의 책, 450쪽.

성인물을 제시하는 것을 통해서 젠더 규범을 성별화한다. 여성의 자유는 방종이지만, 남성의 민주는 생산과 발전을 의미한다. 그의 소설은 남성성 바로 세우기에 관한 기술지인 것이다. 이를 위해 그는 이상적 남성주체가 성장하여 애국자로 거듭나는 과정을 서사화한다. 그러나 이 과정에서 남성주체는 이데올로기적 대문자 자아로, 텅 빈 주체로 형상화된다. 장태연이나 박재하 사장 등 이상적 남성주체들은 가족이나 국가에 대한 충성이라는 로고스의 정치를 실천하기 위해 자아를 패러디하는 것이다. 이처럼 보편적인 것을 표상하는 데 남성이 지불하는 대가는 육화(embodiment)의 상실이다. 남성은 탈육화됨으로써 초월과 주체성에 대한 칭호를 획득한다.

전후의 남성들은 프로파간다를 위해 투신하거나 민족 그 자체가 되기 위해 문자화된 몸을 가져야 했다. 이들은 로고스적 언어가 되기 위해 섹슈얼리티를 포기해야만 했다. 이는 이근호와 장태연, 박재하를 통해서 발견되는 특성이기도 하다. 이들은 고결한 남성성이라는 '정상성'을 이행한다. 세상이 이들에게 기대하는 자유투사, 산업전사, 민족문화의 수호자 등의 애국자를 연기하는 것이다. 이들의 몸은 이러한 대문자 이데올로기를 충실하게 수행한다. 그 결과 이들의 낭만적 사랑은 사실상 무성애적 관계가 되고, 이들의 가족은 더 이상 재생산이 불가능한 영역에 놓인다. "아버지들은 아이들이 아니라 육체가 없는 이상들을 생산한다. 특히 후손들은 이러한 이상에 합당해야 한다. 아버지에게 "인정"받기 위해 아들들은 육체를 버리고 상징과 말로 변신해야 한다."412) 여성주체들이 공/사 영역의 구분을 해체하며 사회의

412) 크리스티나 폰 브라운, 앞의 책, 113쪽.

병리성을 가시화하며 자신들의 욕망을 전염시키는 불온한 여성동성사회성을 수행하고 있을 때, 남성들은 남성성의 규범을 지나치게 잘 이행하여 육체를 버리고 상징과 말로 변신한다. 이러한 무성애적 관계는 남성성의 토대에 내재한 양가성을 보여주는 것이기도 하다.

제 5 장

남성성의 비非수행과 괴물적 희생양

— 손창섭

남성성의 비非수행과 괴물적 희생양 – 손창섭

1950년대 신세대 문학을 대표하는 손창섭은 1950년대 단편소설 30
여 편과 장편소설『낙서족』,『세월이 가면』등을 발표하며 왕성한 활
동을 펼쳤다. 장용학, 김성한 등과 더불어 문단의 신세대로 주목받으
며 전후문학의 기수로 등장한 것이다. 그러나 손창섭은 해방 이후 한
국소설사의 주역이라 할 수 있는 4.19 세대와는 다른 지정학적 요소
들을 포함하고 있다. 그는 1920년대에 일본제국의 신민으로 출생하여
유년기를 보냈으며, 두 차례에 걸친 총력전의 군인으로 호명되었다.
그래서 염상섭이나 정비석처럼 국가와의 동일시를 통해 의사-장남이
나 애국자가 되지도 못하고, 4.19 세대처럼 새로운 근대문학을 선언할
수도 없다. 거부하거나 지켜나가야 할 전통이 없었으며 개척해야 할
미래를 상상하지도 않았다. 이로 인해 정호웅은 손창섭이 "객관 현실
에 대한 탐구와 반영에는 거의 관심을 두지 않았던 작가"라고 설명한

다.413) 그러나 손창섭이 발을 붙이고 있던 '고아'적 객관 현실은 손창섭 소설을 읽는 준거점을 마련해준다. "작가의 정신적 수기요", "자기고백의 과장된 기록"인 그의 소설은 "기형적인 개성의 특이성을 바탕으로 불우한 역경에서 형성된, 굴곡된 정신 내용의 역설적 고백"으로 서술된다. 방민호는 손창섭 소설의 자전적 경향을 검토하면서, 그의 소설이 전후세대라는 다른 감각을 내포하고 있음을 밝힌다.414) 본 연구는 이 다른 감각의 기원을 남성 젠더 수행성을 통해 확인해보고자 한다.

"만신창이의 적의만 남은 불구의 패잔병"으로서 소설을 창작하던 "아마추어 작가" 손창섭은 가부장으로 표상되는 권위를 거부하고 "부모도 형제도 고향도 집도 나라도 돈도 생일도 없는, 완전한 영양실조에 걸린 육신과 정신이 피폐한 고아"의 눈으로 세계를 바라본다.415)

---

413) 정호웅, 「손창섭 소설의 인물성격과 형식」, 『작가연구』 1996년 4월호, 창간호, 새미, 53쪽.

414) 방민호는 전후소설의 맥락에서 보면 1938년 일본으로 건너간 독립투사의 아들을 그리는 「낙서족」은 1959년에서 1960년으로 이어지는 동시대의 고민과는 다소 동떨어진 자리에 서 있는 작품으로 보이기 쉽다고 지적한다. 하지만 이 아이러니가 일본을 배우고 자란 손창섭 세대의 고민이라는 점에서 그의 소설은 시대와 연관되어 있다는 것을 밝힌다. 방민호, 「손창섭의 ≪낙서족≫에 관한 일고찰-자전적 소설과 세대론의 관점에서」, 『한국현대문학연구』 13, 한국현대문학회, 2003, 299~328쪽.

415) "소설이란 작가의 인생 체험의 반영이요 표현임은 중언할 여지가 없을 것 같다. 그러므로 작가가 작품 속에 구현시키고 부조해보려는 인생의 어떤 의미(테마)는 곧 그 작가가 자신의 인간 내용을 담보로 한 분신임에 틀림없을 것이다(461). 진부한 말이지만 이렇듯 기구한 운명과 역경 속에서 인간 형성의 가장 중요한 소년기와 청년기를 보내온 내가 비로소 자신을 자각했을 때, 나의 눈앞에 초라하게 떠오른 나의 인간상은, 부모도 형제도 고향도 집도 나라도 돈도 생일도 없는, 완전한 영양실조에 걸린 육신과 정신이 피폐한 고아였던 것이다(462). 이와 같이 새로운 나와 남의 발견은 결과적으로 나에게 인간 및 사회에 대한 불신과 반발심을 길러주었고, 심지어는 신에 대한 원망마저 품게 하였던 것이다. 이리하여 나의 인간은 삐뚤어진 반항 의식으로 성장했고, 걷잡을 수 없는 피해 의식에 사로잡히는 결과가 되고 만

그는 부재하는 아버지와 그 아버지를 대신할 형제들이 없는 데서 발생하는 세계와의 단절을 딛고 새로운 방식의 공동체를 구상한다. 이때 아버지는 민족이기도, 일본이라는 제국이기도, 대한민국이라는 민족국가이기도 하다. 이로 인해 이 단절은 독립된 개인이자 비국민의 서사로서 거듭난다.

1. 퀴어한 몸과 이웃 사랑의 윤리[416)

A. 청년의 아이되기와 이성애 공포

염상섭의 아들들이 결혼상대자를 '선택하지 않음'을 택한다면, 손창섭의 아들들은 이성애 관계를 거부한다. 청년인 주인공 주변에는 결혼을 재촉하거나 부탁하는 사람이 있지만, 남성주체는 한사코 연애도, 결혼도 모두 거부한다.[417) 손창섭의 남성주체들은 이성애에 대한 공포와 여성혐오를 드러내고 있기 때문이다.

것이다. 만신창이로 적의만 남은 불구의 패잔병이었다. 어딜 가나 멸시와 배척을 당할 뿐이었다. 이렇듯 나와의 공존과 공감을 허용하려 하지 않는 기성 사회, 기성 권위에 대한 억압된 나의 인간적 자기 발산이 문학 형태로 나타난 것이 말하자면 나의 소설이라 하겠다(463)." 손창섭, 「아마추어 작가의 변」, 『손창섭 단편 전집 2』, 가람기획, 2005, 461~463쪽.

416) 이 장은 허윤, 「1950년대 전후 남성성의 탈구축과 젠더의 비수행」, 『여성문학연구』 30, 한국여성문학학회, 2013, 43~71쪽의 3장을 보완·수정하였다.

417) 김진기는 손창섭 소설에서 반복적으로 나타나는 결혼 모티브가 전쟁이 파괴한 일상세계를 재현하는 것이라고 설명한다. 규범인 결혼을 기피하는 태도는 행복, 안정, 부부애, 자아실현 등 기존의 긍정적인 의미체계가 붕괴됐기 때문이라는 것이다. 김진기, 『무의미의 미학』, 박이정, 1999, 106~121쪽.

초기 단편인 「공휴일」의 주인공 도일은 약혼녀 금순과 어머니가 성혼을 재촉하고 있음에도 불구하고, 한 달에 두 번씩 찾아오는 공휴일에 "그의 소굴을 지키며" "정지된 시계추"처럼 보낸다. 그는 자신의 방 안에서만 자유를 느낄 수 있고, 혼자 애완용 미꾸라지와 붕어를 완상하며 시간을 보낸다.

> 그런 날이면, 도일은 대개로 사방 여섯 자 몇 치밖에 더 안 되는 자기의 자유스러운 생활의 영토 안에서, 은행장의 이름으로 신문이나 잡지에 게재할 경제 논문을 쓰거나, 최근에 바다를 건너온 각종 잡지며 신문을 뒤적이거나, 그러다가 좁쌀 개미떼 같이 잘디잔 활자에 신경이 지치면 어린애처럼 책장에서 별별 종류의 서적을 다 끄집어내다가는 그림이랑 사진이랑 실컷 구경도 하고, 거기에도 싫증이 나면 어항 속에서 노상 호기를 피우고 있는 두 마리의 미꾸라지와 한 마리의 붕어 새끼를 상대로 무엄한 희롱을 걸어보기도 하는 것이었다.[418]

"아들로서, 친구로서, 은행원으로서, 국민으로서의 의무"만을 감당하는 그는 타인에 대한 관심이나 관계에 대한 욕망이 없다. 그런 그에게 과거 교제했던 아미의 결혼식 청첩장이 도착한다. 미국유학의 장래가 보장되어 있으며 현재도 미국 기관에 근무 중인 청년과 결혼한다는 것이다. 아미의 청첩장이 여동생이나 어머니에게 파문을 일으키는 것과 달리, 도일은 청첩장을 "청춘을 묻어버리는 한 구절의 장송문"이자 "청춘의 비문"으로 해석한다. 그는 "부고장"과 같은 청첩장을 보며 아무런 미련도 느끼지 않는다. 이는 그가 이성을 욕망하지 않

---

418) 손창섭, 「공휴일」, 『손창섭 단편소설 전집』, 가람기획, 2005, 34쪽.

는 존재임을 보여준다. 오히려 그는 자신에게 접근하는 여성을 포식자로 상상한다.

도일의 약혼녀인 금순은 본래 말도 제대로 못 붙이는 수줍은 성격의 여성이었다. 그러나 그녀는 약혼을 계기로 인기척 없이 방문을 열고 들어올 만큼 친밀감을 드러낸다. 도일은 약혼 후 변한 금순을 하마, 살찐 돼지 등으로 연상한다. 이성과의 교류는 도일에게는 무섭고 징그러운 것이다. 도일은 약혼녀인 금순뿐 아니라 여동생 도숙의 몸에서도 동물성을 감지한다.

> 1) 양말을 신은 듯 만 듯, 발가락을 하나하나 헤일 수 있도록 환히 들여다보이는 금순의 발이, 도일에게는 징그럽기만 했다. 금세라도 저놈의 발이 발동을 개시하여 자기의 턱밑에 추켜들고 혀끝으로 쭐쭐 핥아달라고 조르지나 않을까 싶어 도일은 은근히 맘이 쓰일 정도였다. 도일의 신경이 미처 감당하지 못할 정도로 압박을 느끼는 것은 물론 금순의 알른알른 비치는 발, 그것뿐만은 아니었다. 간혹 가다가 도숙이가 웃통을 벗어부치고 화장을 하느라고 야단치는 구경을 할 때가 있다. 그럴 제마다 도일은 그 피둥피둥 살찐 어깨에서, 전에 동물원에서 본 기억이 있는 하마의 등덜미나 엉덩짝을 연상하며 현기증을 일으킬 뻔하는 것이었다.[419]
> 2) 그때 도일은 허연 돼지비계만을 불룩하도록 먹고 난 것처럼 메슥메슥하고 닝닝해서 종시 다시는 젓가락을 들지 못하고 말았었다. 그 뒤로는 여자와 가까이 있게 될 적마다 살찐 돼지의 허연 비곗덩이가 눈앞에 어른거려 입안이 다 텁텁해지기도 했다.[420]

---

419) 손창섭, 위의 책, 38쪽.
420) 손창섭, 위의 책, 39~40쪽.

도일은 스타킹을 신어서 속살이 보이는 금순의 발이 자신을 압박하지 않을까 두려워한다. 화장을 하는 여동생 도숙에게서도 현기증을 느낀다. 이 현기증은 익숙한 것이 기괴하게 느껴질 때 발생한다. 도숙이나 금순은 익숙한 여성들이지만, 이들 몸의 물질성이 가시화될 때, 남성주체는 기괴함을 느낀다. 여성의 육체는 돼지비계와 같이 메슥거리는 감각을 불러일으킨다. 이 이상하게 불안한 감각은 친숙했던 것에서 출발하는 두려운 낯설음(unheimliches)이다.[421]

프로이트는 가장 원초적인 두려운 낯설음의 대상으로 자궁을 제시한다. 자궁은 모두에게 친숙한 원초적 집인 동시에 비체화된 대상으로 억압된다. 이는 자궁을 가진 여성 몸 역시 마찬가지이다. 약혼녀인 금순은 도숙의 친구이자 이웃으로, 예전부터 알고 지내던 사이이다. 그러나 이러한 여성의 동물화는 도일이 여성의 친밀함을 자신에 대한 공격으로 해석하는 것과도 연결된다.

> 1) 앞으로 한 이불 속에서 밤을 지내야 될 때가 오면 이 여인은 아마도 솔가지 꺾어 때듯 우적우적 자기의 신경을 분질러버릴지도 모른다고 도일은 생각하는 것이었다.[422]
>
> 2) 정녕 결혼식 구경 갈 마음이 내키지 않으면 데리고 거리라도, 혹

---

421) 프로이트는 기괴함이 한때 매우 친숙했던 것이 이제는 더 이상 친숙할 수 없게 된 것, 한 개인이 자신의 성장 과정을 통해 결별하게 된 어떤 것, 또는 인류 전체가 진화나 문화의 발전 과정을 통해 초극해버린 어떤 것이 우리에게 다가올 때 주는 느낌이라고 말한다. '집과 같은, 낯설지 않은, 친숙함'을 뜻하는 heimlich는 동시에 '다른 이의 눈에 안보인 채 숨어 있는 비밀스러운'이라는 의미에서 '숨어 있는', '위험한'으로 확장된 결과 오래 전부터 친숙했던 것 중 억압되었던 것들을 가리키는 의미로 사용된 것이다. 지그문트 프로이드, 『예술, 문학, 정신분석』, 정장진 옮김, 열린책들, 2004.
422) 손창섭, 앞의 책, 41쪽.

은 바닷가라도 좀 거닐어줘야 인사가 아니냐고, 얼굴이 빨개가지
고 떼쓰듯 조르는 금순을, 진창발로 좋아라고 주인에게 뛰어오르
는 개를 쫓아버리듯 하여 간신히 돌려보내고 난 도일은 밀린 사
무를 겨우 시간 내에 정리하고 났을 때처럼 일시에 전신의 피로
를 느끼는 것이었다. 담배를 즐길 줄 모르는 그는 이럴 때 어항
속의 미꾸라지와 붕어 새끼를 들여다보는 것으로 거친 신경을 쉬
는 수밖에는 도리가 없었다.[423]

　　도일은 금순과의 섹스를 자신의 신경을 분질러버릴지 모르는 것이
라고 생각한다. 이는 그가 여성 섹슈얼리티에 대한 공포와 혐오를 갖
고 있음을 보여준다. 금순과의 낭만적 연애는 도일에게 '밀린 사무'로
비유된다. 결혼을 어항의 밑바닥에 웅크리고 있는 미꾸라지와 위를
향하는 붕어가 결혼하는 것과 같은 비극이라고 말하기도 한다.[424] 이
는 도일이 여성에 대해 느끼는 감정이다. 도일은 결혼을 과업으로 생
각하며, 거부한다. 프로이트는 이러한 이성에 대한 공포를 어머니의
결핍을 목격한 거세 공포라고 명명한다.[425] 그러나 도일의 경우처럼

---

423) 손창섭, 앞의 책, 42쪽.

424) 한 마리의 미꾸라지와 붕어 새끼는 전이나 다름없이 제멋대로의 삶을 짊어지고 있
었다. (중략) 그야 물론 미꾸라지는 미꾸라지끼리, 붕어는 붕어끼리 그런다면 상관
없는 일이라 하겠지만, 늘 위쪽으로만 꼬리를 살래살래 흔들며 떠돌아가는 붕어 새
끼와, 이건 반대로 줄곧 밑창에만 엎드려 있는 미꾸라지가 서로 결혼을 하게 된다
면 그것은 틀림없는 일종의 비극이 아닐 수 없다고 생각되는 것이었다(「공휴일」,
48쪽).

425) 지그문트 프로이트, 『꼬마 한스와 도라』, 김재혁 옮김, 열린책들, 2004. 프로이트는
하얀 말이 자기를 물지도 모른다는 공포를 가진 꼬마 한스를 통해 그 공포증과 성
적 욕망 사이의 관계를 분석한다. 불안 히스테리에 시달리는 한스는 어머니로부터
"또 그런 짓을 하면 A박사님이 와서 고추를 떼버릴 거야"라는 위협을 당한다. 프로
이트는 이 위협을 '거세하는 아버지가 주는 불안감'이라고 설명한다. 그러나 이후
카렌 호니는 거세하는 자는 남성-아버지지만, 거세하겠다는 공포와 위협은 여성-

거세 공포는 여성처럼 거세될 수 있다는 데서 느끼는 공포가 아니라 여성이 자신을 거세할 수 있다는 데서 느끼는 것이라고 설명하는 편이 합리적이다. 어머니의 남근 페티시는 프로이트가 주장하는 것처럼 어머니의 결핍을 감추는 것이 아니라 오히려 거세의 주체인 이빨달린 질을 감추는 것이다. '이빨 달린 자궁'이라는 여성 섹슈얼리티에 대한 혐오는 여기서 출발하는 것이다.

바바라 크리드는 여성의 육체에 대한 거부는 '이빨 달린 자궁'을 가진 여성의 섹슈얼리티가 남성을 유혹하여 거세할지 모른다는 공포에서 비롯하고 있음을 지적한다.426) "자기의 신경을 우적우적 분질러버릴 것"이라는 도일은 금순을 자신을 거세하는 자로 상상한다. 이때 거세하는 여성은 인간과 비인간, 여성성과 남성성 등의 다양한 경계를 해체하는 괴물성을 드러냄으로써 비체가 된다. 경계와 위치, 규칙을 존중하지 않으며 정체성과 체계, 질서를 교란하는 비체는 어머니와 여성 신체로부터 생겨나는 공포이다. 그렇기 때문에 노출된 금순의 발은 도일에게 공포와 혐오를 불러일으킨다.

이와 같은 거세 공포는 여성에 의해 거세당하는 남성을 통해 오이디푸스 콤플렉스를 부정하는 것으로 연결된다. 아들은 어머니가 거세

어머니로부터 나온다는 사실을 통해 오이디푸스 콤플렉스의 허점을 지적한다.
426) 바바라 크리드, 『여성괴물』, 손희정 옮김, 여이연, 2008, 202~230쪽. 바바라 크리드는 크리스테바의 비체를 원용하여 대중서사물인 공포영화의 분석에 적용한다. 공포영화 속 여성들이 괴물 같은 존재로 구성될 수밖에 없는 사회의 가부장제적 속성을 지적하고, 그러한 여성괴물을 보지 못하는 비평 담론의 남성 중심성을 비판하는 것이다. 크리드에 따르면, 피, 타액, 땀, 눈물, 썩은 살 등의 육체적 배설물들은 크리스테바의 비체의 일종으로, 모성적 특성과 연관된다. 뾰족한 송곳니, 피 묻은 입술의 클로즈업 숏 등은 이빨 달린 자궁의 시각적 이미지를 확인할 수 있다.

되지 않았다는 것을 알고 있으며, 아버지는 거세하는 자가 아니라는 것을 무의식적으로 인지하는 것이다. 남성은 여성이 거세되지 않았다는 사실을 두려워하기 때문에 여성을 거세된 것으로 '구성한다'[427]는 주장을 생각한다면, 손창섭의 주체가 보여주는 거세 공포는 여성을 거세된 자가 아니라 거세하는 자로 재구성하는 것이라 볼 수 있다.

도일은 자신의 공휴일을 위협하는 금순의 육체에 대해 공포와 동시에 혐오를 느끼고 그녀와의 약혼을 파기할 것을 결심한다. 결국 「공휴일」에서 두 쌍의 결혼은 모두 무산된다. 아미의 결혼식에는 아이를 업은 여인이 찾아오고, 도일은 새출발을 다짐하며 금순과의 약혼을 취소하겠다고 결심하며 집을 나선다. 그에게 새출발은 어머니의 기대와 달리 금순과 파혼하는 것이다. 소설은 이러한 도일의 태도를 '권태증'이라고 설명한다.

손창섭 소설에 나타나는 권태를 이해하는 데는 권태가 성장을 거부하는 기호라는 점이 중요하다. 스벤젠은 권태를 영원한 청춘기로 명명한다. 권태가 성숙을 불가능하게 만들었다는 진단이다.[428] 이로 인해 권태를 느끼는 현대인은 영원히 미숙한 청년으로 남아 있게 된다. 이는 근대사회의 특징적 현상이기도 하다. 자아 이상으로 작동하던 아버지의 상징적 권위가 불가능한 시대에 오면, 성인들 역시 아버지와 경쟁하는 미숙한 청소년들로 남는다는 것이다.[429] 그러나 이때 말

---

427) Susan Lurie, "The construction of the "castrated woman" in psychoanalysis and cinema", *Discourse* 4, 1981-2, pp.52~74.
428) 라르스 스벤젠, 『지루함의 철학』, 도복선 옮김, 서해문집, 2005.
429) 슬라보예 지젝, 『까다로운 주체』, 이성민 옮김, 도서출판b, 2005, 539쪽. "아버지는 더 이상 자아 이상으로서, 상징적 권위의 담지자로서 지각되지 않으며 이상적 자아로서, 상상적 경쟁자로서 지각된다. 그리고 그 결과 결코 실제로 '성장'하지 않는다.

하는 성숙은 사실상 영토화에 해당한다. 도일은 결혼과 가족 만들기 등을 거부함으로써 미성숙의 영역에 남는다. 이는 성장이라는 영토화에 대한 탈영토화이다. 성숙한 인간이 남자를 뜻한다면, 들뢰즈 가타리의 "아이", "소녀", "동물"은 그 대척점에 놓인다.[430] 다 자란 남자들의 권태는 그야말로 근대적 성숙한 남자에 대한 거부로서 아이 되기의 일종이다. 그리고 이 아이 되기는 '정상적' 이성애 관계에 대한 거부로 이어진다.

손창섭의 남성주체들은 섹스에 적극적인 여성들과 달리 성애를 거부하는 "얌전한 서방님"들이다. 「비오는 날」의 원구는 동옥에게 매력을 느끼지만 적극적으로 나서지 않는다. 동욱과 동옥 남매는 "폐가와 같은", "만화책에 나오는 도깨비 집"에 산다.[431] 이 집은 비가 오는 날씨와 어우러져 유령과 같은 남매의 삶을 증언한다. 오빠인 동욱은 친구 원구에게 "불구인 신체와 같이 불구적인 성격"의 동옥과의 결혼을 재촉한다. 그러나 원구는 동욱의 부탁에 대해 이렇다 할 대답을 찾지 못한다. 시대의 불구를 체현한 다리를 가진 동옥의 육체를 선뜻 책임질 수 없기 때문이다. 이로 인해 원구는 '무거운 머리'로 생각하느라 결단을 내릴 기회를 놓치고 만다.

오늘날 우리는 심적 경제의 측면에서 볼 때 자신들의 아버지와 경쟁하는 '미숙한' 청소년으로 남아 있는 삼사십 대의 개인들을 대하고 있는 것이다."

430) 이성민, 「권태와 청춘」, 『권태』, 자음과모음, 2013, 17~33쪽.

431) 낡은 목조 건물이었다. 한 귀퉁이에 버티고 있는 두 개의 통나무 기둥이 모로 기울어지려는 집을 간신히 지탱하고 있었다. 기와를 얹은 지붕에는 두세 군데 잡초가 반길이나 무성해 있었다. 나중에 들어 알았지만 왜정 때는 무슨 요양원으로 사용되어 온 건물이라는 것이었다. 손창섭, 「비오는 날」, 『손창섭 단편 전집 1』, 가람기획, 2005, 77쪽.

물탕에 젖어 꿀쩍거리는 신발 속처럼 자기의 머리는 어쩔 수 없는 우울에 잠뿍 젖어 있는 것이라고 공상하며 원구는 호박 덩굴 우거진 철둑 길을 걸어나갔다. 그 무거운 머리를 지탱하기에는 자기의 목이 지나치게 가는 것같이 여겨졌다.432)

동옥의 '반반한 얼굴'은 판매할 수 있는 자산이자 교환가능한 대상으로서의 여성 섹슈얼리티를 의미한다. 이는 판매할 수 없는 남성의 몸과 대비된다. 남성은 '무거운 머리'로, 로고스의 몸으로 존재하지만, 이 몸은 교환가치가 없는 것이다.433) 원구가 주인집 남자의 말에 격분하면서도 동옥을 찾아 나서지 않고 발길을 돌리는 것은 그러한 교환가치를 가진 섹슈얼리티에 대한 두려움 때문이다. 동옥의 지나치게 가는 다리는 오히려 육체의 무게로 다가오는 것이다.

「사제한」은 사창가의 한복판에 위치한 신문사 영업소를 배경으로 진수와 하교, 홍 선생 등 3명의 남성을 등장시킨다. 은사인 홍 선생이 사회를 개탄하며 진수에게 와서 밥을 얻어먹고 가는 무뢰한이라면, 약자를 옹호하는 깡패 하교는 강한 행동력과 남성성을 신봉한다. 그는 "고자는 남성이면서도 남성일 수 없듯이 활동력이 없는 인간은 인간이면서도 인간이 아닌 것"434)이라며 홍 선생을 "폐물" 취급한다. 이러한 비판은 창녀들에게 감상적인 동정을 베풀고 있는 진수에게까지 이어진다. 진수는 사창가 여성들의 편지를 대신해서 작성해주면서 그

---

432) 손창섭, 「비오는 날」, 위의 책, 79쪽.
433) 손창섭 소설에서는 교환가치를 가진 여성의 몸에 대한 부러움이 등장한다. 남성성의 의미로부터 탈출하고자 하는 '니힐'들은 몸을 교환가치로 치환하려고 시도함으로써, 여성의 물질성을 획득하려고 하는 것이다.
434) 손창섭, 「사제한」, 『손창섭 단편 전집 1』, 가람기획, 2005, 315~316쪽.

들의 사연에 눈물을 흘리며 공감한다. 싸움이 벌어지거나 경찰이 단속을 나오면 창녀들을 숨겨주고 보호해주면서 육체의 매매가 공공연히 흥정되는 "특수 지대의 한복판"에 살면서도 동정을 지킨다. 소설은 하교의 폭력성, 진수의 무능함 등 남성성의 젠더 규범을 추구하는 주체들을 희화화한다.

이처럼 손창섭 소설의 남성주체들은 아이러니하다. 도일이나 진수는 성적 충동을 과시하지 않는다. 이들은 오히려 섹슈얼리티 없는 삶을 살고 있다. 그런 점에서 이들은 고결한 남성성을 체현하고 있다고도 볼 수 있다.[435] 고결한 남성성의 목표는 남성적 아름다움에서 섹슈얼리티를 제거하여 민족국가를 남성동성사회로 만드는 것이다. 그러나 손창섭 소설의 남성주체들은 강하고 정의로운 남성성도, 이성애정상성도 체현하지 못한 몸들이다. 남성다움에 대한 해석에는 신체적 감각이 주요한 역할을 한다. 남성적 젠더는 움직이는 방식, 섹스할 때의 가능성과 관련된다. 공격성, 성욕, 충동 등 남성의 몸은 행동을 추동하거나 유도하며 양육이나 동성애를 거부하는 토대라고 상정된다.[436] 그러나 도일이나 진수 등 손창섭 소설의 남성주인공들은 이성

---

435) 조지 모스는 현대사회에서 가장 강력한 이데올로기인 민족주의와 예절과 도덕, 섹슈얼리티에 대한 특정한 태도를 가리키는 고결함(repectability)이 함께 발전해왔다고 지적한다. 민족주의와 더불어 남자다움에 대한 강조가 진행되었으며, 독일, 영국과 같은 프로테스탄트 국가들은 이 둘을 결합시켜 섹슈얼리티를 통제했다는 것이다. 남성성은 깊이와 진지함을, 여성성은 얕음과 경솔함이라는 주어진 역할을 제대로 수행함으로써 민족의 일원으로 인정받을 수 있는 것이다. 모스에 따르면, 민족은 인간의 저급한 정념으로부터 미적 이상을 보호하였으며 그 육체적 열망을 자기 통제와 순결의 상징으로 변형시켰다. 여성은 마돈나적 이상을 따라야 했고, 아름다운 남성들은 남자들의 인간 관계에 잠재한 에로틱한 측면을 희석시키고자 노력하였다. 조지 모스, 『내셔널리즘과 섹슈얼리티』, 서강여성문학회 옮김, 소명출판, 2004, 9~42쪽.
436) R. W. 코넬, 앞의 책, 80~99쪽.

애적 실천을 거부한다. "키스니 포옹이니 하는 건 그 어감에서 오는 매력에 비하면 실지 아무것도 아니었다"[437]는 남성주체의 고백은 이성애정상성에 바탕을 둔 남성성에 대한 중대한 위반이다. 이러한 성적 역할의 약화는 시민 계급의 안정된 사회를 무너뜨릴지 모른다는 공포를 불러일으킨다. 그리고 손창섭의 소설에서는 단서를 확인해볼 수 있다.

손창섭의 남성주체들은 여성의 섹슈얼리티로부터도, 결혼이라는 이성애 제도로부터 자유롭다. 이들은 헤게모니적 남성성의 이상에 부합하지 않는 사람들로, 진정한 남성성과 이를 돋보이게 하는 대조적인 존재들 간의 간격을 좁힌다. 몸의 물질성에는 예민한 감각을 드러내지만 남자다움을 수행하는 섹스는 하지 않는 것이다. 이는 쾌락원칙에 지배되는 세계를 탈구축하고 비-정상적인 윤리의 세계로 진입한다.

B. 이상성욕자와 자기준거적 매저키즘

「공휴일」에는 특이한 삽화가 한 장면 들어간다. 도일에게 여성과 남성의 차이에 대해 설명하던 친구가 도일의 배를 직접 만져보는 것이다.

그 친구는 친절하게도 여자의 뱃가죽의 신비스러움을 구체적으로 설명해주기 위해서, 술을 먹다 말고 자꾸 도일의 배를 좀 내봐보라고 졸랐다. 그걸 거절하자면, 한참이나 아웅당해야 될 일이 귀찮아, 무탈한 남자들끼리만의 석상이라 그러면 어디 실험해보라고 하며, 도일은 허리띠를 끄르고 양복바지 괴춤을 풀어놓아 주었던 것이다. 친구는 만

---

437) 손창섭, 「서어」, 『손창섭 단편 전집 1』, 가람기획, 2005, 212쪽.

족한 듯이 뻣뻣한 그 손바닥으로 도일의 배꼽 아래께를 두어 번 벅벅 쓸어보고 나서, 손가락 끝을 집게처럼 해가지고, 이걸 좀 보라고 하며 뱃가죽을 집어보이는 것이다.[438]

도일은 "무탈한 남자들끼리만의 석상"이라 두려움 없이 바지를 풀어서 친구가 자신의 배를 만질 수 있도록 한다. 이는 여성과의 관계를 거부하는 도일이 타인과 피부를 맞대는 유일한 장면이기도 하다. 이처럼 성애화된 접촉은 형제들 사이에서 그들의 우애를 돈독하게 하는 방식으로 등장한다. 즉 동성애와 동성사회 사이의 구분을 해체하고 남성연대의 토대임을 가시화하는 것이다.

동성 간의 친밀한 접촉은 「인간동물원초」에서 더욱 두드러진다. 감방 안에는 주사장-양담배, 방장-핑핑이 커플이 있다. 이들의 섹스는 감방 내에서 합의된 권력관계에 의해 규칙이 된다. 최장기수인 방장의 배치에 따라 비교적 최근에 감방에 들어온 양담배와 핑핑이는 이 규칙을 이행할 수밖에 없다. 미군부대에서 담배 한 보루를 몰래 빼돌리다 걸린 양담배는 주사장의 파트너가 되어 "밑구멍에 고름이 들" 만큼 밤마다 괴롭힘을 당한다. 강간범인 핑핑이는 방장을 상대해주다 어지럼증을 느끼게 될 정도이다.

　　동굴 속 같은 이 감방에 들어온 날 저녁부터 양담배는 아주 고약한 경험을 당하고 있는 것이다. 방장이 잠자리를 정해주는 대로 좁은 틈에 끼어 어렴풋이 잠이 들려고 하는 순간이었다. 등 뒤에 붙어 자던 주사장이 슬그머니 양담배의 엉덩짝을 쓰다듬는 것이었다. 이 안에서는 누

438) 손창섭, 「공휴일」, 앞의 책, 39쪽.

구나 내의를 입지 못하게 되어 있는 것이다. 알몸뚱이에 고름 없는 여름 두루마기 같은 수의를 걸치고 있을 뿐이다. 수의 자락만 들치면 그대로 맨살이다. 그러기에 주사장은 손쉽게 양담배의 엉덩짝을 어루만질 수 있었다. (중략) 그러자 주사장은 양담배의 옷자락을 훑어 걷어올리더니 누운 채로 등 뒤에서 꼭 끌어안으며 이상한 짓을 하려 드는 것이다.439)

양담배는 주사장의 손길을 느끼지만 저항에 실패한다. 삽입당하는 것이 성적 주체성을 잃고 객체가 되는 것, 즉 여성화되는 것이라면, 감방이라는 동성사회 안의 남성들은 각기 자신의 위치에 따라 남성과 여성을 수행한다. 특히 이들 사이의 동성애 행위는 성적 계약과 교환에 내재된 폭력성을 가시화한다. 감방 안의 수직적 질서에 의해 정해진 역할을 단지 수행할 뿐, 거부할 수 없기 때문이다. 이는 여성성을 수행하는 소설의 초점화자 양담배를 통해 관찰된다. 양담배는 '순진한 화법'을 사용하여 남성동성사회의 동성사회성을 동성애로 가시화하여 재현함으로써 남성 동성사회에 내재한 폭력과 규범을 폭로한다.

미성년자강간범인 펑펑과 임질균을 보유한 임질병, 힘으로 양담배를 제압한 주사장 등은 모두 남성성의 과잉을 보여주는 인물이다. 이들은 여성을 정복의 대상으로 칭함으로써 자신의 능력을 자랑하고, 대상화할 수 있다면 누구든 상관하지 않고 자동적으로 반응한다. 즉 여성성의 기호에 반응하는 페티시즘적 욕망을 드러낸다. 이들에게 섹스는 친밀성의 표현이나 자아이상에 대한 동일시440)가 아니라 동성사

439) 손창섭, 「인간동물원초」, 『손창섭 단편 전집 1』, 가람기획, 2005, 225쪽.
440) 프로이트는 동성애를 자신과 닮은꼴이자 자기가 되고 싶은 자아이상과의 사랑으로,

회를 구성하는 방식이다. 이러한 남성성의 과잉으로 인해 피해자가 되는 것이 주인공들이다.

수감자들은 섹스를 매개로 공동체를 형성한다. 창밖으로 보이는 연인 혹은 여자를 두고 섹스를 상상하면서 공동의 문화를 만들어 나가고, 신입을 누가 차지하느냐를 놓고 벌어지는 신경전과 협상은 동성사회의 교환관계를 재현한다. 감방 자체가 동성애를 수행함으로써 유지될 수 있는 것이다. 방장과 주사장은 남성성을 수행하기 위해 새로 들어온 수감자를 놓고 경쟁한다. 살인 강도의 재범으로 16년째 징역살이를 하고 있는 방장과 강도 강간범으로 10년 이상 복역 중인 주사장은 범죄의 질이나 수감 기간 등의 조건들이 서로 대등하다. 이로 인해 사소한 일로도 언쟁을 하고 싸움을 펼친다. 이들의 다툼은 여자, 처녀성 등으로 이어지며 종국에는 주사장이 방장을 향해 처녀와는 자본 적이 없고, "사내의 밑구멍에 고름을 들게 한 것이 고작"이라며 비웃는 것으로 끝난다. 이 말은 방장의 남성성에 대한 도전이기에 최대의 모욕으로 여겨진다.

궁극적 차원의 나르시시즘이라고 분석하였다. 동성애를 나르시시즘과 연결시킨 것은 19세기 후반의 성의학자 해브록 엘리스이다. 그는 동성애가 남성이나 여성이 이성을 사랑하지 않고 자신을 투영하는 다른 남성이나 여성을 사랑하는 자기 사랑의 병리현상이라고 하였다. 프로이트 역시 이와 유사한 입장에 선다. 그는 동성애를 자아를 향한 리비도의 집중으로 설명한다. 그에 따르면 자아를 향한 리비도는 대상으로 전환될 때에도 완전히 사라지지 않고, 어느 정도는 남아서 자기 안에 유지되어 대상 리비도와 조화를 이룬다. 하지만 어떤 사람들의 경우는 대상 리비도와 자아 리비도 사이의 균형이 깨져서 붕괴하게 되는데, 이를 보여주는 것이 나르시시즘적 사랑 대상의 선택이다. 사내아이는 어머니에 대한 사랑을 억압하고 자신과 어머니를 동일시한다. 따라서 훗날 새로운 대상을 선택할 때 자기 자신을 모델로 삼는다. 자신을 어머니의 위치에 놓고 자신이 자기의 분신을 사랑한다는 것이다. 지그문트 프로이트(1914), 「나르시시즘 서론」, 『정신분석학의 근본개념』, 윤희기, 박찬부 옮김, 열린책들, 2003, 39-86쪽.

감방이라는 남성동성사회가 무너지는 것은 체형이나 피부, 몸짓 등이 여자 같은 소매치기가 새 수감자로 들어오면서다. 묵은 갈등은 폭력사태로 번지고 감방사회의 불문율은 깨진다. 보통 남성들 사이의 갈등은 타자인 여성을 대상화함으로써 해소된다. 공격하는 자와 공격받는 자의 능동/수동의 이분법이 남성/여성으로 재기입되어 여성성에 대한 남성성의 처벌이라는 논리를 반복하게 되는 것이다.441) 이는 공격적 남성성을 정당화하는 근거로 사용되어 왔다. 남성적 자아의 목적은 모든 위협을 통제하는 것이고, 자아의 성은 내부와 외부를 가르는 경계와 구획에 의해 정의된다는 생각은 남성성은 곧 공격성이라는 주장을 뒷받침한다. 정체성을 유지하기 위해 자아는 외부적 공격을 격퇴할 뿐만 아니라 내부로부터의 반역도 제압해야 한다는 것이다.442) 그러나 「인간동물원초」에는 이러한 성별 이분법을 기입할 여성이 없다. 따라서 남성동성사회는 자기 내부에 타자-여성을 만들고 처벌한다. 남성성을 확인하기 위해 남성을 공격하는 것이다. 항문성

---

441) 사브란은 2차 세계대전 이후 성 해방, 반인종주의 등과 같은 운동이 전개됨에 따라 미국의 백인 남성들이 자신이 힘을 잃었다고 생각하며 희생자화되었다고 느낀다는 점을 분석한다. 그는 이러한 희생자화가 남성성의 실패에 대한 오인이라고 지적한다. 이러한 매저키즘은 "가부장제와 남성 동성사회적 관계를 가능하게 하는 호모에로티시즘과 부인의 전략을 통해서 끊임없이 드러나고 숨겨지는 문화적 재생산의 방식"으로서 작동하며 미국의 백인 남성들에게 '남성답게 행동할 것'을 요구한다는 것이다. 이는 결국 미국의 백인-남성성이 매저키즘을 바탕으로 형성되었다는 점을 드러내는 것이기도 하다. 이것이 사브란이 반사적 매저키즘이라고 부르는 정신분석학적 매커니즘이다. David Savran, *Taking it like a man: White Masculinity, Masochism, and Contemporary American Culture*, Princeton University Press, 1998, pp.1~32, 89~90; 안상욱, 「한국사회에서 '루저문화'의 등장과 남성성의 재구성」, 서울대 석사학위논문, 2011, 73~75쪽.

442) Anthony Easthope, *What a Mans' Gotta Do: The Masculine Myth in Popular Culture*, Boston: Unwin Hymann, 1990, pp.39~40.

교, 가학성교 등의 새도매저키즘은 남성성을 강화하기 위해 타자의 기표를 새기는 과정의 일부이다. 그러나 이 새디즘은 남성을 향하고 있기 때문에 동일시를 거쳐 결국 매저키즘으로 돌아오는 자기준거(self-reflexivity)의 과정이기도 하다.

방장은 신입을 차지하는 과정에서 벌어진 싸움이 간수들에게 적발되자 주사장에게 원한을 품고 살해한다. 이는 두 명의 알파메일을 중심으로 구성된 감옥 내의 형제애적 질서를 파괴한다. 남성공동사회는 교환거래에서 생겨난 갈등으로 인해 균열되고, 형제를 죽이는 것으로 끝을 맺게 되는 것이다. 손창섭은 공동체의 질서, 형제애가 가리는 섹슈얼리티를 가시화하고 이를 통해 남성동성사회의 허위를 폭로한다.

손창섭의 소설에서 유일하게 불가능한 성적 실천은 이성애라고 봐도 무방하다. 「설중행」의 고 선생은 10년 만에 만난 옛 제자로부터 "인정과 우정"을 요구당한다. 그러나 인정과 우정은 교환을 토대로 해야 하는데, 월남한 관식은 남한에서는 하숙방조차 얻지 못하는 신세이다.

> "우정? 아니 이거 점점 더 해괴한 소리가 나오는구나. 너와 나 사이에 대체 언제 그리도 알뜰한 우정이 쌓였더냐? 나도 먹기 위해 시가로 너희들에게 지식을 팔았다. 너희들은 도매값으루 내게서 지식을 샀다. 언제 탐탁히 친교를 맺어왔단 말이냐?"[443]

고 선생은 우정을 요구하는 관식에게 자신들은 지식과 돈을 교환한

---

443) 손창섭, 「설중행」, 『손창섭 단편 전집 1』, 가람기획, 2005, 274쪽.

사이이지 우정을 맺은 적은 없다고 단언한다. 그러나 그는 관식과 남이 등 젊은 세대의 철저한 자본주의적 교환경제까지는 나아가지 못한다. 그에게는 '팔지 못하는 것'이 있기 때문이다. 제자였던 관식은 여자친구까지 데리고 와서 고 선생의 집에 기생한다. 식비를 축내는 것은 물론이고, 고 선생의 단벌 양복까지 훔쳐 입고 나간다. 여자친구가 있으면서도 다른 여자들과 데이트를 하고, 사창가에도 드나드는 관식이 볼 때, 고 선생은 여자에게도 관심이 없고, 성공하려는 야망도 없는 남자 같지 않은 남자이다. 재미있는 점은 돈을 둘러싼 이 둘의 실랑이가 다른 손창섭의 소설에서는 부부 관계에서 등장한다는 점이다. 돈을 주지 않으려는 부인과 요구하는 남편 사이의 실랑이를 닮아 있는 것이다.

> "선생님두 참 딱합네다. 사람이 모두 상품이지 뭡네까? 이왕 팔려서 살 바엔 근사한 데루 한번 팔려가보시라구요. 선생님이 그 여자와 결혼만 하시문 나두 한몫 봅네다. 그 여인의 돈을 미끼루 내가 큰 사업을 하나 벌여볼 수 있거든요."[444]

관식은 이북 사투리로 돈 많은 여성과의 결혼을 거절하는 고 선생의 허위를 비난한다.[445] 앞서 선생과 학생 사이의 교환 관계를 강조했

---

444) 손창섭, 위의 책, 289쪽.
445) 월남민인 관식의 사투리는 이질적이다. 손창섭의 소설에서 월남민은 생에 대한 욕망으로 가득차서 타자들에게 폭력을 휘두르는 주체들이다. 그들의 시끄러운 사투리는 피난민 지역의 동물성을 드러낸다. 「생활적」의 동주는 "함경도 사투리와 평안도 사투리를 쓰는 아주머니들"이 10여 명씩 모여 있는 샘터에서 언제나 괄시를 당한다. 아무도 줄을 서서 차례를 기다리지 않는 이곳에서 여성들은 동주를 향해 "남덩어런이 왜 점잖디 못하게 이르케 덤베때리우"(101)라며 팔꿈치로 밀어내는 여성들

던 고 선생은 관식의 자본 앞에 무너진다. 관식에게 돈으로 바꾸지 못할 것은 없다. 결혼을 거절하는 고 선생이 "위선의 가면"을 쓰고 있다고 지적하는 것도 그 때문이다. 그러나 고 선생이 성인 여성과의 관계를 거부하는 것은 그가 성인 여성을 공포의 대상으로 보기 때문이다. 수천만 환의 재력가인 사업가 여성은 더욱 그렇다. 이는 그녀가 고 선생을 선택한 이유가 "자신의 돈을 노리지 않을 것 같은 얌전한 남자를 고르기 때문"이라는 데서 확인된다. 재력가 여성의 남성성은 고 선생을 상징적으로 거세하는 것이다.

이렇게 성인 여성을 두려워하는 그가 섹슈얼리티를 의식하는 순간은 자신의 등에 붙은 관식의 사타구니를 느꼈을 때이다. 좁은 고 선생의 방에서 둘이 생활하기 때문에 두 사람은 육체적으로 부딪힐 수밖에 없다. 관식은 고 선생의 등에 달라붙기도 하고, 다리를 얹기도 한다. 고 선생은 그런 관식으로 인해 불편함을 느낀다.

그보다도 모로 누운 고 선생 등에 관식은 잠결에 바짝 달라붙는 수가 있다. 그럴 때마다 관식의 사타구니가 걸씬 거려서 고 선생은 이를 데 없이 거북스러웠다. 관식이가 그 무거운 다리를 얹고 자기 때문에 아침에 잠을 째면 고 선생은 허리가 저리기도 했다.[446)

고결한 교환질서를 강조하면서 관식의 비도덕성을 비난하는 고 선생은 관식의 몸을 느끼고, 거북하다고 생각한다. 이는 남성동성사회의

틈에 끼는 것이다. 이는 결국 오해로 인해 "그 새끼 끌어내다 때리우. 그래야 정신드우다"(115)라는 폭력으로 이어진다. 여기서도 관식이 고 선생의 위선을 지적할 때, 사투리가 등장한다.
446) 손창섭, 앞의 책, 282쪽.

불문율인 성애적 코드를 가시화하는 것이다. 그러면서 동시에 그는 관식의 여자친구인 귀남에게 관심을 보인다. 10대 소녀의 잠든 입에 키스를 하면서 "나는 너를 딸이라고 생각하고 그랬다. 돈이 좀 생기면 네 겨울 내의부터 한 벌 장만해주마" 하고 중얼거리는 고 선생은 비정상적 섹슈얼리티를 체현한 인물이다. 고 선생은 남이를 욕망하지만, 이 욕망은 죽은 것과 같은, 잠자는 남이의 경우에 한정한다. 남이가 깨어나 그의 접근을 허락하는 순간, 그들의 상상적 관계는 끝난다. 자는 소녀에게는 키스를 하지만, 세상에 공짜는 없다고 말하는 당찬 여성은 피하는 고 선생의 태도는 손창섭의 다른 소설에서도 발견할 수 있다.

손창섭의 연구사에서 「미소」는 자주 다루어지지 않는 텍스트이다. 등장인물이나 구조, 에피소드들 사이의 친연성이 있는 여타 소설과 다르게 액자 형식으로 되어 있으며, 액자 안의 이야기가 일방적 고백의 편지라는 점에서 한계를 가지고 있기 때문이다. 그러나 이 소설은 손창섭의 증상을 보여준다는 측면에서 주목해 볼 필요가 있다. 「미소」의 나는 친척으로부터 원고를 하나 읽어달라는 부탁을 받는다. 주변에서 "괴물"이라고 부르는 이 남자는 지방에서 고아원 겸 농장을 경영하고 있다. 친척의 장남인 그는 결혼을 서두르는 가족들에게 맞선을 볼 여자가 자기의 원고를 읽고 공감한다면, 무조건 결혼하겠다는 의사를 밝히며 한 편의 원고를 건넨다.

'괴물'의 이야기는 다섯 통의 편지로 구성된다. 소설은 '귀양'에 대한 찬사로 가득하다. 편지를 거듭하면서 독자들은 소설의 "유리처럼 투명한 미소"를 가진 귀양이 누구인지 궁금증을 갖게 된다. 그는 교회당 앞에서 그녀를 기다리기도 하고, 교회에서 나오는 그녀를 붙잡고 애걸하다가 끌려 나가기도 한다. 여기까지는 한 여성을 사랑하는 순정한 남자의 고백처럼 제시된다. 자신의 감정을 고백한다는 편지의 일방적 형식 때문이다. 이러한 형식적 특성은 소설의 결론이 밝혀졌을 때, 충격을 배가한다. 소설의 독자들은 이 남자가 그토록 사랑하는 수신자의 정체를 궁금해한다.

> 1) 내 호소가 통하기에는 귀양의 실체는 너무나 어렸습니다. 그러나 나는 희망을 버리지 않았습니다. 귀양의 그 투명한 미소는 연령의 차이를 초월한 육체로 나타날 수 있다고 생각했기 때문입니다. 그렇다고 오해해서는 안 됩니다. 너희가 어린아이와 같지 아니하면 하늘나라에 들어갈 수 없으리라고 한 바이블의 구절에 지배받은 탓은 결코 아니니까요.447)
>
> 2) 마침내 귀양은 발버둥을 치며 울기 시작했습니다. 나는 더욱 세차게 꽉 부둥켜안고 뛰었습니다. 뒤에서 사람들이 따라오며 고함을 지르고 법석이었습니다. 이 기회를 놓치면 그만이라는 생각에 나는 필사적으로 달아나려 했습니다. (중략) 나는 무지한 군중에게 완전히 포위당하고 말았습니다. 그 속에서 몇 명의 장정과 여인이 일시에 나를 향해 덤벼들었습니다.448)

그가 사랑하고 쫓아다녔던 투명한 미소의 그녀는 "바이블에 나오는 어린 아이처럼" "너무나 어렸다"고 밝혀진다. 이로 인해 그는 귀양을 끌어안고 도망가다 사람들에게 붙잡혀서 얻어맞는 등 린치를 당한다.

---

447) 손창섭, 「미소」, 『손창섭 단편 전집 1』, 가람기획, 2005, 308쪽.
448) 손창섭, 위의 책, 309쪽.

아동성애는 이성애정상성의 가장 바깥에 존재하는 섹슈얼리티이다. 아동에 대해 사랑을 느낀다는 것 자체가 '괴물'로 불리게 하는 것이다. 성인 여성과는 관계를 맺을 수 없지만, 소녀에 대해서는 욕망을 느끼는 남성은 범죄의 영역에서 처벌받는다. 이들은 병리적인 존재로 간주된다. 소녀에 대한 남성의 과도한 집착은 이성애정상성이란 불가능하다는 것을 보여준다. 즉 손창섭 소설에서 이성애는 병리적인 것인 셈이다.

이러한 증상은 죽음충동과 맞닿아 있다. 「생활적」은 "똥오줌 천지라서 공기마저 구린내에 절어 있는", 월남민들이 "구더기"처럼 살고 있는 부산의 피난민 촌에서 하나의 집을 반으로 나눠서 쓰고 있는 동주-춘자와 봉수-순이의 두 가족을 배경으로 한다. 이 기묘한 집의 구조는 이들의 현 상태를 의미한다. "거적만 깔았을 뿐인 마룻방"인데다 "몸을 움직일 때마다 집 전체가 한쪽으로 기울어지는 것 같"은 판잣집은 판자로 절반을 막아서 두 세대가 함께 살고, 소유권도 함께 가지고 있다. 이는 이 둘 사이에서 춘자가 교환되고 있는 것을 통해서도 확인할 수 있다.

동주는 이 방의 한 쪽에 "누더기"처럼 누워 있다. 일본에서 학교를 다녔고, 영어도 할 줄 알지만 권태와 우울로 수용소적 삶을 살고 있는 것이다.

이북에 있을 때만 해도 가까운 친구들이 모두 재빠르게 월남들을 했건만 동주만은 매일 벼르기만 하다가 종내 못 넘어오고 만 것이라든지, 사변이 터지자 남들은 죽기를 기쓰고 공산군에 나가기를 기피했건만,

그는 끝끝내 숨어 견디지 못하고 마침내 끌려 나가고야 말았던 것도 결국은 동주 자신의 이러한 성격에 원인이 있었던 것이다. 곤경에 직면하게 되면 그것을 극복하기 위해 끝까지 버둥거려보는 것이 아니라 어떻게든 될 대로 되겠지 하고 막연히 시간의 해결 앞에 내맡겨버리고 마는 동주였다.[449]

무엇이든 기피하며 "정물인 듯" "젖은 옷처럼 전신에 무겁게 감겨드는 우울"을 참고 견디는 동주의 상태는 포로수용소와 인민재판에서 기인한다. 동지의 얼굴들, 올가미에 목이 걸린 개처럼 끌려가던 자신, 이북에 두고 온 노부모와 처자의 환상이 동주의 현재를 지배하는 것이다. 이는 마을사람들로부터 우물터에 똥을 투척했다는 누명을 썼을 때도 마찬가지다. 그는 얻어맞으면서도 아무 대답 없이 벽을 향해 얼굴을 돌려버린다.[450] 옳고 그름의 질서는 외부에서 강제하는 것이지 주체가 동의하거나 선택하는 것이 아니다. 이 상황 자체가 '강요된 선택'인 것이다. 동주는 이 강요된 선택의 질서에 폐제되어 있다.

이와 대조를 이루는 것이 순이의 의붓아버지이자 마약 장사를 한다는 소문의 봉수이다. 평안도 출신인 40세 전후의 건장한 사나이인 봉수는 해방 전에는 만주에서 아편 장사를 했고, 지금까지 100명 이상의 여자를 상대해보았다고 자랑을 일삼는다. "춘자의 넓은 슈미즈나

---

449) 손창섭, 「생활적」, 『손창섭 단편 전집 1』, 가람기획, 2005, 103쪽.
450) 손창섭 소설에서 우물터는 규범이 윤리적 폭력을 행사하는 공간이다. 우물터를 중심으로 한 마을공동체는 남성주체를 희생양으로 삼아서 폭력을 행사한다. 우물터에 모인 사람들은 동주를 향해 우물에 똥을 풀었다는 비난을 가한다. 그러나 그는 변명과 항의도 하지 않는다. 진범을 찾은 사람들이 사과하러 왔을 때도 마찬가지이다. 이러한 무위의 태도는 동주가 유일하게 책임지고 소통하는 상대가 순이라는 점을 보여준다. 이러한 윤리적 폭력은 「모자도」에서도 반복된다.

스커트"를 둘러보며 "나체 댄스며, '미루미루 캉캉'" 등 남자란 여자 없이 살 수 없는 동물이라는 이야기를 주워섬기는 봉수는 "남자가 성욕을 잃게 되면 그건 폐물"이라며 동주에게 충고한다. 시대를 최대한으로 이용해서 돈을 벌어야 한다는 그의 목표의식은 동주와 정반대의 남성성을 자랑한다.[451] 이들과 마찬가지로 춘자와 순이도 대조적이다.

춘자는 동주의 일본 중학교 동창생의 여동생이다. 그녀는 남성들의 성적 환상을 연기해주는 대신, 생활을 의탁해왔다. 집에서는 슈미즈만 입게 하거나 나체 댄스를 강요하고 여자의 젖꼭지를 물어야만 잠에 들 수 있는 남자들에 맞춰 자신의 역할을 연기한 것이다. 그러나 동주는 춘자의 섹슈얼리티에 혐오를 느낀다.

> 여러 해 동안 여자의 피부에 접촉하지 못한데다가 건강도 지금보다 훨씬 나은 탓이었겠지만 춘자의 기괴한 이야기와 몸가짐에, 지금 생각하면 얼굴이 찡그려지도록 동주는 저도 모르는 사이에 끌려 들어가고 말았던 것이다. 그날 밤 동주는 저도 모르는 사이에 끌려 들어가고 말았던 것이다. 그날 밤 동주는 그냥 수컷이었을 뿐이었다. 그 뒤에도 춘자는 거의 밤마다 동주를 가만두지 않았다. 타오르는 듯한 젊음을 감당하지 못해 야위어가는 동주의 육체에 매달려 내내 앙탈이었다. 그러한 춘자가 마침내 동주는 징그럽기까지 했던 것이다.[452]

춘자와 동주의 섹스는 춘자의 자기 고백과 더불어 시작된다. 춘자는 자신의 전 남편들의 성적 환상을 동주에게 들려준다. 이는 성애화

---

451) "미스터고상", "미세스하루코"를 사용하는 봉수는 시대를 따르지 못하는 동주를 비난한다. 일본어와 영어, 한국어가 뒤섞인 봉수의 언어는 남한사회의 월남민들의 공동체가 직면한 혼종적 상황을 보여주고 있다.
452) 손창섭, 앞의 책, 110쪽.

된 여성의 육체를 스스로 대상화함으로써 환타지를 횡단하려는 것이다. 그녀는 텅 빈 기호로서 남성들의 성적 환상을 연기해준다. 성적 환상이 없을 때는, 그녀 자신이 '기괴한 이야기와 몸가짐'을 발산한다. 동주가 그녀를 징그럽게 느끼는 것은 이 때문이다. 동주는 성적 존재인 하루코에게 공포를 느끼는 것이다. 반면 일본여자에 대한 봉수의 환상은 춘자와 봉수가 함께 우동집을 여는 것으로 이어진다. 성적 환상이 없이는 연대도 불가능하다. 봉수와 동주는 춘자를 중심으로 교환질서를 맺고 춘자는 봉수에게 양도된다.

봉수가 춘자를 욕망하는 것처럼, 동주 역시 봉수의 딸인 순이를 욕망한다. 동주의 하루는 "무덤에서 송장이 우는 것 같은" 순이의 신음소리로 채워진다. 동주는 이 병든 소녀를 돌보고, 소녀의 신음소리가 그치지나 않을까 마음을 졸인다. 그러나 사실 동주는 순이가 숨을 거두는 그 순간을 기다리고 있기도 하다. 동주는 죽은 이웃만 사랑할 수 있기 때문이다.

1) 판잣문을 반쯤 열고 머리를 기웃한 동주의 눈에 해괴한 광경이 확 비친 것이다. 수건하나 가리지 아니한 알몸으로 순이는 누운 채 허리를 굽혀 자기의 사타구니를 열심히 들여다보고 있는 것이었다. 자연 동주의 시선도 순이의 사타구니로 끌렸다. 그 어느 한 부분에 쌀알보다 작은 생명체가 여러 마리 꼬무락거리고 있는 것이 눈에 띄었다. 동주는 그게 이가 아닌가 생각했다. 순이도 그때야 깜짝 놀라 동주를 흘겨보며 담요로 몸을 가렸다. 곧 자기 방으로 돌아온 동주는 그제야 그 조그만 생명들이 이가 아니라 구더기인 것을 깨달았던 것이다. 순이는 이제 오래지 않아 죽을 거라

고 동주는 생각했다. 오히려 자기가 먼저 죽을지도 모른다고도
생각해 보는 것이었다.[453]

2) 그는 왈칵 시체를 끌어안았다. 자기의 입술을 순이의 얼굴로 가져
갔다. 인제는 순이가 아니다. 주검이 있었다. 동주는 주검에 키스를
보내는 것이었다. 주검 위에 무엇이 떨어졌다. 눈물이었다. 섧지도
않은데 눈물이 쏟아지는 것이었다. 자기는 분명히 지금도 살아있다
고 동주는 의식했다. 살아 있으니까 죽을 수 있다고 생각했다. 그것
만은 자기가 확신할 수 있는 단 하나의 '장래'라고 생각하며, 동주
는 주검의 얼굴 위에 또 한 번 입술을 가져가는 것이었다.[454]

동주의 이웃인 순이는 동주가 보살피고 책임져야 하는 이웃이다.
손창섭 소설은 이웃을 윤리적으로 책임지는 남성주체들을 자주 등장
시킨다.[455] 그런데 특이한 점은 이 이웃이 사실상 죽은 이웃에 다름없
다는 것이다. 동주는 순이를 통해 죽음에 대한 공포와 매혹을 동시에
경험한다. 그는 순이의 사타구니에 있던 구더기를 인지한다. 구더기는
순이의 시체성을 보여주는 것으로, 순이가 언데드(undead)의 상태임을
보여준다. 살아있는 육체는 비체화되고 죽음이 가까워졌을 때만 성애
의 대상이 될 수 있다. 이러한 전도는 이웃에 대한 윤리와 사랑으로
설명된다.

동주에게는 죽은 여자만이 접촉의 대상이 될 수 있다. 죽은 이웃은

---

453) 손창섭, 앞의 책, 105~106쪽.
454) 손창섭, 앞의 책, 120쪽.
455) 「유실몽」의 옆집 노인은 누나가 출근하고, '나'가 아이 보기를 마치면, 자신의 허리
를 주물러 달라고 부른다. 그는 자신이 언제 죽을지 모른다고 호소하면서, 자신의
딸 '춘자'와 결혼하는 것이 어떻겠냐는 제안을 한다. 「치몽」의 소년들 역시 하숙집
딸인 을미를 책임지고 보살피는 역할을 도맡는다.

괴롭히지도 괴롭힘을 당하지도 않는 이상적인 섹스파트너이다. 사랑을 선물 교환의 경제학으로 환원하는 호혜관계를 죽은 자에게 기대할 수 없으며, 생계 때문에 사랑의 순결을 방해하는 성가신 특성들도 없기 때문이다. 그 정의상 시체는 괴롭힘 당할 수 없다. 또한 동시에 즐기지도 않는다. 따라서 파트너의 과잉 향락을 불안하게 만드는 위협 또한 사라진다. 죽은 이웃만이 가장 선한 이웃인 것이다.456) 동주와 순이의 관계가 그렇다.

슬라보예 지젝은 이러한 타자의 부름에 직면하는 상황을 통해 정치적 급진성에 대해 논의한다. 타자에 대한 책임이라는 윤리적 요청을 가장 외상적인 수준에서 마주치면 어떻게 할 것인가라는 질문에 지젝은 기괴하고 불가해한 이웃의 얼굴이 실재의 차원 속에 있는 타자라고 지적한다. 기이하게 일그러진 얼굴, 역겨운 경련과 찡그림으로 가득 찬 얼굴, 이 얼굴은 이웃-사물이라는 괴물성을 윤리적 책임성의 요청을 발하는 심연의 지점으로서의 타자로 환원하는 것이다.457) 순이는 이 근원적 타자를 소환한다. 순이의 신음소리는 신체 내부로부터 나오는 유령의 소리이며, 통제가 불가능하고 낯선 침입자로서의 소리이다. 라캉이 목소리-대상, 즉 아갈마가 신체화한 것들 중의 하나라고 지칭한 "내 안의 내 이상의 것"인 것이다. 순이의 신음소리와 고통에 찬 얼굴은 이웃으로서의 윤리적 책임을 요청한다. 동주가 매일 순이의 죽음을 관찰하는 것은 이러한 이웃 사랑의 책임이다.

---

456) 케네스 레이너드, 「이웃의 정치신학을 위하여」, 『이웃』, 정혁현 옮김, 도서출판 b, 2010.
457) 슬라보예 지젝, 「이웃들과 그 밖의 괴물들」, 『이웃』, 정혁현 옮김, 도서출판 b, 258 ~259쪽.

이웃의 형상은 동지/가족/자기와 적/이방인/타자 사이의 불확실한 분리에 형체를 부여하는 것이다.458) 동주가 순이라는 죽은 이웃을 사랑하는 것은 지극히 윤리적인 행위이다. 죽은 이웃을 통해서만 남성주체는 비식별역에 존재하는 진정한 선택에 도달할 수 있는 것이다.

2. 부인된 가족과 폭력의 공동체

A. 모순적 피해자와 의미의 무화

동성애적 몸을 가진 손창섭의 남성주체들은 이성애정상성의 상징이자 국가의 소단위로 명명되는 가족을 해체한다. 어리석은 남성주체들은 가족구조 안에서 피해자가 되고, 이는 가족의 교환구조를 폭로한다. 따라서 이들 피해자는 능동성과 공격성을 가진 모순적 존재라고 할 수 있다.

손창섭이 보기에 가족은 규범을 강요하는 폭력의 공동체이다. 이는 결혼을 둘러싼 갈등을 통해서 잘 드러난다. 「서어」의 광호는 어머니가 식모살이를 하다 태어난 사생아로, 어릴 때는 고아원에서 초등학교를 마치고, 그 뒤로는 스스로 벌어서 먹고 산 인물이다. 출생에서부터 '정상 가족'의 경계에 서있는 그는 "자기 문제는 무엇이든 스스로 자기가 해결 짓고, 자기가 책임지는 수밖에 없다"고 생각하며 살아왔다. 이는 광호가 부모-자식의 호혜관계 바깥에 있다는 것을 의미한다.

---

458) 케네스 레이너드, 앞의 책, 33쪽.

또한 아버지와 결별한 사생아로서 새롭게 자리매김한 개인임을 보여주는 것이기도 하다. 그는 가문이나 문벌이 없어도 고학으로 대학을 마치고 잡지사에 취직한 새 시대의 개인이다. 광호는 정이 가족의 반대에 부딪히자 그들을 설득하거나 타협하지 않는다. 단호하게 결혼을 하지 않겠다고 선언할 뿐이다. 이때 가족은 주체를 억압하고 강제하는 규범으로 작동한다.

뿐만 아니라 가족은 주체를 증여관계 안으로 몰아넣기도 한다.

> 그는 그러한 가정적 인연이 거추장스러워 견딜 수가 없었다. 어머니나 아버지가 똑같이 자기를 하늘처럼 믿고 극진히 사랑해주는 줄을 누구보다도 그 자신 잘 알고 있었다. 그러면서도 자기 편에서는 그와 같은 진한 사랑을 가지고 어버이를 대할 수 없는 것이 항시 쓸쓸한 생각이었다. 그저 부모에 대한 자식의 의무만을 다하는 것으로서 끝나지 아니하고, 그 이상의 깊은 사랑으로 보답해야 된다는 것이 그로서는 마음의 부담이기도 했다. 도대체 어머니나 아버지는 어떻게 자기를 그렇듯 사랑할 수가 있을까 하고 생각해보는 일도 있었다. 부모로서의 의무나 노후에 의탁할 타산에서뿐 아니라, 그것들 이상으로 깊고 넘치는 맹목적인 사랑이 자기에게 부어지고 있다고 생각할 제, 도일은 그것을 부모에게도, 혹은 자식에게도 갚을 자신이 없이, 받기만 해야 하는 괴로움조차 경험해보는 것이었다.[459]

「공휴일」의 도일은 부모의 사랑에 대해 보답해야 하는 상황을 '의무'로 인지하고 그 사랑을 누군가에게 갚아야 한다는 괴로움을 토로한다. 이는 부모의 사랑을 호혜관계로 가시화하는 다른 감각이다. 도

---

459) 손창섭, 「공휴일」, 앞의 책, 44쪽.

일은 부모의 "깊고 차고 넘치는 맹목적인 사랑"을 부담이자 괴로움으로 해석한다. "가정적 인연이 거추장스러운" 그는 일방적인 증여로부터 벗어나고자 한다. 김형중은 이를 나르시시즘적 퇴행으로 해석한다. 업둥이의 서사인 손창섭 소설은 오이디푸스 콤플렉스 이전으로 퇴행을 보여준다는 것이다.[460] 그러나 이들은 나르시시즘적 퇴행이 아니라 오이디푸스 콤플렉스를 적극적으로 부정하는 것으로 보아야 한다. 도일은 가족 사이의 호혜관계를 부정하고 여성에 대한 거부와 공포를 드러낸다. 이는 거세 공포가 아니라 여성 그 자체에 대한 공포이다. 따라서 이들의 아이 되기는 나르시시즘으로의 퇴행이 아니라 이성애적 관계로부터의 퇴행으로 보아야 한다.

「미해결의 장」은 가족이 만들어내는 피해자의 모순을 잘 보여준다. 이 소설은 아버지의 부재를 소망하는 아들의 서사이다. 화자인 '나'는 아버지를 대장이라고 부르며, 가족과 소통하지 못한 채 격리되어 있다. 소설은 "아무리 궁리해보아도 나는 집을 떠나야만 할까보다. 그것만이 우선 나에게 있어서 하나의 해결일 듯싶게 생각되는 것이다"라는 고백에서 출발한다. 이는 아버지를 비롯한 가족들과 유령처럼 일만 하는 어머니라는 가족으로부터 탈출하고 싶기 때문이다. 하지만 '나'는 적대와 싸우거나 스스로의 힘으로 벗어나려는 의지가 없다. 그래서 손창섭의 소설은 부르주아의 가족소설이 아니라 반가족소설이 된다. 아버지는 부정하지만, 희망과 출세에의 의지는 없다. 남성주체는 결국 부속적 희생양일 뿐이기 때문이다.

대장은 식민지 시기 전문학교 법과를 나온 지식인이지만, 고문에

---

460) 김형중, 「정신분석학적 서사론 연구」, 전남대학교 박사논문, 2003.

낙방하고 부인의 노동력에 기대서 살아간다. 그의 비대한 몸집과 자개수염은 그가 더 이상 유지할 수 없는 남성성의 표지이다. 비록 낡은 미군작업복을 걸친 채 집에서 부인의 일을 돕고 있느라 "대장이 그렇게 소중히 여기는 근엄성이나 위엄은 찾아볼 수가 없"지만, 자개수염만큼은 유지하는 것이다. '대장'이라는 호칭이나 자개수염에 대한 묘사 등 손창섭은 아버지를 희화화한다. 사라진 그의 위엄을 유지해주는 것은 자식들의 미국유학과 성공에 대한 허황된 기대이다. 그는 대학진학을 원하지 않는 나에게 자살 협박을 하여 강제로 '법과대학'에 입학시키고, "다섯 놈이 모두 박사, 석사 자격을 얻어가지구 미국서 돌아만 와바라"라며 미국 선망을 드러낸다. 정계나 학계에서 출세한 사람들은 모두 미국 유학을 했고, 고학도 가능하다는 것이다. 이로 인해 '나'와 어머니를 제외한 온 가족들은 "영어만 능숙하고 보면 언제든 미국 유학은 가능하다"고 믿는다. 특히 고등학교 1학년인 지웅은 미국 유학 수속의 절차와 내용을 암송하다시피 한다. 그러나 '나'는 이러한 욕망을 포기했다는 이유로 동생들로부터 무시를 당한다.

대장은 미국에 가겠다는 야심이나 법관이 되겠다는 욕망이 없는 '나'를 욕하고, 폭력을 행사한다. 가족들 가운데 안심하고 때릴 수 있는 상대가 '나'뿐이기 때문이다. 그러나 대장의 손맛은 맵지도 않고, 그가 폭력을 휘두를 기미가 보이면 '나'는 얼른 좋은 자세를 취해준다. 이들의 폭력은 일종의 퍼포먼스인 것이다.[461] '나'는 주먹을 휘두

---

461) 이 장면은 「유실몽」에서도 반복된다. 가족 내에서의 폭력과 피학대는 계약과 합의로 이루어진다. 그리고 이때 계약의 주도권은 피학대자에게 있다. 「유실몽」의 아내는 "기이한 부부싸움"에서 주도권을 쥐고 있다. 그녀는 게임의 시작과 끝을 자신이 결정할 수 있다. 이는 들뢰즈가 말하는 매저키즘적 관계라고도 볼 수 있다. "한 군

르는 대장의 비대한 몸집을 고무인형으로 상상한다. 알맹이가 빈 채로 덩치만 커다란 인형을 통해 대장의 남성성을 은유하는 것이다.

> 나의 기대는 과연 어긋나지 아니한 것이다. 나는 얼른 일어나 앉았다. 대장의 손이 내 따귀를 갈기기에 편리한 자세를 취해주기 위해서인 것이다. 왼쪽 귀밑에서 찰싹 소리가 났다. 거푸 오른편 뺨에서도 같은 소리가 났다. "죽어라, 썩 죽어!" 그 뒤에는 적당한 말이 얼른 생각나지 않아서 대장은 입만 히물거리다가 도로 제자리에 돌아가버린 것이다.462)

나를 때리는 대장은 "죽어라"라고 말하지만 그 뒤에는 적당한 말이 생각나지 않아서 "공식같이" 저 말만을 반복한다. '나'와 대장은 정해진 행사처럼 폭력을 주고받는다. '나'는 이러한 폭력을 거부하지 않는다. 이러한 자발성은 폭력을 가능하게 하는 토대로서 능동과 수동의 이항대립을 해체한다. '나'는 수동적으로 맞는 자가 아니라 적극적으로 맞는 자이고, 이러한 모순이 '나'를 능동적 피해자로 만들기 때문이다. 대장의 과장된 폭력이나 언어는 그의 과잉남성성을 보여주고, 이 과잉남성성이 패배하는 지점을 노출한다. 그는 입버릇처럼 "나보다 약하고 불행한 사람을 위해 봉사하다가 죽자"라고 말하지만, 그보다 약하고 불행한 아내는 남편과 다섯 아이들을 먹여살려야 하는 가장인 탓에 해골처럼 뼈만 남아 있다. 남편들은 아내 혹은 누이에게 의존해 살아간다. 이는 대장이 결정한 진성회 남자들에게서도 공통적으

데만 자꾸 때리지 말아요! 여기저기 좀 골라가면서 때리라구요."(「유실몽」, 242~243쪽)라는 여성의 목소리는 행위성의 주체가 누구인가 질문하게 만든다.
462) 손창섭, 「미해결의 장」, 『손창섭 단편 전집 1』, 가람기획, 2005, 168쪽.

로 발견되는 현상이다.

「미해결의 장」의 대장과 문 선생, 장 선생 등 아버지들은 진성회라는 모임을 결성한다. 이들은 국가와 민족을 위한 애국심과 진정성은 기표로만 존재한다는 것을 보여주는 주체들이다. 이들의 남성동성사회는 정비석이 그리는 일요회와 대조적이다. 일요회가 국가와 민족을 위해 나아갈 방향을 토론하기 위해 일주일에 한 번씩 일요일 오전에 모이는 사회 지도층들이라면, 진성회는 목적은 같으나 여성의 경제력의 기대어 살아가는 종속적 주체들이라는 점에서 차이가 난다. 이들은 건강한 국민의 남성성을 부인하고 훼손한다.

거구의 장 선생은 초등학교 준교원인 아내가 돈을 벌어오는 대신 집에서 6명의 아이들을 돌본다. 보통 사람의 두 배나 되는 체구의 장 선생이 가장자리를 색실로 수놓은 조그만 에이프런을 두르고 빵을 만드는 모습은 과잉남성성을 희화화한다. 문 선생 역시 마찬가지이다. 문 선생은 여동생 광순이 성매매를 통해 벌어온 돈으로 먹고 산다. 그러나 자신이 나가서 돈을 벌어오거나 일을 할 생각은 없다. 그저 광순과 친밀한 내가 진성회 회원들에게 '밀고'하지 않았는지 걱정할 뿐이다.

> "이거 봐, 지상이. 나는 그 문제 때문에 이 며칠 동안 잠을 못 자구 고민했네. 여동생이 인육 시장에서 벌어오는 돈으루 나와 내 가족이 살아가고 있다는 사실만두 낯을 들 수 없는 일인데, 진실하고 성실하게만 살려는 동지들이 알구 있다면 대체 날 뭘루 보겠나? 세상에 나처럼 불행한 죄인은 없을 거야."[463]

---

463) 손창섭, 위의 책, 189쪽.

문 선생은 여동생 광순을 착취하고 있기 때문이 아니라 진성회의 가치를 위반했기 때문에 "불행한 죄인"이 된다. 소설의 아이러니는 여기 있다. 진성회의 어느 누구도 "진실하고 성실하게" 살지 않는 반면, 광순은 성실하게 살고 있다는 점이다. 그들은 입으로는 "진성"을 외치지만, 실제 삶에서는 진실하고 성실하지 못하다.464) 경제활동을 하고 있는 것은 여성들뿐이고, 남성들은 부인과 여동생에게 기생해서 살아간다.

'나'는 그런 진성회나 가족들을 "인간의 유령"465)이라고 부른다. 껍데기만 남은 채 알맹이는 없는 고무인형처럼 유령 같은 주체인 것이다. 이들은 알맹이가 비어 있는 이데올로기의 구호를 외친다. 소설은 진성회를 희화화하고 그들에게 복종하는 '나'를 통해 허위를 폭로한다. 비정상적 인물이나 상황에 대한 반응으로 웃음이 유발되고, 등장인물의 자학은 과장되게 법에 복종함으로써 법의 근본적인 허위를 폭로하는 것이다.466) 「미해결의 장」에서 장 선생과 문 선생, 대장을 통해서 재현되는 가부장의 남성성은 가부장이란 고무인형과 같은 빈 존재일 뿐이라는 것을 보여준다. 반면 이에 비해 실체를 가지고 있는 것

---

464) 이러한 풍경은 「유실몽」에서도 나타난다. '나'는 술집 작부인 누나 집에 얹혀서 살아간다. 누나와 매형의 코드화된 폭력 및 섹스도 목격해야 하고, 낮에는 아이도 보고, 살림도 해야 한다. 결국 '나'는 이 집의 "식모"이자 "하늘 옷을 잃어버린 선녀"(246)이다. 여기서 매형은 진성회의 아버지들과 같은 역할을 한다.

465) "그렇습니다. 문 선생은 유령입니다. 하기는 세상 사람이 죄다 유령인지두 모릅니다. 문 선생은 그래 유령 아닌 인간을 본 적이 있습니까?"(189)

466) 백지은은 손창섭 소설의 희극성을 냉소로 칭하면서, 냉소의 공격성을 논한다. 손창섭 소설에서 기형적 인물들의 추악함과 우둔함이 과도하게 노출되고, 스스로 자책하며 모멸감에 빠져드는 냉소는 오히려 '나를 비웃는 너는 어떠한가'라는 의미의 공격이 발생한다는 것이다. 백지은, 「손창섭 소설에서 '냉소주의'의 의미」, 『현대소설연구』 20, 한국현대소설학회, 2003, 275~303쪽.

은 여성들의 노동이다. 가족의 생계를 책임지고 있는 어머니는 "애, 미국이구 뭐구 밥부터 먹어야겠다"고 말하며 재봉틀을 돌린다. 그녀의 노동하는 몸은 진성회의 허위를 폭로한다. 몸을 팔아 자신과 오빠 가족의 생계를 해결하는 광순 역시 그러하다. 여자 대학생 신분으로 오피스에 출근하여 몸을 팔던 광순은 진성회의 입장에서 보면 "타락한 윤락의 생활"을 하고 있다. 그러나 그녀의 몸이 남편과 오빠의 가족을 지탱한다.467) 이들이야말로 가장 성실한 노동자인 것이다. '나'는 이 양극의 가운데에서 문지방 역할을 한다. 나는 매일 집에서 나와 광순의 집을 찾아간다. 그렇다고 해서 광순의 손님이 되지는 않는다. 오히려 광순이 나에게 용돈을 주는 상황이다.

광순의 방은 낮잠을 잘 수 있는 동굴로서, '나'의 휴식처이다. '나'는 광순의 방에서 여러 종류의 사내들에게서 묻혀가지고 온 냄새가 섞여 있는 광순의 이불에 취해 잠이 들어 하루를 보낸다.

이러한 식구들 가운데서 나만 정말 아무것도 아닌 것이다. 암만해도 자신이 미국을 가야 할 하등의 이유도 나는 발견하지 못하는 것이다. 미국은 고사하고 나는 요즈음 대학에도 제대로 나가지 못하는 것이다. 그것은 납부금을 제때에 바치지 못해서만도 아닌 것이다. 물론 그것이

---

467) 손창섭 소설에서는 이와 같은 "타락한 생활"을 하는 여성들이 자주 등장한다. 「유실몽」의 누나는 술집 작부로, 생계부양자이다. 나는 서른이 넘은 대장부이지만 누나 집에서 얹혀살면서 식모 노릇을 한다. 포식자적 섹스와 경제력을 갖춘 누이 대신 설거지를 하고 아이를 돌보는 것은 남자인 나이다. 나는 아이를 키우고, 옆방 노인을 간호하며, 옆방 노인의 딸 춘자의 공부를 도와준다. 누나는 나와 달리 자신의 욕망에 충실하다. 남자를 선택할 때도, 섹스에서도, 심지어 이별의 상황에서도 자기 주도적이다. 옆방의 춘자 역시 교원이 되어 인쇄소 직공을 벗어나겠다는 욕망이 있다. 그러나 나는 이들과 달리 춘자에게 관심이 있으면서도 "춘자와 결혼하여 와병 중에 있는 장인과 처제를 거느릴 자신이 내게는 도저히 없었다"며 결혼을 회피한다.

하나의 중요한 동기이기는 하였다. 그러나 그보다도 나는 주위와 자신의 중압감을 감당해나갈 수 없는 것이다. 이 대가리가, 동체가, 팔다리가, 그리고 먼지와 함께 방 안에 빼곡 차 있는 무의미가 나는 무거워 견딜 수 없는 것이다.[468]

이런 유령들 가운데에서 "진성"의 판타지를 가로질러 자신이 "아무 것도 아닌 것"이라는 사실을 깨닫는 '나'는 '무의미의 무게'에 짓눌린다. 그렇기 때문에 '나'의 서사는 미해결로 끝날 수밖에 없다. 그는 집을 탈출할 수도, 의미를 위한 죽음을 선택할 수도 없다. 문 선생이 여동생이 창녀라는 사실을 고백하며 자살하겠다는 것도, 아버지가 나에게 법대를 가라고 강요하면서 자살 협박을 벌인 것도 다 의미를 위한 죽음이다. 그러나 지상은 의미를 위한 죽음을 거부한다. 그는 삶의 무의미성을 견뎌내기 위해 계속 살아간다. 손창섭은 이 폭력적 가족 관계의 안인 동시에 밖인 경계를 주체의 자리로 명명하는 것이다.

주변의 강권에 의해 결혼한 「피해자」의 병준은 아내와 아내가 데리고 온 아이, 그리고 장인 등이 자신에게 경제적 부담을 지우는 상황을 두고 "도대체 자기가 이렇게까지 오금을 못 펴고 쩔쩔매는 것은 모두가 팔자에 없는 결혼의 소치라고" 생각한다. 이처럼 결혼은 배우자가 상대방을 경제적, 감정적으로 착취하는 행위다. 불공정한 교환구조는 사장으로부터 밀린 월급을 받아오지 못하는 병준에게 장인이 하얀 정제 열 개를 내놓으며 죽으라고 하는 것으로 최고조에 달한다. 결국 월급도 받지 못하고 뒷산에서 자살을 시도한 병준은 숨이 끊어지

---

468) 손창섭, 「미해결의 장」, 앞의 책, 165쪽.

지 않은 채 집으로 옮겨져 온다. 밖으로 나가 아무도 없는 곳에서 죽고 싶다는 그의 부탁은 가족이 아닌 개인으로 존재하고 싶다는 목소리이다. 가족 구조 내에서 남성주체는 희생양이 될 수밖에 없는 것이다.469) 병준은 손창섭 소설의 가족을 대변한다. 스위트홈은 어디에도 건설되지 않으며, 아들은 어머니를, 아내는 남편을 착취하는 관계만이 존재한다. 이는 호혜나 증여가 가족을 훼손하는 장면을 보여준다.

이처럼 손창섭은 남성주체를 희생양으로 그리고 있다는 점에서 특이성을 갖는다. 1950년대 가족서사에서 희생양으로 등장하는 것은 주로 여성들이다. 양공주, 아프레걸, 자유부인에 대한 폭력적 비판은 여성과 남성, 주체와 타자를 구분함으로써 모방의 연쇄로 인한 무차별화를 해소하기 위해 등장한다.470) 뿐만 아니라 헌신적인 어머니를 통해 초월적 전체를 구상하기도 한다. 그러나 손창섭은 이 희생양의 위치에 남성을 놓는다.471) 「생활적」, 「피해자」에서 남성주체들은 가족

---

469) 김미향은 전후 가족주의 강화에 의한 구성원의 희생으로 읽고 있다. 그러나 이는 전후의 특수한 현상이 아니라 가부장제에 내재한 것으로 읽는 것이 더 맞다. 김미향, 「1950년대 전후소설에 나타난 가족 형상화와 그 의미」, 『현대소설연구』 43, 한국현대소설학회, 2010, 227~253쪽.

470) 르네 지라르는 인간의 모방적 욕망으로 인해 주체와 타자 사이의 경쟁과 갈등이 생겨나고, 상호적 폭력으로 귀착한다고 지적한다. 이 모방위기의 폭력성을 해소하기 위해 등장하는 것이 희생양이다. 공동체는 모방의 연쇄로 인한 무차별화를 타파하기 위해 인위적으로 차이를 생성하려고 희생양을 동원한다. 한 개인에게 적개심을 집중시키고, 가상의 적으로 몰아 희생을 치르게 하는 것이다. 따라서 이 희생양 메커니즘은 성스러운 폭력으로 차별화된다. 죽임을 당한 희생양은 순교자가 되고, 신화가 되는 것이다. 르네 지라르, 『희생양』, 김진식 옮김, 민음사, 2007.

471) 손창섭에게도 여성들이 희생양으로 등장하는 소설이 있다. 「죄 없는 형벌」의 양이나 「잡초의 의지」의 정혜는 이적 행위를 한 가족으로 인해 피해를 본 여성들이다. 초등학교 선생이던 양이는 완장을 차고 날뛰던 오빠들을 구하려다 가짜 기관원에게 정조를 유린당하고 혼자 아이를 낳아서 키우는 신세가 되었으며, 정혜는 한국전쟁 당시 월북한 남편으로 인해 미망인이 되었다. 정혜는 남편 때문에 동생을 잃은

구조 속에서 폭력의 희생양이 된다. 최강민은 손창섭 소설의 폭력이 피해자를 드러내는 데 초점을 맞추고 있으며 피해의식과 모멸의식에 휩싸인 작중인물들은 가해자가 행사하는 폭력에 일방적으로 노출되어 있을 뿐 그것을 중단시킬 어떤 적극적인 행동도 취하지 않는다고 지적한다.[472] 그러나 이는 폭력의 피해자가 어떤 방식으로 응전하고 있는가를 정치하게 살피지 않은 분석이다. 이들은 폭력을 코드화하고, 가시화함으로써 가족 관계의 모순을 폭로한다.

「피해자」의 병준은 아내와 의붓아들, 장인에 의해 경제적, 감정적으로 학대를 받는다. 그러나 어리석을 만큼 그 폭력 구조 속에 길들여진다. 처음부터 사기 결혼이었음에도 이혼도 하지 못하고, 아내와 장인의 횡포에 길들여질 뿐이다. 양소진은 이를 손창섭 소설의 남성들이 처벌 받기를 원하고 고통에 만족하는 매저키즘을 나타내는 것이라고 지적하면서 이들이 과장된 복종을 통해 법 질서의 모순을 폭로한다고 지적한다.[473] 이는 지상과 병준에게 모두 해당한다고 할 수 있다. 이들 남성 희생양들은 자청해서 폭력의 코드 안으로 기입된다. 그럼으로써 가족질서와 규범, 국가 이데올로기의 모순이 드러나고 규범은

유 선생에게 죄책감을 가지고 있다. 이에 남편이 월북한 후에도 자신을 찾아오는 유 선생에게 증여를 계속한다. 그는 "초조하고 비굴한 미소"를 띠고 나타나서 술값을 빌리거나 그녀를 임신시킨다. 정혜가 민족과 조국의 "의붓자식"처럼 조심스러움을 느끼며 자신의 책임을 다하려고 하는 반면, 남편이나 유 선생은 자신의 가족이나 자식마저 책임지지 않는다. 정혜가 낳은 아이가 다른 사람의 아이라는 거짓말을 믿는 유 선생의 모습은 남성주체들의 한계를 보여준다.

472) 최강민, 「손창섭 소설에 나타난 폭력성」, 『손창섭: 모멸과 연민의 이중주』, 새미, 2003, 175~195쪽.

473) 양소진, 「손창섭 소설에서 마조히즘의 의미」, 『비교한국학』 14(2), 국제비교한국학회, 2006, 161~187쪽.

무화된다. 이것이 손창섭의 남성 희생양들이 가진 정치적 가능성이다. 폭력에 폭력으로 응전하는 것이 아니라 폭력에 지나치게 순응하는 수동적 공격을 펼치는 것이다.

「치몽」 연작에서는 자발적으로 피해자가 되는 소년들이 등장한다. 구두닦이 태갑이와 신문배달을 하는 상균이와 기수는 식비로 갹출하는 돈도 감당하기 어려운 형편이지만, 을미의 몫까지 나눠서 부담한다. 죽어가는 을미의 어머니로부터 그녀를 부탁받았기 때문이다.[474] 을미는 소년들의 "누나이자 친구, 애인"이기에 소년들은 을미를 위해 희생한다고 생각하지 않는다. 이들 넷의 공존은 누구와도 특별한 관계를 맺지 않을 때 가능하다. 을미에게 연인이 생겼을 때, 공동체가 분열되는 것을 보면 이를 확인할 수 있다. 연작인 「침입자」에서는 을미의 애인이 미군 물품의 반출사건에 연루되어 수감되고, 다시금 을미를 소년들에게 부탁하는 수미상관 구조로 이루어진다. 이는 이들의 교환 관계가 계속 반복될 것임을 상징한다.

가라타니 고진은 '상상의 공동체'로서 근대민족국가의 기반은 같은 국민에 대한 공감이나 부채라는 감정에 있고, 이는 근본적으로 호혜적 교환에서 유래한다고 지적한다. 공동체나 가족 안에는 '교환'이 있

---

474) 이러한 설정은 손창섭 소설에서 매우 특별한 설정이다. 손창섭의 대부분의 단편이 아버지가 부재한 모자가정에서 성장하지만 어머니가 자녀와 직접적으로 친밀한 관계를 맺고 있는 경우는 드물기 때문이다. 「치몽」의 을미는 "어머니만을 하늘처럼 믿고 성장했"고 "서로의 체온으로 포근히 녹여주며 살아온"다. 반면 「소년」과 같은 경우, 술집을 해서 먹고 사는 어머니가 자녀들의 교육이나 학교생활에는 전혀 관심이 없이 방치하는 것을 확인할 수 있다. 이는 을미의 어머니 이미 죽은 상태에서 소설이 시작한다는 점을 통해 확인해볼 수 있다. 즉 손창섭의 소설에서 선량한 어머니는 현실에서는 부재하고 죽어서만 존재할 수 있는 것이다.

고, 증여와 답례라는 호혜제도가 공동체를 뒷받침한다. 공동체에서의 호혜적 교환은 의무적이기 때문에 상품교환이나 국가적 수탈-재분배와는 다르다. 여기서는 아낌없이 증여하여 감정적 부채를 만드는 것이 상대를 지배하는 방법이 된다. 지배-피지배 관계는 폭력에 의해서가 아니라 오히려 아낌없이 주는 행위에서 생긴다. 이 권위는 갚는 것이 불가능한 증여를 받았다고 느끼게 만드는 것이다.[475]

그러나 손창섭의 소설은 가족 내의 호혜관계를 불공정한 교환으로 제시한다. 이는 가족 내에서의 수탈과 착취를 명시화함으로써 가족을 탈이상화하는 것이다. 손창섭 소설에서는 누구도 가부장이 되기를 원하지 않는다. 「조건부」의 갑주는 구두를 만드는 직공으로, 현옥을 아내로 삼을 생각으로 5년간 현옥의 가족들까지 책임지고 보살펴왔다. 그러나 이들의 관계는 현옥의 모친과 갑주가 성관계를 하면서 달라진다.

"그래 집안일을 도맡아 챙겨나가구, 당신의 입시중 옷시중을 가려운데 손이 가듯이 거들어주구, 비록 젖비린내 나는 구두 직공일망정, 일단 맘과 몸을 허락한 바에야 잘 나나 못 나나 배척해서 되랴 싶어 남부끄러운 것도 무릅쓰고 나는 깍듯이 남편으로 섬겨왔소 그러한 내 정성은 털끝만치두 생각지 않구, 그래 줄창 아주머니라. 아 걸핏하면 내 몸뚱일 두붓자루 주무르듯 하면서두 그저 아주머니우? 뭐 내가 당신에게 독점된 창녀랍디까?"[476]

현옥 역시 갑주를 향해 "당신은 내 어머니의 정부"일 뿐이라고 일

475) 가라타니 고진, 『네이션과 미학』, 조영일 옮김, 도서출판b, 2009.
476) 손창섭, 「조건부」, 위의 책, 442쪽.

갈한다. 술집 남자들의 부추김에 현옥을 강간하려다 실패한 갑주는 가족회의에 소환된다. 그 자리에서 현옥은 집을 나가겠다고 선언하면서 교환조건을 내건다. 양재 학교를 마친 후 자립할 때까지 반년간의 생활비를 책임지라는 것이다.

> "설마 아무러한 성씨로서도 이렇게 당연한 나의 조건을 거부할 자격은 없을 거예요. 말하자면 우리 가족은 어떤 교환 조건에 의해서 구성되어 왔으니까요. 하기는 세상 사람들의 대인 관계란 게 따지고 보면 대부분이 그럴른지 모르지만……."477)

가족의 우애와 정은 누군가의 거래와 책임, 협박에 의존한다. 손창섭은 가족의 교환구조가 허구라는 것을 보여준다. 어리석은 남성들은 이 구조 속에서 희생양이 될 수밖에 없다. 그는 임금을 가져오는 노예고, 가족 안에서 아무런 힘이 없다. 그가 가족 속에서 차지하고 있는 허깨비 같은 지위는 종속적인 임금 노동자가 되는 것을 감내해야 비로소 얻을 수 있는 것이다. 전통적인 관점에서 보자면 그의 가족에 대한 감정은 헌신이 아니라 역설적이게도 희생과 종속이다.478) 손창섭의 소설은 이러한 가장의 운명을 잘못된 계약에서 출발하는 것으로 묘사한다. 이로 인해 그의 희생은 숭고함이 아니라 계약을 잘못한 어리석음으로 희화화되고, 가족구조의 모순을 드러내는 기제로 사용된다.

「사연기」의 정숙과 동식, 성규는 통학을 함께 한 고향친구이다. 동

---

477) 손창섭, 위의 책, 460쪽.
478) 울리히 벡, 「이브의 두 번째 사과 또는 사랑의 미래」, 『사랑은 지독한, 그러나 너무나 정상적인 혼란』, 배은경 외 옮김, 새물결, 1999, 245~288쪽.

식과 정숙은 서로 좋아하던 사이였지만, 한국전쟁 당시 공산당이 들어오는 바람에 지주인 동식의 아버지는 처형당하고 동식마저 잡혀 들어가게 된다. 이때 공산당원으로 활동하던 성규가 정숙과 결혼하는 조건을 걸고 구해줌으로써 정숙은 사랑하지 않는 남자와 결혼하여 아이를 낳았고, 그의 병을 간호하고 있다. 성규의 공격성이나 생에의 욕망은 정숙을 지속적으로 괴롭힌다. 또한 정숙을 희생양으로 만드는 것은 동식이기도 하다. 정숙의 오른편 귓바퀴에 대한 페티시즘적 욕망으로 칼로 귓바퀴의 기미를 상처냈고, 결혼 전 정숙의 처녀를 빼앗았으며 정숙이 동식을 위해 성규와 결혼했다는 빚이다. 이에 동식은 책임감으로 정숙과 성규의 집을 매일 방문하고, 그들의 생활비를 댄다. 자발적 희생양이 되는 것이다.

8.15 해방 이래 한결같이 계속되는 초조, 불안, 울분, 공포, 그리고 권태 속에서 물심 어느 편으로나 잠시도 안정감을 경험해 본 적 없는 동식은, 결혼에 대한 특별한 관심도 느껴보지 못한 채, 앞으로 살아가노라면 어떻게든 자기의 '생활'이라는 것이 빚어지려니 싶어 어물어물 지내오다보니, 오늘날까지 남들같이 출세도 못하고 돈도 못 모으고, 따라서 궁상스런 홀아비의 신세를 면하지 못하고 있는 것이다. 그러나 요즘 와서는 차차 여러 가지 의미에서 독신의 불편을 느끼게도 되고, 가끔 결혼을 권하는 이도 있지만, 결혼이라는 것의 번거로움과 짐스러움이 앞서 적극적인 태도를 취할 용기가 나질 않았다. 그렇지만 앞으로 성규가 죽은 뒤 당분간이라도 정숙이와 한집에서 어름어름 지내게 되노라면, 동식은 오랫동안 정숙에 대해서 지녀온 어떤 의무감(책임이라도 좋다)에서라도, 새로이 덮어 씌워지는 운명의 그늘을 벗어보려고 끝까지 버둥대지는 못할 것만 같았다.[479]

이들 셋의 기묘한 관계는 실상 동식의 불안, 공포, 권태에서 기인한다. 동식은 계획이나 전망 없이 살아간다. 결혼에 대한 생각도 없다. 그가 결혼을 번거로움과 짐으로 인식하기 때문이다. 동식에게 삶은 '향락할 요소가 없는 구속'일 뿐이다. 그러나 그는 정숙에 대해서는 의무감과 책임감을 느낀다. 성규가 죽고 나면 자연스레 그녀와 결혼하게 될 것이라고 생각하는 것도 이 때문이다. 이들의 도착적 관계는 성규의 죽음과 정숙의 자살로 파국을 맞는다. 소설의 근본적 질문은 이 순간에 발생한다. 동식은 정숙이 남긴 편지를 통해 명호가 자신의 아들임을 알게 된다. 그리고 그 사실을 "놀랍고 저주스러운 것"으로 인식한다. 정숙과 두 아이의 보호자로 자임하였지만, 실제 그 아이가 자신의 아들인 것으로 밝혀지자 오히려 부정하는 것이다. 이는 '정상적' 이성애 관계를 통한 가족의 건설과 재생산에 대한 부정이기도 하다. "어머니가 정말 저를 낳으셨수?"라는 「공휴일」의 질문 역시 이러한 '저주'와 연결된다. 자신의 기원을 의심하고 부정하는 아들이 출현한 것이다.

손창섭은 피해자와 가해자를 희극적으로 가시화함으로써 규범의 폭력 문제에 주목한다. 가족이라는 일반화된 도덕규범으로 행해지는 집단의 윤리가 폭력으로 다가오기 때문이다. 남성주체들은 자발적으로 피해자가 됨으로써 희생양의 메커니즘을 전복한다. 이들은 능동적 피해자라는 모순을 바탕으로 윤리적 폭력을 가시화하기 때문이다. 윤리가 비가시적 전제로서의 규범, 즉 보편적 질서로 작동하면 폭력이 될 수 있다. 집단적 에토스는 보편의 이름으로 특수를 제거하고, 이로

---

479) 손창섭, 「사연기」, 『손창섭 단편 전집 1』, 가람기획, 2005, 65쪽.

인해 손창섭의 남성주체들은 폭력에 노출된다.480) 이러한 남성주체들의 수동적 공격성은 규범이 가지고 있는 의미를 무화하고, 피해자의 능동성을 부각시킨다. 이로써 능동과 수동의 이분법이 해체되고, 손창섭 소설의 남성주체들은 윤리적 폭력을 고발하는 주체로 거듭날 수 있게 된다.

B. 자발적 고아와 희극적 부계 훼손

손창섭은 「미스테이크」의 "야생동물" 강재호481), 「서어」의 광호와 같이 훈련이 되어 있지 않은, 주인에게 영합할 줄 모르는 인간형을 모색한다. 이들은 가족 규범, 사회 규범으로부터 '해방'의 자유를 획득한다. 이것이 손창섭이 그리는 남성주체들의 단상이며 개성이다. 이러한 자유는 자신의 기원을 부정하는 아들에서 생겨난다. 이를 식민지 역사를 통해 형상화한 것이 『낙서족』이다.

1959년 3월 『사상계』에 전재된 손창섭의 첫 장편 『낙서족』은 독립투사의 아들 박도현을 통해 숭고한 가부장의 명예가 훼손되는 서사를

---

480) 주디스 버틀러, 『윤리적 폭력 비판』, 양효실 옮김, 인간사랑, 2013, 74~145쪽. 버틀러는 스피노자가 정식화한 생에 대한 욕망, 코나투스가 헤겔의 인정투쟁을 통해서만 충족될 수 있다고 본다. 따라서 윤리라는 이름으로 폭력이 자행되기도 한다. 카프카의 소설에서 소년은 아버지에 대한 사랑을 공언하고, 아버지를 위해 자살의 곡예를 벌인다. 이는 반쯤 희열에 찬 매저키즘의 광경이다.

481) "훈련이 잘된 가축일수록 주인의 비위에 기교적으로 영합할 줄 아는 법이다. 그런 '충실'한 위인들에 비하면 강재호는 확실히 야생동물이다. 한창 날뛰기 좋아하는 소년기를 구속 없이 보낸 탓일게다. 가정이나 사회라는 굴레에서 그는 완전히-아니 이건 어폐다. 거의 해방된 채 뼈대가 굵었다." 손창섭, 「미스테이크」, 1회, 『서울신문』, 1959.9.20.

재현한다.482) 아들은 아버지의 이름을 이용하고, 더럽힌다. 조국과 민족의 숭고한 가치는 연애와 허세로 치환되고, 아들의 공허한 수사로 인해 민족국가는 정주할 수 없는 곳이자 떠나야 할 곳이 된다.

소설은 1938년을 배경으로 독립운동가인 아버지와 삼촌을 둔 박도현이 일본으로 밀항하여 학교를 다니는 장면에서 시작한다. 도현은 아버지가 독립운동가라는 말을 들었을 뿐, 철이 든 후에는 한 번도 만난 적이 없다. 그러나 부재하는 아버지의 존재는 오히려 도현의 가족에게 더 큰 영향을 미친다. 아버지가 없기 때문에 더 많은 감시에 노출되는 것이다. 상시적 불안에 시달리던 도현은 독립단원을 칭하며 은행에 협박전화를 거는 사건을 저지른다. 처벌을 피하기 위해 일본으로 밀항하여 중학교에 등록한 도현은 조선을 떠나는 도현은 제국주의의 희생양이자 민족의 영웅으로 거듭난다. "조국의 독립을 위해 일생을 외지에서 투쟁하시는 부친은 물론 가엾은 모친을 위해서도 부디 대성하기 바란다"483)는 주변의 기대는 도현이 수호해야 할 숭고한 이데올로기이다. 도현 역시 일본에 와서 그 이름의 무게를 실감한다. 좋아하는 여자와 학교 친구들에게 아버지의 이름을 뽐내며, 영웅의 아들로 거듭나기 때문이다.

도현은 짝사랑하는 한상희와 그의 가족들, 학교 친구들에게 독립운동가의 아들임을 과시한다. "조국을 위해 투쟁하는 용맹성"에 따라 귀결되는 "인간의 가치"를 회복해야겠다는 그의 다짐은 결국 아버지

---

482) 『낙서족』은 『사상계』의 첫 번째 장편소설이기도 했다. 손창섭, 「낙서족」, 『사상계』 68호, 1959년 3월호, 352~441쪽. (670매 전재장편)
483) 손창섭, 위의 책, 353쪽.

로부터 벗어나지 못하는 청년의 정신구조를 보여준다. 청년의 자기도취적 인정욕은 우둔한 선택으로 이어지는 것이다.

> "사실 난 투사의 아들야!"
> "조국의 독립을 위해 목숨을 걸구 싸우구 있는 인물들이 얼마나 많은지 알어!"
> 도현은 자기의 대답에 어떤 위대한 계시 같은 것을 느끼고 스스로 취했다.[484]

박도현은 학교에서 조선인과 일본인 학생의 다툼 끝에 조선인 학생만 퇴학이 결정되자, 그에 항의하기 위해 교무실을 찾았다 교무주임을 머리로 들이 받는 사건을 저지른다. 이로 인해 경찰에 잡혀가 20여 일을 시달리다 풀려나고, 조선인 친구들 사이에서 영웅으로 떠오른다. 그는 자신을 찾아온 친구들에게 아버지가 독립투사임을 고백하며 이승만 박사나 김구 선생, 임시정부 이야기를 들려준다. 거기서 더 나아가 김구 선생 역시 아버지를 통해 자신의 존재를 알고 있다는 허풍을 치기까지 한다. 친구들 역시 상희와 마찬가지로 그를 존경과 감탄이 어린 눈빛으로 바라본다. 결국 자신의 가치는 독립투사의 아들이라는 이름을 이어받는 데 있다는 사실을 확인하는 것이다.

> 어서 몸만 추새면 잃어진 자기의 '가치'를 회복해야 하겠다고 그는 속으로 다짐하는 것이었다. 그에게 있어서 인간의 가치란, 조국을 위해 투쟁하는 용맹성 여하에 귀결되는 것이었다.[485]

---

484) 손창섭, 위의 책, 409쪽.

도현은 짝사랑하는 한상희에게 독립투사의 아들임을 자랑하고, 소문으로 들은 이승만 박사의 이야기를 사실인양 전한다. 그 과정에서 도현 스스로 자신을 독립투사로 오인한다. 사랑을 위해, 독립투사가 그에게 상상계적 이상이자 상징계의 질서로 군림하게 된 것이다. 이로 인해 도현은 "무너져 가는 조국과 신음하는 동포" 위에 영향을 미칠 "위대한 힘"을 "가장 사내답고 보람 있는 길"이라고 설명한다. 조국을 위해 투쟁하는 용맹한 사람이 되어 "잃어버린 자신의 가치"를 되찾아야 한다고 생각하는 것이다. 매일 히비야 도서관에 다니면서 책을 읽는 것도 "독립운동에 가담할 자격"을 획득하기 위해서이다.[486] 이처럼 도현이 획득하고 회복해야 할 가치는 민족의 투사로서 아버지를 계승하는 것이다. 이는 민족이라는 이데올로기에서 자신의 상징적 의미를 확보하려는 시도이자, 영웅으로 호명되고자 하는 주체의 욕망이다.

그러나 이러한 시도가 계속될수록 아버지는 훼손된다. '새로운 앞길' 역시 '기어코 성공해야 된다'는 생각이나 마찬가지로 너무나 막연한 의욕과 관념에 지나지 않았기 때문이다. 거기에 '나는 조국 광복에 헌신하고 있는 독립투사의 아들'이라는 과중한 사명감은 "눈물겨운

---

485) 손창섭, 위의 책, 402쪽.
486) "무슨 대학 교수니, 무슨 박사니 하는 저자의 레테르와, 두툼한 책의 부피가 그에게 또 다른 만족감을 줄 수가 있었기 때문이다. 어떤 책은 드문드문 주위 읽고, 어떤 책은 절반쯤 읽다 집어 치우고 어떤 책은 통독을 하는 식으로 해서 하루에 두세 권은 눈을 거칠 수 있었다. 아무튼 책을 읽고 나면 독립운동에 가담할 자격을 얻은 것 같이 속이 듬직해서 좋았다." 이처럼 도현은 책을 읽는 것이 아니라 '눈에 거친다'. 이는 도현이 하는 일이 사실상 다 의미 없는 행위에 지나지 않는다는 것을 상징적으로 보여준다. 손창섭, 위의 책, 413쪽.

넌센스"를 연출하게 한다. 이는 도현의 자기파괴적 선택들을 통해 뒷받침된다.

그는 아버지의 이름에 대한 욕망과 탈출욕의 양가감정 사이에서 자기파괴적 선택을 계속한다. 박도현은 사춘기적 반항심으로 장난전화를 걸어 은행을 협박하고 학교 선생님에게 박치기를 한다든가 경찰관과 싸우는 등 무모한 짓을 반복한다. 이러한 자기파괴적 욕망은 부친 살해의 욕망과 궤를 같이 한다. 독립투사의 아들인 자신을 망가뜨리는 것으로 아버지의 질서를 훼손하는 것이다. 이는 도현의 하숙집 옆방에 사는 한상혁도 마찬가지이다. 사리원 출신의 한상혁은 "조선사람 티가 전혀 나지 않는" 일본어를 구사하는 미술학교 학생이다. 박도현과 한상혁은 독립투사의 아들이라는 주위의 시선으로부터 탈출하기 위해 일본을 택했고, 어머니의 기대를 배반하고 방탕한 삶을 산다는 점에서 서로 닮은 꼴이다. 한상혁은 다방 여급과 연애를 하느라 학비를 탕진하고, 여동생에게 돈을 빌리기 일쑤이다. 그는 연애를 제외한 민족, 국가, 미래 등에는 전혀 관심이 없다. 5살 때 한 번 본, 얼굴조차 기억나지 않는 아버지와 연안에서 공산당과 손을 잡은 숙부, 3.1운동 사건으로 돌아가신 아버지 등 일제에 대항하여 투쟁한 숭고한 아버지들의 역사는 아들의 삶을 굴절시키는 것이다.

도현의 자기파괴적 욕망은 다이너마이트 폭탄을 만들어서 천황을 죽일 계획을 세우는 데까지 이어진다. 그가 선택한 "취해야 할 위대한 행동"의 구체적인 계획은 의미를 획득하기 위한 폭력투쟁에 다름 아니다.[487] 이 중학생다운 투쟁은 이데올로기에 의해 호명된 주체는 사

---

487) "그렇다. 인제야 알았다. 천황을 죽이자. 일본 천황을 죽여 버리는거다. 그것만이 복

실상 상징계의 질서를 벗어날 수 없는 빗금 쳐 진 주체라는 결론으로 이어진다.[488] 도현이 상상하는 아버지의 이름이 바로 이 이데올로기이다.

박도현은 성애를 곧 배설로 인식한다. "자신 속의 남성"이라는 "괴물"에 눈뜬 박도현은 배설의 쾌감으로 불안을 해소하는 법을 배운다.[489] 그는 자신이 감시당한다고 느끼면 공원에 나가 노상방뇨를 하든가 일본 여성을 강간하는 것으로 불안을 해소한다. 그는 노리꼬에 대한 강간을 "자기 속에서 일종의 복수심"을 찾아내어 "알맞은 핑계"로 삼았다. 경찰과 일본인 전체에 대한 복수심을 핑계로 성폭력을 행사하는 것이다. 그러나 "강간과 애국"을 연결시키려는 행위는 사실상 "참담한 자기 모멸감"으로 이어진다.

> 도현은 목재더미에 다가서서 사타구니의 단추를 따고 온기가 통하는 짤막한 호스를 내놓았다. 약간 노르끄럼한 액체가 호스 끝에서 이내 줄기차게 내 뻗었다. 배설의 쾌감. 도현은 한 손으로 호스 끝을 조종해서 땅바닥에 글자를 쓰기 시작했다. 어려서부터의 버릇이다. 그것은 정신적 배설 작용의 핍색에서 오는 습관인지도 모른다. '개 같은 놈'이라고 쓰려고 했지만 '은'자를 끝마치지 못한 채 오줌발이 끊어지고 말았다.[490]

수의 길이다." 손창섭, 위의 책, 433쪽.

[488] 지젝은 이데올로기는 비어 있는 실체를 감추고 스스로 일관성을 소유하고 있는 것처럼 주장해야 온전히 작동할 수 있다고 주장한다. 따라서 이데올로기는 외부로부터 강제되는 믿음으로 지탱되는 것이다. 이데올로기는 '진실로서 경험되는 거짓'이다. 그런데 주체는 이 이데올로기의 공백을 보지 않고 상징적 동일시를 이룬다. 슬라보예 지젝, 『이데올로기라는 숭고한 대상』, 이수련 옮김, 인간사랑, 2002.

[489] "자신 속에 눈뜬 남성이란 도현에게는 주체스러운 괴물이었다. 그는 얼마 안 가서 그 괴물에게 자주 굴복당하게 되었다." 손창섭, 앞의 책, 359쪽.

소변줄기로 일본인 형사에게 하지 못한 욕설을 쓰려던 도현의 의도는 실패한다. 끝마치지 못한 글자는 도현의 저항 역시 그러하리라는 점을 보여준다. 결국 도현은 "위대한 독립 투사의 아드님이 이번엔 강간죄로 걸려"들었다는 아이러니를 낳는다. 그의 자기파괴적 욕망이 아버지의 이름을 훼손하는 데까지 나아간 것이다.

처음부터 박도현은 영웅인 아버지에 의해 거세된 남성주체였다. 그러나 그가 사랑하는 여자인 한상희 역시 박도현을 거세한다. 한상희는 한상혁이라는 무능한 오빠와 박도현이라는 무능한 정혼자 사이에서 그 둘을 인도하는 역할을 수행한다. 여장부라는 상희의 모친 역시 박도현을 대학까지 경제적으로 뒷받침하겠다고까지 한다. 타락한 자신의 아들 대신 '영웅'인 박도현을 아들로 삼는 것이다. 한상희와 박도현은 결국 사실상의 약혼자 관계가 되지만, 박도현은 한상희를 "존경한다"고 말할 뿐, 성적인 친밀감을 표현하지는 못한다.

"비육체적인 야릇한 매력"을 가진 상희는 "초인간적인 엄숙성"이 있는 여성으로, 박도현은 한상희를 '천사'에 빗대어 표현한다. 한상희는 사실상 남성성을 수행하는 여성이다. 그녀는 박도현의 보호자이자 경제적 후견인이고, 아이와 같은 박도현을 '바른 길'로 인도한다. 박도현에게 투사가 되는 법을 알려주고, 중국 상해로 밀항시켜서 미국 유학까지 생각할 수 있도록 도와주는 것도 한상희다. 사실상 소설에서 국가와 민족의 미래를 염려하고 실천하는 주체는 그녀밖에 없는 것이다. 한상희는 그야말로 민족주의자의 정신을 획득한다. 이것이 박도현의 눈에는 '엄숙성'과 존경으로 나타난다.

---

490) 손창섭, 앞의 책, 366쪽.

공종구는 손창섭 소설의 기원은 전쟁이라는 트라우마가 아니라 오이디푸스 콤플렉스이며, 그의 글쓰기는 무의식에 억압해온 어머니에 대한 원한감정과 죄의식으로부터 해방되기 위한 실존의 고투라고 지적한다.[491] 손종업 역시 『낙서족』이 가짜 아버지에서 진짜 아버지로의 이동을 보여주는 텍스트라고 지적한다.[492] 그러나 『낙서족』은 진짜 아버지로의 이동이 아니라 아버지 살해에 대한 욕망이라는 과잉남성화를 보여주는 텍스트이다.[493] 박도현은 자신의 삶을 구속하는 아버지의 이름으로부터 벗어나고 싶기 때문에, 아버지의 이름을 훼손한다. 『낙서족』에 있어서 독립투쟁과 테러, 강간과 연애의 경계는 불분명하다. 소년들의 치기 어린 테러 모의나 일본여성에 대한 강간은 독립투쟁으로 해석되고, 이는 탈식민이 과잉 남성화된 폭력의 양상으로 드러난다는 점을 현시한다.

「모자도」의 주인공인 초등학생 성기는 모자 가정에서 성장한다. 빼빼 마른 성기의 그로테스크한 몸은 "귀염을 받을 수 없는 체격"으로

---

491) 공종구, 「손창섭 소설의 기원」, 『현대소설연구』 40, 한국현대소설학회, 2009, 159~184쪽; 「손창섭 소설에 나타난 화해」, 『현대문학이론연구』 36, 2009, 197~219쪽; 「≪삼부녀≫에 나타난 오이디푸스 콤플렉스와 가족주의」, 『현대소설연구』 50, 한국현대소설학회, 2012, 6~31쪽.
492) 손종업, 「손창섭 후기 소설의 <여성성>」, 『어문논집』 23, 민족어문학회, 1994, 171~184쪽.
493) 프로이트는 오이디푸스 콤플렉스가 창작의 원동력으로 승화되는 상황을 도스토예프스키를 통해 설명한다. 도스토예프스키는 오이디푸스 콤플렉스로 인해 생긴 아버지에 대한 동성애적인 애정이 애증의 양가감정과 살부충동으로 이어지고, 이것에 대한 죄의식이 끊임없이 자신을 처벌하려는 경향으로 나타나 결국에는 간질병이나 도박중독에 이른 작가이다. 즉 도스토예프스키의 마조히즘은 초자아의 새디즘의 결과로 생겨난 것이며, 이로 인해 자신을 학대하는 가운데 쾌락을 느끼게 된 것이라는 게 프로이트의 분석이다. 지그문트 프로이트, 「도스토예프스키와 부친 살해」, 『쾌락원칙을 넘어서』, 박찬부 외 옮김, 열린책들, 2003, 331쪽.

"옛날부터 애비 없는 자식 사람된 법이 드문 거야"494)는 조롱의 대상이 된다.

> 한번은 어떤 여인이 성기더러 윗통을 벗어보라고 했다. 성기가 어쩔
> 줄을 몰라 머뭇거리고 섰으려니까 그 여인은 손수 성기의 양복 저고리
> 를 벗기드니 갈비뼈가 아른아른한 가슴이며 어깨죽지를 만져보고 나서
> 혀를 끌끌 채며 뼈에다 가죽만 씨운 것 같다고 했다. 성기의 양복 가랑
> 이를 걷어 올리고 종아리를 쓸어보는 여인도 있었다.495)

날마다 어머니의 심부름으로 우물터에 가는 성기는 우물터 여인들로부터 놀림을 당한다. 괴이하리만큼 마른 그의 몸을 중년 여성들이 벗기고 만지는 것이다. 성기의 마른 몸은 남성으로서 부적합한 것이고, 이에 이웃들은 성기 같은 부실한 아들을 어떻게 의지하겠느냐며 어머니에게 재혼을 권유한다. 그들 모자를 염려하는 듯하지만 실제로는 성기와 어머니에게 폭력을 행사하는 것이다. 영등포의 피복공장 공장에 다니며 혼자 성기를 키우고 있는 어머니는 빼어난 미모로 주변에서 재혼 권유가 끊이지 않지만, 그럴 때마다 성기를 의붓자식으로 만들지 않겠다면서 거절한다. 이에 성기는 아름답고 정숙한 어머니를 자랑스러워한다.

> 낮에는 그처럼 신경질을 부리고 골을 잘 내는 모친이 밤만 되면 불
> 안해질 정도로 상냥해지는 수가 있다. 여태 모친과 한 이불 속에서 자
> 는 성기의 발가벗은 몸둥이를 가슴이 터지도록 꼭 껴안고 엉뎅이를 쓰

---

494) 손창섭, 「모자도」, 『부산 중앙일보』 1955.7.29.~8.7. 『근대서지』 5, 2012, 517쪽.
495) 손창섭, 위의 책, 524쪽.

다듬으며 소곤소곤 옛날 얘기를 들려주는 일도 있는 것이었다. 어쨌든 혼담이 한 번 지나가고 나면 모친은 변하는 것이었다.[496]

성기의 어머니는 전통적 부덕에 따라 재혼을 거절한다. 성기는 이를 보면서 "이 세상에서 모친이 제일이라고 생각"한다. 그러나 생각과 달리 "저절로 고개가 숙어지고 어깨까지 죽 처지"며 억눌린 반응을 보인다. 훌륭한 사람이 되어야겠다고 생각하기는 하지만, 그 생각은 도리어 성기의 존재를 압박하는 것이다. 어머니 역시 재혼을 거절하고 나면 유난히 신경질을 부리곤 한다. 이 기묘한 긴장감은 어머니가 배뚱뚱이와 연애를 하면서 사라진다. 어머니의 임신과 결혼은 과잉 남성화된 배뚱뚱이의 육체와 빼빼 마른 성기의 몸을 대조한다. 성기는 배뚱뚱이에게 져서 어머니를 빼앗기는 것이다.

『낙서족』의 도현과 「모자도」의 성기는 부재하는 아버지를 대신하여 자신을 키워준 어머니를 위해서 훌륭한 사람이 되어야 한다고 다짐하는 아들들이지만, 결국은 그 목표를 이룰 수 없다. 도현은 자기파괴적 형태로 아버지의 이름을 훼손하고, 성기는 다른 남자에게 어머니를 빼앗긴다. 또한 이 둘은 어머니의 섹스 장면을 목격한다는 점에서도 일치한다.[497] 이 두 소년의 기록은 손창섭 소설의 남성주체들이 가지고 있는 여성에 대한 공포와 가족에 대한 부인을 설명해주는 단서가 된다.

---

496) 손창섭, 위의 책, 519쪽.
497) 박도현이 아버지를 본 것은 어릴 적의 일로 단 한 번이다. 그리고 그는 그때 아버지와 어머니의 섹스를 목격한다. 이 장면은 다른 소설에서도 변형되어 등장한다.

3. 디아스포라의 망국(亡國)과 예외상태의 미학

A. 비국가적 연대와 공존의 모색

『낙서족』의 박도현이 조선에서 일본 도쿄, 도쿄에서 다시 상해로 떠나는 과정은 아버지 부정의 길이다. 이렇게 시작된 디아스포라는 「광야」와 「혈서」에서 민족국가를 훼손하는 남성주체로 이어진다.[498] 「광야」는 일제 말의 만주라는 식민제국의 실험지를 배경으로, 아버지를 부정하는 세 명의 청년을 그린다. "푸른 호복을 단정하게 입은 해사한 청년 둥우, 귀뿌리에 은고리를 단 귀염성 있게 생긴 벙어리 소녀 춘화, 한복인지 호복인지 분별할 수 없는 바지저고리를 입고 있는 한국 소년 승두"[499], 이 세 사람은 퇴락한 토막집에 모여서 시간을 보낸다. 이들은 민족이 다르고 사회적 지위에서도 차이가 나지만, 서로에게 가장 친밀한 존재들이다.

유복한 집안의 독자인 둥우는 소학교 교원으로, 아내와 가족이 있지만 춘화, 승두와 어울리는 것을 더 좋아한다. 춘화의 집에 와서 잡지와 신문을 뒤적거리고, 담배를 피우거나 아편을 하다 밤이 돼서야 돌아간다. 그는 중국인을 미개한 민족이라고 개탄하며 무위의 나날을

---

498) 『낙서족』뿐만 아니라 『유맹』에서도 주인공은 한국과 일본 어디에도 머무르지 못한다. 이후 손창섭의 후기 소설인 『인간교실』이나 『길』, 『봉술랑』에서도 마찬가지이다. 이들은 자신이 설정한 거주지에 머무르지 못하고 안주할 공간을 찾지 못한다. 방민호는 이러한 특징을 손창섭의 자전적 요소와 연결시켜 손창섭 소설의 '외부성'이라 명명하고 있다. 방민호, 「손창섭 소설의 외부성」, 『한국문화』 58, 서울대학교 규장각 한국학연구원, 2012, 197∼228쪽.

499) 손창섭, 「광야」, 『손창섭 단편전집』, 가람기획, 2005, 329쪽.

보내고 있다. 마을에서는 아무것도 하지 않는 것처럼 보이는 그에 대해 반일동지들과 미국으로 탈주할 계획을 세우다 잡혀왔다는 소문이 팽배하다. 이는 이들 셋이 마을의 이방인들의 공동체라는 점을 보여준다. 이들은 정착과 안주 대신 폐제를 택한다. 식민의 제국 질서에 승복하느니 차라리 폐제를 통한 거부를 보여주는 것이다. 따라서 둥우에게 국가는 차라리 언젠가 망하는 것이 더 나은 곳이다. 이 망국의 상상은 아버지에 대한 살해 욕구에 다름 아니다.

> "차라리 망합시다. 집안두 망하구, 나라두 망하구 왼통 깨끗이 망해버리구 말잔 말요 그래, 부친이나 당신 오빠는 집안 망하는 게 겁이 나서 친일 요인들과 결탁하려는 거요? 기껏 그게 집안을 건지는 길이란 말요 모두가 뻔한 노릇이니 차라리 깨끗이 망해버리구 말잔 말요"[500]

둥우는 자신을 데리러 온 아내에게 집안의 부가 일본과 결탁하는 데서 온다면, 그런 집안과 나라 모두 망하는 것이 차라리 낫다고 가족을 부정한다. "철저히 망해버리는 데는 뜨뜻미지근한 자포자기란 말이 있을 수 없다"[501]며 니힐이 아닌 공격성을 드러내는 것이다. 춘화와 승두를 양쪽에 끼고 "메이파즈"[502]를 되뇌이는 둥우의 단호한 무위는 부모, 집안과의 단절이라는 점에서 승두와 통한다.

소설의 주인공인 승두는 돈을 벌기 위해 만주에 온 어머니를 쫓아

---

500) 손창섭, 위의 책, 352쪽.
501) 손창섭, 위의 책, 352쪽.
502) '어쩔 수 없다'는 뜻의 중국어. 소설에서는 '어쩔 수 없다'가 여러 번 등장한다. 남편의 친구와 재혼한 승두의 어머니는 "혼자서는 도저히 어쩔 수가 없어서 이렇게 되었노라"(335)고 고백하며 아들의 이해를 구한다.

온 조선 소년이다. 그러나 만주에 와 보니 어머니는 죽은 아버지의 친구와 재혼하여 살고 있었고, 이미 아버지 다른 동생까지 태어난 상태였다. 소설은 승두의 오이디푸스 콤플렉스를 전면화한다. 생전 아버지가 계부가 방문할 때마다 자신을 죽이러 온다며 화를 내고, 어머니가 외출할 때마다 승두에게 미행을 시켰기 때문이다. 거기에 매일 밤 꿈속의 아버지는 계부가 자신을 죽였으니 원수를 갚아달라고 당부한다.

> "원수를 갚아다고, 원수를 갚아다고!"
> 깜짝 놀라 보니, 그 상여 위에는 부친의 시체가 누워 있었다. 뿐만 아니라 상두꾼은 다른 사람 아닌 모친과 창규였다. 승두는 고함을 지르며 식도를 꼬나 잡고 창규에게 덤벼들었다. 하지만 그 힘을 당할 수가 없었다. 창규는 무난히 식도를 빼앗아가지고 도리어 승두의 목에다 겨누는 것이었다. 승두는 악을 쓰며 요동을 하다가, 모친이 흔들어 깨워서 눈을 떴던 것이다.503)

만주에 도착한 승두는 죽은 아버지의 유령이 원수를 갚아달라고 호소하는 꿈을 반복해서 꾼다. 그러나 절대적인 힘의 차이가 욕망을 가로막는다. 계부인 창규가 도리어 식도를 빼앗아 승두의 목에 겨누는 것이다. 의식과 무의식의 비식별역인 꿈에서조차 승두는 계부를 죽일 수 없다. 결국 이러한 승두의 분노는 자신은 계부를 죽일 능력이 안되는 소년이기 때문에, 계부가 자신을 죽일 것이라는 불안으로 이어진다. 승두의 두 명의 아버지는 모두 승두를 죽이는 존재인 것이다.
계부는 승두에게 자신의 아들로 행세할 것을 부탁한다. 그러나 승

---

503) 손창섭, 위의 책, 334쪽.

두는 계부에게 저항하며 손님에게 자신의 이름은 '차승두'라고 밝힌다. 이는 죽은 아버지의 이름을 지키고 가짜 아버지를 부정하려는 태도이다. 승두와 계부는 서로를 의심하며 긴장관계를 형성한다. 승두는 "눈에 핏대가 선 계부의 사나운 얼굴을 불빛에 보는 순간, 그 손의 몽둥이가 당장 자기의 머리통을 내리갈길 것만 같이" 느낀다. 승두의 이런 태도는 어머니와의 단절까지 가져온다. "자기는 마침내 모친에게서도 영 사랑 받을 수 없이 되었다"고 각오하는 것이다. 이처럼 승두는 부정할 수밖에 없는 가짜 아버지의 나라에서 고아가 된다. 이는 춘화 역시 마찬가지이다.

춘화는 노름판의 주먹이었던 왕노인의 사생아이다. 아편중독자인데다 노름판을 전전하는 아버지 때문에 일정한 거처 없이 자란 춘화 역시 적절한 보호를 받지 못한다. 세상이 자기를 멸시한다고 생각하는 춘화는 둥우와 승두만을 자신의 친구로 인정한다. 도박과 아편에 중독된 아버지 대신 승두와 둥우만이 가족인 것이다.

둥우와 승두, 춘화는 모두 아버지를 부정하는 고아들이다. 둥우는 자기 가족만을 위해 민족을 배신하는 아버지를, 승두는 어머니를 빼앗아간 계부를, 춘화는 중독자인 아버지를 부정하고 자신들만의 공동체를 형성한다. 무위에 젖어 아무것도 하지 않는 이들의 공동체는 아버지 살해의 제의를 통해 디아스포라로 나아간다. 승두는 강도를 방기함으로써 왕노인의 손을 빌려 아버지를 죽인다. 그리고 마을에는 이들이 기차를 타는 것을 보았다는 풍문이 전해진다. 제국과 아버지의 질서가 없는 곳으로 떠나 디아스포라가 되는 것이다.

이러한 국가에 대한 부정은 「혈서」에서도 잘 드러난다. 늘 발표하지도 못할 시를 쓰는 규홍과 취직을 못하고 있는 달수, 한 쪽 다리를 잃은 준석은 죽음에 가까운 예외상태를 살아간다. 이들은 훌륭한 군인도, 훌륭한 대학생도 되지 못한다. 고향에서 면장을 지내는 부유한 집안의 장남인 규홍은 영어 대신 불란서어 강습에 가고, 법 공부 대신 시를 습작한다. 하지만 제대로 완성하는 것은 하나도 없다. 매달 신문이나 잡지에 투고를 하지만 한 번도 발표되지 못한 규홍은 "모가지를 잘라서" 시를 쓰고 싶다는 구절을 계속해서 다듬는다. 규홍의 시쓰기는 순수한 소비로서의 '무용' 그 자체이다.

달수는 직장을 구하기 위해 매일같이 밖을 돌아다니지만 소득은 없고 취직을 못했다는 것에 죄스러움을 느낀다. 달수의 불안은 "자기는 왜 죽지 않고 이렇게 멀쩡히 살아있을까"이다. 이는 눈앞에서 미군 트럭에 깔려 죽는 교통사고를 목격한 이후에 심화된다. 전염병이 창궐한 해에도 병사하지 않았고, 준석처럼 장애를 얻지도 않고 "우연히 살아 있는 인간"인 것이다.[504] 이 우연성은 달수를 불안으로 몰아넣는다. 이는 살아남은 자의 죄책감과도 다르다. 언제든 죽을 수 있다는 차원에서 탈존의 위치에 놓인 것이다.

준석은 군속으로 전선에 나갔다가 한 쪽 다리를 잃고 상이용사가 되었다. 그 역시 차가운 방에 이불을 쓰고 누워서 일어나지 않는다. 달수가 매일같이 취직활동을 하고, 규홍이 학교에 다니거나 고향집에 다녀오는 데 반해 준석은 집을 나가지 않는다. 그러나 셋 중 가장 남

---

504) "나는 법과대학생인데, 고학생입니다. 학비와 식비만 당해준다면 무슨 일이든 목숨을 걸고 충성을 다하겠습니다"하고 거기 있는 사람들의 얼굴을 두루 쳐다보는 것이었다. 달수는 취직하기 위해서 그 이상의 어떠한 수단도 방법도 발견하지 못하는 것이었다. 손창섭, 「혈서」, 위의 책, 151~152쪽.

자다운 남자임을 자부한다. "정치, 군사, 실업, 자연과학 같은 부문 외에는 모두 여자들이나 할 일이지 대장부가 관여할 사업이 못 된다고 생각하"는 준석은 달수와 매일같이 다툼을 벌이며 "군대에 나가기가 싫으면 기피자다"라고 비난한다. 학교에 다니는 것도 병역을 기피하기 위해서라는 것이다. 준석에 따르면, 군대는 정상성을 확인받는 공간이고, 이에 병역을 피하고 있는 달수는 '비정상인'의 범주에 속한다.

이들 세 청년은 아버지의 기대를 배반하고 여자들이나 하는 일인 문학에 몰두하고, 군대를 기피하기 위해 대학을 다니며, 전투에서 다리를 잃었다는 이유로 집에 앉아서 주변 사람들에게 화만 낸다. 전후의 훼손된 남성성이 남성 청년들을 굴절시켰음을 보여주는 인물들인 것이다. 이들의 공동체를 가능하게 하는 것은 규홍의 집에서 보내주는 돈이다. 규홍은 방학을 맞아 집에 내려갈 때면 달수와 준석의 생활비까지 마련해주고 간다. 생산 없이 소비만 하는 공동체인 것이다. 여기에 창애와 그 아버지까지 더해진다.

주인들이 피난 간 사이 규홍의 하숙집을 차지한 창애와 그 아버지는 규홍이 돌아온 뒤에도 그 집에 남아서 그들과 생활을 같이 한다. 이 비정상적 공동체는 창애의 임신을 둘러싸고 갈등한다. 준석은 규홍과 창애가 결혼할 것을 주장한다. 그러나 달수는 창애가 준석의 아이를 임신했다는 이유를 들어 규홍과의 결혼을 반대한다. 이에 격분한 준석은 달수를 향해 "이 육실할 자식아. 너는 국적國賊이다. 병역기피자니까 너는 국적이나 같아. 이 자식 어디 견뎌봐라. 내 당장 경찰서에 고발하구 만다. 너 같은 건, 너 같은 악질은 문제없이 사형이야, 사형. 내 당장 가서 고발하구 올 테다."라며 폭언을 퍼붓는다. 기어코 달수의 손가락을 잘라 자원입대의 혈서를 쓰게 하는 것도 준석이다. 준석의 폭력은 자신과 창애의 관계를 지적한 데에 대한 처벌이기도 하지만, 자신의 닮은꼴인 달수에 대한 매저키즘적 폭력이기도 하다. 결국 이들의 공동체는 창애의 임신으로 파국을 맞는다. 임신과 출산이 저주가 되는 순간이다.

결국 규홍, 준석, 달수는 결혼과 출산 등 재생산 일체를 비수행함으로써 '국적'의 길을 선택한다. 리 에델만은 남성 동성애가 상징계를 위협하는 것은 그들의 섹슈얼리티는 재생산을 불가능하게 하기 때문이라고 지적한다. 동성애자들은 아이를 낳을 수 없고, 그 결과 사회와 국가의 미래를 훼손한다는 것이다.505) 이는 손창섭의 소설에서도 동일하게 벌어진다. 아무도 아이를 낳을 수 없고, 군인도 될 수 없다. 정비석의 「남아출생」을 떠올려 본다면, 재생산의 거부야말로 직접적 군사주의와 국가의 호명에 대한 저항이라는 것을 확인할 수 있다.

B. 잉여의 존재론과 잠재성의 정치

손창섭은 국민에 대한 폭력적 예속으로 실존을 의심받는 시대에 어떻게 남성성을 재구성해야 할지에 답하며 자신의 주체성을 상상해야 했고, 그 결과 자기 내부에 타자를 소환한다. 국가의 호명에 불응하고 부인하는 것으로서 헤게모니적 남성성을 비수행하는 것이다. 이를 종합한 것이 「잉여인간」이다.

---

505) Lee Edeman, *No Future: Queer Theory and the Death Drive*, Duke University Press, 2004.

「잉여인간」은 「혈서」와 마찬가지로 세 명의 남자와 한 명의 여자를 중심으로 한 공동체이다. 혈서의 규홍, 준석, 달수의 관계는 "자기의 분수를 알고 함부로 부딪치지도 않고 꺾이지도 않고 자기의 능력과 노력과 성의로써 차근차근 자기의 길을 뚫고 나간" 치과의사 서만기와 중학교 동창생인 비분강개파 채익준, 실의의 인간 천봉우의 짝패이다. 생활할 능력을 갖춘 서만기와 규홍, 세상에 분노하는 준석과 익준, 잉여화된 달수와 봉우는 서로 닮은꼴인 것이다. 「잉여인간」은 「혈서」의 동성사회가 파국을 통해 국가질서를 폐제하는 것에서 더 나아가 잠재성으로 발현되는 책임의 윤리를 통해 공동체를 탈구축한다.

　치과의사인 서만기는 "교양이 풍부한" 시민이자 "문벌 있는 가문"에서 태어난 데다 "서양 사람처럼 후리후리한 키와 알맞은 몸집에 귀공자다운 해사한 면모를 빛내"는 남성이다. "넓고 반듯한 이마와 맑고 잔잔한 눈"을 가진 기품 있는 외모에 "부드러운 미소와 침착한 언동"의 "영국풍의 신사"인 것이다. 여기에 지성까지 갖추고 있어 이상적 근대인이자 교양인으로 제시된다. 게다가 10년 가까이 가난한 살림을 꾸려나가는 아내에 대한 애정과 신뢰를 지키는 이상적 남편이자 처가와 본가의 여섯 명의 아이들을 학교에 보내고 열네 명이나 되는 대가족을 거느린 가장이기도 하다. 아내 역시 "세상의 어떤 아내보다도 만기를 깊이 이해하고 존경하고 사랑하고 동정"한다. 이런 그의 성품으로 인해 "사철을 가리지 않고 국산지 춘추복 한 벌로 몇 년을 두고 버텨오는 가난한 치과의사지만" 호의를 보이는 여자들도 많다. 간호사 홍인숙과 천봉우의 아내, 처제가 대표적이다. 이처럼 서만기는 손창섭 소설에서 가장 '정상적'이고 이상적인 남성주체이다. 가족을 위해 헌신하고 있지만, 희생양이 되지 않으며, 의미와 무의미의 아포리아에도 빠지지 않는 생활인인 것이다.506)

간호사보다 일찍 와서 같이 아침청소까지 거드는 챙기는 익준은 "이 병원에서 구독하고 있는 두 종류의 신문을 한 시간 이상이나 소비해가면서 첫 줄 첫 자에서 끝 줄 끝 자까지 기사고 광고고 할 것 없이 빼지 않고 죄다 읽"는다. 그리고 보도된 기사에 대해 "자기류의 엄격한 비판"을 가하며 'DDT 정책'을 주장한다. "국내의 해충적 존재에 대해서는 강력한 말살 정책을 써야 한다"는 것이다. 이처럼 대의를 논하는 익준은 정작 꼭 해야 할 이야기는 하지 않는다. 같이 일하는 사람들의 월급을 받아주기 위해서는 싸울 수 있지만, 자신의 가족의 이익을 위해서는 싸울 수 없는 것이다. 이로 인해 최근 1년간은 "양심적이고 동지적인 자본주를 얻어, 먹고살 수도 있고 동시에 국가 사회에도 이익될 수 있는 사업"을 하겠다며 거리를 돌아다닐 뿐 마땅한 성과는 없다. 앓는 아내가 병원에도 가지 못할 형편이지만 어려운 자신의 처지에 대해서는 한 마디도 하지 않는다. 결국 익준이 강조하는 '대의'는 아내의 죽음으로 그 무의미를 드러낸다.

반면 "중학 시절에는 그토록 재기발랄하고 야심가였던" 천봉우는 "강요당하듯이 (신문의) 제목을 입속말로 읽고 내용은 마지못해 두어

---

506) 김건우는 이러한 긍정적 인물형의 등장을 동인문학상과의 인과관계로 논한다. 1950년대 공론장을 대표하는 매체인 『사상계』는 동인문학상을 제정·수상하는 기관이기도 했다. 작가들 역시 동인문학상 수상을 영예롭게 생각하는 분위기였다. 그런데 1회부터 심사대상작이었던 손창섭은 3회 수상작 심사에서 "인생의 부정면을 완전히 탈피하지 못했다"는 평가를 받으며 탈락한다. 이에 등장한 것이 긍정적 인물인 서만기이며, 이는 4회 동인문학상 수상으로 이어졌다는 것이다. 김건우, 『사상계와 1950년대 문학』, 소명, 2003, 167쪽.

줄 읽다가 말"만큼 세상일에 관심이 없다. "빼빼 말라붙은 몸집에 키만 멀쑥하게 큰" 그는 간호사 인숙의 스토커이다. 매일 만기의 병원으로 출근하여 인숙을 지켜보다 퇴근길에 인숙의 집까지 쫓아갔다가 집에 돌아가고, 휴일에는 인숙의 집을 찾아서 그 앞에서 인숙을 기다리는 "반수반성"의 삶을 사는 것이다. 아내가 낳은 아이가 자신의 아이가 아니라는 사실을 아무렇지도 않게 발설할 정도이다.

손창섭은 이들을 '잉여인간'이라고 부른다. 잉여란 여분, 불필요함, 무용함을 의미한다. 잉여로 규정된다는 것은 버려져도 무방하다는 것이다. 불합격품, 불량품, 폐기물, 찌꺼기, 쓰레기와 의미론상의 공간을 공유하고 있는 잉여는 단순한 실업자나 노동예비군과도 다르다. 이들은 다시 노동 현장으로 돌아간다는 목적 의식을 가지고 있는 과정태이지만, 잉여-쓰레기의 목적지는 쓰레기장이다. 바우만은 근대사회의 잉여와 관련된 문제는 그 원인과 해결책이 모두 돈과 관계되어 있다고 설명한다.[507] 즉 잉여는 자본주의의 교환경제와 질서정연한 법을 위반하는 자들인 것이다.

이를 보여주는 것이 봉우다. 그는 "계산이 닿지 않는 애정"에 열중한다. 간호사인 인숙을 스토킹하며 "엄마를 놓칠세라 질겁을 해서 발버둥치며 쫓아가는 어린애 모양"으로 인숙을 따른다. 계산과 합리성을 따지는 욕망의 주체인 아내 대신 인숙을 엄마처럼 따르는 것이다. 봉우가 반응을 보이고 노력하는 일은 인숙을 쫓아다니는 것밖에 없다. 만기의 처제인 은주 역시 교환관계의 바깥에 있다. 형부와 언니의 부담을 줄이기 위해 대학을 중퇴하고 관청에서 사무원으로 일하는 은

---

507) 지그문트 바우만, 『쓰레기가 되는 삶들』, 정일준 옮김, 새물결, 2008, 32~33쪽.

주는 "사랑하는 사람을 두구 시집을 가란 말씀예요!"508), "언니, 나 꼭 한 번만 형부하구 키스해두 괜찮우?"509)라며 만기에 대한 사랑을 고백한다.

이처럼 「잉여인간」은 소용에 닿지 않는 무의미한 감정들을 재현한다. 이는 1950년대 손창섭 소설의 한계로 지적된 부분이기도 하다. 사회와의 대결이나 모럴에의 추구로 나아가지 못하고 사적 영역에 폐제된 비정상인들이라는 것이다. 강유진은 초기 손창섭 소설이 사적 영역에 한정된 생존의 무의미성을 보여주고 있다고 지적하면서 손창섭 소설의 등장인물을 "무의지적 인물"이라고 칭한다.510) 그러나 이는 무의지적이라기보다는 무의미에 대한 의지로 보아야 맞다. 형부 만기에 대한 은주의 사랑, 인숙에 대한 봉우의 집착, 대의에 대한 익준의 열광 등은 그야말로 무의미하고 부적절한 일에 대한 열의로 읽어야 하는 것이다. 이들은 질서와 규범의 세계를 균열시키며 비합리, 비규범을 관철한다.

손창섭 소설에서 합리와 규범의 세계는 굴절된다. 사업가인 봉우의 아내는 자본주의의 교환경제를 표상한다. 그녀는 인간을 소비하거나 교환할 수 있는 상품으로 생각한다. 이로 인해 소설은 봉우의 아내를 익명화한다. 등장인물마다 나이와 이름, 성격까지 세세하게 묘사하고

---

508) 손창섭, 「잉여인간」, 『손창섭 단편전집 2』, 가람기획, 2005, 123쪽.
509) 손창섭, 위의 책, 124쪽.
510) 강유진, 「손창섭 소설의 변모 양상 연구」, 중앙대 박사학위논문, 2012. 강유진은 손창섭 소설 세계를 사적 영역의 1950년대와 공적 영역의 1960년대 이후로 나눈다. 손창섭은 후기로 갈수록 공론 영역으로 진출하여 구체적인 해결을 모색한 시기로 명명한다. 이는 손창섭 소설의 정치성 해석의 단서가 되어주지만, 1950년대를 여전히 '도피'의 세계로 명명한다는 한계가 있다.

있는 손창섭답지 않게 봉우의 아내는 '봉우 처'로 칭해질 뿐이다. 이는 그녀가 익명적 교환구조의 부품일 뿐이라는 점을 의미한다. 만기가 세든 병원 건물의 실질적 주인이라 할 수 있는 봉우의 아내는 여러 핑계로 병원에 찾아와 만기를 유혹하고 집세와 좋은 시설의 병원을 교환조건으로 제시한다. 그녀는 잉여와 대척점에 있는 '편리'의 세계의 사람이다. 그녀에게 봉우와의 결혼은 "편리한 남편"이기 때문이고, 만기를 유혹할 때도 "편리"를 제공하고 싶을 뿐이다. 이처럼 그녀는 필요와 편리의 세계로 예외상태인 만기를 끌어들이려고 한다.

하지만 만기는 자본의 유혹을 거절하고, 병원을 폐업하는 것을 선택한다. 만기의 병원은 만기와 그의 친구들 같이 '쓰레기' 상태이다. 만기의 기술이 뛰어남에도 불구하고 낡은 시설로 인해 주변 병원에 환자를 뺏기고 있는 실정이지만 교환되지 않고 잉여의 영역에 남기를 선택하는 것이다.

> 작자가 의도한 근본적인 목표는 의미의 분산 작용에 의한 무의미에의 가치 부흥에 있었음은 다름이 없다.
> 인간의 개성적 의미를 분산시켜 무의미한 면에 새로운 가치를 부여함으로써 창작상의 효과를 노려보자는 것이 나의 좀 무리한 노력이었던 것이다.[511)

손창섭은 자신의 소설에 대한 회고에서 "무의미에의 가치 부흥"을 언급한다. 그동안 무의미하다고 여겨졌던 측면에 새로운 가치를 부여함으로써 창작상의 효과를 노려보겠다는 것이다. 이는 랑시에르가 강

---

511) 손창섭, 「작업여적」, 『한국전후문제작품집』, 신구문화사, 1991.

조하는 감성의 분할이다. 무의미한 것에 새로운 가치를 부여함으로써 개성을 만들어내고, 의미와 무의미 사이의 비식별역을 가시화시키는 것이다. 손창섭을 통해 한국소설은 '무의미'라는 새로운 감각을 획득한다. 이는 젠더 수행성 차원에서도 마찬가지이다. 손창섭 소설에서 중요한 것은 이들이 남성으로서 주어진 사회적 책무나 기대에 부응하지 않는다는 것이다. 가장 긍정적인 인간인 서만기조차도 경제적 성공을 욕망하지 않는다. 이는 부정과 무의미, 잉여를 통해 완성되는 인물유형으로서, 손창섭 소설의 정치성을 대표재현한다.

김진기는 손창섭 소설을 제대로 이해하기 위해서는 그의 정치성에 대한 분석이 선결되어야 한다고 주장한다. 손창섭의 1960년대 소설이 민족사적인 과제들과 맞닿아 있는 것을 확인할 수 있다는 주장이다.[512] 이러한 주장은 손창섭이 『사상계』에 소설을 싣기 시작하면서 공론으로 관심을 옮겨가고 있으며, 이는 「잉여인간」의 익준이 쏟아내는 강한 사회비판이나 「죄없는 형벌」의 좌익 이야기 등 반공주의가 등장하기 시작했다는 점을 통해 뒷받침된다.[513] 그러나 이처럼 가시적으로 드러나는 정치적인 서사가 아니라 캐릭터, 결말구조, 서사 등을 통해 손창섭은 미학적 차원의 정치성을 발굴한다.

아감벤은 『예외상태』에서 예외가 규칙에서 벗어나는 것이 아니라 오히려 규칙이 스스로의 효력을 정지시킴으로써 예외를 창출한다고 지적한 바 있다.[514] 이러한 구도에서 잉여는 규칙의 유형화를 벗어난

---

512) 김진기, 『한국문학과 자유주의』, 박이정, 2013, 177쪽.
513) 김진기, 「손창섭 소설과 『사상계』」, 『한국언어문학』 84, 한국언어문학회, 2013, 327
　　~364쪽.
514) 조르조 아감벤, 『예외상태』, 김항 옮김, 새물결, 2009.

존재이자 이미 항상 그 안에 포함된 자로서 비식별역의 주권자가 된다.515) 봉우나 익준은 역사와 사회가 생산한 배제된 자들이자 잉여이지만, 실상 역사와 사회가 만들어낸 자들이기도 하다.

> 봉우의 낮잠 자는 모양이란 아주 신기하다. 소파에 앉은 채로 허리와 목을 꼿꼿이 펴고 깍지 낀 두 손을 얌전히 무릎 위에 얹고는 눈을 감고 있다. 그러고 자는 것이다. 그는 밤에 집에서 잘 때에도 자세를 헝클어뜨리지 않는다고 한다. 천장을 향하고 반듯이 누우면 다음날 아침까지 몸을 움직이지 않고 그대로 잔다는 것이다. 그러한 봉우는 언제나 수면부족을 느끼고 있다고 한다. 그것은 6.25 사변을 치르고 나서부터 현저해졌다는 것이다.516)

봉우는 전차나 버스를 타도 자리를 잡고 앉기만 하면 으레 잠이 들어버린다. 그렇지만 깊은 잠에 빠지지 못한다. 그는 자는 동안에도 주위에서 일어나는 소리를 다 들을 수 있다. 째깍째깍 시계 돌아가는 소리, 천장이나 부엌에 쥐 다니는 소리, 아내나 아이들의 잠꼬대며 바깥의 바람소리까지도 들으면서 잔다. 소설은 그의 이 과잉 감각을 적치 3개월간 체험한 빨갱이와 공습에 대한 공포감에서 기인한 것이라고 설명한다. 봉우는 한국전쟁 당시의 체험으로 인해 아무것도 할 수 없

---

515) 아감벤은 호모 사케르를 어떤 실정법으로도 규정되어 있지 않으며, 법규에 선행하는 자연적 인권도 보유하고 있지 않은 배제된 자들이라고 설명한다. 조에와 비오스 바깥에 존재하는 호모 사케르는 '포함인 배제', 즉 예외화로 의미화된다. 예외란 자신이 귀속되어 있는 집합에 포함될 수 없으며, 또한 자신이 이미 항상 포함되어 있는 집합에 귀속될 수 없는 비식별역에 존재한다. 이 비식별역을 통해 호모 사케르는 국가에서 해방되어 국가 권력이 조직되는 동시에 그것으로부터 해방되는 유일한 장소가 된다. 조르조 아감벤, 『호모 사케르』, 박진우 옮김, 새물결, 2007, 45~52쪽.
516) 손창섭, 「잉여인간」, 『손창섭 단편 전집 2』, 가람기획, 2005, 94쪽.

는/하지 않는 상태가 된다. 그러나 정전협정 이후에도 전시는 계속된다. 이승만과 제1공화국은 반공과 치안의 이름으로 입법, 행정, 사법 권력을 구분 없이 행정부로 소급한다. 이로써 예외상태의 가장 본질적인 특징이라 할 수 있는 삶의 전 영역을 관장하는 통치성이 등장한다.517) 이러한 상황에서 손창섭은 '하지 않음의 잠재성'을 소설화한다.

봉우는 전쟁 통에 부모와 형제를 잃고 나서는 아내에게도 남편 역할을 하지 못한다. "육체적으로 오는 증상이기보다는 더 많이 정신적인 데서 결과하는 심리적 현상인 것이다."518) 봉우는 깨어 있지만, 깨어 있지 않은 비식별역에 존재하고 이로 인해 아버지도, 남편도, 국민도 될 수 없다. 그는 한 여자의 아내이자 아이들의 아버지이고 국가의 국민이지만, 아내와는 부부 생활을 하지 않고, 아이들에게는 생물학적 아버지가 아니며, 생산과 소비 등 일체의 사회활동을 하지 않음으로써 공론장에 존재하지 않는다. 이와 같은 아무것도 아닌 상태는 주권적 추방령의 구조에 포함될 수 없는 임계지점을 드러낸다.

손창섭의 잉여들은 이 임계지점에 존재한다. 봉우와 동주 등 손창섭 소설의 남성주체들은 아버지노릇, 남편노릇을 하지 않음으로써 조롱과 멸시, 분노의 대상이 된다. 만기 역시 봉우의 아내가 한 제안을 거절하면서 현대인이기를 거부한다. 봉우의 아내는 "삶을 대담하게

517) 조르조 아감벤, 『예외상태』, 13~65쪽. 예외상태는 법이 스스로를 효력 정지시킴으로써 살아 있는 자들을 포섭하는 생명정치적 구조이다. 아감벤은 예외상태의 대표적인 사례로서 내전과 전시법, 계엄 상태 등을 제시한다. 헌법의 효력 정지라는 차원에서 계엄 상태는 문제가 되는 도시나 지역을 헌법 바깥에 있는 것으로 선포한다. 이는 문민적 영역 속에 군사적 전시 권한이 확장되는 것이고, 다른 한편으로는 헌법의 효력이 정지되는 것이다.
518) 손창섭, 앞의 책, 95쪽.

엔조이할 줄 아는 현대인 가운데 먼지 낀 샘플처럼 거의 폐물에 가까운 도금한 인간이 자기 만족에 도취하고 있는 우스꽝스런 꼴을 아시겠습니까? 선생님 자신이 바로 그러한 인간의 표본이야요"[519]라며 강한 비난을 가한다. 서만기와 천봉우 등은 "자기 만족에 도취된 폐물"인 것이다. 그러나 하지 않음을 선택하는 이들은 잠재성이라는 감각을 분할해낸다. 수행에 대한 거부를 통해 할 수 있는 잠재성과 하지 않을 수 있는 잠재성 사이의 결정 가능성 자체에 저항하는 것이다.[520] 이는 강요된 선택을 벗어나 잠재성 그 자체를 사유할 수 있는 가능성을 제공한다.

이러한 주체의 위치는 남성 젠더 수행성에도 영향을 미친다. 서만기는 "폐물"이자 잉여이지만, 손창섭 소설이 그려낸 가장 이상적인 남성주체이다. 그는 가족이나 타인을 책임지는 윤리적 주체이다. 익준의 아내가 사망하자 봉우의 아내로부터 돈을 빌려서까지 장례를 치러주는 것도 만기이고, 아내의 친정식구들의 생계를 군말 없이 맡아 돌봐준 것도 만기이다. 그는 애국도, 정치도 말하지 않지만, 자신의 이웃을 책임질 줄 아는 인물인 것이다. 이러한 만기의 비수행은 예외상태에서 출현하는 윤리의 예다.

손창섭의 잉여는 질서 구축 설계도의 희생자인 합법적 표적들, 쓰레기들이 된다. 이들은 사회적 생존을 유지하는 데 필요한 자신감과

---

519) 손창섭, 앞의 책, 126쪽.
520) 잠재성이 실현됨으로써 고유한 지속성을 가지려면 실현되지 않을 수도 있어야 한다. 즉 잠재성은 구성상 "무엇이지 않을 잠재성", 비잠재성이어야만 한다. 이는 주권적 추방령의 구조 속에 포섭될 수 없는 임계지점이다. 조르조 아감벤, 『호모 사케르』, 101~117쪽.

자부심을 박탈당한 가운데 민족국가 설립 과정의 설계도에서 남는 것들이 된다.521) 「층계의 위치」는 이러한 잉여의 자리를 '층계참'으로 재현한다. 맞은편에서 그 집을 관찰하는 '나'는 외국 군인들의 돈과 젊은 여성들의 섹슈얼리티가 거래되는 현장 안으로 들어가지도, 그렇다고 해서 그 집을 무시하거나 보지 않을 수도 없다. '나'는 꿈속을 헤매는 사람이 되어 양공주 방의 침대에 누워 "사회의 일분자로서의 나라는 개체가 풍기는 생명의 비밀이 외부와 차단된 채, 영원히 이대로 누워있어도 좋다"고 생각하는 문지방 위에 서 있는 잉여이다. 이 문지방이 손창섭의 남성주체들의 위치이다.

손창섭 소설의 남성주체들은 미래를 상상하거나 아이를 낳지 않는다. 이는 민족국가의 미래에 대한 철저한 폐제이다.522) 이 무의미들은 상징질서의 구멍을 가시화시키며 교환을 거부하고 재생산을 포함한 일체의 생산을 부정하며 국민으로부터 탈퇴하는 디아스포라가 된다.

---

521) 지그문트 바우만, 앞의 책, 27~70쪽. 이러한 합법적 쓰레기들과 대비되는 것이 '부수적 희생자'이다. 바우만은 근대성이 만들어낸 '쓰레기'를 세 종류로 나눈다. 질서 구축 과정이 만들어낸 쓰레기, 경제 발전이 만들어낸 쓰레기, 지구화가 만들어낸 쓰레기이다. 경제 발전이라는 드라마의 주역은 교역 조건, 시장 수요, 경쟁 압력, 생산성 또는 효율성의 필수 조건을 갖춰야 한다. 그러나 잉여들은 사회적 생존을 유지하는 데 필요한 자신감과 자부심을 박탈당한 가운데 생물학적 생존을 유지하기 위한 수단을 획득해야 하는 힘겨운 작업에 직면해 있다. 이들은 설계 때문에 고통받는 것인지 아니면 태만 때문에 비참해진 것인지 사이의 미묘한 차이를 음미할 이유가 없다. 손창섭의 주체들은 이러한 지점에서 경제 부수적 희생자들과 차이를 보인다. 이들은 '태만'을 자발적으로 선택한다. 부수적 희생자가 느끼는 불안과 공포 대신 자발적 질문만이 존재하는 것이다.

522) 여성의 생물학적 재생산은 민족국가의 미래를 가능하게 하는 토대이다. 이는 인간의 혈통과 소속을 밝히는 행위이며, 국가의 미래를 상상할 수 있는 토대이다. 국민의 재생산 없이는 민족국가는 불가능하기 때문이다. 나라 유발-데이비스, 『젠더와 민족』, 박혜란 옮김, 그린비, 2012, 57~76쪽.

그러나 이들의 이러한 무의미에의 고집은 이웃 사랑의 책임과 윤리라는 잠재성의 미학과 만난다. 그래서 이들의 무기력은 가장 근본적인 차원에서 국가와 민족, 상징계의 질서를 거부하는 극단의 저항이다.

제 6 장

결 론

결 론

이 책은 1950년대 염상섭, 정비석, 손창섭의 소설을 남성 젠더 수행적 차원에서 규명하고자 하였다. 이를 통해 전후 남한 사회를 주조했던 통치성으로서의 남성성이 젠더 규범과 길항하며 헤게모니적 남성성을 탈구축하는 남성성/들을 보여주고 있다는 점을 밝혔다. 1950년대 소설이 젠더의 미수행/수행/비수행이라는 미학적·정치적 가능성을 보여주고 있음을 확인하기도 하였다. 이는 한국소설 연구사에 있어 젠더 연구의 폭을 확장하고 남성성 연구의 토대를 닦는다는 점에서 유의미하다.

1950년대 한국사회는 민족국가의 건설이라는 역사적 요청 앞에서 군사화된 청년의 헤게모니적 남성성을 통해 사회를 직조한다. 한국전쟁과 반공 질서 속에서 형성된 군사문화와 탈식민의 민족문화는 남성성을 부각시키는 동시에 억압하였다. 청년은 예비 군인으로서 국가의 주체로 호명되었고, 아들은 국력으로 치환되었다. 그러나 제대군인들은 생계 곤란과 질병 등으로 인해 자살자가 증가하였고, 잠재적 범죄자로 지명되었다. 이는 군사화된 남성성이 오히려 남성성을 훼손한다는 아이러니를 낳는다. 젠더 규범의 수행과 해체가 동시에 발생하는 것이다.

이러한 불일치는 성별이분법에서도 발생한다. 미국에 의한 신식민과 이승만이라는 노쇠한 가부장에 의해 훼손당한 남성성은 '대한민국'을 건설할 건강한 남성국민을 아프레걸, 자유부인 등의 여성성을 부정함으로써 구성해나간다. 국가는 양공주, 유엔 마담 등의 여성을 교환하면서 냉전의 세계체제하에서 미국과의 형제애를 획득하였지만, 이렇게 교환되는 여성들을 민족국가를 더럽히는 존재로 여겼다. 나쁜 자유부인과 좋은 어머니의 이분법 속에서 전통적 부덕이 젠더 규범으로 등장하고 여성혐오가 강화된 것이다. 그러나 이러한 여성혐오와 동시에 여장남자와 남장여자의 탈구축이 존재한다. 여성국극은 팬덤을 형성할 만큼 대중적 지지를 받았고, 생물학적 몸과 남성성을 분절하고 젠더 규범을 교란하였다. 1950년대는 규범으로서의 남성성과 더불어 대항품행으로서의 탈남성성 역시 등장했던 시기인 것이다.

이 책은 1950년대의 남성 젠더 수행성을 토대로 소설 장을 분석하기 위해 염상섭, 정비석, 손창섭을 선택하였다. 이들은 1950년대 문단에서 활발한 활동을 보였으며, 식민통치와 해방, 한국전쟁을 통해 민족의 다공성을 체현한 존재들이다. 또한 이들의 소설은 당대성을 배경으로 결혼과 가족 형성의 문제에 집중하고 있어, 이를 통해 남성성의 계보를 살펴보기에 적합하다고 할 수 있다. 동시에 한국소설사의 가부장적 존재인 염상섭, 1950년대 공론장을 증언하는 정비석, 신세대 문학의 기수로서 그 문학성을 인정받았던 손창섭이라는 뚜렷한 대별점에서 1950년대 소설 장을 대표하는 성격을 가지고 있기도 하다. 이러한 공통성과 대표성은 세 작가의 소설을 함께 논의함으로써 1950년대 소설의 지도를 그려볼 수 있음을 의미한다.

염상섭은 의사 장남의 결핍된 남성성을 통해 멜랑콜리의 미학을 보여주었다. 통속성에의 함몰로 일컬어지는 1950년대 염상섭 소설은 역전된 삼각관계를 통해 남성주체의 몸을 거래한다. 청년들은 소비 자본주의를 바탕으로 한 연애 수행을 통해 교환관계를 가시화하고, 이 과정에서 남성주체들은 경제력을 가진 여성주체들에 의해 대상화된다. 이러한 남성성은 부계 공동체의 약화로 이어진다. 가부장들은 아내를 의심하고, 아내들은 젊은 남자와 연애하며 자본을 증여한다. 가부장을 부정하고 극복해야 할 청년 남성은 기존의 연인과 새로운 연인 사이에서 갈등하며, 가족 건설을 유예하고 미국으로의 탈출을 상상한다. 이러한 '아닌 것이 아님'의 부정성은 '해방의 아들'을 대신한 의사 장남들의 세계이다. 국가와 사회는 이들을 가부장으로 호명하지만, 의사 장남은 가부장이 되는 것을 주저하고 망설인다. 이는 헤게모니적 남성성이라는 규범적 허구를 폭로하는 젠더 수행성이다. 남성주체는 헤게모니적 남성성이 이미 탈구되어 있다는 것을 알고 있지만, 남성성을 부정할 수 없는 것이다. 이로 인해 이들은 세대 교체도, 민족국가도 교착된 상태에서 세계의 불완전성을 증언한다.

정비석은 남성 애국자의 형상을 통해서 양가적 남성성을 보여줌으로써 남성성의 복수성을 재현하였다. 정비석 소설의 이상적 남성주체들은 문자화된 몸으로 플라토닉한 사랑을 추구한다. 이들은 한글, 자유, 시 등 문자를 통해 사랑을 발견하고, 지고지순한 순교자적 사랑을 완성한다. 이는 '눈물'과 '고백'이라는 여성성의 수행을 통해 완성되며 남성 안의 소문자 자아의 존재를 폭로한다는 점에서 남성 히스테리로 명명할 수 있다. 이러한 남성 젠더의 연애 수행은 생산의 현장으로 이어진다. 과학자들로 이루어진 영웅들의 남성동성사회는 국가와 민족의 발전을 위해 자신의 사랑을 후속세대에게 양보한다. 생산현장에서 세대 교체를 실천하는 것이다. 이들은 프로파간다와 민족 그 자체로 형상화되어 계몽의 메시지를 전달한다. 헤게모니적 남성성이 요구하는 자유투사, 산업전사, 민족문화의 수호자 등이 되기 위해 남성주체는 자아를 비우고 기표를 패러디한다. 그 결과 이들의 낭만적 사랑은 사실상 무성애적 관계가 되고, 이들의 가족은 더 이상 재생산이 불가능한 영역에 놓인다. 순결한 남성동성사회는 오히려 그 규범을 지나치게 잘 이행하여 주체를 탈존시키는 것이다. 이를 위해 정비석의 남성주체는 소문자 자아를 억압하고 이데올로기 그 자체가 되어야 했다. 이는 충실한 수행이 오히려 자아를 억압하는 헤게모니적 남성성의 양가적 측면을 보여준다.

손창섭은 남성성의 비수행을 통해서 괴물적 희생양을 서사화하였다. 손창섭의 남성주체들은 이성애에 대한 공포를 드러낸다. 이는 여성의 섹슈얼리티가 언제든 남성을 거세할 수 있다고 상상하기 때문이다. 이처럼 여자를 무서워하는 청년들은 이웃의 기이하게 일그러진 얼굴을 바라보고 사랑함으로써 주체와 이웃 사이의 비식별역을 가시화한다. 이성애를 거부하는 이들의 동성애적 욕망은 동성사회성을 성애화하는 것으로 이어진다. 국적(國賊)으로 형상화되는 범죄자, 동성애자 등의 남성주체는 동성사회를 동성애적 사회로 만들며 헤게모니적 남성성의 중심축을 뒤흔든다. 또한 형제들 사이의 연대나 이성애적 가족질서와 같은 정상성의 세계는 폭력으로 귀결된다. 남성주체는 끊임없이 결혼을 요구받지만, 이들은 결혼을 유예하거나 거부함으로써 가부장으로서의 남성성을 부정한다. 이들에게 가족은 불공정한 교환관계이고 희생양을 낳을 뿐이기 때문이다.

이와 같은 예외 상태에서 손창섭의 '잉여'들은 정주하지 못하고 민족국가 밖을 떠돌며, 망국을 상상한다. 이는 가족장치의 질서에 균열을 내는 것이기도 하다. 군인도, 남편도, 아버지도 되지 않는 국적으로서의 남성성을 가시화하는 것이다. 따라서 이들은 희생양이지만 국가질서를 내파한다는 점에서 괴물이기도 하다. 이 비국가적 연대가 보여주는 공존의 가능성은 이들이 윤리적 책임감을 가지고 있음을 보여준다. 이는 직접적 군사주의와 국민에 대한 폭력적 예속으로 실존을 의심받는 시대에 어떻게 남성성을 재구성해야 할지에 답한 결과라고 볼 수 있다.

이처럼 염상섭, 정비석, 손창섭의 세 작가는 젠더 규범의 미수행을 통해 결핍된 남성성을, 수행을 통해 양가적 남성성을, 비수행을 통해 괴물적 남성성을 재현한다. 염상섭의 장남들은 의처증과 여성가장에 지배된다. 정비석의 애국자 남성들은 소문자 자아를 억압하고, 국가의 영웅으로 거듭나는 과정에서 규범적 허구를 연기한다. 손창섭의 희생양들은 자발적으로 고아가 되고 비국가적 연대를 상상한다. 이는 헤게모니적 남성성을 탈구축하는 것이라고 말할 수 있다. 이를 바탕으로

1950년대 한국소설의 남성성/들은 멜랑콜리, 히스테리, 예외상태의 미학을 획득한다. 이들의 소설은 통치성에 종속되거나 풍속에 함몰된 것이 아니라 젠더를 재구성함으로써 민족국가의 상상을 내파할 수 있었고, 다기한 남성성/들을 재현하였다. 이는 남성 젠더 수행성이라는 감각의 분할을 통해 새로운 정치적 가능성을 보여주는 것이기도 하다.

이 책은 1950년대 소설 연구에서 그동안 다루어지지 않던 남성 젠더 수행성을 분석 틀로 삼아, 1950년대 남성성의 탈구축 양상을 밝힘으로써 여성문학연구의 폭을 확장하였다. 그동안 본격적인 연구 대상으로 다루어진 적이 없는 남성 젠더 수행성에 주목함으로써, 보편적이고 젠더 무감적(gender blind)인 것으로 간주되는 남성성에 문제제기하였다. 여성문학연구의 아포리아를 돌파하려고 시도한 것이다. 이는 한국문학연구의 젠더적 전환을 가져왔다는 점에서 그 의의를 찾을 수 있다.

반공-치안국가였던 1950년대 한국사회에서 적과 동지의 구분은 남성성이라는 젠더에 달려있다고 해도 과언이 아니었다. 군인은 가장 명예로운 국민이었고, 양공주와 자유부인은 사회질서를 훼손하는 적으로 명명되었다. 그러나 이 남성성이라는 담론구성체는 균열되어 있기도 하였다. 여장남자, 여성국극배우 등을 통해서 살펴본 젠더 교란과 염상섭, 손창섭, 정비석 소설에서 나타나는 젠더 수행의 양상은 헤게모니적 남성성이 탈구되어 있는 현장이었다. 이는 대문자 여성이 없다는 것을 밝혀 온 여성문학의 성과를 남성성으로까지 확장한 것이자 남성 역시 우연적이고 반복적인 수행을 통해 구성된 젠더라는 것을 밝혔다는 데 의의가 있다.

이를 통해 남성성을 성적 억압의 중추이자 적대로 보는 것이 아니라 남성성 역시 역사적 담론 구성체라는 점을 밝히며 성별화 담론을 탈구축할 수 있었다. 식민지배와 한국전쟁, 산업화를 거친 한국사회는 역사의 주인공을 보편주체인 남성으로 상정하고, 남성성을 문학사의 무의식적 중심으로 삼는다. 본 연구는 이러한 남성성의 소설사를 젠더의 눈으로 유표화하였다. 남성 작가의 작품을 남성 젠더에 관한 텍스트로 읽음으로써 남성성/들의 양상을 확인하고, 한국소설사의 보편적 주체를 비-헤게모니적 주체로 만들었다.

본 연구가 보여준 1950년대 한국소설의 남성 젠더 수행성이라는 문학의 정치는 여성문학연구는 남성적 의미화 경제의 전체화된 주장도 탐구해야 하지만, 페미니즘 자체의 전체화 경향에 대해서도 자기 비판적이어야 한다는 것을 보여주었다. 남성을 단일한 형태로 규명하려는 노력은 억압자의 전략을 무비판적으로 모방하는 하나의 역담론이다. 이 전술이 페미니즘과 반페미니즘의 맥락에서 똑같이 적용될 수 있다는 것은, 식민화하려는 제스처가 근원적이거나 불가피하게 남성적인 것만은 아님을 시사한다. 여성성이 성별화된 존재로서 유표화되는 것과 마찬가지로, 남성성 역시 하나의 헤게모니로 호명되는 것이다. 이는 한국소설사에서 반복적으로 등장하는 50년대의 민족국가를 건설하는 청년, 60~70년대 산업역군으로서의 노동자 남성과 80년대 민주화 투사로서의 남성 등이다. 그러나 본 연구는 이러한 헤게모니적 남성성이 굴절되는 양상을 조명함으로써 반복되는 남성성의 서사가 실은 복수의 다양한 기원을 가지고 있었으며, 언제나 수행하는 과정 중에 있다는 것을 보여주었다. 따라서 그 누구도 '진짜 남자'는 될 수 없다. 이는 페미니즘이 그랬던 것과 마찬가지로 젠더 연구 역시 가능한 것은 탈구축의 정치성이라는 것을 보여주는 지점이다.

또한 1950년대 소설의 잔여로부터 도출해낸 통치성과 길항하는 젠더 수행성은 헤게모니적 질서를 해체하고 소설을 정치의 장으로 발굴해낼 수 있게 하였다. 본 연구는 역사적, 사회적으로 구성되는 젠더라는 '감각'을 바탕으로 남성성을 바라봄으로써 그동안 풍속의 함몰로 설명되어 온 1950년대 소설을 재인식하려고 시도하였다. 이를 바탕으로 염상섭의 후기 소설이나 정비석의 대중소설, 손창섭의 비-모더니즘 계열의 소설들을 문학사의 주체로 복원시킬 수 있었다. '2류'로 칭해진 소설들을 재조명하고, 문학사를 전치할 수 있었던 것이다. 이는 그동안 민족문학사의 전사로 여겨져 온 1950년대 소설을 재인식하는 토대가 될 것이다.

4.19세대의 시민의식을 그 원점으로 삼은 1960년대 소설의 완결성은 4.19라는 사회문화적 변동에 대한 체험을 바탕으로 하는 문학사이다. 스스로 '나는 4.19세대'라고 주장했던 민족문학사의 장에서 1950년대는 소설사의 경계에 위치할 수밖에 없었던 것이다. 세태와 풍속의 묘사는 민족주의와 리얼리즘의 기준에서 열등한 것으로 간주되었고, 이는 1950년대 소설에 대한 평가절하로 이어졌다. 전쟁의 체험을 바탕으로 괴로워하는 남성성의 실존적 위기 앞에서 일상은 리얼리즘적 전망을 상실했다는 평가를 받은 것이다. 이러한 에토스적 차원의 강조는 문학을 윤리적 체제, 재현적 체제로 사고하는 습관을 유지하는 것이며, 예술의 독자성이나 고유성을 소급시키는 결과를 낳는다. 한국소설사의 진폭이 좁아진 것도 이 때문이다.

그러나 1950년대 소설의 잔여로부터 도출해낸 남성 젠더 수행성은 헤게모니적 질서를 해체하고 소설을 새로운 정치의 장으로 발굴해낼 수 있게 하였다. 순수문학을 중심으로 정전화된 텍스트 중심의 연구로 인해 제대로 논구되지 못했던 1950년대 소설을 재구하여 기존 소설사에서 비가시화된 염상섭의 신문연재소설, 정비석의 대중소설 등을 1950년대 소설사의 배치 안으로 가져와서 논의한 것이다. 이를 통해 다양한 남성 시민의 형상을 발굴하고, 이 형상이 근대성과 길항하는 양상을 통해 남성성/들이라는 새로운 감각을 분할하였다.

참고 문헌

1. 기본서

염상섭, 「난류」, 『조선일보』 1950.2.10.~6.25.

_____, 「감격의 개가」, 『희망』 1953년 5월호, 60~65쪽.

_____, 「지평선」, 현대문학, 1955년 1월~6월.

_____, 『일대의 유업』, 을유문화사, 1960.

_____, 「횡보문단회상기」, 『사상계』 1962년 11~12월호.

_____, 『얼럭진 시대풍경』, 정음사, 1973

_____, 『염상섭 전집』, 민음사, 1987.

_____, 『두 파산-염상섭 단편선』, 문학과지성사, 2006, 332쪽.

_____, 이혜령 외 편, 『염상섭 문장전집』 1~3, 소명출판, 2014.

염상섭문학제운영위원회, 『염상섭, 경성을 횡보하다』, 경향신문·염상섭문학제운영위원회, 2012.

정비석, 『색지풍경』, 한국출판사, 1952.

_____, 「민주어족」, 『한국일보』 1954.12.10.~1955.8.8.

_____, 『애정무한』, 선진문화사, 1957.

_____, 『사랑하는 사람들』, 여원사, 1957.

_____, 『슬픈 목가』, 춘조사, 1957.

_____, 『모색』, 범조사, 1957.

_____, 『낭만열차』, 동진문화사, 1958.

_____, 『유혹의 강』 上·下, 신흥출판사, 1958.

_____, 『화혼』, 삼중당, 1959.

_____, 『약혼녀』, 이론사, 1960

_____, 『여성전선』, 회현사, 1978.

_____, 『자유부인』, 정음사, 1954.

_____, 『자유부인』, 추선진 엮음, 커뮤니케이션북스, 2013.

_____, 김현주 편, 『정비석 단편선집』 1~3, 소명출판, 2013.

손창섭, 「낙서족」, 『사상계』 68, 1959년 3월호, 352~441쪽.

_____, 『손창섭 단편 전집』 1·2, 가람기획, 2005.

_____, 「모자도」, 『근대서지』 5, 2012, 516~534쪽.

『동아일보』, 『경향신문』, 『조선일보』

『전선문학』(1951~1953)

『희망』(1951~1960)

『여성계』(1952~1958)

『여원』(1955~1960)

『주부생활』(1957~1960)

2. 국내논문

강상희, 「계몽과 해방의 미시사」, 『한국근대문학연구』 24, 한국근대문학회, 2011, 177~196쪽.

_____, 「정비석의 『자유부인』을 다시 읽는다」, 『문학사상』 2011년 9월호, 문학사상사, 210~221쪽.

강옥희, 「대중문화 콘텐츠로서 정비석의 『자유부인』 연구」, 『반교어문연구』 34, 반교어문학회, 2013, 319~347쪽.

강유진, 「손창섭 소설의 변모 양상 연구」, 중앙대 박사논문, 2012.

강진호, 「전후 세태와 소설의 존재방식-정비석의 『자유부인』을 중심으로」, 『현대문학이론연구』 13, 현대문학이론학회, 2000, 5~23쪽.

공종구, 「≪삼부녀≫에 나타난 오이디푸스 콤플렉스와 가족주의」, 『현대소설연구』 50, 한국현대소설학회, 2012, 6~31쪽.

_____, 「손창섭 소설에 나타난 화해」, 『현대문학이론연구』 36, 현대문학이론학회, 2009, 197~219쪽.

_____, 「손창섭 소설의 기원」, 『현대소설연구』 40, 한국현대소설학회, 2009, 159~184쪽.

곽상인, 「손창섭 신문연재소설 연구」, 서울시립대 박사논문, 2013.

권김현영, 「민족주의 이념논쟁과 후기 식민 남성성」, 『문화과학』 49, 문화과학사, 2007, 39~54쪽.

권보드래, 「문학의 산포 혹은 문학의 고독」, 『문학사 이후의 문학사』, 푸른역사, 2013, 39~52쪽.

_____, 「4.19와 5.16, 자유와 빵의 토포스」, 『상허학보』 30, 상허학회, 2010, 85~134쪽.

_____, 「실존, 자유부인, 프래그머티즘」, 『한국문학연구』 35, 동국대학교 한국문학연구소, 2008, 101~147쪽.

권인숙, 「헤게모니적 남성성과 병역의무」, 『한국여성학』 21(2), 한국여성학회, 2005, 223~253쪽.

김남희, 「1960년대 손창섭 장편소설의 친밀성 연구」, 성균관대 석사논문, 2012.

김미영, 「킨제이를 통해 본 자유주의 성해방론과 그에 대한 비판」, 『사회와 이론』 7, 한국이론사회학회, 2005, 215~259쪽.

김미지, 「1920-30년대 염상섭 소설에 나타난 '연애'의 의미 연구」, 서울대 석사논문, 2001.

김미향, 「1950년대 전후소설에 나타난 가족 형상화와 그 의미」, 『현대소설연구』 43, 한국현대소설학회, 2010, 227~253쪽.

김병길, 「정비석 대중문학의 또 다른 지평으로서 역사문학」, 『대중서사연구』 26, 대중서사학회, 2011, 151~171쪽.

김병익, 「60년대 문학의 가능성」, 『현대한국문학의 이론』, 문학과지성사, 1972, 260~261쪽.

김성연, 「가족 개념의 해체와 재형성」, 『인문과학』 44, 성균관대학교 부설 인문과학연구소, 2009, 29~47쪽.

김양선, 「전후 여성 교양과 문학사 연구의 실천성 확보를 위한 시론」, 『비교한국학』 22(2), 국제비교한국학회, 2014, 91~115쪽.

_____, 「염상섭의 『취우』론」, 『서강어문』 14, 서강어문학회, 1998, 132~150쪽.

김영민, 「염상섭 초기 문학의 재인식」, 『사이』 16, 국제한국문학문화학회, 2014, 155~188쪽.

김예림, 「배반으로서의 국가 혹은 난민으로서의 인민」, 『상허학보』 29, 상허학회, 2010, 333~376쪽.

_____, 「전쟁 스펙터클과 전장 실감의 동력학」, 『전쟁이라는 문턱』, 그린비, 2010, 63~95쪽.

김옥선, 「『전선문학』에 나타난 감정 정치」, 『인문학논총』 25, 경성대학교 인문과학연구소, 2011, 103~129쪽.

김윤경, 「1950년대 여성독자의 형성과 문학규범의 변화」, 동국대 박사논문, 2012.

김은경, 「1950년대 여학교 교육을 통해 본 '현모양처'론의 특징」, 『한국가정과교육학회지』 19(4), 한국가정과교육학회, 2007, 137~151쪽.

김은실·김현영, 「1950년대 1공화국 국가 건설기 공적영역의 형성과 젠더 정치」, 『여성학논집』 29(1), 이화여자대학교 한국여성연구원, 2012, 113~155쪽.

김은하, 「전후 국가근대화와 위험한 미망인의 문화정치학」, 『한국문학이론과 비평』, 14(4), 한국문학이론과비평학회, 2010, 211~229쪽.

김일영, 「정비석의 신문소설 『자유부인』에 나타난 풍속의 양상」, 『인문과학연구』 4, 대구카톨릭대학교 연구소, 2003. 35~50쪽.

김종수, 「북한 '청년동맹'의 정치적 역할에 관한 연구」, 동국대 북한학과 박사학위 논문,

2006.

_____, 「북한 초기 청년동맹의 성격과 역할에 관한 연구」, 『평화연구』 15(1), 고려대학교 평화연구소, 2007, 23~57쪽.

김종욱, 「한국전쟁과 여성의 존재 양상」, 『한국근대문학연구』 5(1), 한국근대문학회, 2004, 229~252쪽.

김주현, 「자유연애의 이상과 파국」, 『우리문학연구』 26, 우리문학회, 2009, 189~217쪽.

김준현, 「전후 문학 장의 형성과 문예지」, 고려대 박사논문, 2008.

김지혜, 「페미니스트 젠더 이론과 정치학에 대한 재고: 여자/트랜스(female/trans) 남성성 논쟁을 중심으로」, 『영미문학페미니즘』 20(2), 한국영미문학페미니즘학회, 2012, 63 ~92쪽.

_____, 「1950년대 여성국극의 단체활동과 쇠퇴과정에 대한 연구」, 『한국여성학』 27(2), 한국여성학회, 2011, 1~33쪽.

_____, 「드라마 <성균관 스캔들>의 젠더와 섹슈얼리티 분석」, 『문학과영상』 12(3), 문학과영상학회, 2011, 687~718쪽.

_____, 「1950년대 여성국극공동체의 동성친밀성에 관한 연구」, 『한국여성학』 26(1), 한국여성학회, 2010, 97~126쪽.

_____, 「1950년대 여성국극의 공연과 수용의 성별 정치학」, 『한국극예술연구』 30, 한국극예술학회, 2009, 247~280쪽.

김진기, 「손창섭 소설과 『사상계』」, 『한국언어문학』 84, 한국언어문학회, 2013, 327~364쪽.

_____, 「반공호국문학의 구조」, 『상허학보』 20, 상허학회, 2007, 347~379쪽.

김태진, 「전후의 풍속과 전쟁 미망인의 서사 재현 양상」, 『현대소설연구』 27, 한국현대소설학회, 2005, 83~105쪽.

김현영, 「병역의무와 근대적 국민정체성의 성별정치학」, 이화여대 석사논문, 2002.

김현주, 「정비석 단편소설에 나타난 애정의 윤리와 주체의 문제」, 『대중서사연구』 26, 대중서사학회, 2011, 75~110쪽.

_____, 「해방기 환멸의 정조와 상상적 탈주」, 『비평문학』 44, 한국비평문학회, 2012, 95~124쪽.

_____, 「남성성의 귀환과 가족의 재건」, 『근대서지』 8, 근대서지학회, 2013, 336~349쪽.

김형중, 「정신분석학적 서사론 연구」, 전남대학교 박사논문, 2003.

나영정, 「성전환남성(MTF)의 주체화와 남성되기에 관한 연구」, 이화여대 석사논문, 2007.

노지승, 「1950년대 후반 여성 독자와 문학 장의 재편」, 『한국현대문학연구』 30, 한국현대문학회, 2010, 345~375쪽.

류진희, 「염상섭의 「해방의 아들」과 해방기 민족서사의 젠더」, 『상허학보』 27, 상허학회, 2009, 161~190쪽.

박유희, 「멜로드라마의 신기원으로서의 <자유부인>」, 『대중서사장르의 모든 것 1. 멜로드라마』, 이론과실천, 2007, 224~245쪽.

박태일, 「전쟁기 경북대구 지역 간행 콩트소설」, 『현대문학의 연구』 48, 한국문학연구학회, 2012, 213~250쪽.

박헌호, 「소모로서의 식민지, 불임자본의 운명」, 『외국문학연구』 48, 한국외국어대학교 외국문학연구소, 2012, 103~137쪽.

방민호, 「손창섭 소설의 외부성」, 『한국문화』 58, 서울대학교 규장각 한국학연구원, 2012, 197~228쪽.

_____, 「손창섭의 ≪낙서족≫에 관한 일고찰-자전적 소설과 세대론의 관점에서」, 『한국현대문학연구』 13, 한국현대문학회, 2003, 299~328쪽.

배은경, 「1950년대 한국 여성의 삶과 출산 조절」, 『한국학보』 30(3), 일지사, 2004, 24~58쪽.

백지은, 「손창섭 소설에서 '냉소주의'의 의미」, 『현대소설연구』 20, 한국현대소설학회, 2003, 275~303쪽.

백현미, 「1950년대 여성국극의 성정치성」, 『한국극예술연구』 12, 한국극예술학회, 2000, 175~176쪽.

변재란, 「한국 영화사에서 여성 관객의 영화 관람 경험 연구」, 중앙대 박사논문, 2000.

서영채, 「둘째 아들의 서사와 동아시아의 근대성」, 『민족문학사연구』 51, 민족문학사학회, 2013, 8~42쪽.

_____, 「한국 근대소설에 나타난 사랑의 양상과 의미에 관한 연구」, 서울대 박사논문, 2002.

서유리, 「한국 근대의 잡지 표지 이미지 연구」, 서울대 고고미술사학과 박사학위논문, 2013.

손종업, 「손창섭 후기 소설의 <여성성>」, 『어문논집』 23, 민족어문학회, 1994, 171~184쪽.

손혜민, 「전후 '근로대중'의 형성과 빈곤의 젠더화」, 『여성문학연구』 32, 한국여성문학학회, 2014, 115~140쪽.

_____, 「잡지 『문학예술』 연구」, 연세대 석사논문, 2008.

송승철, 「대중문화의 불온성 논쟁: 재니스 래드웨이의 문화연구적 고찰」, 『영미문학연구』 1, 영미문학연구회, 2001, 1~14쪽.

신수정, 「감정교육과 근대남성의 탄생」, 『여성문학연구』 15, 한국여성문학학회, 2006, 229~260쪽.

신은경, 「1950년대 "중간소설 전문지"『소설계』의 지형-1950년대 후반에서 1960년까지 초기 잡지를 중심으로」, 『어문논집』 71, 민족어문학회, 2014, 207~236쪽.

심진경, 「세태로서의 여성-염상섭의 신여성 모델소설을 중심으로」, 『대동문화연구』 82, 성균관대학교 대동문화연구원, 2013, 77~100쪽.

_____, 「자유부인의 젠더정치-성적 가면과 정치적 욕망을 중심으로」, 『한국문학이론과 비평』 46, 한국문학이론과비평학회, 2010, 153~175쪽.

_____, 「여성문학은 어떻게 만들어졌는가」, 『한국근대문학연구』 19, 한국근대문학회, 2009, 181~201쪽.

심진경·신수정·이혜령, 「젠더의 시각으로 읽는 한국문학사5」, 『파라21』 2004 봄.

안상욱, 「한국사회에서 '루저문화'의 등장과 남성성의 재구성」, 서울대 석사논문, 2011.

연남경, 「여성 이주 소설의 기호학적 분석」, 『기호학연구』 40, 한국기호학회, 2014, 165 ~188쪽.

_____, 「다문화 소설과 여성의 몸 구현 양상」, 『한국문학이론과 비평』 48, 한국문학이론과 비평학회, 2010, 155~173쪽.

염무웅, 「5,60년대 남한문학의 민족문학적 위치」, 『창작과 비평』 20(4), 창작과 비평사, 1992, 50~64쪽.

오영숙, 「1950년대 범죄멜로드라마와 고백 장치 연구」, 『영화연구』 25, 한국영화학회, 2005, 69~92쪽.

유지영, 「전후 멜로드라마 영화에 재현된 '아프레걸'」, 연세대 석사논문, 2008.

윤영옥, 「염상섭 소설에서의 자유연애와 자본으로서의 젠더 인식」, 『현대문학이론연구』 58, 현대문학이론학회, 2014, 255~281쪽.

이강로, 「초기 자유당과 기간사회단체의 관계 고찰」, 『대한정치학회보』 16(3), 대한정치학회, 2009, 251~272쪽.

이경훈, 「문자의 전성시대」, 『사이』 14, 국제한국문학문화연구학회, 2013, 453~481쪽.

이길성, 「정비석 소설의 영화화와 그 시대성」, 『대중서사연구』 26, 대중서사학회, 2011, 173~201쪽.

이봉범, 「한국전쟁 후 풍속과 자유민주주의의 동태」, 『한국어문학연구』 56, 한국어문학연구학회, 2011, 335~387쪽.

_____, 「1950년대 잡지저널리즘과 문학」, 『상허학보』 30, 상허학회, 2010, 397~454쪽.

_____, 「전후 문학 장의 재편과 잡지 문학예술」, 『상허학보』 20, 상허학회, 2007, 271~309쪽.

_____, 「잡지 『문예』의 성격과 위상」, 『상허학보』 17, 상허학회, 2006, 235~272쪽.

이상화, 「전쟁기의 여성 젠더 의식」, 『대중서사연구』 26, 대중서사학회, 2011, 205~227쪽.

이선미, 「명랑소설의 장르인식, '오락'과 '(미국)문명'의 접점」, 『한국어문학연구』 59, 한국어문학연구학회, 2012, 55~93쪽.

_____, 「공론장과 '마이너리티 리포트'」, 『대중서사연구』 26, 대중서사학회, 2011, 111~150쪽.

_____, 「연애소설과 젠더 질서 재구축의 논리」, 『대중서사연구』 22, 대중서사학회, 2009, 175~210쪽.

이성민, 「권태와 청춘」, 『권태』, 자음과모음, 2013, 17~33쪽.

이시은, 「전후 국가재건 윤리와 자유의 문제-정비석의 『자유부인』을 중심으로」, 『현대문학의 연구』 26, 한국문학학회, 2005, 139~165쪽.

이영미, 「낙동강에서 입영열차까지-노래 속의 군인 표상과 그 의미」, 『한국문학연구』 46, 동 국대학교 한국문화연구소, 2014, 39~85쪽.

_____, 「정비석 장편연애 세태소설의 세계인식과 그 시대적 의미」, 『대중서사연구』 26, 대 중서사학회, 2011, 7~44쪽.

이용희, 「염상섭의 장편소설과 식민지 모던 걸의 서사학」, 『한국어문학연구』 62, 한국어문학 연구학회, 2014, 49~81쪽.

이원경, 「일제말기 '동양론'의 수용과 소설적 형상화-정비석의 단편소설을 중심으로」, 『현대 소설연구』 42, 한국현대소설학회, 2009, 307~337쪽.

이임순, 「상이군인, 국민만들기」, 『중앙사론』 33, 한국중앙사학회, 2011, 297~323쪽.

이임하, 「한국전쟁이 여성생활에 미친 영향-1950년대 '전쟁미망인'의 삶을 중심으로」, 『역사연구』 8, 역사학연구소, 2000, 9~55쪽.

_____, 「해방 뒤 국가건설과 여성노동」, 『역사연구』 15, 역사학연구소, 2005, 33~62쪽.

이정옥, 「경제개발총력전시대 장편소설의 섹슈얼리티 구성 방식」, 『아시아여성연구』 42, 숙 명여자대학교아시아여성연구소, 2003, 229~264쪽.

이종호, 「1950년대 남한 문학전집의 출현과 문학정전화의 욕망」, 『한국어문학연구』 55, 한 국어문학연구학회, 2010, 349~382쪽.

_____, 「해방 이후 한국문학의 정전화 과정과 '배제'의 원리」, 『우리문학연구』 37, 2012, 247~280쪽.

이철호, 「반복과 예외, 혹은 불가능한 공동체」, 『대동문화연구』 82, 성균관대학교 대동문화 연구원, 2013, 101~129쪽.

이혜령, 「소시민, 레드콤플렉스의 양가」, 『대동문화연구』 82, 성균관대학교 대동문화연구원, 2013, 37~73쪽.

_____, 「'해방기' 식민기억의 한 양상과 젠더」, 『여성문학연구』 19, 한국여성문학학회, 2008, 233~266쪽.

_____, 「언어 법제화의 내셔널리즘」, 『대동문화연구』 58, 성균관대학교 대동문화연구원, 2007, 183~224쪽.

_____, 「인종과 젠더, 그리고 민족 동일성의 역학」, 『현대소설연구』 18, 한국현대소설학회, 2003, 197~218쪽.

이호걸, 「파시즘과 눈물」, 『영화연구』 45, 한국영화학회, 2010, 343~384쪽.

_____, 「신파양식 연구」, 중앙대 박사논문, 2007.

이화진, 「여성국극의 오리엔탈 로맨스와 (비)역사적 상상력」, 『한국극예술연구』 43, 한국극 예술학회, 2014, 167~200쪽.

임대식, 「이승만과 한글간소화 파동」, 『논쟁으로 본 한국사2』, 역사비평사, 2009, 268~276쪽.

임은희, 「1950~60년대 여성 섹슈얼리티 연구-『여원』에 나타난 간통의 담론화를 중심으로」, 『여성문학연구』 18, 한국여성문학학회, 2007, 131~160쪽.

임헌영, 「8.15 직후의 민족문학관」, 『역사비평』 1, 역사비평사, 1987, 136~152쪽.

전성규, 「해방의 우울과 퇴폐, 거세된 남성성 사이의 "명랑"」, 『대동문화연구』 85, 성균관대학교 대동문화연구원, 2014, 133~167쪽.

전혜진, 「여성주체의 시선에 포착된 근대적 양상」, 『여성문학연구』 19, 한국여성문학학회, 2008, 177~204쪽.

정보람, 「전쟁의 시대, 생존의지의 문학적 체현」, 『현대소설연구』 49, 한국현대소설연구, 2012, 327~356쪽.

정영진, 「종군작가, 그 자기투척의 궤적」, 『문학사의 길찾기』, 국학자료원, 1993.

정우숙, 「한국현대희곡에 나타난 남성성의 두 양상」, 『이화어문논집』 17, 이화어문학회, 1999, 201~220쪽.

정은영, 「1950년대 신문소설의 서사방식 연구-정비석의 『자유부인』을 중심으로」, 중앙대 석사논문, 2006.

정종현, 「1950년대 염상섭 소설에 나타난 정치와 윤리」, 『저수하의 시간, 염상섭을 읽다』, 소명출판, 2014, 638~664쪽.

_____, 「미국 헤게모니하 한국문화 재편의 젠더 정치학」, 『한국문학연구』 35, 동국대 한국문학연구소, 2008, 149~195쪽.

정혜경, 「사상계 등단 신인여성작가 소설에 나타난 청년 표상」, 『우리어문연구』 39, 우리어문학회, 2011, 579~609쪽.

정호웅, 「손창섭 소설의 인물성격과 형식」, 『작가연구』 1996년 4월호, 새미.

정희진, 「편재(遍在)하는 남성성, 편재(偏在)하는 남성성」, 『남성성과 젠더』, 자음과모음, 2011, 15~33쪽.

조국, 「한국근현대사에서의 사상통제법」, 『역사비평』 1, 역사비평사, 1988, 319~348쪽.

조연현, 「병자의 노래-손창섭의 작품세계」, 『현대문학』 1955년 4월.

진은영, 「감각적인 것의 분배」, 『창작과비평』 142, 창작과비평사, 2008, 67~84쪽.

진정석, 「염상섭 문학에 나타난 서사적 정체성 연구」, 서울대 박사논문, 2006.

진태원, 「생명정치의 탄생-미셸 푸코와 생명권력의 문제」, 『문학과 사회』 75, 문학과지성사, 2006, 216~237쪽.

최미진, 「1950년대 서울 종로 중산층 풍경 속 염상섭의 위치」, 『현대소설연구』 52, 현대소설학회, 2013, 143~185쪽.

_____, 「한국전쟁기 정비석의 여성전선 연구-소설 창작방법론을 중심으로」, 『현대문학이론연구』 32권, 현대문학이론학회, 2007, 305~330쪽.

_____, 「부인명 대중소설에 나타난 여성의식 연구-정비석의 『자유부인』과 전병순의 『현부

인」을 중심으로」, 『현대소설연구』 21, 현대소설학회, 2004, 185~210쪽.

최애순, 「1950년대 서울 종로 중산층 풍경 속 염상섭의 위치」, 『현대소설연구』 52, 한국현
　　대소설학회, 2013, 143~185쪽.

_____, 「정비석과 전집의 정전화 논리」, 『대중서사연구』 26, 대중서사학회, 2011, 45~74쪽.

최인숙, 「염상섭 문학에 나타난 '노라'와 그 의미」, 『한국학연구』 25, 한국학연구소, 2011,
　　195~229쪽.

한기형, 「최남선의 잡지 발간과 초기 근대문학의 재편-소년 청춘의 문학사적 역할과 위상」,
　　『대동문화연구』 45, 성균관대학교 대동문화연구원, 2004, 221~260쪽.

_____, 「근대잡지 『신청년』과 경성청년구락부」, 『서지학보』 26, 서지학회, 2002, 165~206쪽.

한민주, 「신체의 수사학과 남성성의 심미화」, 『여성문학연구』 14, 한국여성문학학회, 2009,
　　251~275쪽.

한시준, 「이범석, 대한민국 국군의 초석을 마련하다」, 『한국사시민강좌』 43, 2008, 122~134쪽.

한채윤, 「한국 퀴어 커뮤니티의 역사」, 『영화, 역사를 그리다: 트랜스내셔널 한국의 퀴어 영
　　화와 그 맥락』, 한양대학교 비교역사문화연구소 자료집, 2013.10.11.

허병식, 「사랑의 정치학과 죄의 윤리학」, 『한국문학연구』 31, 동국대학교 한국문학연구소,
　　2006, 225~258쪽.

허윤, 「1950년대 퀴어 장과 법적 규제의 접속」, 『법과 사회』 51, 법과사회이론학회, 2016,
　　229~250쪽.

_____, 「냉전아시아적 질서와 1950년대 한국의 여성혐오」, 『역사문제연구』 35, 역사문제연구
　　소, 2016, 79 ~115쪽.

_____, 「'비국민'에서 '국민'으로 거듭나기」, 『근대서지』 7, 근대서지학회, 2013, 565~585쪽.

_____, 「1950년대 전후 남성성의 탈구축과 젠더의 비수행」, 『여성문학연구』 30, 한국여성문
　　학학회, 2013, 43~71쪽.

_____, 「한국 전쟁과 히스테리의 전유」, 『여성문학연구』 21호, 한국여성문학학회, 2009, 93
　　~124쪽.

홍주영, 「손창섭의 『부부』와 『봉술랑』에 나타난 매저키즘 연구」, 『현대소설연구』 39, 한국
　　현대소설학회, 2008, 355~378쪽.

_____, 「손창섭 장편소설에 나타난 부성 비판의 양상 연구」, 서울대학교 석사논문, 2007.

황병주, 「1950~1960년대 테일러리즘과 '대중관리'」, 『사이』 14, 국제한국문학문화학회,
　　2013, 9~49쪽.

황정화, 「상시화된 예외상태와 민주주의」, 『민주주의와 인권』 12(3), 전남대학교 5.18연구소,
　　2012, 155~199쪽.

후지이 다케시, 「돌아온 '국민': 제대군인들의 전후」, 『역사연구』 14, 역사학연구소, 2004,
　　255~295쪽.

3. 국내저서

공임순, 『스캔들과 반공국가주의』, 엘피, 2010.
_____, 『식민지의 적자들』, 푸른역사, 2005.
국방부 군사편찬연구소, 『6.25 전쟁 여군 참전사』, 국방부 군사편찬연구소, 2012.
권김현영 외, 『남성성과 젠더』, 자음과모음, 2013.
권김현영 외, 『한국남자를 분석하다』, 교양인, 2017.
권명아, 『역사적 파시즘』, 책세상, 2005.
_____, 『가족이야기는 어떻게 만들어지는가』, 책세상, 2000.
권보드래 외, 『아프레걸 사상계를 읽다』, 동국대출판부, 2008.
권영민, 『한국현대문학사』, 민음사, 2002.
_____, 『한국민족문학론 연구』, 민음사, 1988.
_____, 『해방 직후의 민족문학운동연구』, 서울대출판부, 1986.
권인숙, 『대한민국은 군대다』, 청년사, 2005.
김건우, 『사상계와 1950년대 문학』, 소명출판, 2003.
김경수, 『염상섭과 현대소설의 형성』, 일조각, 2008.
_____, 『염상섭 장편소설 연구』, 일조각, 1999.
김득중, 『빨갱이의 탄생』, 선인, 2009.
김득중 외, 『죽엄으로써 나라를 지키자:1950년대 반공·동원·감시의 시대』, 선인, 2007.
김미현, 『젠더 프리즘』, 민음사, 2012.
_____, 『여성문학을 넘어서』, 민음사, 2002.
_____, 『한국여성소설과 페미니즘』, 신구문화사, 1996.
김복순, 『방법으로서의 젠더』, 소명출판, 2012.
_____, 『페미니즘 미학과 보편성의 문제』, 소명출판, 2005.
김양선, 『한국 근현대 여성문학 장의 형성』, 소명출판, 2012.
_____, 『근대문학의 탈식민성과 젠더정치학』, 역락, 2009.
김윤식, 『해방공간의 문학사론』, 서울대출판부, 1989.
_____, 『염상섭 연구』, 서울대 출판부, 1987.
김윤식·김현, 『한국문학사』, 민음사, 1996
김윤식·정호웅, 『한국소설사』, 문학동네, 2000.
김인걸 외 편저, 『한국현대사 강의』, 돌베개, 1998.
김종균, 『염상섭 연구』, 고려대출판부, 1974.
김진기, 『한국문학의 이념적 역동성 연구』, 박이정, 2008.
_____, 『무의미의 미학』, 박이정, 1999

노지승,『유혹자와 희생양』, 예옥, 2009.

대중서사학회 편,『정비석연구』, 소명출판, 2013.

박노자,『씩씩한 남자 만들기』, 푸른역사, 2009.

박찬표,『한국의 국가형성과 민주주의』, 후마니타스, 2007.

박형지·설혜심,『제국주의와 남성성』, 아카넷, 2004.

방민호,『한국 전후문학과 세대』, 향연, 2003.

서정자,『한국근대여성소설연구』, 국학자료원, 1999.

성공회대동아시아연구소 편,『냉전 아시아의 탄생』, 문화과학사, 2013.

_____,『냉전 아시아의 문화풍경』1,2, 현실문화, 2008.

소영현,『문학청년의 탄생』, 푸른역사, 2008.

_____,『부랑청년 전성시대』, 푸른역사, 2008.

송하춘 편,『손창섭: 모멸과 연민의 이중주』, 새미, 2003.

송희복,『해방기 문학비평연구』, 문학과지성사, 1993.

서중석,『이승만과 제1공화국』, 역사비평사, 2007.

신영덕,『한국전쟁기 종군작가 연구』, 국학자료원, 1998.

신형기,『해방 직후의 문학운동론』, 제3문학사, 1988.

심진경,『한국문학과 섹슈얼리티』, 소명출판, 2006.

오제도 편,『적화삼삭구인집』, 국제보도연맹, 1951.

이경훈,『오빠의 탄생』, 문학과지성사, 2004.

이범석,『민족과 청년』, 백산서당, 1999.

이보영,『난세의 문학』, 예림기획, 2001.

이상경,『임순득, 대안적 여성주체를 향하여』, 소명출판, 2009.

이승만,『대통령 이승만 박사 담화집』, 공보처, 1953.

이영미 외,『정비석 연구』, 소명출판, 2013.

이임하,『적을 삐라로 묻어라』, 철수와영희, 2012.

_____,『전쟁미망인, 한국현대사의 침묵을 깨다』, 책과함께, 2010.

_____,『계집은 어떻게 여성이 되었나』, 서해문집, 2004.

_____,『여성, 전쟁을 넘어 일어서다』, 서해문집, 2004.

이재선,『한국현대소설사』, 민음사, 1991.

이진경,『불온한 것들의 존재론』, 휴머니스트, 2011.

이혜령,『한국 근대소설과 섹슈얼리티의 서사학』, 소명출판, 2007.

이혜령·한기형 편,『저수하의 시간, 염상섭을 읽다』, 소명출판, 2014.

임옥희,『주디스 버틀러 읽기』, 여이연, 2006.

정영진,『문학사의 길찾기』, 국학자료원, 1993.

조현준, 『젠더는 패러디다』, 현암사, 2014.

한국문인협회 편, 『해방문학 20년』, 정음사, 1966.

한국여성문학연구회『여원』연구팀, 『『여원』연구: 여성 교양 매체』, 국학자료원, 2008.

한국여성문학학회 편, 『번역과 젠더』, 소명출판, 2013.

허은, 『미국의 헤게모니와 한국 민족주의』, 고대 민족문화연구원, 2008.

허윤 외, 『'성'스러운 국민』, 서해문집, 2017.

후지이 다케시, 『파시즘과 제3세계주의 사이에서』, 역사비평사, 2012.

4. 국외저서

R.W.코넬, 『남성성/들』, 안상욱 외 옮김, 이매진, 2013.

가라타니 고진, 『일본 근대문학의 기원』, 박유하 옮김, 도서출판b, 2010.

_____, 『네이션과 미학』, 조영일 옮김, 도서출판b, 2009.

가야트리 스피박, 『다른 세상에서』, 태혜숙 옮김, 여이연, 2003.

강상중, 『내셔널리즘』, 이성모 옮김, 이산, 2004.

게일 루빈, 『일탈』, 신혜수 외 옮김, 현실문화, 2015.

그렉 브라진스키, 『대한민국 만들기, 1945~1987』, 나종남 옮김, 책과함께, 2011.

나라 유발-데이비스, 『젠더와 민족』, 박혜란 옮김, 그린비, 2012.

네그리·하트, 『다중』, 조정환 외 옮김, 세종서적, 2008.

니클라스 루만, 『열정으로서의 사랑: 친밀성의 코드변화』, 정성훈 외 옮김, 새물결, 2009.

라르스 스벤젠, 『지루함의 철학』, 도복선 옮김, 서해문집, 2005.

레비 스트로스, 『구조인류학』, 김진욱 옮김, 종로서적, 1983.

로버트 블라이, 『남자만의 고독』, 이희재 옮김, 고려원, 1992.

로버트 팩스턴, 『파시즘』, 손명희 외 옮김, 교양인, 2004

뤼스 이리가레이(1977), 『하나이지 않은 성』, 이은민 옮김, 동문선, 2000.

르네 지라르, 『희생양』, 김진식 옮김, 민음사, 2007.

_____, 『낭만적 거짓과 소설적 진실』, 김치수 외 옮김, 한길사, 2001.

_____, 『폭력과 성스러움』, 김진식 외 옮김, 민음사, 2000.

리오 브로디, 『기사도에서 테러리즘까지-전쟁과 남성성의 변화』, 김지선 옮김, 삼인, 2010.

린 헌트, 『프랑스 혁명의 가족 로망스』, 조한욱 옮김, 새물결, 1999.

마고사키 우케루, 『미국은 동아시아를 어떻게 지배하였나』, 양기호 옮김, 메디치북스, 2013.

마루카와 데쓰시, 『냉전문화론』, 장세진 옮김, 너머북스, 2010.

마르크 로베르,『기원의 소설, 소설의 기원』, 김치수 외 옮김, 문학과지성사, 2001.

문승숙,『군사주의에 갇힌 근대』, 이현정 옮김, 또하나의문화, 2007.

미셸 푸코,『안전, 영토, 인구』, 오트르망 옮김, 난장, 2011.

_____,『성의 역사 1: 앎에의 의지』, 이규현 옮김, 나남, 2001.

바바라 크리드,『여성괴물』, 손희정 옮김, 여이연, 2008.

베네딕트 앤더슨,『상상의 공동체』, 윤형숙 옮김, 나남출판, 2005.

브루스 커밍스,『한국전쟁의 기원』, 김주환 옮김, 청사, 1986.

사카이 다카시,『통치성과 자유』, 오하나 옮김, 그린비, 2011.

수잔 벅 모스,『헤겔, 아이티, 보편사』, 김성호 옮김, 문학동네, 2012.

_____,『꿈의 세계와 파국』, 윤일성 외 옮김, 경성대출판부, 2008

수잔 제퍼드,『하드 바디』, 이형식 옮김, 동문선, 2002.

슬라보예 지젝,『전체주의가 어쨌다구?』, 한보희 옮김, 새물결, 2008.

_____,『부정적인 것과 함께 머물기』, 이성민 역, b, 2007.

_____,『까다로운 주체』, 이성민 옮김, 도서출판b, 2005.

_____,『이데올로기라는 숭고한 대상』, 이수련 옮김, 인간사랑, 2002.

신시아 인로,『바나나, 해변 그리고 군사기지』, 권인숙 옮김, 청년사, 2011.

앤소니 기든스,『현대사회의 성, 사랑, 에로티시즘』, 배은경 외 옮김, 새물결, 2001.

에드먼드 리치,『레비 스트로스』, 이종인 옮김, 시공사, 1998.

에바 일루즈,『낭만적 유토피아 소비하기』, 박형신 외 옮김, 이학사, 2014.

_____,『사랑은 왜 아픈가』, 김희상 옮김, 돌베개, 2014.

엘리자베스 그로츠,『뫼비우스 띠로서 몸』, 임옥희 옮김, 여이연, 2001.

여지연,『기지촌의 그늘을 넘어』, 임옥희 옮김, 삼인, 2007.

요시미 순야,『미디어 문화론』, 안미라 옮김, 커뮤니케이션북스, 2006.

우에노 치즈코,『여성 혐오를 혐오한다』, 나일등 옮김, 은행나무, 2012.

운노 히로시,『스파이의 세계사』, 안소현 옮김, 시간과공간사, 2003.

울리히 벡,『사랑은 지독한, 그러나 너무나 정상적인 혼란』, 배은경 외 옮김, 새물결, 1999.

위르겐 하버마스,『공론장의 구조변동』, 한승완 옮김, 나남, 2001.

자크 랑시에르,『문학의 정치』, 유재홍 옮김, 인간사랑, 2009.

_____,『감성의 분할』, 오은성 옮김, 도서출판b, 2008.

_____,『정치적인 것의 가장자리에서』, 양창렬 옮김, 길, 2008.

잭 핼버스탬,『가가 페미니즘』, 이화여대여성학과퀴어·LGBT번역모임 옮김, 이매진, 2014.

_____,『여자의 남성성』, 유강은 옮김, 이매진, 2015.

조르조 아감벤,『예외상태』, 김항 옮김, 새물결, 2009.

_____,『호모 사케르』, 박진우 옮김, 새물결, 2007.

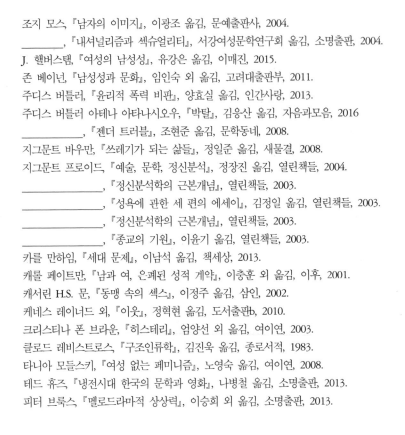

조지 모스, 『남자의 이미지』, 이광조 옮김, 문예출판사, 2004.

＿＿＿＿, 『내셔널리즘과 섹슈얼리티』, 서강여성문학연구회 옮김, 소명출판, 2004.

J. 핼버스탬, 『여성의 남성성』, 유강은 옮김, 이매진, 2015.

존 베이넌, 『남성성과 문화』, 임인숙 외 옮김, 고려대출판부, 2011.

주디스 버틀러, 『윤리적 폭력 비판』, 양효실 옮김, 인간사랑, 2013.

주디스 버틀러 아테나 아타나시오우, 『박탈』, 김응산 옮김, 자음과모음, 2016

＿＿＿＿＿＿, 『젠더 트러블』, 조현준 옮김, 문학동네, 2008.

지그문트 바우만, 『쓰레기가 되는 삶들』, 정일준 옮김, 새물결, 2008.

지그문트 프로이드, 『예술, 문학, 정신분석』, 정장진 옮김, 열린책들, 2004.

＿＿＿＿＿＿＿, 『정신분석학의 근본개념』, 열린책들, 2003.

＿＿＿＿＿＿＿, 『성욕에 관한 세 편의 에세이』, 김정일 옮김, 열린책들, 2003.

＿＿＿＿＿＿＿, 『정신분석학의 근본개념』, 열린책들, 2003.

＿＿＿＿＿＿＿, 『종교의 기원』, 이윤기 옮김, 열린책들, 2003.

카를 만하임, 『세대 문제』, 이남석 옮김, 책세상, 2013.

캐롤 페이트만, 『남과 여, 은폐된 성적 계약』, 이충훈 외 옮김, 이후, 2001.

캐서린 H.S. 문, 『동맹 속의 섹스』, 이정주 옮김, 삼인, 2002.

케네스 레이너드 외, 『이웃』, 정혁현 옮김, 도서출판b, 2010.

크리스티나 폰 브라운, 『히스테리』, 엄양선 외 옮김, 여이연, 2003.

클로드 레비스트로스, 『구조인류학』, 김진욱 옮김, 종로서적, 1983.

타니아 모들스키, 『여성 없는 페미니즘』, 노영숙 옮김, 여이연, 2008.

테드 휴즈, 『냉전시대 한국의 문학과 영화』, 나병철 옮김, 소명출판, 2013.

피터 브룩스, 『멜로드라마적 상상력』, 이승희 외 옮김, 소명출판, 2013.

Balibar, Etienne, *Race, Nation, Class,* verso, 1991.

Derrida, Jaque, *Politics of Friendship*, trans. George Collins, NewYork: Verso, 1997.

Easthope, Anthony, *What a Mans' Gotta Do: The Masculine Myth in Popular Culture*, Boston: Unwin Hymann, 1990.

Edeman, Lee, *No Future: Queer Theory and the Death Drive*, Duke University Press, 2004.

Han·Ling, "Authoritarianism in the hypermasculinized state: Hybridity, patriarchy, and capitalism in Korea", *International Studies Quarterly* 42(1), 1998, pp.53~78.

Lurie, Susan, "The construction of the "castrated woman" in psychoanalysis and cinema", *Discourse* 4, 1981-2, pp.52~74.

Saguaro, Shelley, *Psychoanalysis and Woman a reader*, NYU press, 2000.

Savran, David, *The Masculinity Studies Reader*, Blackwell Publishing, 2002.

Scott, Joan, *Feminist Theorize the Political*, New York: Routledge, 1992.

_____, "Gender: A Useful Category of Historical Analysis", *American Historical Review* 91(5) (December 1986), pp. 1053 - 75.

Sedgwick, Eve Kosofsky, *Epistemology of the Closet*, University of California Press, 1990.

_____, *Between Men*, Columbia University Press, 1985.

Silverman, Kaja, *Male Subjectivity at the Margins*, Routledge, 1992.

Williams, Linda, "Melodrama Revised," *Refiguring American Film Genres: History and Theory*, Berkeley: UC Press, 1998, pp.42~88.